Alexis Lecaye

CHANSON DES TODES

Kriminalroman

Aus dem Französischen von
Christiane Landgrebe

W0392017

BASTEI
LÜBBE
TASCHENBUCH

BASTEI LÜBBE TASCHENBUCH
Band 16 488

1. Auflage: Oktober 2010

Vollständige Taschenbuchausgabe

Bastei Lübbe Taschenbuch in der Bastei Lübbe GmbH & Co. KG

Deutsche Erstausgabe

Titel der französischen Originalausgabe: »Dame de Carreau«
Originalverlag: Éditions du Masque

Titelillustration: © A. Topple/Photex/Corbis
Umschlaggestaltung: Kirstin Osenau
Autorenfoto: Ulf Andersen (Gamma)
Satz: Urban SatzKonzept, Düsseldorf
Gesetzt aus der Garamond
Druck und Verarbeitung: GGP Media GmbH, Pößneck
Printed in Germany
ISBN 978-3-404-16488-2

Für C B R

1

3. Juni

Als sie die Mülleimer nach unten brachte, spürte sie die Röte in ihrem Gesicht. Sie wurde immer rot, wenn sie wütend war, auf sich selbst und andere. Ihre Haut glänzte und ihr Haar war nach dem langen Arbeitstag fettig. Sie sah bestimmt furchtbar aus. Und wenn sie ebenso viel Glück hatte wie in den letzten Tagen, dann würde sie an der Ecke sicher gleich dem sexy Nachbarn aus der ersten Etage begegnen. Ihre Wut ließ nicht nach. Schon zum dritten Mal hatte ihr Exmann seine Verspätung mit dem Streik im Nahverkehr entschuldigt.

Die Kleine hatte lange gewartet, fertig herausgeputzt, gleich an der Tür. Und sie hatte eine Engelsgeduld aufbringen müssen, damit das Mädchen den Rucksack wieder ablegte und den Mantel auszog. Dann hatte sie sie in den Arm genommen und mit tröstenden Worten gewiegt, bis sie einschlief. Der Gipfel war, dass sie diesen unwürdigen Vater, den sie am liebsten erwürgt hätte, auch noch verteidigen musste.

»Guten Abend.«

»Guten Abend.«

Der Nachbar, als wäre es vorherbestimmt.

Violette schlief mitten in dem großen Bett, die Wangen ganz überzogen vom Salz ihrer Tränen. Sie hatten beide nichts gegessen, sie hatte immer noch keinen Hunger. Ihr Bauch schmerzte auf Höhe des Zwerchfells.

Drei Stunden später als vereinbart hatte ihr Exmann endlich angerufen. Nach einigem Zögern weckte sie die Kleine, denn wenn sie ihre Tochter hätte schlafen lassen, wäre diese ihr bestimmt böse gewesen. Sie jedoch zu zwingen, sich wieder anzuziehen, das kleine Gesicht vom Schlaf noch ganz verquollen, tat ihr in der Seele weh. Sie war nicht bereit, ihm zu verzeihen, und außerdem fühlte sie sich schuldig.

Als sie die Tür zum Hof öffnete, blickte sie sich unwillkürlich um. Dort war niemand, und der Blick auf den dunklen Flur erschien ihr ebenso vertraut wie immer. Seit einiger Zeit hatte sie das Gefühl, beobachtet zu werden.

Aber jetzt war sie viel zu wütend, um sich mit dieser vagen Ahnung zu beschäftigen, für die es keine konkreten Anhaltspunkte gab.

Der Angriff kam überraschend. Zuerst dachte sie, sie sei gestolpert. Das war ihr schon einmal passiert. Das Gehirn versucht immer, Situationen nach bekannten Mustern einzuordnen. Der zweite Schlag, der sie mitten auf den Rücken traf, kam eindeutig von außen.

Sie fiel zu Boden, ließ die Mülleimer fallen, ihre Hände glitten über den rauen Zement und sie gab einen erstickten Schrei von sich. Etwas Schweres drückte sie nach unten, jemand zwang ihr beide Hände auf den Rücken, noch bevor sie auf den Gedanken kam, sich zu wehren. Handschellen klickten.

Als sich in ihrer Kehle ein Schrei bildete, legte sich eine warme, trockene Hand über ihren Mund.

Eine leise Stimme drang ihr ins Ohr: »Ein Schrei, und ich erwürge dich.«

Die Hand verschwand und wurde durch ein Stück rauen Stoffs ersetzt.

Sie biss die Zähne zusammen, damit der Knebel nicht in ihren Mund gelangen konnte, aber zwei Finger drängten sich zwischen ihre Kiefer, und sie gab nach. Einen Augenblick später lag ein glatter, dunkler und leichter Stoff über ihren Augen, Seide. Eine Gesichtsmaske aus Seide.

Sie spürte, wie sie in die Luft gehoben wurde, dann drückte eine harte Schulter gegen ihren Magen. Ihr Angreifer ging jetzt quer über den Hof und öffnete eine knarrende Tür. Ihre Brust wurde im Rhythmus seiner Schritte zusammengepresst, und sie spürte trotz der Augenbinde die Kühle der Nacht.

War denn niemand da, der sehen konnte, dass sie jemand entführte? Sie wehrte sich so heftig, dass er schwankte.

Einen Augenblick später hörte sie ein Klicken, ein mechanisches Geräusch, sie wurde von der Schulter hinuntergelassen und landete unsanft auf einer harten Plastikunterlage.

Brutal drückte er ihre Beine zusammen. Klick. Stille.

Sie lag im Kofferraum eines Autos. Eine Panikwelle überkam sie, und als sie sich ruckartig bewegte, stieß sie mit dem rechten Fußgelenk gegen eine harte Kante. Ihr Aufschrei wurde von dem Knebel erstickt. In ihrer Panik hatte sie nur einen beruhigenden Gedanken: Violette war bei ihrem Vater.

Der Motor des Wagens sprang an, und als er anfuhr, ließ die Kupplung den Boden des Kofferraums erzittern. Ein Ruck und das Auto rollte vom Bürgersteig auf die Fahrbahn und fuhr dann auf der Straße ruhig und gleichmäßig ins Ungewisse.

2

Sie lag nackt auf einer Plastikplane, an Hand- und Fußgelenken gefesselt, Arme und Beine gespreizt. Ihre Kleider lagen ordentlich zusammengefaltet neben ihr, ihr Gesicht war noch immer mit der schwarzen Seide bedeckt.

Er hatte ihr sorgfältig den ganzen Körper mit einer Lösung gereinigt; die schmutzigen Wattepads lagen auf der durchsichtigen Plastikplane.

Sie hatte eine Gänsehaut an Armen und Beinen. Ihr Körper war schön, sie hatte eine gute Figur und war gepflegt. Die Haut ihrer Fußsohlen war weich, der Hintern glatt, Achseln und Beine waren epiliert.

Nicht schlecht für eine Frau, die ihre Tochter allein erzog und sich um den Haushalt kümmerte.

Sie zitterte, ihre Zähne schlugen aufeinander, obwohl die Lufttemperatur zweiundzwanzig Grad betrug. Sie weinte nicht, besser gesagt, nicht mehr.

Ihre Zehen spreizten sich, dann verkrampften sie sich wieder.

Er maß seinen eigenen Puls und Blutdruck. 76, 130 zu 80. Perfekt.

Dann maß er den der Frau, und sie zitterte, als er sie berührte. 132, 130 zu 50. Der schnelle Puls und die 130 waren durch Stress verursacht. Er erinnerte sich an eine Frau, deren Herz stundenlang 174 Mal pro Minute geschlagen hatte und, bevor es zum Stillstand kam, auf 250 Schläge gekommen war.

Immer, wenn es so weit war, überkam ihn große Lust.

Auf beiden Seiten der Frau waren zwei Fotoapparate auf Stativen befestigt und nahmen alle zehn Sekunden ein Bild auf.

Er hatte es schon mit Filmkameras versucht, aber das Ergebnis war enttäuschend. Fotos waren ihm lieber. Sie hielten Momente fest, schafften Erwartung und Geheimnis, gaben die Szene emotionaler und intensiver wieder als Filmaufnahmen. Außerdem konnte er sie in seinem Album betrachten, wann immer es ihm gefiel. Er brauchte es nur aufzuschlagen, und schon konnte er wieder in seine Welt abtauchen.

Monatelang trug er die Fotos bei sich, bis er sich entschloss, sie zu vernichten und nur CDs aufzuheben, an einem unzugänglichen Ort.

Zweihundert Bilder, alle zehn Sekunden eins. Die Zeremonie dauerte ungefähr zweitausend Sekunden, etwas weniger als eine halbe Stunde.

»Sie können ruhig schreien, wenn Sie wollen«, hatte er geflüstert, bevor er sie auszog und ihr den Knebel herausnahm.

Bisher war sie dieser Aufforderung noch nicht gefolgt, im Gegensatz zu manchen anderen. Es gab keine Regeln.

Er zog sich in der hintersten Ecke aus und legte sich dann neben sie. In diesem Moment erreichte die Vorfreude ihren Höhepunkt.

Er strich mit dem Finger über ihren Bauch und sie erstarrte, als habe sie einen Stromschlag erlitten. Sie zog die Luft durch die Zähne ein, doch immer noch keine Tränen, keine Schreie.

Sie reagierte sehr heftig, obwohl sie weiterhin beharrlich schwieg. Ihr ganzer Körper war von einer Schweißschicht benetzt und man hörte Geräusche in ihrem Bauch. Bisher hatte sie sich noch unter Kontrolle, aber bald würde sie sich von ihren Körperflüssigkeiten befreien, da gab es keine Ausnahme. Er hatte alles zum Saubermachen bereitgelegt.

Er nahm es ihnen nicht übel, dass sie sich so gehen ließen, das war nur natürlich. Bei Primaten ebenso unbewusst wie die Atmung.

Er legte einen Finger auf ihre glatte Haut, fuhr damit über ihren Bauch und einen Schenkel, berührte aber nicht ihre Scham.

Sie war schön, doch sie besaß nichts Außergewöhnliches. Etwas anderes verband ihn mit ihr.

Er setzte sich neben ihrem ausgestreckten Körper in den Schneidersitz und erinnerte sich, wie er sie erobert hatte. Ausfindigmachen (mit dem Wunderwerk Internet und ein paar weiteren Recherchen), Überwachung (einen Monat lang, um alles über ihr Leben zu erfahren), Planung der Entführung (vierzehn Tage genaue Überprüfung seines Wissens), letztes Abwarten (vierzehn Tage Ruhe und Beobachtung, in denen seine Lust sich zunehmend steigerte und ihn schließlich mitriss). Entführung. Beginn des Rituals.

Alles war reibungslos verlaufen, kein Chaos, kein Fehler.

Sie räusperte sich und begann mit tonloser Stimme zu sprechen.

»Wollen Sie mich töten?«

»Erinnerst du dich an deine ersten Liebhaber?«, fragte er leise.

Sie zitterte.

»Antworte mir.«

»An manche ja.«

»Ich liebe dich schon so lange.«

Er legte die Hand auf ihre Hüfte und die Oberschenkel, streichelte sanft ihre Wangen. Die junge Frau zitterte bei dieser Berührung.

»Erzähl mir von ihnen. Wie alt warst du, als du begonnen hast, mit ihnen zu schlafen?«

Schweigen.

»Wenn du mir nichts zu sagen hast, gehen wir zum nächsten Punkt über. Was meinst du, worauf du liegst?«

»Auf Plastik.«

»Warum?«

Schweigen.

»Ich verstehe, dass es dir schwerfällt, das zu sagen, aber du musst es.«

Er machte am Boden ein Geräusch mit einer Klinge. Sie erstarrte.

»Damit mein Körper keine Spuren hinterlässt.«

»Ja. Und jetzt wiederhole ich meine Frage. In welchem Alter hast du angefangen, mit Männern zu schlafen?«

»Mit zweiundzwanzig. Ich habe mit zweiundzwanzig angefangen, mit ihnen zu schlafen.«

Sie begann leise zu schluchzen.

Zweiundzwanzig? Er stand auf und stellte die Musik an. Sie war sanft, die Klänge eines Klaviers erfüllten die verbrauchte Luft.

Plötzlich begann ihr Körper heftig zu zittern, ihre Glieder wurden steif, ihre Brust hob sich, sie begann zu hecheln. Hyperventilation. Dann beruhigte sie sich wieder.

Sie räusperte sich.

»Sind Sie noch da?«

Er antwortete nicht.

»Was hat man Ihnen angetan, dass Sie so mit Frauen umgehen?«

Die war ganz schön mutig, sehr mutig sogar. Oder sie hatte nichts begriffen. Das war früher schon mal passiert. Aber es hatte an der Sache nichts geändert.

Um den Mythos des modernen Serientäters aufzubauen, brauchte man eine Reihe unverzichtbarer Merkmale. Eines davon war eine unglückliche Kindheit. Er hätte Lust gehabt, ihr zu sagen, dass nur wenige Menschen eine so freie und glückliche Kindheit erlebt hätten wie er. Doch er sagte nichts.

3

Montag, 5. Juni

Es war eine neue Erfahrung für Martin, über so lange Zeit allein zu schlafen. Er hatte dies seit Jahren nicht mehr erlebt. Die Erinnerung daran war wenig erfreulich. Es war die Zeit nach dem Tod seiner ersten Frau vor vielen Jahren.

Harte Zeiten, in denen er fast jede Nacht seine Tochter trösten musste, die sich an ihn schmiegte. Dann brachte er sie in ihr Zimmer und blieb bei ihr, bis sie wieder einschlief.

Als ihn seine zweite Frau Myriam verließ, das war Jahre später, hatte er sechs Jahre nur mit seiner Tochter gelebt, danach aber hatte er kaum noch eine Nacht allein verbracht.

Seit Marion ihn verlassen hatte, war das anders. Ein entscheidender Schritt war getan. Er wusste, dass er wahrscheinlich nie mehr mit einer Frau leben würde. Er würde hier und da für eine Nacht sein Bett teilen, jedenfalls hoffte er das, aber kein Leben zu zweit. Nie wieder würde er die beruhigende Gewissheit haben, die glatte und warme Haut einer Lebensgefährtin zu berühren.

Diese Feststellung hatte einen bitteren Geschmack, wie alle Dinge, die nicht zu ändern sind, auch wenn er die zu warme Steppdecke abgeschafft hatte, in der Mitte des Bettes liegen und die Kopfkissen rauswerfen konnte, wie es ihm passte.

Marion war schon fünf Monate fort. Es war später Frühling. Wenn sie ihm zu sehr fehlte, dachte er an ihre Auseinandersetzungen, und dann verschwand das Gefühl wieder.

Er sah auf den Wecker. Halb sechs. Es wurde schon hell. Er

war nicht mehr müde. Seit Marion fort war, litt er wieder unter Schlaflosigkeit. Um halb elf fiel er todmüde ins Bett und wachte zum ersten Mal um ein Uhr morgens auf, dann wieder um vier. Er las oder irrte ziellos durch die Wohnung, zahlte längst fällige Rechnungen oder blieb einfach liegen und ließ seinen Gedanken freien Lauf. Dann dachte er über die Erlebnisse des Tages nach oder über komplizierte Träume, falls er sich an sie erinnerte. Vielleicht könnte ihre Deutung ja seine letzte Niederlage erklären.

Noch vor einem halben Jahr hatten zwei Frauen bei ihm gewohnt – seine Freundin und seine Tochter Isabelle, die auch gerade ein Kind bekommen und keine Wohnung hatte. Die Tochter zog zu ihrem neuen Freund, Marion verließ ihn wenig später und jetzt war die Wohnung leer, still, staubig und voller Gespenster.

Marion war noch vor der Geburt ihres Kindes weggegangen. Nie wieder würde er die Frauen lachen oder die Babys schreien hören. Das wahre Leben zog an ihm vorbei und spielte sich anderswo ab. Immerhin musste er zugeben, dass Marion zwar empfindlich, streitsüchtig, fordernd und ebenso unehrlich war wie er, dass aber auch er großen Anteil an der Trennung hatte.

Jetzt hatte er nur noch seine Arbeit. In weniger als zwanzig Jahren würde er pensioniert. Wenn er dann nicht, wie viele Kollegen, ins Nichts stürzen wollte, musste er sich neuen Interessen widmen. Zwanzig Jahre, diesen Zeitraum hatte er in seinem Alter schon zweimal hinter sich, und es war ihm im Nachhinein sehr kurz vorgekommen. Wenn aber das Leben künftig ebenso leer sein würde wie im letzten halben Jahr, wäre das noch zu lang.

Trotzdem waren die schlimmsten Symptome seiner Depression verschwunden. Er machte wieder Sport, trainierte hart, war wieder so stark wie früher, wenn nicht stärker. Er achtete auf seine Ernährung und trank wenig Bier. Er fürchtete, wenn ihn auch noch sein Körper im Stich ließe, würde er es nicht mehr schaffen, auf die Beine zu kommen. Mit Sport bereitete er sich auf die Zukunft vor, egal wie sie aussah, ohne Hoffnung, aber auch nicht zu düster, wie ein Soldat, der in die Schlacht zieht.

Er hatte das Angebot, einen höheren Posten in Lyon anzunehmen, mit der Begründung abgelehnt, »die Familie zusammenzuhalten«. Ziemlich komisch, wie er fand, wenn er darüber nachdachte, und manchmal bedauerte er, dass er nicht mutiger gewesen war. Er hätte dort neu anfangen, andere Leute kennenlernen, eine andere Art Kriminalität entdecken können, die Verbindungen nach Italien und in die Schweiz hatte. Bis heute verstand er nicht, warum er das Angebot abgelehnt hatte.

Es war nicht aus Liebe geschehen, denn er hatte nicht die Absicht, Marion zurückzuerobern. Aber für ein paar Leute hier war er wichtig. Er blieb gern zu Hause, hatte es gern bequem und hing an seiner Arbeit. Er hätte in Lyon Chef der Kriminalpolizei des Departements werden können, doch er kannte dort niemanden. Das war aber nicht der einzige Grund. Er hatte den Posten abgelehnt, weil er tief verunsichert war. Man wird nicht zufällig Beamter. Und da war noch etwas anderes, was er sich ungern eingestand.

Um acht Uhr rief ihn Jeannette an, seine rechte Hand. Sie war schon im Dienst, denn in dieser Woche war ihre Tochter bei ihrem Vater und was sollte sie länger in ihrem Häuschen in der Vorstadt? Sie fuhr vor dem Halb-Acht-Uhr-Stau in die Stadt, und als Olivier, der dritte Mann ihrer Abteilung, ins Büro kam, hatte sie schon Zeit gehabt, allen notwendigen Papierkram zu erledigen, auch wenn eigentlich der Jüngste und Rangniedrigste ihn machen sollte.

»Gestern habe ich vom Generalstab eine Anzeige bekommen. Commandant Dupuis vom XI. Arrondissement hat sie an uns weitergegeben, eine seltsame Anzeige. Ich würde gern vor der Dienstbesprechung mit dem Chef mit dir drüber sprechen. Wann kommst du?«

»Hat das mit einem unserer Fälle zu tun?«

»Nein.«

»Gut, ich komme«, sagte Martin und legte seine Sportsachen in den Flurschrank zurück.

4

Zwei Fotos standen auf Martins Schreibtisch: eins von seinem Sohn in einem kleinen blau lackierten Rahmen von Habitat und eins von seiner Enkelin im Arm seiner Tochter Isabelle in einem rosa Rahmen gleicher Herkunft. Sein Sohn lag auf dem Rücken in seinem Bettchen und brüllte, was das Zeug hielt. Die Botschaft war deutlich und typisch für Marion. Sie schenkte dem Vater ein Bild seines Sohnes, auf dem sie nicht zu sehen war, für den Fall, dass Martin dachte, sie wolle vielleicht wieder mit ihm anbändeln oder ihn dazu bringen, an sie zu denken. Marion und Isabelle, die mit einem Jugendfreund von Marion zusammenlebte, sahen sich oft und fuhren gemeinsam ins Wochenende. Martin erfuhr nur wenig davon. Nach der Trennung war Marion wieder in ihre frühere Wohnung gezogen. Alle zehn Tage besuchte er dort seinen Sohn. Viel Spaß machte ihm das nicht. Zwei-, dreimal nahm er das Baby auf den Arm, dann erzählte Marion, wie viel er zugenommen hatte und dass ihn die ersten Zahnschmerzen plagten. Was sollte er dazu schon sagen? Wenn Marion wegging, um einzukaufen oder Leute zu treffen – das tat sie immer häufiger –, konnte er sich ein wenig entspannen. Nichts in ihrer Wohnung wies darauf hin, dass ein Mann bei ihr wohnte, aber das musste nichts heißen. Sie war erstaunlich schnell wieder schlank geworden und lebhafter und hübscher denn je. Wenn das Telefon klingelte und sie anfing zu reden, ihr Gesicht aufleuchtete, sie lachte und im Schlafzimmer verschwand, versetzte es Martin einen Stich, denn ihm gegenüber war sie verschlossen und lächelte unverbindlich wie eine Empfangsdame. Zur Begrüßung und zum Abschied umarmten sie sich nicht und berührten sich nicht einmal.

Zwei Monate nach der Geburt hatte sie eine Aufstellung aller Kosten für das Baby gemacht und gesagt, er müsse die Hälfte bezahlen, und zwar so lange, bis ihr Sohn finanziell unabhängig sei. Kein Cent für sie, aber genau die Hälfte all dessen, was sie für das Baby ausgab: Milch, Fläschchen, Windeln, Kleider und später Schule, Ferien, Freizeit, Uni ... Sie würde keine wichtigen Entschlüsse fassen, ohne Martin zu fragen, aber die endgültige Entscheidung träfe sie allein. Sie hatte an alles gedacht, mit der Genauigkeit eines Notars. Martin akzeptierte alles ohne Widerrede.

Er war sicher, dass sie ihn hasste, ohne genau zu wissen warum. Er wollte es lieber nicht wissen, aber auch nichts tun, was ihre Abscheu verstärken würde.

Jeannette sah, wie Martin den Bericht las, den Oberkörper vorgebeugt, beide Hände flach auf dem Schreibtisch. Er bewegte sich nur, um die Seiten umzublättern. Als er fertig war, fing er wieder von vorne an.

Er gehörte zu den Männern, die mit einer Trennung gut fertigwerden. Er schien bester Form zu sein, er hatte abgenommen, allerdings sah er mit den neuen Falten auf der Stirn, den tieferen Ringen unter den Augen und den etwas hohlen Wangen älter aus. Das ist wirklich ungerecht, sagte sie sich. Bei einer Frau von achtundvierzig wäre das eine Katastrophe. Ein Mann wirkt dadurch reifer, und es verleiht ihm sogar Charme.

Man sah ihm trotzdem seine Einsamkeit an. Martin war nie ein Dandy gewesen. Er hatte einen eigenen Stil, trug unauffällige Sachen, die oft nicht zusammenpassten. Auf seinem robusten Körper fielen sie nicht weiter auf. Doch seine helle Leinenjacke müsste in die Reinigung und niemand hatte ihm gesagt, dass er sich auf der linken Wange schlecht rasiert hatte.

Das einzig Besondere, was er trug, waren eine Fliegeruhr aus Stahl, die ihm vor fünfzehn Jahren seine zweite Frau Myriam geschenkt hatte, und ein Pistolenhalfter aus schwarz gewordenem Leder an seinem Gürtel – sofern er nicht vergaß, es anzulegen – und eine Sonnenbrille zum Autofahren, was er immer seltener tat. Er stopfte lieber seine Kleidertaschen mit Schlüsseln, Notizbuch, Brieftasche und Heften voll, anstatt wie seine Kollegen eine Umhängetasche zu tragen.

Jeannette vermutete, dass er seinen Beruf noch immer als Abenteuer auffasste, so wie Kinder ihn sich ausmalten.

Er legte den Bericht auf den Schreibtisch und reckte sich in seinem Sessel. Er tat dies gerne mit der Lässigkeit einer dicken Katze.

»Was hältst du davon?«, fragte er.

»Ich habe sie gestern getroffen, aber ich fände es gut, dass du sie auch siehst. Ich habe einen Termin für sechs Uhr gemacht. Da kommt sie von der Arbeit nach Hause. Sie ist Grafikerin in einem kleinen Büro von drei Leuten. Sie arbeiten für Ministerien, Verlage, machen Firmenlogos, solche Sachen. Es scheint recht gut zu laufen. Aber reich werden kann man damit nicht.«

»Lebt sie allein?«

»Mit ihrer fünfjährigen Tochter. Seit der Trennung wohnt kein Mann bei ihr. Das Haus liegt in der Rue de la Fontaine-aux-Rois.«

5

Véronique Legat, die Frau, die die Anzeige unterschrieben hatte, wohnte in der zweiten Etage einer zu mehreren Lofts umgebauten ehemaligen Fabrik.

An der Tür zur Straße war ein Codesystem angebracht, wie bei den meisten Gebäuden, und ein langer Flur mit roten Wänden führte zu einem Stahlgitter. Dort musste man über die Gegensprechanlage anrufen. Martin prüfte das elektrische Schloss. Ein solides Standardmodell, das jeder Einbrecher allerdings in weniger als einer Minute öffnen konnte.

Sie sprachen ins Mikrofon und das Schloss summte. Der Flur dahinter war fünf Meter lang und teilte sich dann in zwei Arme. Rechts erreichte man mit ein paar Schritten das Treppenhaus und den vergitterten Aufzug. Links gelangte man zu einer Glastür mit einer Querstange, die die Tür nach außen öffnete.

Martin öffnete die Tür und warf einen Blick in den Hof. Er war groß, mit Bäumen bepflanzt und ansonsten zementiert.

Martin blockierte den Hauseingang und untersuchte die beiden Hoftüren. Sie waren geschlossen und verriegelt. Er notierte sich, dass er fragen musste, wer Schlüssel besaß.

Er blickte an dem Gebäude hinauf, in dem die Frau wohnte, die Anzeige erstattet hatte. Es hatte breite Fenster auf drei Etagen. Auf der anderen Seite des Hofs lag ein Haus in anderem Stil, gelbe Ziegel, sechs Stockwerke hoch. Die Fenster waren klein und rechteckig. Küchen- oder Badezimmerfenster mit trüben Scheiben. Also wenige oder gar keine Zeugen.

Sie stiegen die schmale Treppe nach oben. Sie war so eng, dass man seitwärts gehen musste.

Die Eingangstür stand offen, eine etwa fünfunddreißigjährige Frau mit hübschem Gesicht und blondem, halblangem wirrem Haar in Jeans, T-Shirt und Turnschuhen, die Hände voller Tintenflecken, wartete an der Schwelle. Véronique Legat.

»Guten Tag, bitte entschuldigen Sie meinen Aufzug«, sagte sie, »ich bin gerade bei der Arbeit.«

Jeannette stellte ihr Martin vor.

»Macht es Ihnen etwas aus, meinem Chef noch mal zu erzählen, was Sie mir gestern berichtet haben?«

»Ich erzähle es, so oft es notwendig ist, wenn es hilft, dieses Schwein zu verhaften.«

Sie trat einen Schritt zurück, ließ sie herein und schloss die Tür hinter ihnen.

Sie standen am Eingang eines fünf Meter hohen Raums, auf einer Seite fensterlos, auf der anderen mit einer Fensterwand, die auf den Hof hinausging. Ein wunderschöner Wohnraum mit lauter Grünpflanzen am Fenster, einem Tisch in der Mitte wie in einer Schlossküche, voller Papiere und Zeichenmaterial und einer Wohnecke mit verschiedenen bequemen Sofas.

Links vom Eingang eine offene Küche mit Theke.

»Möchten Sie einen Kaffee?«, fragte Véronique und zeigte auf ihre Espressomaschine.

Martin nickte, Jeannette lehnte ab.

Sie saßen an dem großen Tisch nebeneinander, ihnen gegenüber Véronique Legat. Sie wirkte kein bisschen nervös.

»Ich habe Albträume«, sagte sie, »und manchmal kann ich kaum glauben, dass mir das wirklich passiert ist. Es gibt keinerlei Spuren von der Entführung, außer einem bisschen

Zement vom Hof an meinen Jeans auf Kniehöhe und ein paar Schrammen an den Handflächen, da, wo ich mich am Boden aufgeschürft habe. Ich kann Ihnen nicht beweisen, was ich erlebt habe. Alles, was ich weiß, habe ich in meiner Anzeige schon formuliert. Ich habe die Mülleimer runtergebracht und die Tür zum Hof geöffnet, und einen Augenblick später hat er mich gepackt, mit Handschellen gefesselt, geknebelt, mir eine Maske übergezogen und mich in den Kofferraum eines Autos geworfen. Ich glaube, er hat mich durch die kleine Tür getragen, die zu dem gepflasterten Weg führt. Dort stand sein Wagen.«

»Haben Sie eine Ahnung, um was für ein Auto es sich handelte?«, fragte Martin.

»Ja, ich habe lange nachgedacht. Es war ein Mehrzylinder mit großem Kofferraum, auch wenn ich mir die Knie gestoßen habe, als er mir die Beine verbog. Es war kein Wagen mit Vierradantrieb, die haben ja keinen Kofferraum. Unter der Plastikplane war Teppichboden, es roch ziemlich neu. Als er losfuhr, vibrierte die Ladefläche, und daraus habe ich geschlossen, dass es eher ein Hinterradantrieb war. Bei Vorderradantrieb wirkt der Motor direkt auf die Vorderräder, und da hätte es nicht so vibriert.«

»So genau haben Sie es bei Ihrer Anzeige nicht formuliert«, bemerkte Jeannette.

»Der Polizist, der mich befragt hat, schien sich für meine Bemerkungen über Automechanik nicht zu interessieren.«

»Waren Sie die ganze Zeit bei Bewusstsein?«, fragte Martin.

»Ja, die ganze Zeit. Wenn er mir irgendeine Betäubung verpasst hätte, dann wäre es mir vielleicht nicht gleich aufgefallen, aber hinterher, beim Aufwachen, hätte ich es gemerkt. Ich nehme kaum Medikamente, nur homöopathische Mittel, und schon eine viertel Aspirintablette hat bei mir eine Bombenwirkung. Ich glaube, er wollte, dass ich alle Phasen dieses ... von dem, was da passieren sollte, mitbekomme. Ich müsste eigentlich tot sein, und ich verstehe nicht, warum er mich am Leben gelassen hat.«

»Was für einen Eindruck hat der Angreifer auf Sie gemacht?«, fragte Jeannette.

Die junge Frau lächelte und fuhr sich mit der Hand durchs Haar.

»Ich würde sagen, er ist ein junger Mann, nicht sehr jung, ungefähr fünfunddreißig, wahrscheinlich Franzose, eher groß, sehr stark, mit erstaunlicher Selbstbeherrschung und Kaltblütigkeit. Er hat mich im Handumdrehen gefesselt und zu seinem Auto gebracht: Ich habe mich nach Kräften gewehrt, aber das hat ihm nicht das Geringste ausgemacht. Dabei bin ich ziemlich stark für eine Frau. Ich glaube, er trug einen Pullover, der mich an der Wange und am Arm berührt hat, als er mich packte. Fühlte sich wie Kaschmir an. Er muss mich lange beobachtet haben, um mich auf diese Weise zu erwischen und zu schnappen. Er hat offenbar viel freie Zeit und ich glaube, er ist wohlhabend und gebildet.«

Ihr fiel Jeannettes ungläubiges Staunen auf.

»Wohlhabend wegen des Pullis und gebildet wegen Mozart. Ich kann mich natürlich auch täuschen. Aber bei dem Wenigen, was er sagte, kam er mir gebildet vor. Haben Sie schon mehr Anzeigen von Frauen, die entführt wurden und nach vierundzwanzig Stunden freigelassen worden sind, ohne Gewaltanwendung oder Lösgeldforderungen?«

»Soweit wir wissen, nicht. Wir suchen gerade nach Gemeinsamkeiten mit anderen registrierten Fällen.«

»Was für registrierte Fälle?«

»Wir haben ein Informationssystem, das alle Berichte von

Polizei und Gendarmerie sammelt, bei denen es weder Prozesse noch Verurteilungen gab.«

»Halten Sie mich auf dem Laufenden?«, fragte sie.

»So weit wie möglich«, sagte Jeannette. »Aber erwarten Sie nicht zu viel. Wissen Sie, wer die Schlüssel der beiden Türen zur Straße besitzt?«

»Ich habe zwei, wie alle Bewohner hier, nehme ich an, dazu der Mann vom Reinigungsdienst, der Gärtner, der Hausverwalter ...«

»Gut«, sagte Martin, als sie wieder in Jeannettes Auto saßen. »Olivier soll sich in der Nachbarschaft nach den verdammten Schlüsseln erkundigen.«

»Was hältst du von ihr?«

»Ein Trauma scheint sie nicht zu haben, dabei hätte sie allen Grund dazu.«

»Glaubst du, sie hat das alles erfunden?«

»Nein, und du?«

»Ich auch nicht.«

»Glaubst du, es war falsch von mir, sie zum Psychologen zu schicken?«

»Nein, das war richtig. Sie kann jederzeit einen Zusammenbruch erleiden, in einer Stunde oder drei Monaten. Einem Unbekannten ausgeliefert zu sein, das hinterlässt Spuren, und wenn ihr klar wird, was da passiert ist, dann ...«

Er schwieg. Jeannette wusste über solche Dinge mehr als er. Vor einem Jahr war sie in der gleichen Situation gewesen wie diese Frau, mit dem Unterschied, dass sie, nachdem man sie gefunden hatte, lange im Krankenhaus gelegen hatte.

»Es muss einen Grund geben, warum du wolltest, dass auch ich sie treffe. Du hast mir noch nicht gesagt, warum.«

Als sie antwortete, wusste Martin intuitiv, was sie sagen wollte.

»Als ich die Anzeige von Madame Legat erhielt, habe ich nach anderen Vermissten gesucht. Ich habe bis ins Jahr 2000 recherchiert. Es kann sein, dass Véronique Legat das siebte Opfer eines Mannes ist, der nach fünf Jahren mindestens fünf Frauen auf dem Gewissen hat.«

6

5. Juni

Martin saß vor den Fotos von sechs blonden Frauen, die Schwestern hätten sein können.

Sie waren alle eher hübsch, bei ihrem Verschwinden zwischen dreiunddreißig und sechsunddreißig Jahre alt und kamen aus besseren Kreisen. Alle hatten ein Studium absolviert wie Véronique Legat, die siebte.

Ansonsten hatten sie nichts Gemeinsames. Manche waren verheiratet, andere Junggesellinnen oder geschieden, nur zwei von ihnen hatten Kinder. Alle lebten an einem anderen Ort: in der Umgebung von Nizza, bei Bordeaux, im Elsass, im Departement Manche, in der Umgebung von Lyon, im Poitou. Diese Verteilung der Opfer über ganz Frankreich konnte kein Zufall sein, ebenso wenig wie ihre Ähnlichkeit und ihr Alter …

All das stützte Jeannettes Hypothese. Keine der sechs Frauen hatte in Paris und Umgebung gewohnt, im Gegensatz zu Véronique Legat. Sie waren von einem auf den anderen Tag spurlos verschwunden und nie wieder aufgetaucht. Sechs Frauen in fünf Jahren überall im Land. Ein Tropfen Wasser im Ozean der Vermissten. Er verstand jetzt besser, warum sie bisher niemand miteinander in Verbindung gebracht hatte.

Er sah sich die Tabelle an, die Jeannette angefertigt hatte:

Émilie Liéport. Verschwunden am 5. Januar 2002 in der Nähe von Bordeaux.

Anna Roland-Massard. Verschwunden am 9. Dezember 2002 in den Alpes-Maritimes.

Sandrine Wieslowski. Verschwunden am 19. August 2003 im Elsass.

Viviane Thibaud. Verschwunden am 9. November 2004 in Lyon.

Sandrine Balastero. Verschwunden am 25. Juni 2005 im Departement Manche.

Georgina Liévin. Verschwunden am 24. März 2006 in Poitiers.

Elf Monate und vier Tage lagen zwischen dem ersten und zweiten von Jeannette aufgedeckten Fall vermisster Frauen.

Acht Monate und zehn Tage zwischen dem zweiten und dritten.

Vierzehn Monate und zwanzig Tage zwischen dem dritten und vierten.

Sieben Monate und sechzehn Tage zwischen dem vierten und fünften.

Acht Monate und neunundzwanzig Tage zwischen dem fünften und sechsten.

Wenn man wie Jeannette der Meinung war, dass Véronique Legat als siebte Frau zu den Opfern des Mannes gerechnet werden konnte, waren zwischen dem sechsten und siebten Überfall nur zwei Monate und zehn Tage vergangen. Das war der bei weitem kürzeste Abstand.

Es war schwierig, ja unmöglich, in der Tabelle einen bestimmten zeitlichen Rhythmus zu erkennen.

Martin fiel nichts anderes ein, als dass der Entführer unabhängig von Daten und Jahreszeiten handelte. Er nutzte sich bietende Gelegenheiten und agierte, wenn ihm danach war und sich eine Möglichkeit bot. Ein kluger Mann, der sein Risiko so gering wie möglich hielt. So stark seine Neigungen und Wunschvorstellungen auch waren, er hatte sie im Griff. Nur der lange Abstand von vierzehn Monaten zwischen dem dritten und vierten Fall fiel aus der Reihe. Dafür gab es mehrere Erklärungen: Der Mörder war in der Zwischenzeit im Gefängnis gewesen, er war ins Ausland gefahren, er war krank geworden, seine Neigungen waren abgeflaut, oder er hatte eine andere Frau entführt, ohne dass es jemand bemerkt hatte.

Keine der sechs Vermisstenmeldungen hatte zu einer gründlichen Untersuchung geführt. Außer den Vernehmungsprotokollen von Angehörigen war in den Akten so gut wie nichts zu finden. Auf die Daten konnte man sich nicht verlassen. In mindestens zwei Fällen hatten die Ermittler das Verschwinden mangels genauer Angaben auf den Tag datiert, an dem ein Arbeitskollege oder Verwandter des Opfers die Polizei alarmiert hatte.

Die Lebenspartner waren als Verdächtige in Betracht gezogen worden, doch hatte sich dies nicht nachweisen lassen. Die Frauen waren nicht wohlhabend, sie führten offenbar ein geregeltes Leben mit beruflichen und privaten Verpflichtungen. Doch man hatte so oberflächlich ermittelt, dass selbst die Personenbeschreibungen fragwürdig erschienen.

Martin sah sich die Aussage des Mannes der ersten Vermissten an. Roland Liéport, Allgemeinmediziner.

Liéport hatte lange im Krankenhaus gearbeitet. Er hatte in Bordeaux und Paris studiert und sieben Jahre an der Universitätsklinik in Bordeaux gearbeitet; dann eröffnete er eine Praxis. Seine Frau Émilie stammte aus der Gegend von Bordeaux und sie lebten in einem Einfamilienhaus, ein paar Kilometer westlich der Stadt.

Der 5. Januar 2002 war ein Samstag. Liéport arbeitete jeden zweiten Samstag und an diesem hatte er frei. Er kaufte in einem Supermarkt für die nächste Woche ein, während Émilie mit ihrer einjährigen Tochter zu Hause blieb.

Als er vom Einkaufen zurückkam, saß die Kleine im Ställchen und weinte, und die Mutter war fort. Er räumte die Einkäufe weg und begann sich Sorgen zu machen. Er versuchte, seine Frau auf dem Handy anzurufen, danach rief er die Nachbarin an und eine weitere Nachbarin, die etwas weiter entfernt wohnte und öfter auf das Kind aufpasste. Danach telefonierte er mit seiner Schwiegermutter. Keine hatte Émilie gesehen, mit ihr gesprochen oder wusste, wo sie sein könnte. Wen er sonst anrufen konnte, wusste er nicht, da Émilie keine engen Verwandten hatte.

Liéport suchte im Terminkalender der Familie, vielleicht hatte sie eine Verabredung notiert. Dann sah er in den Kleiderschrank im Schlafzimmer. Nichts fehlte, außer den Kleidern, die sie am Morgen getragen hatte. Es sei sowieso unvorstellbar für ihn, sagte er dem Ermittler, dass seine Frau ihre Tochter länger als drei Minuten allein lassen könnte.

Ihre Handtasche lag auf dem Küchentisch, daneben ihr eingeschaltetes Handy. Die einzige Nachricht war die, der er selbst auf die Mailbox gesprochen hatte.

Im Haus waren keinerlei verdächtige Spuren. Keine Nachricht im eingeschalteten PC. Die letzte offene Seite war ein Patiencespiel. Sie liebte Patiencen.

Er wartete den ganzen Tag, bis er beschloss, die Krankenhäuser und schließlich die Polizei anzurufen, wo ihm ein verschlafener Wachtmeister riet, bis zum nächsten Tag zu warten und seine Sache bei einem Kollegen der Kriminalpolizei vorzubringen.

Es gab keinen Hinweis auf Gewalt, keine Drohungen, kein Motiv, keinen Verdächtigen. Keinerlei Anhaltspunkte. Und auch keine richtige Ermittlung.

Es war über fünf Jahre her. Martin fragte sich, was wohl aus Liéport geworden war. Man müsste ihn befragen, selbst wenn die Chancen, irgendetwas Neues zu erfahren, minimal waren.

»Er hat nicht wieder geheiratet«, sagte Jeannette. »Er praktiziert immer noch in Bordeaux und erzieht seine Tochter allein. Seine Schwiegermutter ist 2004 gestorben. Er hat ein Segelboot gekauft und geht zwei- oder dreimal im Jahr für eine Woche auf Tour. Das ist sein einziger Luxus.

»Wurde er nicht verdächtigt?«

»Doch, natürlich, aber es gab keinerlei Indizien. Es war ein Paar ohne besondere Geschichte.«

»Und die anderen, waren das auch Paare ohne Geschichte?«

Anna Roland-Massard, dreiunddreißig, geschieden, kinderlos, wohnhaft in einem Vorort von Nizza. Innenarchitektin mit Abschluss der Kunsthochschule. Verschwunden am 9. Dezember 2002.

»Sie hatte eine schwierige Scheidung«, sagte Jeannette. »Als ihre Assistentin begann, sich Sorgen zu machen, hatte sie über eine Woche nichts von ihr gehört. Sie verschwand nach ihrer Rückkehr von den Malediven, auf denen sie zehn Tage verbracht hatte. Ihr Exmann wurde auch vernommen, aber das Protokoll habe ich nicht gefunden. Ein früherer Kollege sagt, er sei ins Ausland gegangen. Vielleicht in den Fernen Osten, ein Jahr nach dem Verschwinden seiner Frau.«

Sandrine Wieslowski, vierunddreißig, verheiratet, zwei Kinder, wohnhaft in Molsheim bei Straßburg. Abschluss einer Hotelfachschule, Geschäftsführerin eines Mercure-*Hotels. Am 19. August 2003 verschwunden.*

Am 19. August, einem Dienstag, war die junge Geschäftsführerin bei der Arbeit, während ihr Mann – ein Physiotherapeut – in La Baule in Ferien war, wie jedes Jahr seit ihrer Verlobung.

Sandrine und ihr Ehemann Jean hatten sich im Hotel PLM Saint-Jacques in Paris bei einem Physiotherapiekongress kennengelernt. Jean war einer der zweihundert Kongressteilnehmer und Sandrine die Assistentin des Hoteldirektors.

Sie sollte am nächsten Tag, dem 20. August, nachkommen. Ihr Mann schickte ihr eine Nachricht nach der anderen, die immer wütender wurden, je mehr Stunden vergingen, ohne dass er etwas von ihr hörte. Er war sicher, dass ihr die Arbeit mal wieder wichtiger war als die Familie. Erst am Ende des Tages begann er sich Sorgen zu machen.

Ein paar Anzeichen ließen erkennen, dass sie noch einmal zu Hause gewesen war. Sie hatte den Koffer gepackt, den Kühlschrank geleert, im Haus aufgeräumt und sauber gemacht, bevor sie verschwand, als habe es sie nie gegeben.

»In allen Fällen waren sie allein zu Hause, bevor sie sich in Luft auflösten«, bemerkte Jeannette.

»Er muss sie lange aus der Nähe beobachtet haben«, sagte Martin. »Er wusste, wann der Mann der ersten Frau in der Praxis war, wann die zweite aus den Ferien zurückkam, wann der Mann der dritten weg war. Er muss in ihr Haus gegangen sein und Papiere durchsucht haben, ebenso den Inhalt der PCs.«

»Vielleicht hat er auch Mikrofone in den Wohnungen platziert«, meinte Jeannette. »Vielleicht sogar Miniaturkameras.«

»Und wo waren die Männer oder Lebensgefährten der drei letzten, als sie verschwanden?«

»Das weiß ich noch nicht.«

Eine Frau, ein Paar, eine Familie – wochenlang wie unterm

Mikroskop, bis der Entführer alles über sie wusste. Und wenn er endlich alle Karten in der Hand hatte, schritt er zur Tat und eine Frau verschwand von der Erdoberfläche. Was machte er mit seinem Opfern? Eins war sicher, am Leben ließ er sie nicht.

Mit Ausnahme der letzten.

7

5. Juni

»Wenn alles in Bordeaux angefangen hat, dann ist das auch der Ort, an dem er die meisten Fehler gemacht haben könnte«, sagte Jeannette.

»Bisher hat er nicht viele gemacht.«

»Ich habe ein paar Tage frei. Ich fahre runter.«

»Ich komme mit.«

Sie sah ihn an, ohne ihre Überraschung zu verbergen.

»Ich habe auch noch Urlaubstage übrig«, fügte er hinzu.

Marion rief Martin noch am Abend an und bat ihn, ihr Kind zwei Tage zu versorgen, genau in der Zeit, in der er nicht da war.

»Da kann ich nicht«, antwortete Martin. »Ich fahre am Wochenende zu einem Termin außerhalb.«

»Außerhalb?«, rief sie erstaunt aus. »Seit wann machst du Sachen außerhalb? Es geht mich natürlich nichts an«, fügte sie schnell hinzu. »Ich krieg das auch auf andere Weise hin. Ich dachte nur, es wäre nicht nett von mir, zuerst jemand anderen zu fragen, und so hättest du Gelegenheit, etwas Zeit mit deinem Sohn zu verbringen.«

»Diesmal nicht, ich kann leider nicht«, beteuerte Martin.

»Du bist sein Vater.«

»Ich bin sein Erzeuger. Ein Vater erzieht seinen Sohn und ich erziehe meinen nicht.«

»Ich weiß«, erwiderte sie. » Du hast ihn verstoßen, genau wie du mich verstoßen hast, und es hat dir nicht mal leidgetan. Aber dieses Kind ist nun mal da, ob du willst oder nicht, und du bist sein Vater.«

Er antwortete nicht. Marions Vorwürfe trieften immer nur so vor Moral, aber diesmal hatte sie nicht unrecht.

»Entschuldigung. Ich hätte das nicht sagen sollen. Aber wenn du mich schon nicht ertragen kannst, projiziere deinen Hass wenigstens nicht auf deinen Sohn.«

Zu anderer Zeit hätte er protestiert. Es ging nicht um Hass, nicht mal um Gleichgültigkeit. Nur darum, dass sie einfach nicht zueinander passten. Sie hatten sich geirrt. Sie waren nicht füreinander geschaffen. Er war im Übrigen zum Zusammenleben mit niemandem geeignet. Er würde alles für seinen Sohn tun, was er nur konnte, aber den jungen Verwöhn-Papi spielen, das wollte er nicht. Das war vielleicht egoistisch, aber es war sehr wichtig, dass sich dieses Kind nicht zu sehr an jemanden hängte, der bei seiner Volljährigkeit schon siebzig war.

»Nächstes Mal sag mit etwas eher Bescheid.«

»Natürlich«, antwortete sie und legte auf.

Zu Hause stellte Martin fest, dass er keine sauberen Kleider mehr hatte. Er wusch zwei Maschinen, aber seine beiden Sommersakkos konnte er nicht waschen und die Zeit reichte nicht, sie in die Reinigung zu bringen. So beschloss er, sich eines zu kaufen, und rief seine Tochter an, um sie um Rat zu fragen.

Nachdem sie sich wie üblich über ihn lustig gemacht hatte, riet sie ihm, in den Galeries Lafayette zu suchen, dort würde er wahrscheinlich das Richtige finden, ohne durch ganz Paris von einem Laden zum nächsten laufen zu müssen.

Martin nahm die Metro und fand mit einiger Mühe ein beigefarbenes Sakko aus Leinen und Baumwolle, das ihm einigermaßen stand. Nach einem halben Tag würde es zerknüllt sein, aber er sähe wenigstens sauber aus.

6. Juni

Im Zug las Martin mehrmals das Vernehmungsprotokoll von Véronique Legat.

Nach der zweiten Lektüre wandte er sich an Jeannette, ohne zu merken, dass sie im Schutz ihrer Sonnenbrille eingeschlafen war.

Sie wachte nur langsam auf, reckte sich und dehnte ihren Oberkörper mit im Nacken verschränkten Händen. Martin, der seit ein paar Monaten keine Frau angerührt hatte, konnte nicht umhin, kurz ihren Körper zu betrachten, bevor er schnell auf die Landschaft draußen blickte. Diese Frau war nicht für ihn bestimmt.

»Hast du was gesagt?«, fragte Jeannette und gähnte hinter vorgehaltener Hand.

»Hast du dir bei Véronique Legat die Schallplatten angesehen?«

»Ja, sie hat Mozart-Sonaten. Ich habe den Bezug bemerkt, aber ich wüsste nicht, was wir damit anfangen könnten. Vielleicht hatte er die CD schon, vielleicht hat er sie gekauft, nachdem er sie bei ihr gesehen hatte. Auf die Weise finden wir ihn nicht. Es sei denn, wir lassen hundert Jungs monatelang in ganz Frankreich Kreditkartenabrechnungen aller Schallplattenverkäufe prüfen.«

»Vielleicht kommen wir da noch hin«, sagte Martin, »aber daran dachte ich gar nicht. Wir müssten wissen, ob die sechs anderen Frauen auch Mozart gehört haben.«

Anstatt die Kriminalpolizei um logistische Hilfe zu bitten, hatte Martin einen Mietwagen reserviert, das kleinste Modell, das im Untergeschoss des Bahnhofs auf sie wartete.

Der Mann der ersten Verschwundenen, Roland Liéport, wohnte in der Nähe von Fronsac an der Dordogne, westlich von Bordeaux.

Er arbeitete gerade im Garten, hinter dem quadratischen Haus aus hellem Stein mit einem Flachdach und schmalen symmetrischen Fenstern.

Er hatte Jeannette gesagt, sie sollten, ohne zu klingeln, um das Haus herumgehen.

Auf der Straße hatten sich die beiden Polizisten überlegt, wie sie die Sache beim Ehemann am besten ansprechen sollten. Wenn er seine Frau hatte verschwinden lassen und die anderen auch, war es dann sinnvoll, ihn auf ihre Ermittlungen aufmerksam zu machen?

Wenn er schuldig war, würde er sowieso Verdacht schöpfen, und Offenheit war das beste Mittel, Argwohn zu zerstreuen.

Martin hatte beschlossen, Jeannette bei dieser Sache viel freie Hand zu lassen. Sie war intelligent und hatte einen guten Instinkt.

»Gehen wir?«, fragte Jeannette,

Liéport sah gut aus, hatte blonde Locken und eine gebräunte Haut und schliff gerade einen dicken, kurzen, roten Mast ab, der auf zwei Böcken lag. Martin erkannte gleich, dass er zu einem Boot gehörte. Farbtöpfe standen säuberlich aufgereiht auf einem Brett bereit.

Diese Ordnung bildete einen starken Kontrast zum Zustand des Gartens, der mehr oder weniger vernachlässigt war.

Die Sträucher waren lange nicht mehr geschnitten worden, mehrere Jahre, vielleicht fünf, dachte Martin.

»Der Garten liegt ziemlich brach«, sagte Liéport und reichte ihnen die Hand. »Ich mähe den Rasen dreimal im Sommer, damit die Kleine hier herumlaufen kann, ohne Zecken zu bekommen.«

»Ist Ihre Tochter da?«, fragte Jeannette.

»Sie ist bei den Nachbarn, ich wollte, dass wir in Ruhe reden können. Sie haben gesagt, Sie hätten keine neuen Erkenntnisse zum Verschwinden von Émilie. Aber irgendetwas muss es doch geben, sonst wären Sie sicher nicht aus Paris gekommen, um mich zu treffen.«

»Wir haben herausgefunden, dass Ihre Frau vermutlich kein Einzelfall ist«, sagte Jeannette. »Da sind noch fünf andere Frauen, die ihr ähnlich sehen und etwa gleich alt sind und auch verschwunden sind, unter ähnlichen Umständen.«

»Fünf andere«, sagte der Mann leise. »Das heißt, dass ich keine Chance habe, sie eines Tages lebend wiederzusehen.«

Seine Stimme war heiser geworden. Er blickte zum Haus und die beiden Polizisten folgten seinem Blick.

»Wissen Sie«, sagte er, nachdem er sich geräuspert hatte, »das Schlimme ist, dass ich Ihnen nichts sagen kann. Nichts. Sie können sich nicht vorstellen, was für Gedanken ich mir die ganze Zeit gemacht habe. Alles war ganz normal am Abend zuvor, alles war normal am Morgen, als wir uns verabschiedet haben ...«

»Mochte sie gern Musik?«, fragte Martin.

»Ja, vor allem Chansons. Sie merkte sich alle Melodien und Texte, im Gegensatz zu mir. Morgens, wenn sie aufstand, war ihre erste Tat, das kleine Küchenradio einzuschalten. Wir machten darüber schon Witze.«

»Warum?«, fragte Jeannette.

»Ich sagte ihr, sie sei immer noch ein Teenager, weil sie Chansons hörte und dazu tanzte.«

Er lächelte bei der Erinnerung.

»Und hörte sie auch klassische Musik?«, fragte Martin.

»Manchmal. Sie mochte gern Opern. Rossini, solche Sachen. Warum fragen Sie mich das? Mochten die anderen Frauen auch gern Musik?«

»Das wissen wir noch nicht«, antwortete Martin.

Liéport machte nicht den Eindruck, dass er sie schnell wieder loswerden wollte. Er bot ihnen Kaffee an, den Jeannette dankbar annahm.

Martin sah sich inzwischen das Haus von innen an.

Helle Wände, große Zimmer mit wenigen Möbeln in unpersönlichem Stil. Wenig Krimskrams, ein paar Fotos in Rahmen, viele Fachzeitschriften und Bücher, vor allem über Segeln. Ein eingerahmtes Poster, das ein Segelboot darstellte. Ein Marinekompass. Ein breiter Schrank mit Navigationskarten. Außerdem Spielsachen, die hier und da herumlagen. Trotz der Fotos der Verschwundenen war von Weiblichkeit nichts zu spüren.

»Ich bin ein Segelfan«, sagte der Mann entschuldigend und folgte Martins Blick. Das ist mein Boot. Es ist schön, oder?«

»Wunderbar. Ist Ihre Frau auch gern gesegelt?«

»Bei ruhigem Wetter. Wenn es ein wenig unruhig war, wurde sie gleich seekrank.«

Er servierte ihnen den Kaffee in feinen Porzellantassen mit etwas abgenutztem Goldrand. Teure Tassen. Myriam, Martins erste Frau, hatte auch solche gekauft, vor vielen Jahren.

Er sah sich die Fotos von Émilie Liéport aus der Nähe an. Sie und ihr Mann waren ein schönes Paar gewesen. Und eines Tages war alles zu Ende ohne die geringste Erklärung.

Martin, der seine erste Frau durch einen Autounfall verloren hatte, fragte sich, wie es für ihn gewesen wäre, sie auf diese

Weise zu verlieren, und er sagte sich, dass es schlimmer sein musste.

Liéport und Jeannette redeten über Kinder. Zoé, Jeannettes Tochter, war ein wenig jünger als die Tochter des Arztes und Jeannette war auch alleinerziehend.

Martin unterdrückte ein Lächeln. Dieser Mann gefiel Jeannette, aber sie zeigte es kaum.

Soweit er wusste, war Jeannettes Gefühlsleben ebenso trostlos wie seins.

Eines Tages, nach der Trennung von Zoés Vater, hatte sie ihm von sich erzählt. Sie war allein, arbeitete die ganze Woche und war beruflich zu sehr engagiert, um mit einem Kollegen oder jemandem, der mit einem Fall zu tun hatte, auszugehen, egal, ob es sich um ein Opfer, einen Verdächtigen oder einen Zeugen handelte. Kurze Affären bedeuteten ihr nichts.

Liéport begleitete sie bis zur Straße. Er zeigte ihnen ein Mädchen, das auf sie zukam. Ein Mann in Liéports Alter begleitete die Kleine, die gerade ein Butterbrot aß und ihr Gesicht mit Marmelade verschmiert hatte.

»Sie wollte nach Hause«, sagte der Mann entschuldigend.

»Wir waren fertig«, sagte Liéport. »Mein Kollege und Nachbar«, fügte er hinzu und stellte ihn den beiden Polizisten vor.

»Freut mich«, antwortete der Mann. »Wir erwarten dich und Lola zum Abendessen.«

Neugierig sah er die Polizisten an und grüßte sie mit einem Kopfnicken, bevor er ging.

Jeannette hockte vor der Kleinen und sah sie zärtlich an.

»Guten Tag, Lola«, sagte sie, »weißt du, ich habe ein Mädchen, das so alt ist wie du.«

»Woher weißt du, wie ich heiße?«, fragte die Kleine.

»Ohne Paul und Marine hätte ich es nicht geschafft«, sagte Liéport.

»Haben Sie keine näheren Verwandten?«, fragte Martin.

»Ich habe meine Eltern verloren und war ihr einziger Sohn. Meine Schwiegermutter hat mir sehr geholfen. Leider ...«

Er trat ein paar Schritte zur Seite und wandte sich ab, damit seine Tochter ihn nicht hören konnte. Martin folgte ihm.

»Sie ist zwei Jahre nach Émilies Verschwinden gestorben.«

»War sie krank?«

»Ein Unfall.«

»Sie ist die Kellertreppe hinuntergestürzt.«

8

6. Juni

Abends gingen Martin und Jeannette an der Garonne spazieren und aßen auf einer Terrasse am Ufer. Die Luft war mild und es blieb lange hell. Eine ganze Weile redeten sie nicht, jeder war in seine Gedanken versunken.

Lange hatte sich Martin nicht mehr so in Frieden mit der Welt gefühlt wie an diesem Abend. Er dachte wieder an Lyon. Vielleicht hätte er sich doch versetzen lassen sollen.

Man hatte den Unfall der Großmutter überprüft. Die Treppe war steil, das Licht zu schwach und die Stufen waren wegen einer Überschwemmung glitschig. Die Ermittlungen hatten nichts Verdächtiges ergeben. Und niemand, nicht einmal Liéport, hatte die Sache mit dem Tod seiner Frau in Verbindung gebracht.

7. Juni

Auf der Rückfahrt im Zug sagte Martin: »Ein Segelboot wie seins ist teuer.«

»Neu fünfhunderttausend Euro«, sagte Jeannette.

»Hast du dich schon erkundigt?«

»Ja, während du mit deiner Tochter telefoniert hast.«

Isabelle hatte während des Frühstücks angerufen. Sie war überrascht, dass Martins Wohnung leer war, und wusste nichts von der Fahrt nach Bordeaux. Marion hatte also jemand anderen gefunden, um auf ihren Sohn aufzupassen. Oder sie war nicht weggefahren.

»Er hat es als Sonderangebot gekauft, für vierhunderttausend. Als seine Frau starb, bekam er von der Lebensversicherung zweihunderttausend Euro. Er hat ein Häuschen verkauft, das er von seiner Mutter geerbt hatte, und auch sein früheres Boot. Die restlichen vierzigtausend hat er sich von der Bank geliehen. Aber du hast recht, für einen Segelfan reicht das als Mordmotiv vielleicht aus.«

»Das glaubst du genauso wenig wie ich.«

»Genau. Selbst wenn seine Frau nicht tot wäre, hätte er ein neues Boot kaufen können. Er verdient nicht schlecht und braucht keine Miete zu zahlen. Ein Arzt mit guter Kundschaft kann sich durchaus zweihundertfünfzigtausend auf der Bank leihen. Dafür zu töten lohnt sich nicht, und außerdem …«

»Sind da noch die anderen fünf Verschwundenen«, sagte Martin. »Okay, lassen wir ihn erst mal außen vor.«

»Warum grinst du?«

Er antwortete nicht.

Sie wurde rot.

Anna Roland-Massard, dreiunddreißig, geschieden, ohne Kind, wohnhaft in der Vorstadt von Nizza. Absolventin der Kunstakademie, Innenarchitektin, verschwunden am 9. Dezember 2002.

Nach Jeannettes Liste war Anna Roland-Massard das zweite Opfer.

»Über ihre Eltern und die Familie wissen wir nichts«, sagte sie. »Wir müssen nach Nizza fahren.«

Sandrine Wieslowski, vierunddreißig, verheiratet, zwei Kinder, wohnhaft in Molsheim bei Straßburg. Absolventin der Hotelfachschule, Geschäftsführerin des Hotel Mercure. Verschwunden am 19. August 2003.

»Die dritte wohnte im Osten«, sagte Martin, als er die Notizen las. »Wir werden viel herumfahren müssen.«

»Ich habe doch meine Tochter.«

»Kann denn keiner auf sie aufpassen?«

Als Antwort seufzte sie nur.

Die vierte, Viviane Thibaud, Kanadierin, die in Lyon wohnte, wurde etwa fünfzehn Monate nach Verschwinden der vorherigen vermisst gemeldet.

»Was ist zwischen Ende August 2003 und November 2004 passiert?«, fragte Martin.

»Man weiß es nicht. Er hat vielleicht in der Schweiz, Belgien, England oder anderswo sein Unwesen getrieben«, mutmaßte Jeannette. »Ich sehe mir die Dateien von Interpol an.«

»Du kannst es versuchen, aber ich glaube das nicht. Die sieben Opfer lebten in Frankreich. Sein Jagdgebiet ist hier.«

»Ich überprüfe es trotzdem.«

Danach schwiegen sie wieder.

»Er hat Angst gehabt«, sagte Martin plötzlich.

Jeannette richtete sich auf.

»Irgendetwas muss geschehen sein«, sagte er, »vielleicht hat er einen Fehler gemacht und hatte zu viel Angst weiterzumachen. Bis seine Lust zu stark wurde.«

»Bei den beiden ersten Malen hat es wie am Schnürchen geklappt«, sagte Jeannette. »Und daraufhin ist er unvorsichtig geworden. Er hält sich für unbesiegbar. Du hast recht, das ist möglich.«

Sie spürte, wie ihre Aufregung wuchs. Sie hatten etwas in der Hand. Es war nur sehr wenig, aber etwas anderes hatten sie nicht.

»Wir müssen herausfinden, ob etwas Ungewöhnliches passiert ist, als die Elsässerin, das dritte Opfer, verschwand. Am 19. August 2003. Irgendein Zwischenfall.

Sie sah in ihre Akten.

»Ihr Mann war und ist wahrscheinlich immer noch Physiotherapeut. Er heißt Jean Wieslowski.«

Martin nahm sein Mobiltelefon und wählte die Nummer der Auskunft.

»Ich hätte gern die Nummer von Jean Wieslowski, wohnhaft in Molsheim bei Straßburg.«

Es dauerte, bis die Antwort kam.

»Sind Sie sicher? Suchen Sie unter Physiotherapeut. Na gut, danke«, sagte er, bevor er auflegte. »Offenbar wohnt er nicht mehr in Molsheim.«

»Versuch es in Paris«, schlug Jeannette vor. Er ist in Paris geboren und vielleicht nach dem Tod seiner Frau wieder zurückgekommen.«

Martin nahm wieder sein Telefon.

»Dieser Fall wird sündhaft teuer«, sagte er.

»Ich hätte es mit dem elektronischen Telefonbuch genauso schnell geschafft, und das hätte nichts gekostet«, sagte Jeannette.

Es gab tatsächlich einen Jean Wieslowski, Physiotherapeut im XIV. Arrondissement.

Er wählte die Nummer.

9

7. Juni

Einen Moment diskutierten sie. Sollten sie vor oder nach dem Treffen mit dem Physiotherapeuten essen gehen?

Martin kannte ein kleines italienisches Restaurant vorn in der Rue Froidevaux, kurz vor der Place Denfert-Rochereau. Es wäre besser, nach ihrer Verabredung dorthin zu gehen, beschlossen sie einmütig.

Der Physiotherapeut empfing sie in seiner Praxis, einer kleinen Wohnung, die er in einen Behandlungsraum umgewandelt hatte. Er war weiß gekleidet, hatte ein Mondgesicht und einen rundlichen Körper. Er wirkte sehr jung für sein Alter und hatte einen braunen Dreitagebart, vermutlich, um nicht zu kindlich auszusehen. Er lächelte freundlich, hatte Wurstfinger und sah sie mit leichtem Misstrauen an. Diesen Ausdruck kannten die Polizisten gut, oft hatten ihn auch gänzlich Unschuldige.

»Es ist bald vier Jahre her«, sagte der Mann und bot ihnen die beiden Sitze vor seinem Schreibtisch an, der dicht am Behandlungstisch stand. »Seither hat sich mein Leben sehr verändert. Ist irgendwas passiert? Haben Sie neue Erkenntnisse?«

»Eigentlich nicht«, sagte Martin und kam damit Jeannette zuvor. Ohne zu wissen warum, hatte er spontan beschlossen, nichts von dem siebten Opfer zu sagen, das überlebt hatte.

»Bei der Arbeit an einer Statistik über Vermisste«, fuhr Jeannette fort, »haben wir festgestellt, dass Ihre Frau zu einer Serie von sechs Frauen gehören könnte, die in den letzten fünf Jahren verschwunden sind.«

Der Mann sagte nichts und sah sie nacheinander an. Sein Misstrauen war verschwunden, er war jetzt eher verblüfft. Plötzlich ging in ihrem Rücken die Tür auf.

»Entschuldigen Sie bitte«, sagte eine Frauenstimme. »Ich dachte, du hättest jetzt keine Patienten mehr.«

»Das ist meine Frau Isabel«, erklärte Wieslowski den beiden Polizisten. »Wir arbeiten zusammen.«

»Isabel mit e-l am Ende«, betonte die Frau.

Sie lächelte und zeigt ihre schönen Zähne.

»Die beiden sind Polizisten.«

Auch sie sah sie misstrauisch an und verzog entsprechend den Mund.

Bullen? Und was wollen die hier?, schien sie sich zu fragen. Sie war hübsch, an die dreißig, hatte klare Gesichtszüge, dunkles, kurzgeschnittenes Haar, dunkle Haut und schwarze Augen. Sie war eher klein, kräftig und weiß gekleidet wie ihr Mann.

Sie sah der Toten überhaupt nicht ähnlich. Von ihr ging etwas aus, was Martin in leichte Erregung versetzte. Ein paar Sekunden sahen sich die beiden an. Lange hatte Martin nicht mehr so viel Lust gespürt und auch nicht so aus heiterem Himmel.

»Es geht um Sandrine«, fuhr der Mann fort. »Andere Frauen sind verschwunden, genau wie sie. Es sind sechs.«

Isabel Wieslowski sah sie an und begriff nicht, was er meinte. Wieder starrte sie Martin an.

»Es verschwinden dauernd Leute, oder? Frauen, Männer, Kinder ...«

»Das stimmt. Aber es gibt ein paar Hinweise darauf, dass diese Fälle miteinander zu tun haben«, erklärte Martin.

»Können Sie sich an irgendetwas Ungewöhnliches erinnern, das an dem Tag geschah, als ihre Frau verschwand?«, fragte Jeannette den Physiotherapeuten.

»Ich war ja nicht hier, sondern im Urlaub in der Bretagne.«

»Wir haben Ihre Aussage gelesen, aber Sie hätten ja vielleicht etwas erfahren können.«

»Was für ein Ereignis denn?«, fragte Isabel und sah Martin an. »Etwas wie ein Einbruch oder ein Feuer? Meinen Sie das?«

»Zum Beispiel«, antwortete Jeannette.

»Merkwürdig, jetzt wo Sie es sagen – war in diesem Sommer in Molsheim nicht irgendwas, Isabel?«

»Wie soll ich das wissen?«, antwortete Isabel. »Da kannten wir uns doch noch gar nicht.«

»Ja, um diese Zeit muss das gewesen sein«, sagte der Physiotherapeut dann, »im August. Ich war am anderen Ende Frankreichs und habe erst viel später davon erfahren, und da Sandrine verschwunden war, habe ich auf andere Dinge kaum geachtet. Aber ich glaube, an diesem Tag ist in unserem Viertel ein Polizist umgekommen. Er soll Selbstmord begangen haben.«

»Er hat Isabel als seine Frau vorgestellt«, sagte Jeannette auf der Treppe zur Metro. »Aber das ist gar nicht möglich. Er konnte doch gar nicht wieder heiraten. Sandrine ist noch nicht lange genug verschwunden. Ich weiß nicht, ob es dir aufgefallen ist, aber Isabel hat mich kein einziges Mal angesehen. Es war, als wäre ich nicht da, auch als ich ihr eine Frage gestellt habe. Ich hasse es, wenn Leute sich so benehmen.«

Martin sagte nichts dazu. Er konnte sich in dieser Hinsicht nicht beklagen.

Im Büro ließen sie sich per Internet alles schicken, was über den Polizisten in Molsheim zu finden war, der am 19. August nahe dem Gebäude, in dem Sandrine Wieslowski gewohnt hatte, umgekommen war; an jenem 19. August, an dem Sandrine für immer verschwunden war.

Albert Wiesner, im gehobenen Dienst der Schutzpolizei, fünfundfünfzig, geschieden, ein erwachsenes Kind, war hinter dem Steuer seines Wagens gefunden worden, mit einem Kopfschuss, seine Dienstpistole zwischen den Schenkeln.

Bei der Autopsie hatte man Selbstmord festgestellt, obwohl der technische Dienst zwei Entdeckungen gemacht hatte, die dem widersprachen: zu wenig Pulverpartikel in den Handflächen des angeblichen Selbstmörders und das Verschwinden der Kugel, die man in der Wand auf der anderen Straßenseite hätte finden müssen.

Was den ersten Punkt betraf, so konnte Wiesner die Pistole in ein Taschentuch gewickelt haben, als hätte er es nicht ertragen, das Mordinstrument zu sehen. Man hatte kein Taschentuch entdeckt, aber in der Einschusswunde hatte man Reste weißen Stoffs gefunden.

Mehrere Vermutungen waren wegen des Verschwindens der Kugel geäußert worden, manche konnten zutreffen, andere nicht.

»Offenbar haben sie alles getan, um den Selbstmord glaubhaft zu machen«, sagte Jeannette.

Wiesner hatte schon ein Jahr zuvor einen Selbstmordversuch unternommen, als ihn seine Frau verließ. Sein Vater war im Juli gestorben und er wollte in Vorruhestand gehen.

»Wie alt war sein Vater, als er starb?«

»Davon steht nichts im Bericht.«

»Er muss etwa achtzig gewesen sein, wenn Wiesner fünfundfünfzig war«, sagte Jenanette. »Einen Selbstmordversuch, weil seine Frau abgehauen ist, verstehe ich ja, aber kennst du viele Leute, die sich das Leben nehmen, weil ihr achtzigjähriger Vater gestorben ist? In solchen Augenblicken ist man traurig, aber man bringt sich doch nicht um. Sie haben die Ermittlungen im Sande verlaufen lassen, davon bin ich überzeugt. Den Ermittlern passte es in den Kram, dass sich Wiesner umgebracht hatte. Aus welchem Grund auch immer, aber ich halte es für viel wahrscheinlicher, dass er ermordet wurde, weil er etwas gesehen hatte.«

»Die Entführung von Sandrine?«

»Ja. Er ist am selben Tag umgekommen, nur wenige Meter von dem Haus entfernt, in dem Sandrine Wieslowski wohnte. Glaubst du an solche Zufälle? Vielleicht hat er es gesehen. Vielleicht hat er sogar versucht einzugreifen. Da hatte der Mörder ein Riesenproblem. Er ist entkommen, aber er hat erst vierzehn Monate später wieder angefangen.«

So viel sagte Jeannette selten auf einmal. Aber sie hatte recht. Diese beiden Ereignisse mussten miteinander zu tun haben.

»Du musst nach Molsheim fahren«, sagte er. »Sprich mit seinen früheren Kollegen, seiner Familie. Wenn die Buchhaltung die Kosten nicht übernehmen will, leih ich dir das Geld.«

»Dazu gibt es keinen Grund.«

»Ich brauche keine Miete zu zahlen, und ich zahle nur die Hälfte der Windeln und Fläschchen. Ich habe kein Problem damit.«

Sein Scherz ging daneben. Jeannette verstand nicht, wie er seine Vaterschaft einfach hatte aufgeben können. Sie war deswegen schockiert und hatte es ihm auch gesagt.

»Du musst nur jemand finden, der auf dein Kind aufpasst«, sagte er.

Jeannette seufzte. Sie musste ihre Mutter bitten, und dafür würde sie bezahlen müssen.

7. Juni

Martin konnte nicht einschlafen. Er dachte weder an die verschwundenen Frauen noch an den in seinem Wagen ermordeten Bullen, er dachte auch nicht an sein Baby, das drei Kilometer von ihm entfernt lebte, er dachte an die Frau des Physiotherapeuten, Isabel. Er stellte sie sich nackt vor, streichelte ihr den Nacken und die braunen glatten Haare. Er stellte sich vor, wie ihre Haut sich anfühlte, wie die Brustwarzen aussahen, ihren weichen Bauch und den Flaum auf ihren runden Schenkeln. Die Gänsehaut, wenn er sie streichelte. Die Haut auf der Innenseite der Schenkel, die immer weicher wurde, je mehr sich die Hand den Leisten näherte. Er lag im Bett und war erregt.

Seit Wochen, Monaten war er abstinent, und der intensive Sport dämpfte seine Lust nicht. Eine verheiratete Frau, das könnte eine unkomplizierte Beziehung werden. Sich vergnügen ohne Dramatik und ohne Eifersucht. Isabel. Natürlich hieß sie fast wie seine Tochter, das war nicht von Vorteil. Isabel. Vielleicht spanischer Herkunft mit ihrer braunen Haut, den dunklen Augen und Haaren. Eine Physiotherapeutin. Nach besonders hartem Training könnte sie ihn massieren. Martin grinste. Er war kein Romantiker und wollte sich nicht unbedingt wieder verlieben. Aber der Körper einer Frau fehlte ihm. Besonders der dieser Frau, jener Isabel, die er zwölf Stunden zuvor noch gar nicht gekannt hatte.

Mit diesem Gedanken schlief er ein.

Um halb sieben weckte ihn das Telefon. Es war der Generalstab.

10

8. Juni

Ort des Verbrechens war eine Toreinfahrt in einer kleinen Straße des XI. Arrondissements. Opfer war eine Frau, so war es fast immer. Ihr Mörder war vermutlich ein Mann, wie fast immer. Sie war tot, der Hinterkopf zerschmettert von der in den Zement eingelassenen bronzenen Arretierung an der Innenseite ... Spuren auf den nackten Unterarmen ließen erkennen, dass sie sich gewehrt hatte. Ihr Kiefer war gebrochen.

In den Nachbararrondissements waren kürzlich zwei andere Frauen auf gleiche Weise angegriffen worden, die eine war sofort tot, die andere lag noch immer im Koma. Deshalb hatte man die Kriminalpolizei in der Person von Martin hinzugezogen.

Es hätte genügt, wenn Martin gekommen wäre, als die Leiche bereits im Leichenschauhaus lag, aber der Kriminalpolizeibeamte vom Dienst im Kommissariat des XI. Arrondissements kannte ihn und hatte den Generalstab gebeten, ihn vor allen anderen zu benachrichtigen. Er arbeitete am liebsten mit Martin und wusste, dass er Tatorte mochte. In Wahrheit mochte Martin Tatorte überhaupt nicht, aber er musste das Ambiente sehen, und zwar am besten, bevor die Leiche weggeschafft wurde. Das gehörte zu seinen Methoden und stärkte ihn in seiner Entschlossenheit.

Das Drama ließ sich leicht rekonstruieren. Als er ihr die Handtasche stahl, hatte der Angreifer die Frau so heftig ins Gesicht geschlagen, dass sie nach hinten fiel, weil sie mit dem

Absatz ihres Schuhs zwischen zwei Steinplatten hängen geblieben war. Sie war offenbar gleich tot gewesen.

Sorgfältig vermied Martin es, die Markierungen des technischen Dienstes zu berühren, und beugte sich über das Opfer. Es war deutlich zu erkennen, wo sie der Hieb getroffen hatte, die rötliche Wunde war groß wie ein Zwanzigcentstück, zwischen der Unterlippe und der Spitze des Kinns. In der Mitte der Stelle, die keine Zeit gehabt hatte, sich zu einem Hämatom zu entwickeln, sah man eine Art Zeichnung, eine kleine gebogene Linie, einen winzigen runden Punkt und einen anderen vertikalen Strich, auf halber Höhe von der Andeutung eines Querstrichs durchkreuzt. Martin zeigte die Zeichnung einer Technikerin und bat sie, Nahaufnahmen von der Aufschlagstelle zu machen.

Die Frau stellte einen Fotoapparat auf ein Stativ neben das Gesicht der Toten und stellte den Scheinwerfer ein. Die schon trüb gewordenen blauen Augen blitzten wie Schmuckstücke.

Die Technikerin war unzufrieden. Sie nahm ein Stück Pappe, um das Tageslicht so gut wie möglich fernzuhalten, und stellte das Stativ so niedrig wie möglich.

Das Halogenlicht zerlegte das Gesicht in Schattenzonen und die Zeichnung mitten in der roten Stelle wurde erstaunlich plastisch.

»Das ist mit einem Ring gemacht worden«, sagte sie, während sie die Aufnahmen machte. »Wahrscheinlich ein Siegelring.«

»Du hast recht, das sind Initialen«, sagte Martin. »Ein S und ein H, oder ein S und ein E.«

Sie wechselte das Objektiv und machte weitere Aufnahmen.

»Wenn wir sie entwickelt haben, kann man es noch besser lesen. Glauben Sie mir. Wir kriegen diesen Hurensohn.«

Martin blickte auf, erstaunt über so viel Heftigkeit. Normalerweise waren die Leute vom technischen Dienst distanzierter.

Sie lächelte ihm zu und zuckte die Schultern.

»Entschuldigung«, sagte sie.

»Das macht doch nichts. Grüßen Sie Bélier von mir.«

Bélier war die Chefin, eine schöne rothaarige Frau, die hinkte. Martin schätzte sie sehr. Auf dem Weg zur DPJ rief Martin Olivier an. Jeannette war im Zug nach Molsheim unterwegs.

Er bat den jungen Mann, alle in Paris und in den umliegenden Departements festgenommenen Gewalttäter aufzulisten, die nicht mehr im Gefängnis waren und die Initialen S für den Vornamen, H oder E als Nachnamen hatten.

Als er ankam, zeigte ihm Olivier auf dem Bildschirm eine starke Vergrößerung, die die Technikerin geschickt hatte. Auf dem Foto waren die Poren und kleinsten Unregelmäßigkeiten der Haut zu erkennen, eine glänzende und unebene Wüste, von hellbeigefarbenen Linien durchzogen, vielleicht Spuren von Schminke, darunter das rötliche Netz Tausender geplatzter Blutgefäße.

Die Form und Tiefe des vom Druck des Ringes verursachten Zeichens wurden noch durch das helle Licht und den Kontrast des Bildes verschärft. Kein Zweifel, die beiden Buchstaben waren S und H.

Olivier hatte bereits zwölf Namen auf seiner Liste.

8. Juni

Jeannette legte im Regionalzug die Frauenzeitschrift, die sie am Bahnhof gekauft hatte, beiseite, machte es sich auf dem engen Sitz bequem und versuchte, sich alles zu vergegenwärtigen, was sie über die sechs verschwundenen Frauen wusste. Da ihr das nicht genügte, las sie zweimal die Aussage von Véronique Legat, dem siebten Opfer, dann ließ sie ihren Gedanken freien Lauf und sah die Landschaft vorüberziehen.

Sie wollte noch am Abend zurückfahren und vor morgen Abend ihre Tochter wieder abholen, da ihre Mutter sie nur für eine Nacht beherbergen konnte. So war es immer, wenn sie sie brauchte. Sie dachte an die beiden verwitweten Männer, denen sie begegnet war, Liéport und Wieslowski. Ihre Frauen hatten sich ähnlich gesehen, das konnte man von ihnen aber nicht sagen. Liéport war sportlich, braungebrannt und hatte regelmäßige Gesichtszüge, der rundliche Physiotherapeut mit dem sorgsam gestutzten Bart war das ganze Gegenteil von ihm. Bis auf eines. Sie beide waren in Gesundheitsberufen tätig.

Jeannette ging wieder die Liste mit den Opfern durch. Der geschiedene Mann der zweiten Verschwundenen, Anna Roland-Massard, war Angestellter bei einem Notar, die vierte und fünfte Frau waren unverheiratet und der Mann des sechsten Opfers, Georgine Liévin, war Unternehmenschef. Sie notierte sich, dass sie untersuchen musste, ob sich Liéport und Wieslowski vielleicht begegnet waren. Aber wenn es so war, was bedeutete es dann?

Sie dachte an Liéport, dieser Mann hatte ihr gefallen. Wenn er nicht so weit weg wohnte, hätte sie versucht, ihn wiederzusehen. Sie wurde rot, als ihr einfiel, dass Martin es bemerkt hatte.

Sie schlief ein und träumte von ihm. Sie fuhren in einem Boot. Sie hatte Angst, das Meer war aufgewühlt und er beruhigte sie, indem er nah bei ihr blieb, an sie geschmiegt, hinten im Boot, während über ihnen das weiße Segel knatterte und der vom Lack glänzende Baum hin und her schlug wie eine riesige Keule, die von der Schot im Zaum gehalten wurde. Sie schmiegte sich an ihn, das Gesicht feucht von der Gischt, und spürte, wie der Mann mit seiner Hand unter ihre Kleider glitt. Sie stöhnte und von diesem Stöhnen wurde sie wach. Sie sah sich um, erschrocken von der Idee, dass sie jemand gehört haben könnte. Das Abteil war schon halb voll. Aber die drei Passagiere, deren Profile sie sah, schienen nicht auf sie zu achten.

Sie war schweißgebadet und ihr Geschlecht war feucht. Sie hatte Entzugserscheinungen. Das war nicht ihr heißester Traum, auch brauchte sie keinen Freud, um ihn zu deuten. Aber eine solche Körperreaktion war übertrieben. War sie verliebt? Sie bemühte sich, diese Idee beiseitezuschieben. Man verliebt sich nicht in jemanden, den man nur einmal gesehen hat.

Sie schlief nicht wieder ein und die letzte Dreiviertelstunde bis Straßburg kam ihr endlos vor.

Um 11.42 Uhr kam sie an und fuhr zehn Minuten später im TER nach Molsheim weiter. Sie erreichte den Ort um 12.03 Uhr und machte sich zum Kommissariat auf.

8. Juni

»Sieh mal«, sagte Olivier zu Martin und zeigte ihm die Namensliste mit Datum. Ich glaube, der ist es, Soleiman Heddad.

»Was bedeuten die Daten neben seinem Namen?«, fragte Martin.

»Am 12. Februar wird er aus der Haft freigelassen, nach einem Streit in einem Nachtclub. Am 14. wird die erste Frau überfallen, am 2. März kommt er wieder aus der U-Haft, aus dem gleichen Grund wie vorher. Am 6. März wird eine andere Frau überfallen und stirbt auf der Stelle. Am 20. März wird er wegen eines anderen Gewaltdelikts gefasst und zu fünf Monaten Freiheitsentzug verurteilt, davon zwei mit Bewährung. Er kommt am 5. Juni auf freien Fuß. Am 8. wird die dritte angegriffen und ermordet.«

»Wie alt ist er?«

»Fast neunzehn. Seit er zwölf ist, wurde er bis zum achtzehnten Geburtstag sechsundsiebzig Mal festgenommen, wegen Diebstrahls, Vandalismus, Prügeleien und Körperverletzung. Er war, bis er sechzehn wurde, in einer Einrichtung untergebracht.«

»Hatte er denn Zeit genug, sechsundsiebzig Delikte zu begehen?«

»Er ist schlau.«

»Hast du eine Ahnung, wo man ihn finden könnte?«

»Nach neuesten Erkenntnissen lebt er in einem besetzten Haus im XV. Arrondissement. Dort haben sie ihn beim letzten Mal geschnappt.«

Rue de la Croix-Nivert, mitten in einem lebhaften Einkaufsviertel mit vielen Büros, gingen Olivier und Martin durch ein Tor und durch eine schmale gepflasterte Gasse zwischen Gebäuden, die besetzten Häusern im Osten von Paris alle Ehre machten.

Als Pariser wussten sie, dass es in den feinsten Vierteln Elendsquartiere gab, genau wie man am Nord- oder Nordostrand von Paris Wohngebäude findet, die auch im vornehmen Auteuil oder Passy stehen könnten.

An den Wänden waren Gerüste mit den Schildern von Bauunternehmern zu sehen. Säcke mit Zement und Gips waren am Fuß der Metallgerüste aufgeschichtet, wie zum Beweis, dass kein Hausbesitzer, der klar im Kopf ist, Wohnungen, die zwischen acht und zehntausend Euro pro Quadratmeter kosten, vergammeln lassen konnte.

»Zweiter Hinterhof, erste Etage«, raunte Olivier, der sein Notizbuch konsultierte.

Sie überquerten den ersten Hof und gingen durch einen langen Gang, bevor sie wieder an die frische Luft kamen. Der zweite Hof war winzig, fast wie ein Brunnenschacht, am Boden eine dicke Schicht Schutt. Rings um den kleinen Hof waren die Fenster bis zur zweiten Etage mit Zementblöcken zugestellt, doch das hatte die Hausbesetzer offenbar nicht abgeschreckt.

»Ich glaube kaum, dass er wieder hergekommen ist«, sagte Martin und blickte nach oben.

In diesem Augenblick hörte er einen dumpfen Knall und spürte mehr, als er es sah, dass Olivier gleich neben ihm zu Boden fiel.

Instinktiv warf er sich auf die Seite. Gerade rechtzeitig, um einem zweiten Geschoss auszuweichen.

Der Zementblock landete auf dem Schutt, Splitter und Brocken fielen in alle Richtungen.

Martin hatte sich zu Boden geworfen und er lag nun dort in seinem schönen neuen Leinenanzug, gleich neben Olivier, der bewusstlos dalag, die Glieder ausgestreckt und den Kopf voll Blut.

Martin sprang auf, packte seinen Mitarbeiter unter den Achseln und zog ihn in den Gang, um ihn in Sicherheit zu bringen, dabei zog er den Kopf ein. Zwei weitere kleinere Geschosse sausten herunter, ohne ihn zu treffen. Die Zementblockstücke zersprangen auf dem Boden. Martin zückte sein Walkie-Talkie und rief einen Krankenwagen. Zur Antwort erhielt er unverständliches Knistern. Er zögerte. Es wäre besser gewesen, Olivier nicht mehr zu berühren. Aber er konnte ihn hier nicht einfach liegen lassen und musste das Risiko eingehen. Die Leute, die geworfen hatten, wussten, dass sie nur über den Weg, über den sie gekommen waren, zurückgehen konnten. Auf der anderen Seite war der Gang versperrt. Er hob einen fast leeren Gipssack auf und warf ihn auf den Hof. Keine Reaktion.

Dann nahm er Olivier auf den Arm und rannte los.

11

8. Juni

Jeannette aß in einem Bistro in der Nähe des Kommissariats von Molsheim einen Salat mit Nüssen und Käse. Der Kommissar, der ihr gegenübersaß, war kaum älter als Olivier, aber sonst hatten sie keine Ähnlichkeit. Ein junger Verwaltungsangestellter in einem grauen Wollanzug und einer blauen Krawatte, mit bleichem Gesicht, einer Hühnerbrust und ordentlich geschnittenem Haar. Er hatte sicher ein Juraexamen und ein Diplom als Kommissar und vielleicht war er auch noch Politologe …

Er wollte sie einladen, denn es beeindruckte ihn, dass sie einen so weiten Weg zurückgelegt hatte, um in einem vermutlichen Entführungsfall zu ermitteln.

»Ich würde gern den Ort sehen, an dem es geschehen ist«, sagte Jeannette.

»Ich lasse Sie von einem meiner Männer begleiten, der die Stadt wie seine Westentasche kennt.«

Meine Männer, dieser Ausdruck von einem Kerl mit so einem Jungengesicht, das war zum Lachen, aber Jeannette bedankte sich.

»Kein Problem. Aber Sie werden dadurch nicht viel erfahren. Ich habe mir den Bericht angesehen. Keine Zeugen. Keine Indizien. Vielleicht führt Sandrine Wieslowski ja nun ein glückliches Leben in Südamerika.

»Kannten Sie Alfred Wiesner?«

Einen Moment schien er verwirrt.

»Nein. Ich bin sechs Monate nach seinem Selbstmord hergekommen. Ich habe aber seine Akte durchgesehen. Er war ein guter Polizist, aber er hatte private Probleme. Warum interessieren Sie sich für ihn?«

»Ich glaube, er wurde ermordet.«

Er sah sie so verblüfft an, dass sie fast in Lachen ausgebrochen wäre.

»Wissen Sie etwas, was ich nicht weiß?«

Plötzlich erschien ihr der Zusammenhang zwischen dem Verschwinden von Sandrine Wieslowski und dem Tod des Bullen viel weniger zwingend. Sie wagte sich trotzdem vor.

»Ich habe die Akte von Wiesner genau gelesen. Die Umstände seines Todes und den Grund, warum er sich das Leben genommen haben soll. Die Ermittlungen haben mich nicht überzeugt. Da sind zu viele offene Fragen. Warum soll er sich weit von zu Hause mitten auf der Straße in seinem Auto umbringen? Meistens ziehen sich Selbstmordkandidaten nach Hause zurück. Man hat auch keine Kugel gefunden, dabei hätte sie in der gegenüberliegenden Wand stecken müssen. Außerdem ist er an dem Tag gestorben, an dem Madame Wieslowski verschwunden ist, im selben Viertel.«

»Welche Straße?«

Sie sah in die Akte.

»Rue du Docteur Keller.«

»Und wo wohnte Madame Wieslowski?«

»In der Rue Passante.«

Der Kommissar zog einen Stadtplan aus seiner Tasche.

»Schauen Sie. Das ist nicht nur dasselbe Viertel«, sagte er. »Die Rue du Docteur Keller ist sogar die Parallelstraße der Rue Passante. Die Häuser mit den geraden Zahlen der Rue Passante liegen auch an der Rue Keller. Das ist wirklich frappierend.«

Jeannette fühlte, wie ihre Wangen heiß wurden. Ihre an den Haaren herbeigezogene Vermutung bekam ein neues Gewicht und sie bedauerte, dass sie nicht selbst darauf gekommen war.

»Verschiedene Auffälligkeiten haben mich auf die Idee gebracht, dass er sich nicht das Leben genommen hat, sondern den Mann überraschte, der Sandrine Wieslowski entführte, und dass dieser Mann ihn dann umgebracht hat«, erklärte sie.

»Ich bin erstaunt, dass darauf niemand gekommen ist«, sagte er. »Ich weiß nicht, ob Sie recht haben, aber das ist Grund genug, die Ermittlungen wiederaufzunehmen. Ich kümmere mich darum.«

Sie hatte mit Gleichgültigkeit oder Feindseligkeit gerechnet und lächelte ihn jetzt dankbar an. Er hatte ihr den Weg zur nächsten Frage geebnet.

»Gibt es einen Grund, weshalb die Ermittlungen über den Tod von Wiesner so wenig gründlich waren?«, fragte sie.

Auch wenn ihr Gesprächspartner noch nicht lange auf seinem Posten war, so war diese Frage doch riskant. Der junge Kommissar lächelte und sie war erleichtert.

»In den letzten Jahren hat es eine Menge übereilter Ermittlungen gegeben. Das Kommissariat ging langsam den Bach runter. Mein Vorgänger hat seine Pensionsansprüche wahrgenommen, ebenso wie die Hälfte seiner Leute aus dem gehobenen Dienst.«

Er hatte genug gesagt. Mehr würde er nicht preisgeben. Er schützte seine Institution.

»Ich kann Ihnen versichern, dass ich die Akten der neu Hinzugekommenen genau studiert habe.«

Der Ausdruck *meine Männer* klang nun in diesem Zusammenhang glaubhafter. Sie hatte ihn unterschätzt. Sie täuschte sich nicht gern in Menschen, aber es war besser, wenn es so herum war. So war sie wenigstens positiv überrascht und das war ein Ausgleich für die lange und unerbittliche Zunahme von Menschenverachtung und Zynismus, die das Schicksal aller erfahrenen Polizisten war. Jeannette hatte sich eines Tages geschworen, wenn sie menschenverachtend und zynisch würde und unempfindlich für das Böse und das Leid der Opfer, dann würde sie den Beruf wechseln, koste es, was es wolle.

»Ich habe den Eindruck, dass hier Unrecht geschehen ist«, fuhr der junge Kommissar fort. »Wenn Wiesner versucht hat, ein Verbrechen zu verhindern, und deswegen getötet wurde, dann möchte ich, dass dies bekannt wird und der Mistkerl, der ihn getötet hat, nicht so leicht davonkommt.«

»So einfach ist das nicht. Die Sache ist etwas über vier Jahre her.«

»Wenn es etwas zu finden gibt, dann finden wir es.«

Jeannette versuchte nicht, die Begeisterung des jungen Mannes zu dämpfen – sie hielt ihn für wesentlich jünger als sich selbst, dabei betrug ihr Altersunterschied wahrscheinlich nicht mehr als drei oder vier Jahre.

Der Führer, den der Kommissar ihr zur Verfügung stellte, hieß Jean. Er war älter und seinen Augen war sein Zynismus schon abzulesen. Er führte sie zu einem modernen Gebäude von drei Etagen an einer von Bäumen und Büschen gesäumten Allee.

An der gläsernen Eingangstür gab es einen Code.

Jeannette und ihr Führer sahen sich die Briefkästen an, das Treppenhaus aus falschem Marmor, die Tür, die ins Untergeschoss, den Keller und zum Parkplatz führte, und sie gelangten in ein Labyrinth, das weder durch Schlösser noch durch einen Code gesichert war. Der Ort war sauber und ziemlich luftig.

Mülleimer und Heizung befanden sich auf derselben Höhe wie Keller und Parkplatz.

Jeannette orientierte sich an dem Bericht von Véronique Legat und versuchte sich vorzustellen, was hier geschehen war. Aber es war vielleicht keine gute Idee, die beiden Überfälle zu vergleichen. Die Tatorte waren zu verschieden. Der Kidnapper hatte vielleicht nicht vom Keller oder Parkplatz aus agiert. Er hatte sein Opfer vielleicht einfach in ihrer Wohnung in seine Gewalt gebracht und dann auf die Straße getragen. Sandrine Wieslowski hatte in der ersten Etage gewohnt. Es gab also nur wenige Stufen zu überwinden.

Es war möglich, dass Albert Wiesner ihn dabei überrascht hatte, und so musste er ihn loswerden. Aber wie konnte man zugleich mit einer dreißigjährigen Frau fertigwerden und außerdem mit einem Bullen, der vielleicht alt, aber erfahren war, ohne die geringste Spur zu hinterlassen oder von jemandem gesehen zu werden?

Jeannette erinnerte sich an einen Bericht, den sie einmal gelesen hatte. Es ging darin um die Verfolgung eines berühmten russischen Serienkillers, den Metzger von Rostow. Die Ermittler hatten nie verstehen können, mit welchem Kunststück der Mann es schaffte, seine Opfer dazu zu bringen, ihm in eine nicht einmal besonders einsame Ecke zu folgen, wo er die schlimmsten Gräueltaten an ihnen verübte. Keine hundert Meter von ihnen entfernt ging das Leben einfach weiter. Er hatte Frauen, Männer, Kinder getötet, ein paar Schritte von einem Bahnhof entfernt, in einer Allee hinter einer belebten Straße, auf dem Parkplatz eines Geschäftes, in dem viel los war, ohne je erwischt zu werden. Als sei er für niemanden außer für seine Opfer sichtbar. Für die russischen Ermittler lag etwas Übernatürliches in der Art und Weise, in der der Mörder agierte.

Als Jeannette das Gebäude hinten in der Rue du Docteur Keller verließ, sah sie sich um. Vielleicht war Sandrine Wieslowski um diese Zeit, am frühen Nachmittag, entführt worden. Der 19. August 2003 war ein Dienstag gewesen. Heute war Donnerstag, ein Tag mitten in der Woche. Im August 2003 war es extrem heiß und trocken gewesen. Da war die Straße bestimmt noch leerer gewesen als jetzt, und die wenigen Menschen, die nicht arbeiteten oder nicht in Ferien gefahren waren, schützten sich vor der brennenden Hitze hinter geschlossenen Läden und Vorhängen in ihren Wohnungen, und die, die sich rechtzeitig welche besorgt hatten, ließen Ventilatoren und Klimaanlagen auf vollen Touren laufen.

»Wiesner hatte keinen Dienst«, sagte Jeannette. »Was könnte er hier gemacht haben?«

»Soweit ich weiß, kannte er hier jemanden.«

»Eine Frau?«

Er nickte.

Seine Zurückhaltung verriet, dass er mehr darüber wusste, als er zugab.

Und er war hierhergekommen, um sich in der Nähe seiner Liebsten umzubringen? Warum? Hatte sie ihn verlassen?

»War sie verheiratet?«, fragte sie hartnäckig.

»Das behaupteten sie im Büro«, sagte er. »Er galt als Schürzenjäger. Außerdem war er in der Gewerkschaft.«

»Ist das ein Grund, der Sache nicht genauer nachzugehen? Um sein Privatleben nicht öffentlich auszubreiten und einen Skandal zu verhindern?«

Sie fragte sich, ob vielleicht Wiesner und Sandrine Wieslowski ... Aber da waren zu viele Fragezeichen.

»Könnte jemand wissen, wer diese Frau war?«

»Er hatte einen Freund, einen Buchhändler. Ich habe es erfahren, weil der einmal eine Anzeige wegen Diebstahls erstattet hat, und Wiesner hat mich gebeten, mich um ihn zu kümmern. Er war sein bester Freund. Sie waren zusammen auf dem Gymnasium. Er heißt Raoul Lang.«

»Würde es Ihnen etwas ausmachen, mich zu ihm zu bringen?«

Jeannette stieg vor zwei großen Kisten voller Bücher aus dem modernen Antiquariat rechts und links von einer schmalen Tür aus dem Wagen.

»Brauchen Sie mich noch?«, fragte Jean.

»Nein danke, Sie haben mir sehr geholfen.«

Er gab ihr seine Karte.

»Hier steht meine Handynummer drauf. Fahren Sie heute wieder?«

»Ja.«

Er zwinkerte ihr zu und lächelte sie zum ersten Mal an.

»Also, das Nachtleben in Molsheim besichtigen wir beim nächsten Mal. Viel Glück! Rufen Sie mich ruhig an, wenn es etwas gibt. Ich bin im Büro und erledige Papierkram. Dann habe ich einen guten Grund aufzuhören.«

Der Laden war ein langer, schmaler Raum, an allen Wänden Bücher bis zur Decke. Raoul Lang – das musste er sein –, gut sechzig Jahre alt, tiefe Raucherfalten auf den Wangen, dickes langes weißes Haar, machte gerade Schreibarbeiten auf einer

Ecke des Ladentisches, auf dem ein so hoher Bücherstapel lag, dass er herunterzufallen drohte.

Er sah Jeannette über seine Lesebrille hinweg auf sich zukommen. Er war nicht größer als sie.

»Polizei?«, fragte er.

Sie zog ihre Marke hervor. Er lächelte sie an.

»Ich bin Anarchist, aber deswegen kommt eine so hübsche Frau wie Sie bestimmt nicht zu mir. Ich habe schon lange keine Bomben mehr gelegt.«

»Ich bin wegen Albert Wiesner zu Ihnen gekommen. War er Ihr Freund?«

»Ja, obwohl auch er Bulle war. Er war ein guter Typ.«

»Glauben Sie, dass er Selbstmord begangen hat?«

»Nein, natürlich nicht. Fangen Sie endlich an, die Ermittlungen in dem Fall wiederaufzunehmen? Hat man Ihnen gesagt, dass ich sie alle furchtbar beschimpft habe, als sie die Sache ad acta legten?«

»Nein.«

»Sind Sie neu im Kommissariat von Molsheim?«

»Nein, ich komme aus Paris.«

»Und in Paris interessiert man sich für Alberts Tod?«

»Nicht unbedingt. Aber ich müsste Ihnen ein paar Fragen stellen, nicht umgekehrt.«

»Möchten Sie einen Kaffee?«

»Ja, bitte.«

Er führte sie nach hinten in eine winzige, aber geschmackvoll eingerichtete Wohnung, die auf einen kleinen Garten voller Rosenbüsche, Flieder und wildem Jasmin hinausging.

»Man kann Anarchist sein und trotzdem Blumen lieben«, sagte er, nachdem Jeannette den Garten gelobt hatte.

Er bot ihr einen Stuhl an einem kleinen eisernen Gartentisch unter einem Strauch an und holte die Kaffeekanne und zwei Tassen.

»Ich antworte gern auf all Ihre Fragen über Albert, aber vorher möchte ich wissen, wozu.«

Selten hatte Jeannette so viel instinktive Sympathie für einen Unbekannten empfunden.

12

8. Juni

Die beiden anderen bekannten Ausgänge des besetzten Gebäudes waren verriegelt worden, aber nachdem Martin und die Kollegen vom XV. Arrondissement alle Stockwerke durchsucht hatten, fanden sie nur zwei Lebewesen: eine Katze und ein junges Mädchen ohne Papiere, schwanger und voller Drogen, wahrscheinlich aus Osteuropa.

Sie versuchten vergeblich, sie zu befragen, dann brachten sie sie in eine soziale Einrichtung.

Sie hatte nicht auf die Polizisten geschossen, sie war kaum in der Lage zu gehen. Dem oder den Schuldigen musste es gelungen sein, über die Dächer zu entkommen.

Olivier hatte sich ein Schlüsselbein gebrochen und einen Riss am Scheitelbein mit der Folge einer Gehirnerschütterung, und die Ärzte hielten sich mit ihrer Diagnose noch zurück.

Martin ging zu der Zeitung, bei der Oliviers Freundin arbeitete, erzählte ihr vorsichtig, was geschehen war, und fuhr mit ihr ins Krankenhaus. Von dort rief er auch Oliviers Mutter an, die in einem Vorort lebte. Sie sagte ihm, sie würde sobald wie möglich ins Krankenhaus fahren, und bat ihn, auch Oliviers Vater anzurufen, von dem sie seit zehn Jahren geschieden war und dessen Adresse sie nicht mal mehr kannte.

Danach kam Martin in sein Büro zurück und las aufmerksam die Akte von Soleiman Heddad. Er war Franzose und 1987 in Les Mureaux im Departement Yvelines geboren. Auf den Erkennungsfotos zog der Gefangene das Kinn ein und hielt die Augen halb geschlossen, als wolle er dem Objektiv so wenig wie möglich von sich preisgeben. Er hatte kurzgeschorene Haare und runde Wangen und sah so alt aus, wie er war. Er wog siebzig Kilo und war 1,72 Meter groß. Ein Junge, der aussah wie Tausende andere, nur dass er vor seiner Strafmündigkeit schon sechsundsiebzig Mal festgenommen worden und vermutlich für den Tod von zwei Frauen verantwortlich war.

Martin rief das Kommissariat von Les Mureaux an, nannte seinen Namen und erkundigte sich nach der Person, die den Verdächtigen am besten kannte. Da man es nicht wusste, verband man ihn mit dem Dienststellenleiter, der Sekretärin des Kommissars und schließlich mit dem Kommissar selbst.

Der verband ihn mit dem Chef für öffentliche Sicherheit, der mehrfach mit Soleiman Heddad zu tun gehabt hatte.

Kurz vor der Rushhour fuhr Martin zur Gare Saint-Lazare. Er stieg in die obere Etage eines fast leeren orangefarbenen Zuges und schlug die Zeitung *Le Monde* auf. Nach einer halben Stunde hatte er die meisten Artikel über Politik und Gesellschaft und einen großen Teil der Literaturseiten überflogen.

Polizisten in Uniform gingen durch den engen Gang und musterten ihn von Kopf bis Fuß. Ein alter afrikanischer Arbeiter wurde wach und stieg eilig in Poissy aus, ein paar Jugendliche, Jungen und Mädchen, alle mit MP3-Playern, standen laut redend zwischen Passy und Les Clairières vor der Schiebetür. Mit dreißig wird die junge Generation taub sein, sagte sich Martin.

Der Bahnsteig in Les Mureaux lag auf einer Brücke von der aus man hinunter auf den Bahnhof sehen konnte, einen Bau aus den siebziger Jahren aus Glas und Stahl, außerdem die gerade, von grünen Bäumen und beigefarbenen zehnstöckigen

Gebäuden gesäumte Avenue. Unterhalb des Bahnsteigs stand auf dem Parkplatz neben dem Bahnhof ein schwarzweißes Auto in der Taxireihe, Martin hätte gern ein weniger auffälliges Fahrzeug gehabt.

Etwa fünfzehn Reisende gingen zusammen mit ihm die Treppe hinunter. Ihm fiel auf, dass er der einzige Weiße war. Am Ausgang hielt ihn ein Schwarzer mit gedrungener Gestalt in schwarzer Lederjacke und dunkler Hose auf.

»Sind Sie Kommissar Martin? Ich bin Commandant Rivière.«

Martin fragte ihn nicht, wie er ihn erkannt hatte.

Die beiden Männer gaben sich die Hand und Rivière führte Martin zu einem grauen dreitürigen Peugeot 206 mit verbeulten Stoßstangen und der Autonummer 78 von Les Yvelines, das mit eingeschalteter Warnblinkanlage unter der Brücke an der Avenue an verbotener Stelle geparkt war.

Es roch darin nach gestocktem Fett und Schweiß. Die Rücksitze waren entfernt und durch eine fleckige braune Schaumgummimatratze ersetzt worden, innen war an beiden Seiten der Karosserie eine Eisenstange angebracht.

Der Wagen diente wohl nicht nur dem Transport von Gefangenen. Das fettige Papier und die MacDonald's-Verpackungen am Boden ließen darauf schließen, dass er auch für Observationen benutzt wurde.

»Tut mir leid«, sagte Rivière, also sie losfuhren, »aber da, wo wir hinfahren, nehme ich lieber das als eine Kutsche mit Batman auf dem Dach.«

»Wo fahren wir denn hin?«

»Zu der Mutter Ihres kleinen Schützlings.«

»Der, den Sie meinen Schützling nennen, hat einen meiner Jungs übel zugerichtet und auch drei Frauen, von denen zwei tot sind«, antwortete Martin barsch.

»Das war nicht böse gemeint«, antwortete Rivière. »Ich verstehe, ich hätte damit keine Scherze machen sollen. Wie kommen Sie darauf, dass er wieder hier ist?«

»Nichts Genaues«, gab Martin zu, »außer dass sie meiner Erfahrung nach zum Ausgangspunkt zurückkehren, wenn sie sich verfolgt fühlen.«

»Das könnte hinhauen«, sagte Rivière. »Besonders weil er noch jung ist und viele Zufluchtsorte hat er bestimmt nicht. Warum sind Sie so sicher, dass er es war bei den drei Frauen?«

Martin erzählte vom Siegelring und den Daten.

»Die Daten, das ist interessant«, sagte Commandant Rivière. »Bei dem Siegelring bin ich mir nicht so sicher. Die Initialen müssten wirklich genau mit den Eindrücken auf der Haut übereinstimmen und man müsste eine DNA von dem Ring abnehmen, denn solche Initialen sind Mode und stimmen nicht unbedingt mit dem Namen des Ringbesitzers überein. Vielleicht ist es der Name einer Bande oder des besten Freundes oder der Freundin. Oder der von einem oder mehreren mythischen Helden ... Ich rede vielleicht zu viel, aber SH, das könnte Saladin Hulk heißen oder Sismic Haschisch, verstehen Sie, was ich meine?«

Martin nickte nur.

Sie näherten sich riesigen braunen, heruntergekommenen Wohngebäuden.

»Hier sind wir in Les Bougimonts«, sagte Rivière. »Eine der ältesten Siedlungen in Frankreich nach diesem Modell. Seit 1960 hat das Viertel einen schlechten Ruf. Stellen Sie sich vor. Fast fünfzig Jahre. Sie haben versucht, ein paar Leute wiedereinzugliedern, aber es hat nicht viel genützt.«

Er stieg aus dem Wagen und überquerte den Parkplatz aus rissigem Teer voller Unkraut und ging zu einem Bau, der aussah wie ein Schilderhäuschen aus Beton. Der größte Teil war mit alten und neueren Graffiti besprüht.

Rivière schob die Tür auf und ging als Erster hinein. Das enge Treppenhaus war noch mehr besprüht als die Fassade.

»Erst vor zwei Wochen wurde hier alles neu gestrichen«, sagte Rivière. »Die Kommune will es so, aber es kostet ein Vermögen und nützt gar nichts. Sie sollten besser neue Krippen aufmachen und neue Stellen im Kommissariat schaffen. Ich habe drei Kinder und das Geld für das Kindermädchen zieht mich aus bis aufs Hemd.«

Er blieb in der ersten Etage stehen und klopfte an die vierte der zwölf Türen an dem Flur.

Man hörte ein Geräusch hinter der Tür, der Spion wurde einen Moment dunkel und eine dicke kleine Frau in traditionellem Gewand öffnete.

»Guten Tag, Monsieur le Policier«, sagte sie müde, »Soleiman ist nicht da.«

»Dürfen wir mal nachsehen?«, fragte Rivière höflich.

Sie trat zur Seite und ließ sie in die winzige Diele.

»Was hat er denn jetzt schon wieder angestellt?, fragte die Frau und schob sie ins Wohnzimmer.

»Große Dummheiten«, sagte Rivière. »Sehr große Dummheiten. Und wenn jemand ihm hilft, der Polizei zu entwischen, kriegt auch der großen Ärger.«

Die kleine Wohnung war bestens gepflegt und es roch gut nach Honig und Öl.

In der Mitte des Wohnzimmers, das mit Wandteppichen geschmückt war, stand ein ziseliertes Kupfertablett auf einem niedrigen Tischchen. Darauf standen kleine Teegläser um einen Teller herum, auf dem zwei mit Puderzucker bestreute Kekse lagen. Die Spuren der aufgegessenen Kekse waren auf dem Teller deutlich zu erkennen, auf dem glänzenden Tablett waren kleine weiße Puderzuckerreste zu sehen. Jemand hatte sich gerade bedient, und es war nicht die Frau gewesen.

Sie lächelte sie mit ihren Goldzähnen bemüht an.

»Möchten Sie Tee oder Kaffee?«

Die Schlafzimmer lagen zur anderen Seite des Gebäudes hin. Sie waren in der ersten Etage. »Entschuldigen Sie«, sagte Martin, »ich muss meine Tochter anrufen. Das hatte ich ganz vergessen. Vielen Dank für den Empfang, Madame.«

Er ging hinaus, so schnell er konnte, und rannte zur Rückseite des Gebäudes.

An der Ecke stieß er auf vier Jugendliche. Sie hatten alle kurzgeschorene Haare und waren größer als er, mit einer Ausnahme. Soleimann war an seinen runden Wangen und den halbgeschlossenen Lidern leicht zu erkennen.

Martin beschloss, nur ihn anzusprechen.

»Guten Tag, Soleiman«, sagte er und bemerkte, dass der junge Mann tatsächlich einen Ring trug – genau wie die drei anderen.

Sie sahen ihn ohne besondere Furcht an. Sie waren in ihrem Revier und dieser Weiße mittleren Alters mit der gedrungenen Gestalt hatte für sie nichts sonderlich Beunruhigendes. Auch wenn sie vermuteten, dass er ein Bulle war.

»Ich kenne dich nicht, komischer Franzose«, sagte Soleiman.

»Wo kommst du her?«, fragte der Größte von ihnen und ging auf Martin zu, während die anderen begannen, ihn einzukreisen.

Martin spürte, dass die Situation kritisch wurde. Er hatte mit einem Flüchtigen gerechnet, nicht mit vier Soldaten einer Bande, die ihm ans Leder wollte.

Soleimann machte eine spöttische Handbewegung und begab sich außer Reichweite, er nutzte seine Freunde als Schutzschild, der größte von ihnen baute sich vor Martin auf.

Er spürte, dass sich die beiden anderen von hinten näherten. Er schlug seinen ersten Gegner mit der Faust gegen das Brustbein und stieß den Ellbogen gegen die Brust desjenigen, der ihn von hinten an der Schulter gepackt hatte.

In diesem Augenblick fiel etwas aus dem Gebäude herunter und traf Soleiman. Der Junge brach brüllend zusammen und nach kurzem Zögern machten sich seine drei Gefolgsleute fluchend und durch die beiden heftigen Schläge von Martin ramponiert so schnell sie konnten aus dem Staub.

Rivière packte den Jungen und schob ihn, die Handschellen bereits im Rücken, zu Martin hinüber.

»Hauen wir ab, bevor sie mit ihren Kumpels wiederkommen«, sagte er.

Die beiden Bullen fassten ihre Beute an den Achseln und rannten mit ihr bis zum Auto.

Rivière öffnete die hintere Klappe, Martin packte den Jungen am Gürtel, der den letzten Meter im Flug zurücklegte. Dann sprang auch Martin in den Kofferraum, Rivière schloss die Klappe, kletterte hinter das Steuer und fuhr schnell los.

Martin machte den Gefangenen mit Handschellen an der Stange fest, nahm ihm den Ring ab und leerte seine Taschen. Auf dem Ring waren die Initialen SH deutlich zu erkennen. Er fand 130 Euro in Fünfziger –, Zwanziger- und Zehnerscheinen, außerdem Kleingeld, einen Personalausweis, ein Klappmesser mit einer achtzehn Zentimeter langen Klinge, zwei kleine Mobiltelefone, drei Schlüsselbunde, von denen einer ebenso wie die Autoschlüssel vielleicht seinem letzten Opfer gehörten, zwei Präservative und das Foto eines Mädchens mit geöffneten Schenkeln.

»Kannst du mir sagen, woher alle diese Schlüssel stammen?«, fragte Martin ihn.

Soleiman wandte ihm grinsend den Kopf zu.

»Wenn ich aus dem Knast komme, bumse ich deine Frau,

du bist tot und deine Augen werden von Würmern gefressen.«

Martin begegnete Rivières Blick im Rückspiegel. Was er sagen wollte, war klar, es hatte keinen Sinn, es zu versuchen, er würde nichts erfahren.

»Können Sie für seine Überstellung sorgen?«, fragte Martin.

»Wenn der Staatsanwalt es genehmigt.«

Soleiman schlug um sich, traf Martin an den Rippen. Der brummte und setzte sich auf den Rücken des Jungen.

»Es gibt noch eine andere Lösung«, sagte Rivière. »Ich kenne einen Ort, an dem wir ihn freilassen können.«

»Ach, tatsächlich?«, sagte Martin und tat, als stimme er ihm zu. Auch wenn er nicht wusste, worauf Rivière hinauswollte.

»Wir fahren über die Seine und besuchen die Gegend von Chanteloup. Dort mögen sie die Jungs aus Les Mureaux gar nicht, am wenigsten die aus Bougimonts. Ich brauche an der Ampel nur nach rechts zu fahren statt nach links, und in weniger als einer Viertelstunde sind wir da.«

Martin spürte, wie der Körper des Jungen erstarrte.

»Gut«, sagte er, »fahren wir nach Chanteloup.«

»Nein«, sagte Soleiman leise, »tun Sie das nicht, nicht dahin.«

»Kannst du mir sagen, woher die Schlüssel stammen?«, fragte Martin wieder.

Der Junge wandte den Blick ab.

»Wie heißt noch mal der Junge aus Chanteloup, der sagte, er schneidet dir die Eier ab?«, fragte Rivière munter.

»Nein, das nicht«, rief Soleiman, »das nicht! Das dürfen Sie nicht.«

»Ach was? Das dürfen wir nicht?«, rief Rivière. »Hast du das gemeint? Wir dürfen alles mit solchen Scheißkerlen wie dir.«

»Woher kommen die Schlüssel?«, fragte Martin noch einmal.

»Ich habe sie gefunden.«

»Alles klar, auf nach Chanteloup«, sagte Rivière.

Der Junge brüllte und wand sich unter Martins Gewicht.

»Man kann ganz gut leben ohne Eier«, fuhr Rivière fort und lachte. »Auch deine Vorfahren, die als Eunuchen im Harem waren, haben nicht schlecht gelebt. Es störte sie nicht, und vielleicht macht dich das ruhiger. Du kriegst dann eine schöne, helle Stimme. Das nennt man Sopran.«

»Nein«, sagte der Junge und begann zu wimmern.

»Doch«, sagte Rivière, »wir sind gleich da. Ich fahr ein bisschen durch die Gegend, damit ich deine alten Kumpel finde, die so gerne Hoden abschneiden. Sie sind oft hinter dem Atac-Supermarkt, stimmt's?«

Der Junge jammerte nun ununterbrochen. Er kannte die Bullen der Gegend gut, aber offenbar glaubte er hundertprozentig an Rivières Bluff. Er hatte weder vor Rivière noch vor Martin Angst und auch vor keiner Autorität. Aber der feindlichen Gang in die Hände zu fallen, war ein furchtbarer Gedanke. Martin fragte sich, ob seine Angst begründet war und ob Rivières Bluff wirklich einer war. *Der Krieg der Knöpfe*, drei Generationen später. Heutzutage tötete der kleine Gibus Frauen mit Fausthieben, um sie zu bestehlen, und in den Bandenkriegen begnügte man sich nicht mehr mit dem Abschneiden von Knöpfen.

13

8. Juni

Fünf Tage waren seit dem Überfall im XI. Arrondissement vergangen. Bisher war nichts Katastrophales passiert. Aber er hatte das Gefühl, dass irgendetwas im Gange war und erst aufhören würde, wenn ... wenn was? Wenn man ihn entdeckte und verhaftete? Das war undenkbar, unvorstellbar.

Er legte Haushaltswaren in den Einkaufswagen und dachte nach. Als er merkte, dass die Waschmittel nicht mehr am alten Platz waren, brummte er irritiert. Er sah sich hilfesuchend um. Eine Frau hatte seinen Ärger bemerkt und amüsierte sich darüber. Sie lächelte ihn an, er lächelte zurück. Sie war blond und eher hübsch, ein schönes Stück für seine Sammlung. Doch sie passte ihm nicht. Außerdem war dieser Lebensabschnitt vorbei. Und er war zu nah an seiner Wohnung. Wenn er hätte weitermachen müssen, dann wäre er anderswohin gegangen, irgendwohin, aber es war vorbei.

Vor dem nächsten Regal stieß er wieder auf sie. Sie sagte ein paar Worte und kam näher. An ihrer natürlichen Art, ihn anzureden, begriff er, dass sie ihn kannte. Er brauchte ein paar Augenblicke, bis er wusste, wer sie war. Er hatte sie bestimmt ein Jahr nicht mehr gesehen. Sie erzählte vom Studium ihres Sohnes und ließ mittendrin locker fallen, vor fast einem halben Jahr habe sie sich von ihrem Mann getrennt. Sie war recht attraktiv und ganz und gar sein Typ, aber er biss nicht an. Vielleicht später, wenn er den Kopf wieder frei hätte. Für eine Beziehung ohne Geschichte, ohne Ritual und ohne plötzliches Ende.

Er verabschiedete sich, sah auf die Uhr, vergaß sie sofort und wandte sich wieder seiner Hauptbeschäftigung zu.

Jetzt hatte das Spiel begonnen, und er selbst war der Auslöser des Ganzen. Er hatte es eröffnet, indem er die siebte Frau freigelassen hatte. Er wusste es. Es war ganz logisch, dass er sich ihrer schneller entledigt hatte als der anderen, weil das Ritual mit ihr ihn nicht mehr befriedigte, und er würde sich keine der Fragen stellen müssen, die er sich jetzt stellte. Das Verschwinden der siebten hätte sicher nicht mehr Widerhall hervorgerufen als das der ersten sechs.

Und zugleich ... Hatte er sich das nicht eigentlich gewünscht? Dass die sechs anderen Vermisstenfälle eines Tages wieder ans Licht kamen, dass seine Taten nicht ganz unsichtbar blieben, selbst auf die Gefahr hin, dass man ihn schnappte?

Wenn es stimmte, dann bedeutete das, dass keiner der bewussten Gründe, sein Opfer am Leben und unbeschädigt zu lassen, richtig war. Er hatte es nicht aus Gründen des »Gleichgewichts« getan oder weil er spürte, ein »Zyklus« sei zu Ende und er nun etwas Neues beginnen müsse. Sein Desinteresse, sein geheimes Ritual fortzusetzen, war verdächtig.

Zu seiner tiefsten Verblüffung und Enttäuschung stellte er fest, dass er genau so war wie andere narzisstisch-sexuelle Straftäter, deren Berichte er gelesen hatte, die die öffentliche Wahrnehmung ihrer Taten so sehr genossen, dass sie eines Tages wichtiger für sie war als ihre Freiheit und ihr Überleben.

Wenn dies zutraf, war das erschreckend, denn es bedeutete, dass ein Teil von ihm, stark und autonom, selbstzerstörerisch die erste Runde gewonnen hatte und ihn unter falschem Vorwand etwas Unüberlegtes, Altruistisches hatte tun lassen, das ihn in Gefahr brachte.

Gegen diesen Teil seiner selbst musste er zuerst kämpfen. Der war sein erster und mächtigster Feind. Er musste von jetzt an jede einzelne Handlung lange und genau analysieren, um all ihre Folgen abzuschätzen und herauszufinden, ob sie keine Zeitbombe des inneren Dämons war, über den er keine Macht besaß.

Er wusste jedoch schon, dass sein erster Kampf, um die Dinge wieder zu seinen Gunsten zu verändern, darin bestand, den ersten Fehler zu beseitigen, den er seit der Beinahe-Katastrophe Wieslowski-Wiesner vor vier Jahren begangen hatte.

14

8. Juni

Bevor Martin mit dem Verhör seines Gefangenen begann, fuhr er zu Olivier, um sich zu erkundigen, wie es ihm ging.

Er war bei Bewusstsein, erinnerte sich jedoch an nichts. Er wusste nicht einmal mehr, dass sie ins XV. Arrondissement gefahren und zu dem Gebäude gekommen waren, bei dem er fast sein Leben verloren hätte.

Der Arzt gab sich zuversichtlich. Oliviers Mutter hatte das Krankenhaus nicht mehr verlassen. Martin musste ihr quasi befehlen, sich ein paar Stunden auszuruhen. Das Argument, das sie überzeugte, war: »Sie müssen in Form sein, wenn er wieder aufwacht.«

Gegenüber Soleimann musste sich Martin sehr bemühen, seine Wut und Rachegefühle beiseitezuschieben.

Er bedauerte, dass Jeannette nicht da war.

Er ließ den Jungen in sein Büro bringen und machte ihn mit Handschellen an seinem Stuhl fest.

Die persönlichen Dinge von Soleimann waren schon im Labor der wissenschaftlichen Abteilung.

Der Junge wich seinem Blick aus. Martin fragte sich, ob ihm klar war, dass er die nächsten zwanzig Jahre in einer Zelle verbringen würde.

Er setzte sich ihm gegenüber und legte die Fotos der beiden ermordeten Frauen auf den Tisch.

Soleimann konnte nicht umhin, einen schrägen Blick darauf zu werfen. Martin lehnte sich in seinem Sessel zurück und wartete. Schweigen benutzte er selten als Waffe, aber sie war wirksam, vor allem bei einem jungen Untersuchungsgefangenen, der an Drohungen, Beschimpfungen und Ohrfeigen gewöhnt war.

Soleimann rutschte auf seinem Stuhl hin und her, ihm wurde immer unbehaglicher zumute. Schließlich hielt er es nicht mehr aus.

»Wer sind denn diese Frauen?«, fragte er.

»Vielleicht erkennst du sie nicht, aber es sind zwei der Frauen, die du überfallen hast. Sie sind tot.«

»Ich hab keine überfallen, bist du blöd, oder was?«

»Weißt du, Soleiman, als wir dich verhaftet haben, hast du etwas gesagt, das mich sehr beeindruckt hat.«

Er machte eine Pause. Der Junge wartete, von dem Ton überrascht. Martin sprach langsam, damit er auch verstanden wurde.

»Du hast gesagt, wenn du aus dem Gefängnis kommst, bin ich tot. Ich glaube, du hast recht. Da bin ich tot oder sehr alt, denn bis dahin vergehen zwanzig oder dreißig Jahre. Du wirst dein ganzes Leben im Gefängnis verbringen.«

»Ich war das nicht.«

»Warte, ich bin noch nicht fertig. Du hast eine Chance, eine winzige Chance, aus der Sache rauszukommen, wenn du mir jetzt alles sagst, und vor allem, ob du allein warst oder mit einem Komplizen, als du die Frauen überfallen hast.«

»Ich war das nicht. Ich habe nichts gemacht. Ich kenne diese Tussen nicht. Ich hab sie nie gesehen.«

Martin spürte, wie sein Telefon vibrierte. Er antwortete.

»Bélier«, sagte die bekannte Stimme der Chefin des Labors. »Ich habe zwei Nachrichten für dich.«

»Gute?«

»Eine gute, eine schlechte. Ich fange mit der guten an. Wir

haben die Abdrücke von deinem Soleiman Heddad an einem Fensterrahmen des besetzten Hauses im XV. Arrondissement.«

»Okay. Und die andere?«

»An dem Siegelring sind keinerlei organische Spuren, und der Abdruck passt nicht.«

»Soll das heißen …«

»Er war es nicht, außer er hat seither den Ring ausgetauscht.«

»Nein«, sagte Martin, »das glaube ich nicht. Danke, Bélier.«

Er legte auf.

»Reden wir nicht mehr von den Angriffen auf die Frauen und den Morden«, sagte er zu dem Jungen.

»Dann bin ich also frei.«

»Nicht ganz. Wir reden jetzt über versuchten Mord an einem Polizisten während seiner Arbeit.«

9. Juni

Jeannette kam um 23.30 Uhr an der Gare de l'Est an.

Martin wartete am Ende des Bahnsteigs auf sie.

Plötzlich sah er, wie Marion mit dem Baby auf dem Arm auf ihn zukam. Was machte sie hier? Sie blickte auf ihren Sohn, das lange seidige Haar hing ihr ins Gesicht. Er ging einen Schritt auf sie zu und stellte fest, dass es eine Unbekannte war. Die schlanke Figur, die Kleider und die Haarfarbe hatten ihn getäuscht. Aus der Nähe sah sie ihr nicht einmal ähnlich.

Während ihrer Fahrt hatten Jeannette und er versucht, miteinander zu telefonieren, aber sie wurden dauernd durch den schlechten Empfang unterbrochen, deshalb war kein richtiges Gespräch möglich gewesen. Sie schlief die ganze Zeit, was ihr leichter gefallen war als auf der Hinfahrt. Und so stieg sie recht erholt aus dem Zug.

Martin ging mit ihr ins *Terminus-Nord*. Trotz der späten Stunde war die große Brasserie voll. Ein Ober führte sie ans Ende der Tische in eine ruhige, von einem Paravent geschützte Ecke, wo man nichts hörte als das Klicken von Besteck und gedämpfte Stimmen. Martin ließ Jeannette auf der Bank Platz nehmen.

»Du siehst zufrieden aus«, sagte er und setzte sich.

»Ich habe viel Neues erfahren. Ob uns das alles weiterbringt, ist eine andere Frage.«

Sie hatte sich schon überlegt, wie sie ihm alles am besten berichten würde, aber sie wusste, dass sie Martin auf viele Fragen antworten musste. Für ihn war ein guter Bericht wie das Verhör eines Verdächtigen.

Martin bestellte einen Kir Royal für Jeannette und ein Bier für sich.

»Ich habe einen sehr sympathischen Mann kennengelernt«, sagte sie. »Er hat mir sehr gefallen und ich glaube, ich ihm auch.«

»Ich habe dich nicht dorthin geschickt, um Männer aufzureißen«, brummte Martin.

»Hast du schlechte Laune?«

»Ja, ich dachte, ich hätte den Mörder der zwei Frauen, und habe nur einen Jugendlichen gefunden, der Olivier aus Panik fast getötet hat. Ich hoffe, dir geht es besser als mir.«

»Wie geht es Olivier?«

»Er wird es überleben. Aber wenn er älter wird, könnte er Rückenschmerzen bekommen, meint der Arzt. Arthrose in den Nackenwirbeln.«

Der Kellner brachte die Getränke. Sie stießen an. Sie trank genüsslich ihren Kir zur Hälfte aus.

»Der sympathische Herr heißt Raoul Lang. Er ist Anarchist und war ein Freund des Polizisten, der in seinem Auto vor dem Haus gestorben ist, in dem Madame Wieslowski wohnte.«

»Am Fuß des Gebäudes?«

»Ja, in seinen Augen war Wiesner weder korrupt noch zynisch, ein ehrlicher Bulle, dem die Menschen am Herzen lagen. Er glaubt, er hatte eine Beziehung mit Madame Wieslowski.«

»Hat er sie zusammen gesehen?«

»Nein, aber nach dem, was ich ihm erklärt habe, war sie genau Wiesners Typ. Und er wusste, dass er eine Beziehung zu einer viel jüngeren Frau hatte. Als er starb, hatte er frei und hatte keinen dienstlichen Grund, sich in diesem Viertel aufzuhalten.«

»Viele Wenns und Abers, aber angenommen, er war der Liebhaber von Sandrine Wieslowski, er wurde tot aufgefunden und sie verschwand.«

»Und dann?«

»Raoul ist sich sicher, dass Wiesner sich nicht getötet hat. Er hatte kein leichtes Leben, aber er war nicht depressiv, trotz seines Selbstmordversuchs im Jahr zuvor. Er hatte sich völlig erholt. Vielleicht dank dieser Verbindung.«

»Hast du den Autopsiebericht gelesen?«

»Ja, aber sie haben nur ein Minimum gemacht und nicht gründlich nachgeforscht. Ballistik, Fingerabdrücke an der Waffe, Schmauchtest an den Handflächen, Lage des Körpers, alles passt zusammen. Bis auf ein Detail.«

»Und zwar?«

»Sie haben die Kugel nicht gefunden. Sie hat den Kopf durchschossen und dem Winkel nach zu urteilen hätte sie auf der anderen Straßenseite in einer Wand stecken müssen. Man hat mehrere Erklärungen vorgeschlagen, du hast sie ja auch gelesen. Ein Lastwagen oder ein höheres Auto, zum Beispiel eins mit Vierradantrieb fuhr gerade vorbei und die Kugel ist in das Fahrzeug gesaust oder ein Kind hat sie vor der Mauer gefunden und aufgehoben – sie war aus Nickel und Messing und blitzte in der Sonne. Mehr konnten sie mir nicht sagen.«

»Glaubst du, er wurde getötet und am helllichten Tag in sein Auto gepackt, ohne dass jemand etwas bemerkt hat?«

»Ja, es war im August, mitten in den Hundstagen. Um diese Zeit steckte keiner die Nase vor die Tür. Es war riskant, aber machbar.«

»Dann wäre also eine zweite Kugel abgeschossen worden, damit er Pulverspuren in den Handflächen hat.«

»Genau. Sie wurde aber wirklich abgeschossen.«

»Du hast es also überprüft. Wo geschah das?«

»Im Keller des Gebäudes. Lang ist ein begeisterter Schatzsucher und hat mir einen kleinen Metalldetektor geliehen. Eine Kugel habe ich in der Wand und eine auf dem Kellerboden gefunden. Die in der Wand hat Wiesner getötet. Er ist im Keller umgekommen, nicht in seinem Auto. Danach wurde er weggetragen.«

»Eine Sache passt nicht. Ich will gern glauben, dass sie bei der Autopsie nicht gründlich waren, aber die Ballistiker müssen doch bemerkt haben, dass in Wiesners Pistole nur eine Kugel fehlte. Sonst hätten sie doch nach zweien gesucht.«

»Die zweite kam aus einer anderen Pistole. Wahrscheinlich einer 22-er.«

»Also mit den Pulverspuren hat es auch geklappt. Er hat Wiesner bedroht und in den Keller gebracht, ihn mit der Dienstpistole getötet, dann hat er die 22-er in Wiesners Hand gelegt und wegen der Pulverspuren eine Kugel auf den Boden geschossen. Danach hat er Wiesner in sein Auto gebracht, bevor er sich oben um Sandrine Wieslowski kümmerte. War es so?«

»Ja. Was auch erklärt, dass es nur wenig Pulverspuren auf Wiesners Handfläche gibt. Der Mörder hat unglaubliches Glück gehabt, dass sie ihn nicht erwischt haben. Aber er ist ein solches Risiko eingegangen, dass es ihm in dem Moment egal war.«

»Du hast gute Arbeit gemacht. Glaubst du, dass wir mit der 22-er Kugel etwas anfangen können?«

Jeannette zog eine kleine Streichholzschachtel aus ihrer Tasche und öffnete sie. Zwischen zwei Kosmetikwattebäuschen lag eine Bleikugel.

»Sie drang an einer weichen Stelle in den Boden ein und ist fast wie neu. Wenn man etwas herausfinden kann, schafft Bélier das.«

15

9. Juni

Martin stellte den Wecker seines Handys auf sieben Uhr und stellte fest, dass er zwei Nachrichten erhalten hatte.

Die erste war von Marion, die ihm erzählte, dass sich das Baby einen Virus eingefangen habe. Nach Meinung der Kinderärztin grassiere er im Moment in Paris, aber in ein paar Tagen sei alles wieder in Ordnung. Marion sagte immer Bescheid, wenn ihr Kind veränderte Temperatur hatte.

Die zweite Nachricht kam vom Exmann und vermutlich Witwer von Sandrine Wieslowski.

»Guten Abend, Monsieur, hier Wieslowski. Ich rufe Sie auf den Rat meiner Frau, also Isabel, an. Mir ist noch etwas zu Sandrine eingefallen. Rufen Sie mich auf dem Handy oder in der Praxis an, wenn es Sie interessiert. Danke.«

Es war zu spät, um zurückzurufen, sowohl bei Marion als auch bei Wieslowski.

Woran konnte sich der Physiotherapeut erinnert haben? Und warum ein Rat von Isabel?

Erregung ergriff ihn, aber ein plötzlicher Gedanke störte seine Wunschträume. Er witterte Gefahr.

Sie hatten den Mann, den sie suchten, unterschätzt. Wenn der Mörder begriff, dass sie ihm auf der Spur waren, würde er sofort reagieren. Und als Erstes würde er Véronique Legat, die Zeugin, die überlebt hatte, ausschalten. Wie aber konnte er etwas merken? Wenn er eine der schon befragten Personen war oder mit einer von ihnen Verbindung hatte, genügte das schon.

Plötzlich war Martin nicht mehr müde.

Er stand auf und zog sich an.

Er fand die Telefonnummer von Véronique Legat gleich und zögerte. War es die Sache wert, sie mitten in der Nacht zu erschrecken? Er hatte keine Wahl. Er wählte die Nummer, erreichte aber nur die Mailbox. Sie hatte das Telefon ausgeschaltet.

Er rief die Auskunft an und bat um ihre Festnetznummer. Sie hatte eine Geheimnummer. Per Internet hätte Martin die Hürde leicht nehmen können, doch er hatte keinen Anschluss. Und jetzt würde er auch in der Präfektur kaum jemanden finden, der ihm die Information besorgen konnte.

Mit Bedauern blickte er auf sein Bett, zog sich fertig an, nahm seine Waffe und ging.

Unterwegs rief er Jeannette an. Sie ging weder an ihr Handy noch ans Festnetztelefon. Da fiel ihm ein, dass sie bei ihrer Mutter schlief, weil sie ihre Tochter abholte. Er kannte die Nummer der Mutter nicht und wollte sie auch mitten in der Nacht nicht stören, bloß weil er eine Eingebung gehabt hatte.

Er ging die wenigen Straßen bis zur Rue de la Fontaine-aux-Rois zu Fuß, durch feinen, lauwarmen Regen, von dem er nichts geahnt hatte. Er überlegte, ob er Marion anrufen sollte, die ohne Mühe die Nummer von Véronique Legat herausbekommen hätte, aber er konnte sie um diese Zeit nicht einfach anrufen. Er hatte zu große Angst, dass sie die falschen Schlüsse daraus zog. Da lief er lieber drei Kilometer zu Fuß hin und zurück.

Er war überzeugt, dass er umsonst unterwegs war, zugleich aber ... Wenn er sich nicht geirrt hatte und Véronique Legat heute Nacht entführt würde, dann würde er sich das nie verzeihen.

Er klingelte an der Tür und wartete. Die junge Frau antwortete wenig später, mit hellwacher und keineswegs besorgter Stimme. Doch sie sprach laut, als wolle sie, dass man sie besser hörte. Martin nahm ein Geräusch hinter ihr war. Ob sie es hörte?

Er stellte sich vor.

»Madame Legat. Hier ist Kommissar Martin, ich war vor fünf Tagen mit meiner Assistentin bei Ihnen.«

»Wollen Sie hochkommen?«

»Wenn ich Sie nicht störe.«

Das Schloss klickte und er schob die Tür auf.

Je weiter er in den Flur kam und je höher er die Treppe hinaufging, desto stärker wurde der Lärm.

Die Tür stand offen und er trat ein, ohne zu klingeln.

Ungefähr hundert Leute waren in dem großen Raum versammelt. Und es roch so, als seien viele Gras-Raucher unter ihnen.

Trotz der späten Stunde liefen Kinder zwischen den dicht gedrängten Erwachsenen umher, von denen sich manche sanft zum Klang eines Basses bewegten, der die großen Fenster erzittern ließ.

Martin ging durch die Menge, ein Allerweltslächeln auf dem Gesicht. Plötzlich stand Véronique Legat vor ihm.

Er hörte kaum, was sie zur Begrüßung sagte, und gab ihr die Hand. Sie sagte noch etwas, aber er musste sich zu ihr herunterbeugen.

»Was haben Sie gesagt?«

»Haben Sie ihn verhaftet?«

Er schüttelte den Kopf.

»Ist etwas Neues passiert oder wollten Sie mich bloß wiedersehen?«

Sie sah ihn provokativ an und legte eine Hand auf seinen Arm.

»Gibt es hier einen Ort, an dem wir reden können?«

Sie nickte, führte ihn durch die Menge, die ihnen nachschaute.

Sie öffnete eine Zimmertür. Auf dem Bett lag umschlungen ein junges Paar, inmitten der Mäntel, die die Gäste dort abgelegt hatten.

Sie schloss die Tür und öffnete eine andere. Das Badezimmer.

»Kommen Sie«, sagte sie.

Sie schloss die Tür hinter ihnen und betrachtete sich im Spiegel.

»Ich sehe vielleicht aus! Achten Sie nicht darauf.«

Sie versuchte, ihr Make-up, das ein wenig ausgelaufen war, zu verbessern, ohne viel Erfolg.

Sie trug ein Minikleid aus Goldlamé, die meisten Haken waren offen und man sah die milchige Haut ihrer linken Seite zwischen Achsel und Hüfte, lockige Strähnen hatten sich im Nacken aus ihrer Hochsteckfrisur gelöst. Martin bemerkte, dass sie auf ihren hohen Absätzen leicht schwankte. Er fragte sich, ob sie wohl sehr beschwipst war, und als sie sich ihm zuwandte und ihn anhauchte, begriff er, dass sie sogar ganz schön viel getrunken hatte.

»Wir haben hier ein bisschen Gras im Umlauf, ich hoffe, Sie tun den Leuten nichts.«

»Deshalb bin ich nicht hier.«

Plötzlich ging die Tür auf, der Lärm drang in Martins Rücken in den Raum, er hörte »Pardon«, lautes Lachen, dann schlug die Tür zu.

»Dann habe ich jetzt wohl meinen Ruf weg«, sagte die Frau mit einem breiten Lachen.

Sie klappte den WC-Deckel herunter und setzte sich, beide Beine artig nebeneinander.

Martin setzte sich ihr gegenüber auf den Rand der Plastikbadewanne, die ein hässliches Quietschen von sich gab.

»Was ist los?«, fragte sie mit leicht ernüchterter Stimme. »Gab es ein neues Opfer?«

Martin fiel ein, dass sie von den anderen sechs Opfern nichts wusste. Ob er es ihr sagen sollte? Er zögerte nicht lange.

»Meine Mitarbeiterin hat recherchiert und herausgefunden, dass sechs Frauen, die viel mit Ihnen gemeinsam haben, verschwunden und nie wieder aufgetaucht sind«, sagte er.

Véronique verschränkte die Arme und legte die Hände in unbewusst schützender Pose auf ihre Schultern.

»Ich hatte schon so etwas vermutet«, gestand sie nach einem Moment des Schweigens. »Alles wirkte so gut vorbereitet. Nichts war improvisiert. Er hat mich nicht vergewaltigt, mir nicht mal wehgetan, aber ich denke dauernd daran, was hätte passieren können. Es ist um mich herum, in meinem Kopf, überall. Deshalb habe ich eine Party gemacht, um mal an was anderes zu denken. Aber es funktioniert nicht besonders.«

Sie holte tief Luft und richtete sich auf.

»Wenn ich richtig verstehe, vermuten Sie, dass ich das siebte Opfer sein sollte. Klingt wie ein Filmtitel, nicht? Nein, das zehnte Opfer mit Monica Vitti und Marcello Mastroianni. Ein Film aus den Sechzigern nach irgendeinem Roman von irgendwem. Ein von den Medien übertragenes schauriges Spiel, in dem man versuchen muss, innerhalb der Stadt seinen Gegner zu töten …«

Sie redete schnell, um nicht wieder in die Realität zurückzukehren, die ihr Angst machte.

Die Spiegel in dem engen kleinen Raum waren beschlagen. Martin nahm den Geruch vom Körper der jungen Frau wahr, durch lange Abstinenz äußerst empfänglich.

»Aber warum ich?«, rief sie.

»Weil Sie einem bestimmten Frauentyp entsprechen, der ihm aus Gründen, die wir noch nicht kennen, liegt.«

»Das ist doch keine Antwort! Warum hat er nicht ... warum hat er es nicht bis zum Schluss durchgezogen?«

»Außer ihm weiß das im Moment noch niemand.«

»Glauben Sie, dass er wieder anfangen könnte? Ich meine bei mir?«

»Das glaube ich nicht.«

Sie versuchte zu lächeln, aber ihre Lippen zitterten.

»Was dann?«

»Sie sind die Einzige, die bezeugen kann, dass es ihn gibt«, sagte Martin. »Ihre Aussage hat unsere Ermittlungen in Gang gesetzt. Wenn er intelligent ist, und das ist er zweifellos, dann ist ihm das bewusst.«

»Wollen Sie damit sagen, dass er Einsicht in Ihre Ermittlungen hat? Erzählen Sie der Presse davon?«

»Solange es sich vermeiden lässt, nicht. Aber woher können Sie wissen, dass der Angreifer nicht zu Ihrer näheren oder weiteren Umgebung gehört? Oder vielleicht zu den Leuten, die wir schon befragt haben oder die wir noch befragen müssen, oder dass er diesen Leuten nahesteht?«

»Wollen Sie damit sagen, ich bin in Gefahr?«

»Die Gefahr ist nicht sehr groß, aber man muss sie ernst nehmen.«

»Ich kann mir keinen Leibwächter leisten. Sie wollen doch wohl nicht Ihr Leben hier verbringen?«

»Können Sie nicht jemanden bitten, vorübergehend bei Ihnen zu wohnen?«

Sie überlegte.

»Eine Freundin, ginge das?«

»Ja. Es muss so sein, dass der eventuelle Angreifer nicht

zum Zuge kommt, und wenn Sie immer zu zweit sind, wäre es zu riskant für ihn.«

»Ich kümmere mich drum«, sagte sie.

»Sie müssen auf bestimmte Dinge achten, Vorsichtsmaßnahmen treffen.«

»Das ist ja lustig. Und welche?«

»Ihre Gewohnheiten ändern. Und versuchen, keine mehr zu haben.«

»Zum Beispiel nicht alle zwei Tage nach der Arbeit die Mülleimer herunterbringen?«

»Zum Beispiel. Wir erstellen eine Liste.«

»Und wie lange muss ich das machen?«

»Bis wir ihn fassen oder er stirbt, etwas Besseres kann ich Ihnen nicht sagen.«

Sie rieb sich die Augen.

»Und wenn Sie zehn Jahre brauchen, um ihn zu verhaften?«

Martin zuckte die Schultern. Sie seufzte.

»Ich bin müde. Ich würde am liebsten schlafen, bis Sie ihn erwischen. Und wenn Sie ihn töten, macht mir das nicht allzu viel aus.«

»Letzte Frage: Kennen Sie alle Ihre Gäste?«

Einen Moment später begriff sie den Sinn seiner Frage.

»Ja. Und die meisten schon sehr lange.«

Als Martin das Gebäude verließ, wurde es schon hell und kleine rosa Wolken schwebten über den Dächern. Die Straßen waren leer und glänzten vom nächtlichen Regen.

Die Luft war mild. Doch ihn durchfuhr ein plötzlicher Schauer. Er überquerte die Straße und blieb dort stehen, unfähig, nach Hause zu gehen.

16

9. Juni

Jeannette hätte direkt nach Hause gehen können, um wenigstens eine halbe Nacht ungestört zu schlafen, aber sie wollte gern ihre Tochter vor dem neuen Arbeitstag sehen. Trotz der langen Fahrt duschte sie nicht, um ihre Mutter nicht zu wecken. Sie küsste die Kleine und schlief ein paar Sekunden, nachdem sie sich aufs Kopfkissen gelegt hatte, auf dem Klappbett im Wohnzimmer ein.

Mitten in der Nacht wachte sie trotz ihrer Müdigkeit auf. Sie hatte das Gefühl, etwas verpasst zu haben, aber das lag vermutlich nur an ihren Albträumen. Sie blieb eine Weile mit offenen Augen liegen und blickte ins Dunkel. Was hatte sie übersehen, was hatte sie vergessen?

Sie sah auf ihr Handy und entdeckte einen Anruf. Es war Martin, um halb drei Uhr morgens. Inzwischen war es halb fünf. Sie zögerte. Dann ging sie auf den Flur und rief ihn an.

Er nahm gleich ab und sagte ihr, wo er gerade war.

»Ich komme«, sagte sie.

»Nicht nötig. Ist nur so eine Idee von mir.«

»Deine Ideen sind leider oft sehr richtig. Ich komme.«

Martin entfernte sich mit zögerndem Schritt von dem Gebäude. So wie ein Mann, der nach Hause geht, nachdem er ein Glas zu viel getrunken hat. Wenn der andere ihn beobachtete, konnte er ihn so vielleicht täuschen.

Nach hundert Metern blieb er stehen und versteckte sich in einem Hauseingang.

Konnte es sein, dass Véroniques Angreifer schon wieder am Werk war?

Er musste damit aufhören, sich das zu fragen. Er hatte etwas gespürt, zu Recht oder zu Unrecht, das stark genug war, um ihn am Weggehen zu hindern. Er verließ sich bis zum Beweis des Gegenteils auf diese Eingebung. Schlimmstenfalls kostete ihn das eine schlaflose Nacht.

Was würde er anstelle des Mannes tun, der seiner Beute auflauerte?

Er würde warten, bis die Partygäste in Gruppen herauskamen, und die Unordnung nutzen, um ins Gebäude zu gelangen.

Das hieß, dass er hier irgendwo war … Vielleicht schon oben? Schwer zu glauben. Martin war als einer der Ersten gegangen.

Allmählich kamen Einzelne oder Paare aus dem Gebäude. Nach einer knappen halben Stunde hatte Martin vierzig gezählt. Niemand ging hinein.

War der Mörder schon früher ins Gebäude eingedrungen? Möglich war es. Dann war er jetzt entweder auf der obersten Etage und wartete auf das Ende der Party oder im Keller. Vielleicht sogar in der Wohnung, inmitten der Gäste. Nein. Die Gefahr war zu groß, da sie vermutlich jeden kannte. Außerdem konnte man ihn hinterher leicht identifizieren. Er war in einem Hinterhalt, genau wie Martin, und wartete, dass seine Zeit kam. Dass sie allein war.

Martin sagte sich, der Mörder müsse sie kennen, weil er sie bestimmt lange beobachtet hatte. Er kannte ihre Gewohnheiten. Er wusste auch von der Party und wartete auf eine Schwachstelle, die Martin nicht erraten konnte, denn er kannte die Frau ja kaum.

Er hatte keine Wahl. Er hatte nicht die Rolle des Jägers, sondern die des Beschützers und er hätte nicht weggehen dürfen.

Hoffentlich war es nicht zu spät.

Er vergaß zu gehen wie ein Betrunkener, ging schnell auf das Gebäude zu und klingelte. Eine Männerstimme antwortete, dann hörte man vage Geräusche, danach die Stimme von Véronique.

»Ja, wer ist da?«

»Noch mal Kommissar Martin. Kann ich raufkommen?«

»Ich hoffe, Sie sind niemand, der die Stimme von Kommissar Martin nachahmt. Nein, das war nur Spaß, ich mache Ihnen auf.«

Martin sah sich ein letztes Mal um, dann betrat er den Flur und achtete darauf, ob jemand dort war. Die Mauern vibrierten noch von der Musik.

Er trat auf der Treppe zur Seite, um ein Paar durchzulassen, das herunterkam und sich leise stritt. Als er die Wohnungstür aufstieß, kam gerade ein anderes Paar heraus.

»Sie kommen ein wenig spät, es gibt fast nichts mehr zu trinken«, sagte die Frau und ihr Begleiter lachte.

Martin schloss die Tür hinter sich. Trotz der hohen Lautstärke lagen die meisten, die noch da waren, auf den Sesseln oder am Boden. Sie rauchten, tauschten unverständliche Sätze aus oder schliefen. Véronique begann mithilfe von zwei Freunden, einer Dreißigjährigen, die sehr jugendlich wirkte, und einem fülligen Mann, der sie nicht aus den Augen ließ, die Gläser und Zigarettenstummel auf Tabletts einzusammeln.

Als sie Martin sah, unterbrach Véronique ihre Arbeit und kam zu ihm.

»Haben Sie etwas vergessen?«

»Ich habe gedacht, wo ich schon hier bin, könnte ich gleich mit Ihnen ein paar Sicherheitsfragen besprechen«, sagte Martin.

»Ich bin müde. Ich möchte furchtbar gern schlafen. Können wir nicht bis morgen warten?«

»Natürlich, aber in dem Fall bleibe ich lieber den Rest der Nacht hier, wenn es Ihnen nichts ausmacht.«

Sie kicherte, nahm sich aber gleich wieder zusammen.

»Glauben Sie, er könnte schon da sein?«

»Ich weiß es nicht. Ich denke nicht, aber ...«

»Mir werden die Knie ganz weich«, sagte sie.

Martins Telefon klingelte. Jeannette.

»Ich bin unten. Im Auto.«

»Ich bin oben«, antwortete Martin.

»Ich bleibe hier und passe auf. Treffen wir uns zum Frühstück?«

»Ja.« Er legte auf.

»Es wäre gut, wenn jetzt alle gehen würden«, schlug Martin vor.

Sie nickte und versuchte zu scherzen.

»Alle werden glauben, Sie sind mein Liebhaber.«

»Ich frage Sie noch einmal: Gab es auf dieser Einladung Leute, die Sie nicht kannten?«

Sie dachte nach.

»Ja, ein paar. Aber sie sind alle von Freunden mitgebracht worden. Ich kann mir nicht vorstellen ...«

»Ich frage nur, um nichts zu übersehen. Ich glaube nicht, dass er ein solches Risiko eingegangen wäre.«

Sie stellte die Musik ab, ging zu den letzten Gästen, und fünf Minuten später waren nur noch sie und das Paar da, das beim Aufräumen geholfen hatte.

Sie dankte ihnen, umarmte sie und schloss die Tür hinter ihnen.

Dann hob sie ein paar Gläser und Aschenbecher auf, die ihre Freunde übersehen hatten.

»Ich muss noch ordentlich lüften, bevor die Kleine wiederkommt. Das ist bei den großen Fenstern nicht einfach. Aber ich bringe den Mülleimer und die leeren Flaschen runter.

»Ich helfe Ihnen«, sagte Martin.

Als sie an der Stelle vorbeikam, an der sie angegriffen worden war, sah er, wie sie erstarrte.

»Da geh ich nie mehr allein hin, ich warte, bis ein Nachbar da ist oder die Putzfrau, die die Treppe macht.«

Als sie wieder in der Wohnung waren, gähnte sie und reckte sich, und Martin bewunderte diskret ihre Figur. Nicht diskret genug, denn sie lächelte ihn an, ging ins Badezimmer und nahm ein Päckchen Zigaretten und ein Feuerzeug mit.

»Eigentlich rauche ich nicht mehr, jedenfalls nicht in der Wohnung, wo meine Tochter ist, nur am Fenster, wenn es schön draußen ist, und wenn ich heute eine mehr rauche, macht das nichts, ich kann dann besser schlafen. Sonst schaff ich das nicht. Wollen Sie auch eine?«

Martin lehnte die Zigarette ab, folgte ihr jedoch.

Sie öffnete das Fenster des kleinen Badezimmers und stützte sich auf dem Fensterbrett auf. Draußen sah man einen kleinen Hof und über der hinteren Mauer die nächsten Gebäude und weiter entfernte Dächer, die im künstlichen Licht der Laternen und Neonröhren wie Filmdekor wirkten. Die Luft war angenehm kühl.

»Ich liebe diesen Blick«, sagte sie und trat zur Seite, damit Martin auch Platz hatte.

Sie passten beide so gerade dorthin und Martin spürte wie

schon am gestrigen Abend die Wärme des Körpers dicht an seinem. Ein angenehmes Gefühl, ein idealer Moment zum Flirten.

Sie wandte ihm den Kopf zu, lächelte ihn an, glitt zu Boden. Fast im selben Moment, bevor er begriff, was geschah, hörte Martin ein Klacken, und Blut lief aus dem winzigen Loch oben in der Schläfe der jungen Frau, am Ansatz ihrer blonden Haare.

17

Später, lange nachdem seine Wut verraucht war, schämte er sich immer noch, nicht vorausschauender gewesen zu sein. Er hätte Véronique Legat vor ihren Gewohnheiten, vor allen Gewohnheiten warnen müssen. Martin wusste, dass Gewohnheiten tödliche Fallen sind, sie wusste es nicht. Er hätte nach dem, was sie ein paar Minuten vorher gesagt hatte, begreifen müssen, dass sie jeden Abend dieses Fenster öffnete und vor dem Schlafengehen eine Zigarette rauchte. Er hätte sie daran hindern müssen. Dem Mann, der Véronique Legat viele Stunden beobachtet hatte, konnte diese Gewohnheit nicht entgangen sein.

Eine leicht zugängliche Stelle zu finden, nicht zu weit weg, von der aus er sie sehen und auf sie schießen konnte, war für jemanden, der mindestens sieben Morde verübt hatte, und zwar so geschickt, dass sie so gut wie nie zu Ermittlungen geführt hatten, das reinste Kinderspiel.

9. Juni

Als der Rettungswagen kam, atmete Véronique Legat noch. Sie sicherten ihren Kopf und trugen sie unendlich vorsichtig hinaus. Die Kugel steckte noch im Schädel. Wenn sie nur um einen Millimeter verrutschte, konnte sie die Verletzung noch schlimmer machen und zum Tod führen.

Als die Ambulanz wegfuhr, trat Jeannette zu Martin, der am Hauseingang stand.

»Die Polizisten vom Kommissariat haben schon die Außentreppe abgesperrt, und die Leute vom technischen Dienst sind unterwegs.«

»Wir brauchen eine Liste aller Leute, mit denen wir gesprochen haben, und von allen, mit denen diese Leute geredet haben«, sagte Martin.

9. Juni

Martin stand vor Marions Haus. Er rührte sich nicht.

Bei Véronique Legat hatte sein spontanes Handeln über sein Denken gesiegt. Er hatte geredet und gehandelt, als beherrschte er die Lage. Aber jetzt hatte er nichts vor sich, nichts zu entscheiden, in den nächsten Stunden nichts zu tun. Da war nur große Leere. Er wusste gar nicht, was er vor dem kleinen Haus im IV. Arrondissement sollte, erinnerte sich nicht, wann er beschlossen hatte herzukommen. Eigentlich hatte er gar nichts beschlossen. Seine Füße hatten ihn hierher getragen, ohne dass es ihm bewusst gewesen war.

9. Juni

»Warum haben Sie die Staatsanwaltschaft nicht eher informiert?«

Martin saß dem Vertreter des Staatsanwalts gegenüber.

»Ich erkläre Ihnen, warum, und fange vorne an«, sagte Martin. »Zuerst war da gar nichts. Wenn meine Mitarbeiterin nicht auf die Idee gekommen wäre, alle Akten bis 1995 zurückzuverfolgen, um Ähnlichkeiten mit dem Angriff auf Madame Legat festzustellen, und seien sie auch gering, wären wir nie auf die Idee gekommen, dass es schon früher solche Überfälle gegeben hat. Niemand, kein Polizist, kein Richter, hat jemals eine Verbindung zu den früheren Fällen gesehen.«

»Ich weiß. Aber trotzdem ...«

»Erst seit einigen Stunden, wegen des Mordversuchs, haben sich unsere Vermutungen bestätigt. Und das Erste, was ich tue, ist, Ihnen das Ergebnis dieser Arbeit vorzulegen.«

»Ich verstehe, aber wenn Sie mich früher informiert hätten, hätten wir vielleicht ein Wörtchen mitzureden gehabt und Madame Legat ...«

Martin wartete. Der Vertreter des Staatsanwalts wollte ja wohl nicht behaupten, dass man, wenn er unterrichtet gewesen wäre, nicht auf Véronique Legat geschossen hätte.

Der Beamte merkte, dass er zu weit gegangen war.

»Von nun an wird dieser Fall von der Staatsanwaltschaft überwacht und ich werde ein Verfahren eröffnen. Wir brauchen einen erfahrenen Richter. Und bis er sich um die Sache kümmert, fahren Sie mit Ihrer Arbeit fort. Aber treffen Sie keine wichtige Entscheidung, ohne mich zu beteiligen.«

»Selbstverständlich, Monsieur.«

»Und halten Sie mich nicht zum Narren, Kommissar. Ich weiß, wer Sie sind, ich weiß, was Sie wert sind. Aber ich erinnere Sie daran, dass die Justiz auch ihre Rolle dabei zu spielen hat.«

9. Juni

Fünf Stunden, nachdem sie von der Kugel getroffen worden war, schwebte Véronique Legat immer noch in Lebensgefahr.

Ihr Herz schlug tapfer weiter.

Im Krankenhaus hielten sich Jeannette und Martin von der Mutter, der Schwester und dem Exmann fern.

Martin ließ den Eingang der Intensivstation und den Flur, der dorthin führte, bewachen, was sowohl für seine Verwaltung als auch für die des Krankenhauses schwierig war.

Jeannette hatte begonnen, eine Liste zu erstellen.

Roland Liéport

Wieslowski und seine Frau

Kommissar und Lieutenant von Molsheim

Raoul Lang

Die Liste war nicht lang. Aber das waren die Bäume, hinter denen man den Wald nicht sah. Véronique Legat hatte nur von ihrem eigenen Missgeschick erzählen können, nichts von den anderen Vermissten, denn Jeannette und Martin hatten ihr nichts davon erzählt.

Roland Liéport, der Mann der ersten Vermissten, wusste Bescheid. Wie vielen Leuten hatte er von dem Besuch der Polizisten erzählt? Und Wieslowski und seine Frau? Und das Kommissariat in Molsheim? Die Information hatte sich sicher weit verbreitet. Nichts ist so schwer zu kontrollieren wie die Weitergabe von Informationen oder Gerüchten. Selbst wenn sie alle Leute wiederfinden würden, die von den Ermittlungen erfahren hatten, wäre die Liste nicht vollständig, denn nicht nur einer von ihnen konnte mit einem Dritten darüber gesprochen haben, mit einem Verwandten, einem Freund am Telefon, ohne sich daran zu erinnern.

Möglich war auch, sagte sich Martin, dass der Mörder vielleicht nicht mal etwas von ihren Ermittlungen wusste, aber aus reiner Vorsicht sein Opfer hatte umbringen wollen.

Ein blau gekleideter Arzt kam zur Familie von Véronique Legat, Jeannette und Martin traten näher.

Sie wollten eine Operation versuchen, die viele Stunden dauern könnte. Im Moment sei der Zustand der Patientin stabil, aber es sei noch zu früh, ihre Chancen auszuloten. Selbst wenn sie überlebe, könnte sie irreversible Schäden davontragen.

Niemand stellte dem Arzt eine Frage.

Er ging wieder und die Familienmitglieder saßen weiter beisammen.

Martin setzte sich ans Ende einer Reihe von an der Wand befestigten Stühlen und Jeannette ging nach draußen, um Raoul Lang, den Buchhändler, anzurufen.

Müdigkeit und Abscheu. Noch nie war sich Martin so unnütz vorgekommen. Seit Véronique Legat angeschossen worden war, lebte er in einem Wachtraum. Immer wieder kam er zum Ausgangspunkt zurück. Der Schrei, der Sturz, das Unverständnis. Er hatte erraten, dass der Mörder da war, er hatte sogar das starke Gefühl gehabt, dass er ganz in der Nähe war, hatte aber keine Schlüsse gezogen. Er hatte es zugelassen, dass sich die junge Frau am offenen Fenster der Gefahr aussetzte, und als er gekommen war, hatte er nicht einmal die Öffnung und möglichen Schusswinkel von draußen überprüft. Selbst wenn er an diese Möglichkeit gedacht hätte, wäre er nicht auf die Idee gekommen, dass der Mörder so schnell agieren würde. Bis zu diesem Mordversuch war er nicht mal sicher gewesen, dass er wirklich existierte.

Jeannette telefonierte mit Raoul Lang und notierte die Namen, die ihr Gesprächspartner ihr gab. Bald war das Blatt vollgeschrieben. Der Buchhändler hatte offenbar mit dem halben Viertel über die Sache gesprochen.

Sie wollte ihn schon bitten, mit niemandem mehr darüber

zu reden, aber das Kind war bereits in den Brunnen gefallen. Er hatte es zu vielen Leuten gesagt, die es weitererzählt hatten und so weiter … Es war hoffnungslos.

Jetzt war Liéport dran, und auch da machte sie sich keine Illusionen.

»Außer meinen Patienten wissen alle Bescheid, die ich seitdem getroffen habe«, sagte er. »Warum?«

Sie erklärte es ihm.

Sie hörte einen Moment nichts. Zuerst dachte sie, die Linie sei unterbrochen oder er habe aufgelegt, aber sie konnte ihn atmen hören. Er sagte ihr, es tue ihm sehr leid und er hoffe, dass die junge Frau es überleben würde. Ob sie den Angreifer bald verhaften würden?

»Nein«, sagte Jeannette. »Leider nicht, nur mit einer riesigen Portion Glück.«

»Kommen Sie in der nächsten Zeit wieder nach Bordeaux?«

»Wegen der Ermittlungen.«

»Wenn Sie wieder hier sind und ein wenig Zeit haben, sagen Sie mir Bescheid, ich mache eine Segeltour mit Ihnen, wenn Sie Lust haben.«

»Mein Vater hatte ein kleines Fischerboot in Granville. Manchmal hat er mich mitgenommen.«

»Wir fahren die Flussmündung hinauf. Ich warte auf Sie.«

Jeannette sah die Bilder aus ihrem Traum wieder.

»Danke für die Einladung«, sagte sie. »Aber es geht nicht sofort, später vielleicht.«

Sie legte auf. Irgendetwas an diesem Gespräch hatte sie irritiert. Vielleicht weil sie eine Grenze überschritten hatte, indem sie mit einem Zeugen über persönliche Dinge gesprochen hatte. Warum hatte sie ihm von ihrem Vater erzählt?

»Mindestens dreißig oder vierzig Leute haben es von Lang erfahren ... Und ein gutes Dutzend von Liéport«, sagte sie, als sie zu Martin zurückkam. Seine Kollegen in der Praxis, die Kinderfrau des Mädchens, ein Typ, mit dem er oft segeln geht, seine Nachbarn und Freunde ...«

»Hat er keine Freundin?«, fragte Martin.

»Er hat jedenfalls nichts davon gesagt.«

»Schien er nicht zu fürchten, dass der Mörder durch ihn, direkt oder indirekt, erfahren könnte, dass wir die anderen Opfer entdeckt haben?«

»Nein.«

Martin hatte ausgesprochen, was Jeannette irritiert hatte. Die mangelnde Neugier von Liéport. Der Gedanke, dass der Mann, der seine Frau entführt hatte, aus seiner Umgebung stammen könnte, hätte ihm den Atem rauben müssen. Oder ... er hatte seit dem Besuch der Polizisten so viel an die Entführung seiner Frau gedacht, dass er schließlich selbst darauf gekommen war, dass er den Mörder kennen könnte, und Jeannettes Fragen hatten ihn nicht überrascht.

Jeannette nahm wieder ihr Telefon zur Hand.

»Ich rufe das Kommissariat in Molsheim an«, sagte sie zu Martin. »Kümmerst du dich um den Physiotherapeuten?«

»Mist, Wieslowski hat gestern versucht, mich zu erreichen, weil er sich an etwas erinnerte, und ich habe vergessen, ihn zurückzurufen.«

»Vielleicht gehst du dort vorbei. Ich fahre ins Büro zurück.«

Jetzt, wo alles vorbei war, erinnerte er sich an die letzten Stunden in ihrer Gesellschaft und die Gefühle, die er gehabt hatte, den Ursprung aller weiteren Ereignisse.

»Kannst du dich an deinen ersten Liebhaber erinnern?«, hatte er sie gefragt.

»An manche ja. Wollen Sie mich töten?«

»Ich liebe dich schon so lange.«

Er legte die Hand auf ihre Hüfte und die Oberschenkel, streichelte sanft ihre Wangen. Die Haut der jungen Frau zitterte bei dieser Berührung.

»Erzähl mir von ihnen. Wie alt warst du, als du begonnen hast, mit ihnen zu schlafen?«

». . .«

»Wenn du mir nichts zu sagen hast, gehen wir zum nächsten Punkt über. Was meinst du, worauf du liegst?«

»Auf Plastik.«

»Warum?«

». . .«

»Ich verstehe, dass es dir schwerfällt, das zu sagen, aber das musst du.«

Er machte am Boden ein Geräusch mit einer Klinge. Sie erstarrte.

»Damit mein Körper keine Spuren hinterlässt.«

»Ja. Und jetzt wiederhole ich meine Frage. In welchem Alter hast du angefangen, mit Männern zu schlafen?«

»Mit zweiundzwanzig. Ich habe mit zweiundzwanzig angefangen, mit ihnen zu schlafen.«

Sie begann leise zu schluchzen.

Zweiundzwanzig? Er stand auf und stellte die Musik an. Sie klang sanft, die Klänge des Klaviers erfüllten die Luft.

Plötzlich begann ihr Körper heftig zu zittern, ihre Glieder wurden steif, ihre Brust hob sich, sie begann zu hecheln. Hyperventilation. Sie beruhigte sich wieder.

Sie räusperte sich.

»Sind Sie noch da?«

Er antwortete nicht.

»Was hat man mit Ihnen angetan, dass Sie so mit Frauen umgehen?«

Etwas funktionierte nicht. Er hatte ein Gefühl der Sinnlosigkeit. Zu spät entdeckte er, dass diese Frau, die er so sorgsam beobachtet hatte, ihm nicht zusagte.

Dabei beobachtete er sie seit Wochen. Er war bei ihr eingedrungen, hatte ihr Leben ausgehorcht, ihre Ferienalben angesehen, ihre Stimme auf dem Anrufbeantworter belauscht, ihre Mülleimer und Einkaufslisten durchforscht. Er kannte ihre Schrift, ihre Farben und Lieblingskosmetika. Sie war ebenso lebhaft wie die vorherigen, hübscher als viele andere Frauen, die ihm gefallen hatten, weniger hübsch als manche. Sie hatte eine unleugbare Energie, die er schätzen gelernt hatte. Sie besaß alle verlangten Eigenschaften. Er hatte sich doch nicht so täuschen können! Nicht an ihr fehlte etwas, das Problem lag bei ihm.

Er strich mit dem Finger über ihren Bauch und sie erstarrte, als sei elektrischer Strom durch sie gefahren. Sie zog die Luft zwischen den Zähnen ein, aber sie schrie immer noch nicht. Er hatte Flehen und Heulen nie gemocht, selbst wenn sie unvermeidlich waren. Es war immer das Gleiche und unangenehm. Also, was stimmte nicht?

Sie reagierte sehr stark, trotz ihres Schweigens. Ihr Körper und ihre Seiten waren wieder von einem Schweißfilm bedeckt und in ihrem Bauch grummelte es. Bis jetzt hatte sie sich unter Kontrolle, aber bald würde sie sich von ihrer Flüssigkeit befreien. Die Regel duldete keine Ausnahme.

Er nahm es ihnen nicht übel, dass sie sich so gehen ließen. Das war nur natürlich. Für Primaten eine ebenso normale Reaktion wie Luftholen.

Er sah sich die Szene an: den Keller, die nackte, gefesselte Frau in der Mitte, auch den nackten Mann, die Instrumente. Alles war da, und dennoch … Es war unpassend. Ein anderes Wort gab es dafür nicht. Das Ganze stimmte nicht. Alle Elemente des Rituals hatte er beachtet. Alle, bis auf eines.

Er hatte das falsche Opfer ausgewählt.

Sie war schön, aber sie passte nicht ins Schema.

Er begann, sie so aufmerksam zu betrachten, dass jedes Detail ihres Körpers zur Besonderheit wurde. Sie war anders. Alles an ihr war anders.

Je länger er sie ansah, desto klarer wurde ihm, wie einzigartig sie war. Ein Universum von endloser Komplexität tat sich vor ihm auf. Sie hatte nichts mit den anderen gemein.

Wie hatte er sich nur so täuschen können?

Er legte einen Finger auf ihre glatte Haut, fuhr damit über den Bauch und den Schenkel, spielte eine Weile mit den Schamhaaren. Ihre Haut richtete sich wellenartig auf, je nach Berührung.

Nein, er täuschte sich. Das feine Oval ihres Gesichts, die honigfarbenen Haare. Sie war wie die anderen. Und doch interessierte sie ihn nicht mehr. Vergeblich versuchte er, sich vom Gegenteil zu überzeugen, aber sie passte nicht ins Ritual.

Er saß im Schneidersitz neben ihrem ausgestreckten Körper. Und dachte an die verschiedenen Schritte der Gefangen-

nahme. Entdeckung (in einem Supermarkt), Überwachung (einen Monat lang, um alles über ihr Leben zu erfahren), Planung des Überfalls (vierzehn Tage Überprüfen und Gegencheck), letztes Abwarten (vierzehn Tage Ausharren und Beobachten, in denen die Lust in ihm reifte, bis sie fast unerträglich wurde). Überfall, Beginn des Rituals.

Es war nichts schiefgegangen, keinerlei Durcheinander, kein Fehler. Andere Überfälle in der Vergangenheit waren viel schwieriger gewesen.

Die Idee, dass man ihn erwischen und schnappen könnte, hatte ihn nie erregt. Im Gegenteil, er hatte schreckliche Angst davor. Seine erste Priorität war immer gewesen, kein Risiko einzugehen. Und wenn er nicht gewusst hätte, dass er zu Geduld und Planung fähig war, wenn er sich für weniger geschickt und weniger stark gehalten hätte, wäre er nie über das Stadium einer Wahnvorstellung hinausgegangen. Beim ersten Mal … Er wollte gar nicht daran denken. Beim zweiten Mal … Es war unausweichlich, aber belastend. Beim dritten Mal … war alles anders geworden. Da hatte er seinen ersten Fehler gemacht. Er hatte sich für unfehlbar gehalten, und alles war schiefgegangen.

Er hatte Monate gebraucht, bis seine Angst wieder so weit nachließ, dass er daran denken konnte weiterzumachen. Vier Monate hatte er seit der Entdeckung des vierten Opfers gebraucht, bis er es entführt hatte.

Seitdem vergingen zwischen der Entdeckung und der Entführung drei Monate, von denen wich er zeitlich nie mehr ab, als um ein paar Tage, im Allgemeinen wegen unvorhergesehener Dinge.

Wenn das Ritual abgeschlossen war, behielt er sie nie länger als vierundzwanzig Stunden bei sich.

Er hatte dieses Ritual nur erfunden, damit die aufkom-

mende Freude größer wurde und anhielt. Ohne sie war das Ritual sinnlos, grotesk und erniedrigend.

Er hörte auf zu grübeln. Er würde später noch Zeit genug dazu haben. Zu fragen, was in ihm vorgegangen war.

Jetzt musste er die Frau loswerden. Wenn er das nur vorausgesehen hätte ... So ein Zeitverlust! Das Leiden war der Gegenpol zur Freude, es war eine Frage des Gleichgewichts. Im Universum musste alles im Gleichgewicht sein. Es war wie ein Gesetz. Diesmal hatte er einen Fehler gemacht. Er würde sinnloses Leid erzeugen, denn auf der anderen Seite war nicht eine Spur von Freude. Wenn es kein Vergnügen mehr gab, gab es keinen Grund, Dinge zu tun, die keine emotionale Bedeutung hatten.

Das Risiko war unbedeutend, aber immerhin real. Er durfte sich nicht in Gefahr bringen. Vielleicht konnte er das Gleichgewicht zwischen Leiden und Freude wiederherstellen, das Spiel wieder attraktiv machen und ihm sogar überraschende Seiten abgewinnen. Er musste weiter nachdenken. Aber nicht zu lange. Er musste Schluss machen.

Er hatte Schluss gemacht.

Wer war der Mann neben ihr am Fenster? Trotz des Fernrohrs hatte er vor dem erleuchteten Hintergrund sein Gesicht nicht gesehen. Ihr Liebhaber? Wann hatte sie Zeit gehabt, einen Liebhaber zu finden? Am heutigen Abend? Er verspürte leichte Eifersucht. Als hätte sie ihn betrogen.

Aber die kräftige Statur des Mannes brachte ihn auf andere Gedanken. Kein Liebhaber. Ein Beschützer. Ein Leibwächter. Sie hatte einen Leibwächter engagiert. Armer Idiot, er hatte miterleben müssen, wie sein Schützling direkt vor seinen Augen starb. Da wurde er wieder traurig. Er hätte dieses Desaster gern verhindert. Die Tochter seines Opfers musste nun mit diesem Taugenichts von Vater auskommen. Wenn sie nicht einen starken Charakter besaß, hatte sie eine schwierige Jugend vor sich. Er hatte es nicht verhindern können. Er hätte nie mehr ruhig schlafen können, wäre sein letztes Opfer am Leben geblieben.

18

9. Juni

Wieslowski hatte gerade einen Patienten, als Martin kam. Er ließ ihn in der winzigen Diele Platz nehmen, die als Wartezimmer diente.

Seine Frau kam wenig später. Sie grüßte Martin mit einem Kopfnicken und verschwand in dem kleinen Zimmer neben dem Behandlungsraum ihres Mannes. Martin hörte die Bewegung von Stoff, dann kam sie heraus, exzellent angezogen. Sie machte sich in einem Raum zu schaffen, der die Küche zu sein schien und vorübergehend als Büro diente. Sie tippte etwas in den Computer. Martin sah die Rundung eines Schenkels, einen Teil des Rückens und ihren Nacken. Er hatte den Eindruck, dass sie sich absichtlich so bewegte und wusste, dass er ihr zuschaute.

Wieder überkam in Lust. Er hätte ihr gern die enge weiße Leinenhose von den prallen Schenkeln gezogen und bemühte sich, an etwas anderes zu denken. Doch wenn er das tat, überkamen ihn wieder Gewissensbisse und Wut.

Die Patientin von Wieslowski verließ den Behandlungsraum, der Physiotherapeut ging zu seiner Frau und bat Martin, noch einen Moment zu warten. Martin hatte allmählich genug davon, hier herumzusitzen, hörte, wie Wieslowski sich die Hände wusch und ein paar Worte murmelte.

Dann kam er zurück und setzte sich auf ein niedriges Aktenschränkchen.

»Ich glaube, meine Frau hatte einen Liebhaber«, erklärte

der Mann, nachdem er sich ein wenig geräuspert hatte. »Isabel hat mir gesagt, ich soll es Ihnen besser erzählen.«

»Wie haben Sie das gemerkt?«

»Als sie verschwand, sprachen wir kaum noch miteinander, und wir hatten auch keine intimen Beziehungen mehr. Sie war zerstreut. Sie kam immer später von der Arbeit. Solche Sachen. Damals war mir das nicht so richtig klar. Dann habe ich nachgedacht.«

»Gabe es noch andere, deutlichere Anzeichen?«

»Nein. Außer dass ich ihren Liebhaber vielleicht einmal gesehen habe … Sie sagte mir, das sei ihr Assistent und er hätte sie von der Arbeit nach Hause gebracht, weil ihr Auto in der Werkstatt sei.«

»Haben Sie gesehen, wie er aussah?«

»Nicht genau. Ein Typ mit eher hellem Haar.«

»Eine Sekunde«, sagte Martin. »ich muss eben meine Mitarbeiterin anrufen.«

Er verließ den Raum und ging bis ans Ende des Flurs, um besseren Empfang zu haben.

»Kannst du mir sagen, wie der Selbstmordbulle aussah?«, fragte er.

»Ein Meter achtzig, neunzig Kilo, kurzgeschnittenes graues Haar, rötliche Haut. Für sein Alter gut in Form. Er trug eine getönte Varilux-Brille, die in der Sonne dunkler wurde, und eine schwarze Lederjacke, auch im Sommer.«

Jeannette hatte kaum etwas ausgelassen. Martin dankte ihr und betrat wieder den Behandlungsraum.

Isabel war inzwischen verschwunden, und die Tür eines der Behandlungsräume war geschlossen.

»Meine Frau hat einen Patienten«, sagte Wieslowski. »Mir wäre lieber, wir würden nach draußen gehen.«

Martin bat ihn, noch einmal den Mann zu beschreiben,

der seine Frau nach Hause gebracht hatte. Wieslowski konzentrierte sich, aber ihm fiel nichts ein. Martin half ihm auf die Sprünge. Ob die hellen Haare vielleicht hellgrau gewesen sein könnten? Trug er etwas Dunkles? Hatte er eine getönte Brille?

»Ja eine Brille. Nein, ich bin fast sicher, dass er ein buntes Polohemd trug. Es ist schwer zu sehen, wenn jemand am Steuer sitzt.«

Martin gab ihm recht.

»Aber er wirkte jung. Nicht älter als dreißig, fünfunddreißig.«

»Vielleicht war er wirklich ihr Assistent.«

»Nein, später habe ich erfahren, dass sie eine Assistentin hatte, ein Mädchen aus Indien.«

Es surrte an der Eingangstür. Eine dicke Frau kam auf sie zu. Martin gab sich Mühe, sie vorbeizulassen.

»Ich komme gleich, Madame Pierrard«, sagte Wieslowski, »legen Sie sich schon hin.«

Zu Martin sagte er. »Wenn mir etwas Neues einfällt, rufe ich Sie an.«

9. Juni

Martin fuhr wieder ins Krankenhaus. Véronique Legat war im OP. Er wartete und telefonierte währenddessen.

Bis sechs Uhr abends wurde sie operiert. Sie war am Leben, aber die Ärzte wollten keine Aussagen über die Folgen der Operation machen.

»Wir haben ihr ja nicht den Blinddarm herausgenommen«, meinte der Chefarzt Martin gegenüber. »Es geht um eine Kugel im Kopf. Ihr Gehirn wurde durchschossen, die Frau ist wie durch ein Wunder am Leben geblieben, aber Milliarden Zellen sind zerstört und werden niemals ersetzt werden. Auch zahlreiche Blutgefäße wurden getroffen und ein Bündel von Synapsen, im Vergleich zu denen das gesamte Internet schlecht zusammengezimmert wirkt.«

Trotz dieses Unglücks schlage ihr Herz normal und auf dem EEG sei Hirntätigkeit festzustellen. Das sei schon viel.

Wenn Véronique wieder aufwachen würde, dann könne man anfangen festzustellen, wie groß die Schäden seien.

Martin wollte wissen, wer sich um die Kugel gekümmert habe. Der Chirurg sagte, da müsse er die Schwestern fragen.

Es schien ihm recht gleichgültig zu sein, und Martin musste ihm klarmachen, dass es sich bei der Kugel um ein wichtiges Indiz handelte.

Der Chirurg verhielt sich herablassend, aber Martin kümmerte sich nicht darum. Der Verlust der Kugel könne als Behinderung polizeilicher Arbeit angesehen werden. Ein Assistent beruhigte Martin und ging, um die Kugel zu holen.

9. Juni

»Sandrine Wieslowski hatte vielleicht zwei Lover und nicht nur einen. Oder er war wirklich einer ihrer Mitarbeiter«, sagte Jeannette, als Martin ihr von dem Gespräch mit Wieslowski berichtete. »Auch wenn Zeugenaussagen manchmal nicht viel taugen; der Typ, den er beschreibt, kann unmöglich Wiesner sein.«

»Und wenn er unser Mann wäre?«, sagte Martin.

»Sollte er sich Sandrine Wieslowski vorstellen, bevor er sie verschwinden ließ? Glaubst du, auch er hätte ihr Liebhaber sein können?«

Jeannette legte das Kinn auf die Hand, eine Geste, die Martin gern mochte.

»Das befriedigt mich nicht«, sagte sie, »so hat er es bei Véronique Legat auch nicht gemacht. Und nach dem, was wir wissen, weichen Serientäter kaum von ihrer Methode ab. Wenn sie sie einmal entwickelt haben, halten sie sich meistens daran.«

»Wir wissen nicht viel über Véronique Legats Privatleben. Sie ist seit über einem Jahr von ihrem Mann getrennt, sie könnte inzwischen mehrere Abenteuer gehabt haben Und wir müssten auch Liéport fragen, ob er seine Frau irgendwann verdächtigt hat, einen Freund zu haben.«

»Damals haben die Ermittler ihn danach gefragt und er hat mit nein geantwortet.«

Martin hob entschuldigend die Hand. Er hatte es gelesen und vergessen.

»Vielleicht sollte ich ihn doch etwas weichkochen«, sagte Jeannette. »Man sieht manche Dinge in einem bestimmten Licht, aber wenn man Jahre später darüber nachdenkt ... Mein Typ hat mich betrogen. Als wir noch zusammen waren, habe ich nie etwas geahnt, aber seit er mich verlassen hat, habe ich es noch mal überprüft, und heute weiß ich es. Er hat mich, lange bevor er mich verließ, betrogen, mit mindestens zwei Frauen, Lehrerinnen aus seiner Schule. Meine Mutter, der ich mich leider anvertraut habe, sagt dann immer: Die Gegenwart wirft Licht auf die Vergangenheit.«

»Es wird Zeit, sich um die anderen Opfer zu kümmern«, erklärte Martin.

»Der Mann von Georgina Liévin wohnt in Poitiers. Soll ich hinfahren?«

Bélier rief Martin an. Die Ballistiker hatten die Kugel untersucht, die in Wieslowskis Keller in Molsheim gefunden worden war. Es war eine Pistolenkugel Kaliber 22 LR. Man hätte die Waffe mithilfe der kleinen Rillen identifizieren können, wenn sie registriert gewesen wäre, aber das war sie nicht. Sie würden ihre Dateien abfragen, aber man müsse warten, bis man einen Bezug gefunden hätte.

Martin erklärte ihr, er habe noch eine andere Kugel, mit der das Labor sie vergleichen könne, aber er wisse noch nicht, ob man sie im Krankenhaus gefunden hätte.

»Willst du mich verarschen?«, fragte sie mit der üblichen Heftigkeit.

Martin versicherte ihr, das sei nicht der Fall.

Er legte auf und rief das Krankenhaus an.

Am Telefon sprach er mit einer Oberschwester, dem Chef der Notaufnahme und dem stellvertretenden Direktor des Krankenhauses.

»Wenn Sie diese Kugel nicht innerhalb von zwei Stunden finden, durchsuchen wir das Haus, einschließlich OP«, sagte Martin drohend.

Eine halbe Stunde später rief ein Verwaltungsangestellter an, um mitzuteilen, dass die Kugel gefunden worden sei. Martin notierte sich den Namen des Anrufers, sagte ihm, er sei persönlich für das Beweisstück verantwortlich. Dann fragte er, wer es im Moment habe. Dann machte er zwei Anrufe, um sicherzustellen, dass der Gegenstand ins Labor gebracht wurde, und verlangte, dass man ihm Bescheid gäbe, wenn die Kugel angekommen sei. Er rief wieder im Krankenhaus an und teilte mit, dass ein Motorradpolizist aus der Präfektur in Kürze die Kugel abholen würde.

Dann besuchte er Olivier.

Martin träumte. Er war in einem großen Haus und irrte durch leere Zimmer auf der Suche nach Marion. Es handelte sich um sie, aber sie hatte ein paar Züge von anderen Frauen, die er gekannt hatte. Er folgte ihr, wusste aber nicht genau, ob er sie vor einer Gefahr schützen wollte oder selbst die Gefahr darstellte. Auch ein paar Dinge aus dem Krankenhaus standen hier und da herum. Woher hatte Marion das Loch in der Schläfe? Gellender Alarm. Ein Rettungswagen? Er fuhr aus dem Traum hoch und ging ans Telefon. Es war halb drei. Die Nummer kannte er nicht.

»Kommissar Martin? Können Sie mir helfen? Ich habe Angst«, sagte eine Frauenstimme.

Martin erkannte sie sofort.

»Wovor haben Sie Angst, Madame Wieslowski?«

»Er ist gewalttätig. Ich muss auflegen.«

»Wo sind Sie, Madame? Madame Wieslowski?«

Er wartete, hörte aber nichts. Er sah auf das Handy, der Anruf war weg. Aufgelegt. Er rief zurück, keine Antwort.

19

10. Juni

Nicht zwei Frauen in zwei Nächten, sagte sich Martin und fuhr nach Vincennes zur Wohnung der Wieslowskis.

Er hatte wieder versucht zurückzurufen, ohne Ergebnis. Dann hatte er Jeannette geweckt, damit sie ihm die Privatadressen gab. Jeannette wohnte zu weit weg, um rechtzeitig eingreifen zu können, und Martin sagte ihr, sie solle nichts unternehmen, solange er nicht anriefe.

Jeannette sollte das Kommissariat von Vincennes alarmieren, hatte aber bisher nur den Anrufbeantworter erreicht. Sie führte Martin mit ihrem GPS-System.

Die Wohnung der Wieslowskis lag am Wald. Martin parkte auf dem Fußgängerweg und klingelte. Keine Antwort. Die Scheibe an der Eingangstür schien zu dick zu sein, um sie mit dem Kolben aufzuschlagen.

Er trat ein paar Schritte zurück und sah sich die Hausfassade an. Rechts befand sich ein kleiner Pfad hinter einem drei Meter hohen Gitter. Martin nahm Schwung und kletterte hinauf.

Auf der anderen Seite gelangte er auf einen geteerten Weg, wäre beinahe hingefallen und hielt sich wutschnaubend an einem Mülleimer fest. Etwas weiter hinten sah er an der Seite ein kleines rotes Licht. Er ging an der Alarmanlage vorbei und versuchte eine erste und dann eine zweite Metalltür zu öffnen. Ohne Erfolg. Er ging um das Haus herum und sah hinten in einem winzigen Hof eine dritte Tür, die offen stand. Hier gelangte man in den Keller und zum unterirdischen Parkdeck.

Auf dem betonierten Weg, der ins Untergeschoss führte, schob er eine Tür auf und stand nun in der Halle des Gebäudes vor einem Fahrstuhl. Er sah auf das Schild oberhalb der Briefkästen. Die Wieslowskis wohnten in der 3. Etage.

Als er dort angelangt war, lauschte er an der Tür. Er hörte keinerlei Geräusch.

Er klingelte und wartete in einigem Abstand zur Türöffnung. Immer noch nichts. Er klingelte wieder, dann hörte er ein Geräusch und die Tür ging. auf. Er zückte seine Waffe. Da erschien Wieslowski mit nacktem Oberkörper und in lilafarbenen Jogginghosen. Er trat einen Schritt zurück und blinzelte. Die linke Brust seines behaarten, fülligen Oberkörpers durchbohrte ein goldener Ring.

»Was ist los?«, fragte er.

»Wo ist Ihre Frau?«

Wieslowski zwinkerte wieder. »Was geht Sie das an?«

Martin schob ihn vor sich her in die Wohnung. Im Wohnzimmer stand überall Krimskrams in Phallusform herum, und an den Wänden waren Rahmen mit Frauen in aufreizender Position und kopulierenden Paaren.

»Ich will Ihre Frau sehen«, sagte Martin.

»Sie ist nicht da.«

»Das muss ich nachprüfen.«

Wieslowski folgte ihm fluchend zum Schlafzimmer.

Auf dem Bett lag eine nackte Frau. Sie war dunkelhaarig, aber es war nicht Isabel. Sie schlief auf dem Rücken, die Arme ausgebreitet und ihre füllige Brust hob und senkte sich im Rhythmus ihrer Atemzüge.

Es gab keine Spuren von Gewalt, und Martin hielt es für sinnlos, sie zu wecken.

Er warf einen schnellen Blick ins Badezimmer nebenan und sie verließen das Zimmer.

»Wo ist Ihre Frau?«, fragte er erneut, als sie wieder im Wohnzimmer waren.

»Ich weiß nicht, was Sie wollen, und ich habe wirklich Lust, Anzeige zu erstatten«, sagte er, »aber ich will lieber schlafen. Deshalb sage ich Ihnen, wo sie ist. Sie ist bei Adelines Mann.«

»Wo?«

Wieslowski zeigte mit dem Finger an die Decke.

»Eine Etage höher.«

»Sehen wir nach.«

»Sind Sie noch bei Trost? Sie tun doch nichts Verbotenes.«

Martin öffnete schon die Eingangstür.

»He! Lassen Sie sie in Ruhe«, schrie Wieslowski. »Was geht Sie das an?«, sagte er und stieg hinter Martin die Treppe hoch. »Wir sind erwachsen und machen das einvernehmlich ...«

»Ihre Frau hat mich angerufen, Sie schien nicht sehr einverstanden zu sein.«

Wieslowski folgte ihm und schwieg.

Der Mann, der ihnen öffnete, nachdem er sie eine Weile durch den Spion betrachtet hatte, war ebenso kahlköpfig, mager und groß, wie Wieslowski behaart, dick und klein war. Er trug einen Morgenrock wie ein Boxer mit dickem Goldsaum und schien schlecht aufgelegt zu sein.

Als er öffnete, um dies kundzutun, hielt ihm Martin seine Marke vor die Nase, machte sich den Weg frei und ging aufs Schlafzimmer zu. Die Wohnung sah genauso aus wie die untere, außer dem betäubenden Weihrauchgeruch und zahlreichen Fotos der Frau, die unten schlief, allein oder in Begleitung des Kahlkopfs.

Isabel Wieslowski war hellwach und hatte die Decke bis zum Hals hochgezogen.

Sie schien unversehrt und frei, aber Martin sah am Bettrand ein paar Handschellen, innen mit rosa Fell ausgekleidet. Er fragte sich, was für Accessoires sie unter der Decke anhatte. Sie starrte ihn an, ihren Gesichtsausdruck verstand er nicht.

Hatte sie versucht, sich seiner zu bedienen, um ihre Lust zu steigern?

Die beiden Männer traten zu Martin. Er ging ins Schlafzimmer, schloss die Tür und ließ sie draußen stehen.

»Haben Sie mich angerufen?«, fragte er die Frau.

»Ja, ich habe aus der Toilette angerufen. Es tut mir sehr leid.«

»Wovor haben Sie Angst?«

Sie schwieg.

»Wollen Sie weg von hier?«

»Ja«, sagte sie. »Er wollte mich nicht fortlassen.«

»Hat er Sie hart angefasst? Wollen Sie Anzeige erstatten?«

»Nein.«

Sie hob die Bettdecke hoch. Sie trug ein kurzes, aber braves Nachthemd und keinerlei verdächtige Accessoires.

Sie zog ihren Morgenrock an und stellte sich vor Martin hin. Sie hatte eine Gänsehaut und hatte die Arme um ihre Brust gelegt.

»Können Sie mich nach Hause bringen?«

Martin öffnete die Schlafzimmertür.

Die beiden Männer sahen ihn unentschlossen an.

»Was ist los?«, fragte der größere.

»Madame Wieslowski möchte nach Hause«, antwortete Martin, »ich begleite sie.«

»So geht das nicht«, sagte der Mann zu Wieslowski. »Du bumst meine Frau und ich gehe leer aus.«

Er wollte Isabel am Arm zurückhalten, aber Martin packte ihn am Handgelenk und schob ihn brutal fort.

»Das ist Amtsmissbrauch«, rief der Mann in seinem Rücken.

Martin antwortete erst gar nicht und brachte Isabel Wieslowski in ihre Wohnung, ihr Mann folgte ihnen.

Dann schloss der Physiotherapeut die Tür.

»Was ist passiert? Hat der Mistkerl dir wehgetan?«, fragte Wieslowski.

»Ich möchte allein mit Ihrer Frau sprechen«, sagte Martin.

Wieslowski machte ein beleidigtes Gesicht und ging.

»Können Sie mir einen Kaffee machen?«, fragte Martin Isabel.

Er schloss die kleine Küchentür und setzte sich. Diese Nacht machte er nichts anderes, als Türen zu öffnen und zu schließen.

»Es tut mir sehr leid, dass ich Sie gestört habe«, sagte sie beim Kaffeekochen. »Ich schäme mich.«

»Waren Sie mit diesem Partnertausch einverstanden oder haben Ihr Mann und die Nachbarn Sie dazu gezwungen?«

»Nein, gezwungen haben sie mich nicht, aber mein Mann hatte die Idee. Wir haben die Verriers bei einer Eigentümerversammlung kennengelernt und fanden uns sympathisch. Mein Mann und Verrier kannten sich allerdings schon. Ich habe gleich gemerkt, dass Adeline und ihr dicker Busen Jean gefielen. Und eines Tages kam es nach einem Abendessen, bei dem wir viel tranken, zur Sprache. Ich fand es scheußlich und zugleich …«

Sie senkte den Blick.

»Letztes Wochenende haben wir es zum ersten Mal gemacht und ich fand es schlimm. Mir war nicht wohl dabei und er, Philippe, hat mich behandelt wie eine Hure. Ich hatte mir geschworen, das nie wieder zu machen.«

»Aber Sie haben es getan.«

»Sie waren alle drei hinter mir her. Sie haben geschworen,

diesmal würde es besser gehen. Ich wollte nicht als das arme kleine Mädchen dastehen, das vor allem Angst hat. Ich weiß nicht, warum ich am Ende ja gesagt habe. Ich glaube, ich war diese Diskussion einfach leid. Als ich dann aber ins Zimmer kam und die Handschellen sah, wusste ich, dass ich eine Dummheit gemacht hatte.«

Sie stellte Martin den Kaffee hin und setzte sich ihm gegenüber.

»Ich habe Sie aus der Toilette angerufen, während er schlief. Ich hatte Ihre Handynummer im Kopf.«

Martin schmeckte der Kaffee und er sagte es ihr. Ein kleiner Moment Normalität.

Sie hörten Geräusche hinter der Tür und die junge Frau erstarrte und sah zur Wand.

»Sagen Sie Adeline, sie soll gehen, ich will nicht mit ihr reden«, murmelte sie.

Doch niemand kam herein. Die Eingangstür schlug zu und dann war es still.

»Ich glaube, sie ist weg. Da bin ich sie endlich los. Ich glaube, das war's dann mit der Freundschaft zu den Verriers«, sagte sie mit einem traurigen Lächeln. »Aber nicht so schlimm. Ich will sowieso von hier wegziehen.«

»Kann ich Sie mit Ihrem Mann allein lassen? Wird er nicht gewalttätig?«

»Nein, der nicht. Er wird sauer sein, aber das ist mir egal.«

»Und wird Ihr Mann Sie gegen Verrier schützen?«

»Ich glaube ja ...«

Martin stand auf.

»Gehen Sie jetzt?«

»Sie brauchen mich nicht mehr, oder?«

»Wird schon gehen. Ich danke Ihnen. Entschuldigen Sie bitte, dass ich Sie gestört habe.«

Eine Sekunde betretenen Schweigens. Dann öffnete Martin die Küchentür.

Im Wohnzimmer wartete Wieslowski auf ihn.

»Hat sie Ihnen gesagt, was bei Verrier passiert ist?«

»Sie hatte Angst.«

»Das konnte ich nicht wissen, verstehen Sie? Wir waren uns einig. Wenn Erwachsene einverstanden sind, muss das eigentlich gut gehen.«

»Das haben Sie bereits gesagt, aber ich wiederhole, dass Ihre Frau offenbar nicht einverstanden war. Was haben Sie mit Ihren Kindern gemacht?«

»Sie sind bei meiner Mutter. Sie verstehen sich nicht gut mit Isabel. Sie sind in der Pubertät, ein bisschen schwierig, und da wir viel arbeiten ...«

Martin dachte einen Moment an die beiden Kinder, die keine Mutter mehr hatten und von ihrem Vater im Stich gelassen worden waren, aber er war der Letzte, der einen Stein auf Wieslowski werfen konnte.

Noch eine letzte Pflicht.

Er ging nach oben und klingelte bei den Verriers.

Der Mann hatte ein rotes Gesicht und roch nach Alkohol.

Martin spürte, dass er kurz vor einem Wutausbruch war. Isabel hatte zu Recht Angst vor ihm gehabt.

»Was wollen Sie noch?«, fragte der Mann. »Reicht es Ihnen nicht, dass Sie uns den Abend ruiniert haben?«

»Lassen Sie in Zukunft Madame Wieslowski in Ruhe. Wenn Sie nicht mit Ihnen schlafen will, dann will sie es nicht, und Sie belästigen sie nicht.«

»Ich belästige niemanden! Ich habe nie jemanden gezwungen, und wenn diese Schlampe zu Ihnen sagt ...«

»Beruhigen Sie sich«, antwortete Martin, »das war nur ein guter Rat, damit es keine Schwierigkeiten gibt. Gute Nacht.«

Er drehte ihm den Rücken zu und wollte gerade die Treppe heruntergehen, als ihn der Hieb von Verrier zwischen die Schulterblätter traf. Er strauchelte, richtete sich wieder auf und bekam einen zweiten Hieb gegen den Hals. Er spürte den Atem seines Gegners an der Wange und hieb ihm den Ellbogen in den Solarplexus, drehte sich um und schlug ihn mit der Faust in den Magen. Verrier klappte zusammen wie ein Taschenmesser und bekam einen Schluckauf.

Martin sah das geschminkte Gesicht von Adeline in der Tür, die Augen vor Schreck weit aufgerissen.

Er wartete, bis der Mann mithilfe seiner Frau in die Wohnung zurückging und die Tür geschlossen wurde.

Jetzt, wo sich das Adrenalin verteilt hatte, spürte Martin die Wirkung der Schläge. Er hielt bei einer Apotheke, die Nachtdienst hatte, und kaufte sich Arnikasalbe und homöopathische Arnikakügelchen.

Zu Hause wusch er sich und rieb sich mit Arnika ein, ließ die Kügelchen unter der Zunge zergehen und machte sich gleich auf den Weg zum Sport, um auf andere Gedanken zu kommen.

Am Wochenende fragte er regelmäßig nach, wie es Véronique Legat ging. Bei ihr hatte sich nichts verändert. Er fragte auch nach Olivier, dem es besser ging. Er sah weder Marion noch seinen Sohn und hörte auch nichts von ihnen. Seine Tochter rief ihn einmal an, um zu fragen, wie es ihm ging, und erzählte von sich. Er dachte an Isabel Wieslowski. Der Gedanke, dass sie mit Verrier geschlafen hatte, war ihm unangenehm, aber es hinderte ihn nicht daran, von ihr zu träumen.

Die Kugel, die man dem Kopf von Véronique entnommen hatte, und die aus dem Keller des Wohngebäudes in Molsheim hatten gemeinsame Eigenschaften, aber ganz sicher konnte man nicht sagen, dass sie aus demselben Geschoss stammten.

Die Ballistiker hatten das 1990 geschaffene integrierte Informationssystem konsultiert, doch ohne Ergebnis.

Nach Aussagen des Technikers war es eine Karabinerpatrone oder für eine Pistole gleichen Kalibers. Er vermutete eine Pistole zum Scheibenschießen, da die Rillen nicht sehr tief waren, fast unsichtbar mit bloßem Auge. Wenn mit einem Karabiner geschossen worden wäre, dann wären die Rillen tiefer gewesen. Jeannettes Theorie über die Ereignisse im Keller von Molsheim schien zuzutreffen.

Aber selbst eine Pistole zum Scheibenschießen ist keine sehr genaue Waffe bei einer Entfernung über fünfzig Meter, und Véronique Legat war am Kopf aus einem Abstand von vierundsechzig Metern getroffen worden.

Die Waffe war sicher eine Präzisionswaffe mit festem Schaft, vermutlich mit einem Stativ und einem Laser-Zielfernrohr. Der wiederholte Gebrauch derselben Waffe war der erste große Fehler des Mörders, ein Fehler, der bedeutete, dass ein Zusammenhang zwischen der ersten Entführung, der von Sandrine Wieslowski, dem angeblichen Selbstmord von Wiesner und dem Mordversuch an Véronique Legat bestand.

Der Mörder war also bei seinen Raubzügen mit so einer Waffe unterwegs. War er in einem Schützenverein oder war er es früher gewesen?

12. Juni

Véronique Legat bewegte ihre Finger, öffnete die Augen und sagte unverständliche Worte, dann Sätze, acht Stunden nach Ende der Operation.

Olivier hatte sich erholt und sollte das Krankenhaus am nächsten oder übernächsten Tag verlassen.

Jenanette saß im Zug nach Poitiers.

Sie wollte den Mann von Georgina Liévin befragen, die fünfunddreißig war, verheiratet, ohne Kinder, Absolventin renommierter Wirtschaftshochschulen, Geschäftsführerin eines Unternehmens, in Poitiers lebte und am 24. März 2006 verschwunden war.

Martin telefonierte häufig mit Jeannette, damit sie ihn trotz der häufigen Unterbrechungen Schritt für Schritt bei seiner Informationssuche in den elektronischen Unterlagen des Innenministeriums anleiten konnte. Sie wollte wissen, wer dieser Verrier sei und warum er nach einer Akte suchte, aber Martin sagte ihr, das würde er ihr später erklären.

Philippe Verrier hatte tatsächlich eine kriminelle Vergangenheit. Illegaler Verkauf von Raubvideokassetten. 1995 war er zu zehn Monaten mit Bewährung verurteilt worden. Er war 2000 auch in einem Betrugsfall im Versandhandel verdächtigt und verhört worden, seitdem aber war er der Justiz nicht mehr aufgefallen.

Nicht die kriminelle Vergangenheit irritierte Martin, sondern der Ort, an dem er verurteilt worden war, in Straßburg, der Hauptstadt der Region, in der Molsheim lag. Verrier hatte Gaunereien in der Gegend begangen, in der Sandrine verschwunden war.

Martin rief Wieslowski an.

»Ich muss Sie sprechen.«

»Heute Morgen kann ich nicht, ich habe den ganzen Vormittag Patienten.«

»Bei Ihnen oder hier, in meinem Büro«, sagte Martin. »Wie Sie wollen.«

»Kann das bis elf Uhr warten? Ich habe dann eine Stunde frei, weil eine Patientin abgesagt hat. Ich wollte eigentlich einkaufen, aber ...«

»Elf Uhr. Gehen Sie ins Café an der Ecke des Boulevards. Kommen Sie nicht zu spät. Sonst lasse ich Sie herbringen.«

20

12. Juni

Wieslowski kam nicht zu spät.

»Seit wann kennen Sie Philippe Verrier?«, fragte Martin brüsk.

»Seit zehn Jahren. Wir waren in Straßburg im selben Schützenverein.«

»Kannte er Ihre erste Frau?«

»Ja, aber sie verstanden sich nicht. Sie konnte ihn nicht ertragen«

»Haben Sie bei Ihrer Exfrau auch schon Partnertausch gemacht?«

»Nein, niemals.«

»Haben Sie es ihr vorgeschlagen?«

»Einmal, ja.«

»Mit Verrier?«

»Ich glaube, ja.«

»Glauben Sie es oder sind Sie sicher?«

»Ich bin sicher, doch. Es war mit ihm. Aber damals hatte er Adeline noch nicht.«

»Was für eine Waffe hatte er im Schützenverein?«

»Eine Glock, Kaliber neun Millimeter mit Kompensator.«

»Schoss er nie mit einem 22-er Kaliber?«

»Vielleicht hier und da, aber es würde mich wundern.«

»Warum?«

»Er mag keine Kleinkaliber, das ist was für Mädchen, meint er.«

»Was hat Ihre erste Frau Sandrine zu Ihnen gesagt, als Sie ihr einen Austausch mit ihm vorgeschlagen haben?«

»Sie war wütend. Allein die Idee war ihr zuwider und Verrier noch mehr. Sie suchte sich ihre Knaben lieber selbst, heimlich«, fügte er bitter hinzu. »Sie glauben doch wohl nicht, dass Philippe etwas mit dem Verschwinden von Sandrine zu tun hat?«

»Er ist gewalttätig. Er ist von Frauen besessen. Ihre Exfrau hasste ihn.«

Der Physiotherapeut starrte auf die Tasse Kaffee, die vor im stand. Er hatte ihn nicht angerührt.

»Seit wann hat Verrier keine Haare mehr?«

»Ich habe ihn immer so gekannt.«

»Trug er manchmal eine Perücke?«

»Ja, an manchen Abenden, um Frauen anzumachen.«

»Welche Farbe hatte die Perücke?«

»Blond, glaube ich.«

»Hätte der Assistent, den Sie mit ihr in ihrem Wagen gesehen haben, Verrier sein können?«

»Nein. Da bin ich ganz sicher. Ich hätte ihn wieder erkannt.«

»Sind Sie ihm nach Paris gefolgt oder umgekehrt?«

»Wir haben uns zufällig wieder getroffen. Er kam hierher, aber wir blieben in Verbindung, und als ich dann umziehen wollte, nach Sandrines Verschwinden, hat er mir gesagt, da sei eine Wohnung unter der seinen zu verkaufen. Sie war sehr günstig.«

»Das nennen Sie Zufall. Waren Sie schon mit Isabel zusammen?«

»Nein, ich war allein. Und einige Zeit hatte ich eine andere, Mireille, bis ich Isabel kennenlernte.«

»Interessierte sich Verrier auch für Mireille?«

»Ja.«

»Und haben Sie Partnertausch gemacht?«

»Ja, aber nicht lange. Wir haben uns gestritten. Sie ist gegangen.«

»Hatte dieser Streit mit Verrier zu tun?«

»Nein.«

»Warum haben Sie sich dann getrennt?«

Wieslowski senkte den Kopf.

»Vielleicht gab es doch einen Zusammenhang«, sagte er mit gedämpfter Stimme. »Sie sagte, ich stünde unter Einfluss von Philippe. Genau so sagte sie es, unter Einfluss. Dass ich alles täte, was er wollte. Dass ich also nicht ...«

»Dass Sie was nicht wären?«

»Nichts.«

»Ich hätte gern die Adresse von dieser Mireille.«

Der Ehemann von Georgina Liévin hatte inzwischen die Zügel des Unternehmens seiner Frau in der Hand, eine Gesellschaft, die Spielzeugteile herstellte, Autos und kleine elektronische Geräte.

Jeannette hatte ihm schon mitgeteilt, dass sie nicht käme, weil es Neuigkeiten im Entführungsfall seiner Frau gäbe.

Er empfing sie in einem riesigen High-Tech-Büro mit großen Fenstern, die auf die Landschaft hinausgingen, und vielen Plastikgegenständen aus leuchtenden Farben. Jeannette war überrascht, als er mit dem Rollstuhl an die Seite des Schreibtischs fuhr und nicht aufstand. Er streckte ihr seine rechte Hand entgegen, mit der Linken bediente er einen kleinen, auf der Armlehne befestigten Hebel.

»Ich hatte ein Jahr vor dem Verschwinden meiner Frau einen Autounfall«, sagte er. »Vielleicht hat mich deshalb niemand der Tat verdächtigt«, fügte er mit einem kurzen Lachen hinzu.

»Gab es Gründe, Sie zu verdächtigen?«

»Ja und nein. Sehen Sie, ich habe ihren Platz eingenommen und leite das Familienunternehmen. Und wir stritten uns auch dauernd, selbst wenn wir uns im Grunde gut verstanden. Und nach meinem Unfall war sie ganz großartig.«

Er schwieg offensichtlich gerührt.

Dann zeigte er auf das orangefarbene Knoll-Sofa, das einen großen Platz im Büro einnahm.

»Setzen Sie sich bitte. Möchten Sie einen Kaffee oder etwas anderes?«

»Ich hätte gern einen Tee.«

Er bestellte ihn über die Gegensprechanlage und kam zu Jeannette zurück, die sich immer noch nicht gesetzt hatte und den Blick aus der Fensterwand bewunderte.

»Wissen Sie, trotz meiner gelähmten Beine habe ich keine Sekunde daran gedacht, dass sie mich vielleicht verlassen hatte.«

»Entschuldigen Sie die Frage, aber sind Sie überzeugt, dass sie nie außereheliche Abenteuer hatte?«

»Absolut. Ich kann das natürlich nicht beweisen, und Sie müssen mir auch nicht glauben. Aber ... wir waren fast immer zusammen, und wenn einer von uns wegging, und sei es nur für einen halben Tag, rief er den anderen an. Wir arbeiteten zusammen, wir lebten gemeinsam.«

Es klopfte an der Tür und eine junge Frau mit dunklem Haar legte einen Stapel Post auf den Schreibtisch und verschwand ebenso schnell, wie sie gekommen war.

»Das Schwerste ist«, fuhr der Mann fort, »dass ich immer noch auf sie warte. Ich kann die Hoffnung nicht aufgeben, obwohl ich weiß, dass es absurd ist. Sie ist da, in meinem Kopf, ich rede dauernd mit ihr, treffe keine Entscheidung ohne ein langes Gespräch mit ihr ... Und sie hat fast immer recht. Das muss Ihnen idiotisch vorkommen.«

»Nein«, sagte Jeannette, »keineswegs.«

»Jetzt erklären Sie mir bitte, warum Sie am Telefon gesagt haben, dass Sie nicht wegen neuer Erkenntnisse hergekommen sind. Das heißt doch, dass irgendetwas Neues passiert sein muss.«

»Ja.« Jeannette war klar, dass er, wenn er die Antwort kannte, keinen Grund mehr hatte, auf die Rückkehr seiner Frau zu hoffen.

»Wir glauben, dass ein Unbekannter für das Verschwinden Ihrer Frau und das von fünf anderen in den letzten Jahren verantwortlich ist.«

»Ist meine Frau die Letzte, die verschwunden ist?«

»Ja.«

Er drehte den Sessel Richtung Fensterwand und legte die Hand über seine Augen.

12. Juni

Auf dem Rückweg zum Bahnhof sagte sich Jeannette, dass sie fast auf halbem Weg zwischen Paris und Bordeaux sei und nur die Fahrkarte ändern müsse, um Roland Liéport zu besuchen. Unter welchem Vorwand? Brauchte sie überhaupt einen?

Sie hätte ihn fast angerufen, dann aber beschloss sie, spontan hinzufahren, was eigentlich nicht ihre Art war.

Sie verlängerte die Fahrkarte bis Bordeaux, die Rückfahrt ließ sie noch offen. Sie musste knapp eine Stunde warten und hoffte, dass sie bis zum Besteigen des Zuges nicht ihre Meinung ändern würde.

Martin rief sie an, als sie gerade im Bahnhofsbistro saß, und erzählte ihr, was er über Wieslowski und Philippe Verrier erfahren hatte.

»Das erklärt nicht, warum er auf Véronique Legat geschossen haben sollte.«

»Außer er ist derjenige, der sie überfallen hat und die anderen hat verschwinden lassen.«

Jeannette schwieg lange.

»Bist du noch da?«, fragte Martin.

»Ja. Glaubst du, er ist es?«

»Er ist in einem Schützenverein. Ich weiß, das ist kein Beweis.«

»Ich komme«, sagte sie.

»Ja, ich weiß.«

»Nein, das weißt du nicht, ich wollte eigentlich nach Bordeaux fahren.«

Martin fragte sie nicht nach dem Grund.

Danach rief er Mireille an, die Exfreundin von Wieslowski, eine unversiegbare Quelle über die Beziehung ihres Exfreundes zu Verrier.

Kaum war Jeannette wieder im Büro, bat Martin sie zu prüfen, ob er gut recherchiert hatte, und sie fand tatsächlich etwas, was er übersehen hatte.

Um 19 Uhr verhafteten sie Philippe Verrier auf dem Parkdeck, als er aus dem Auto stieg.

Er ließ sich widerstandslos festnehmen.

»Sie sind selber schuld, dass ich Ihnen welche verpasst habe«, sagte er zu Martin. »Sie brauchten sich nicht in mein Privatleben einzumischen. Ich weiß nicht, was Isabel Ihnen erzählt hat, aber sie ist bei mir dreimal gekommen. Ich habe genau gesehen, dass Sie nur eins wollten, nämlich sie selbst bumsen.«

Martin ging auf die Provokation nicht ein, aber er wich Jeannettes Blick aus, denn er vermutete, dass auch sie ihn durchschaute.

21

12. Juni

Sie waren in Martins Büro. Das Verhör wurde vom Tonband aufgezeichnet.

»Beruf?«

»Ich arbeite in einem Maklerbüro«, sagte Verrier. »Boulevard Voltaire, im XI. Arrondissement.«

»Seit wann?«

»Seit ich aus Straßburg hergekommen bin, Anfang 2003.«

»Wo wohnten Sie vor Straßburg?«

»In Villefranche-sur-Saône.«

»Von wann bis wann?«

»Ich bin dort aufgewachsen, habe in Lyon gearbeitet, dann in Bordeaux und bin nach Villefranche zurückgekommen. Dann hatte ich Gelegenheit, in Straßburg ein Maklerbüro zu eröffnen.«

»Gehen wir der Reihe nach vor. Wann waren Sie in Lyon?«

»Zweitausend.«

»Und danach sind Sie nach Bordeaux gegangen?«

»Ja, Lyon gefiel mir nicht.«

»Warum Bordeaux?«

»Ich hatte jemand kennengelernt, der Mitarbeiter für sein Büro suchte. Er vermietete Häuser am Atlantik, *Agence des dunes d'Aquitaine*. Die Idee gefiel mir.«

»Aber Sie blieben nicht lange dort. Warum?«

»Mir gefiel es dort nicht, das war nicht das richtige Klima ...«

Jeannette unterbrach ihn.

»Ich glaube kaum, dass es um das Klima ging. Sie hatten Ärger mit der Justiz.«

»Die Justiz war im Unrecht. Ich wurde freigesprochen.«

»Sie hatten eine Beziehung zu einer Minderjährigen.«

»Sie war siebzehn, wirkte aber zehn Jahre älter. Und sie hat mich angebaggert. Sie wollte mehr Geld und hat mich erpresst. Ich habe nicht mitgespielt und da hat sie die Bullen gerufen. Ich wurde freigesprochen, verlor aber meine Arbeit. Seitdem habe ich dank einer Erbschaft mein eigenes Büro eröffnet.«

»Gut. Sagen Sie uns, wann Sie in Bordeaux waren.«

»Ich möchte wissen, was Sie mir vorwerfen.«

»Antworten Sie bitte, dann sparen wir Zeit.«

»Das habe ich doch schon gesagt. Ich kam 2000 dorthin. Und zwei Jahre später bin ich wieder gegangen.«

»Das heißt?«

»Im Frühjahr 2002. Können Sie mir mal erklären, was all diese Fragen sollen?«

»Also von Bordeaux aus sind Sie nach Villefranche zurückgegangen. Um zu arbeiten?«

»Ja, ich war pleite und hatte noch eine kleine Wohnung dort. Ein alter Freund hat mich in seiner Firma angestellt. Ich habe die Buchhaltung gemacht.«

»Haben Sie in der Zeit in Bordeaux allein gelebt?«

»Ja, ich hatte Freundinnen, aber nichts Dauerhaftes.«

»Hieß der alte Freund, der Sie eingestellt hat, Albert Dondadieu?«

»Ja. Ich weiß, was Sie jetzt sagen werden. Ich habe mit ihm diese ... Sachen verkauft. Ich war dumm genug, mich da mit reinziehen zu lassen. Aber ich bin dafür verurteilt und später freigelassen worden. Und seither habe ich nichts Illegales mehr getan. Auch wenn ich acht Jahre arbeitslos war.«

»Da kam Ihre Erbschaft ja gerade richtig.«

»Ja, das hat mir sehr geholfen.«

»Von wem haben Sie denn geerbt?«

»Von meinem Stiefvater. Ein Haus in Villefranche, das können Sie nachprüfen. Er hatte sonst keine Kinder und hat mir alles vererbt.«

»Warum sind Sie aus Straßburg weggezogen?«, fragte Jeannette gleich danach.

»Ich wollte wieder Makler werden und erfuhr, dass in Straßburg ein Maklerbüro verkauft wurde. Ich fand, das war eine gute Idee. Ich kannte dort auch Leute.«

»Wieslowski. Sie ziehen immer in Gegenden oder Städte, wo Sie schon Leute kennen.«

»Ja. Das kann einem helfen.«

»Wie heißt Ihr Freund in Bordeaux?«

»Er ist nicht mehr mein Freund. Er hat mich fallen lassen wie ein Stück Scheiße.«

»Ich wüsste trotzdem gern seinen Namen.«

»Olivier. Olivier Matignon.«

»Wenn man Makler ist, reist man sicher viel umher.«

»Ja.«

»Haben Sie nur Häuser am Meer verkauft oder auch anderswo?«

»Wir waren überall, zwischen dem Entre-deux-Mers und der Küste bei Arcachon.«

»Auch an der Gironde?«

»Ja, das kam sicher vor.«

»An der Dordogne?«

»Ja, dort auch.«

»Kennen Sie Fronsac?«

»Ja, ich muss da gewesen sein. Der Name sagt mir irgendetwas.«

»Haben Sie zwischen 2000 und 2002 in der Gegend von Fronsac Häuser verkauft?«

»Darf ich fragen, was diese Fragen sollen?«

»Antworten Sie.«

»Nein, ich habe dort niemals ein Haus verkauft.«

»Das können wir leicht nachprüfen.«

»Dann tun Sie das. Was werfen Sie mir vor? Betrügereien im Immobiliengeschäft? Sie gehen mir mit Ihren idiotischen Fragen auf die Nerven und ich weigere mich ab sofort zu antworten.«

»Erzählen Sie uns von Sandrine Wieslowski«, sagte Jeannette.

»Ich kannte sie nicht.«

»Sie kannten sie genug, um von ihr in der Vergangenheit zu sprechen.«

»Ich weiß, dass sie verschwunden ist, aber mehr weiß ich nicht.«

»Wollen Sie behaupten, dass Sie sie nie gesehen haben?«

»Doch, einmal. Vielleicht zweimal. Sie war verklemmt und eingebildet.«

»Weil Sie nicht mit Ihnen schlafen wollte?«

Er schwieg beharrlich.

»Wir haben Sie etwas gefragt«, sagte Martin. »Soll ich die Frage wiederholen?«

»Sie sind gegen mich voreingenommen. Egal was ich sage, ich schade mir damit. Ich sage es noch mal. Ab jetzt weigere ich mich, auf Ihre parteiischen Fragen zu antworten. Ich weiß nicht, was ich hier soll, und will mit meinem Anwalt sprechen.«

Martin schob ihm ein Telefon hin.

»Ich weiß seine Nummer nicht. Ich rufe meine Freundin an, damit sie sie sucht.«

Martin und Jeannette waren allein in Martins Büro. Verrier saß in einer der beiden verglasten Zellen am Ende des Ganges und wartete auf seinen Anwalt. Jeannette hatte einen Ausdruck im Gesicht, den Martin gut kannte.

»Dieser Kerl kannte Sandrine Wieslowski und wollte sie sich reinziehen«, sagte Martin. »Er war in Molsheim, als sie verschwand, und in Bordeaux, als Émilie Liéport verschwunden ist. Er ist vorbestraft. Er wurde beinahe wegen eines Sexualdelikts verurteilt. Er ist Sportschütze. Er reist durch ganz Frankreich wie der Mörder. Er ist gewalttätig. Da kommt doch einiges zusammen, oder?«

»Ich bin keine Spezialistin für Tätertypen, aber ich hätte nicht gedacht, dass der Typ einfach so sechs Frauen umgebracht hat. Ich kann mir kaum vorstellen, dass ein kahlköpfiger Schürzenjäger, der sich nicht beherrschen kann, dazu in der Lage ist.«

»Du bist zu romantisch. Du hast eine Vorstellung vom Serientäter wie in amerikanischen Filmen. Außergewöhnliche Verbrechergenies, die von Stars gespielt werden. In Wirklichkeit sind das finstere Blödmänner wie Verrier. Besessene, die nicht klar im Kopf sind.«

»Wie Magdalena?«

Martin antwortete nicht, es stand eins zu eins für Jeannette. Die Mörderin, die sie gejagt hatten und die spurlos verschwunden war, passte nicht in Martins Definition. Das Wenige, was er kurz nach ihrem Verschwinden über Magdalenas Vergangenheit erfahren hatte, riss Abgründe von Gewalttaten und Morden auf. Magdalena, die als Kind gelitten und zur hemmungslosen Mörderin geworden war, hatte ein riesiges Vermögen angehäuft, mit dem sie sich für immer der Justiz entziehen konnte.

»Magdalena entspricht nicht dem narzisstischen, sexuell

gestörten Tätertyp«, sagte er. »Auch habe ich nicht von Serienmörderinnen gesprochen, sondern nur von Kerlen«, sagte Martin.

»Jetzt bist du unredlich«, erwiderte Jeannette.

»Du glaubst also nicht, dass er es ist?«

»Ich kann mich täuschen, aber ich glaube, er ist nicht unser Mann. Weil er nicht schlau und geduldig genug ist. Er hat das Profil eines Vergewaltigers, aber nicht eines Täters, der seine Verbrechen sorgfältig plant.«

»Und wenn er eine gespaltene Persönlichkeit hätte?«

»Ich weiß nicht, was das bedeutet, eine gespaltene Persönlichkeit«, erwiderte Jeannette.

»Ich auch nicht«, gab Martin zu. »Ich glaube, ich muss darüber mal mit jemandem reden.«

»Denkst du an deine Psychologin?«

22

13. Juni, Dienstag

Laurette Weizmann hatte monatelang zwischen Leben und Tod geschwebt, einer ihrer Patienten hatte sie in ihrem Büro mit einem Totschläger angegriffen. Es war ein Polizist gewesen, dem es später gelang, Selbstmord zu begehen, indem er sich von einem Mörder erschießen ließ. Als sie aus dem Koma erwachte, musste Laurette sich einigen Gesichtsoperationen unterziehen.

Sie arbeitete inzwischen wieder als Psychologin in der Präfektur.

Am Vorabend ihres Gesprächs schickte Jeannette der Psychologin die Akten der Verschwundenen, ohne ihr zu sagen, dass sie bereits einen Verdächtigen hatten.

Laurette Weizmann empfing Martin und Jeannette morgens in ihrem kleinen Büro unterm Dach, wo sie nur halbtags arbeitete. Martin sah sie zum zweiten Mal, seit sie aus dem Krankenhaus entlassen war.

Die plastische Chirurgie hatte Wunder in ihrem Gesicht gewirkt, sie war eine schöne Frau in den Fünfzigern. Einige Nervenenden waren zerstört und trotz ihres Mutes und der Rehabilitation waren manche Gesichtsmuskeln noch bewegungslos. Das war nicht die einzige Veränderung, die der Überfall hervorgerufen hatte. Ihr waren die dicken grauen Haare ausgefallen und in Erwartung, dass sie wieder wuchsen, trug sie einen Turban aus Seide.

Sie hatte auch abgenommen und die falschen Brüste, die

einst ihr ganzer Stolz gewesen waren, passten jetzt nicht mehr zu Oberkörper und Schultern, doch was sie am meisten veränderte, war, dass sie nicht mehr lächelte. Sie hatte mit Martin ein kurzes Abenteuer gehabt und vor dem Überfall hatte sie sich deswegen oft über ihn lustig gemacht. Martin hatte sie im Krankenhaus besucht, sie hatten über manches geredet, aber nie mehr spielte sie auf ihre kleine Geschichte an. Er vermutete, dass sie sich nicht mehr daran erinnern konnte wie an vieles andere. Die Schläge hatten nicht nur ihr Gesicht verletzt, sondern auch ihr brillantes Gehirn und vielleicht sogar ihre Persönlichkeit verändert. Und doch war sie immer noch präsent.

Laurette legte die Hand auf die Akte. Martin bemerkte, dass sie kaum noch Schmuck trug, vielleicht hielten die Ringe nicht mehr auf den dünn gewordenen Fingern.

»Ich habe das heute Nacht gelesen und wieder gelesen«, sagte sie. »Ich glaube, Sie haben recht. Das Verschwinden all dieser Frauen geht auf einen Täter zurück. Er ist ein Einzelgänger ... Und durch die Aussagen von Véronique Legat werden einige Fragen gelöst, auf die wir keine Antwort gefunden hätten, wenn sie tot wäre.«

Sie schwieg einen Moment und konzentrierte sich.

»Ich bin mit dem Thema noch lange nicht fertig, und ich nenne Ihnen nur meine ersten Schlussfolgerungen. Sagen Sie mir, wenn ich zu langsam bin, aber Sie denken ja schon viel länger über diese Dinge nach. Was mich am meisten verblüfft hat, war, wie sehr alles zusammenhängt. Die Frauen sehen einander ähnlich, die Entführungen fanden immer in einer anderen Gegend Frankreichs statt, immer weit von der vorhergehenden entfernt. Dieser Mann hat zu bestimmten, verschiedenen Zeiten des Jahres viel freie Zeit, das ist klar. Er verfügt auch über Geld zum Leben, zum Reisen, zum Ausspionieren seiner Beute, ohne dass man ihn in fremder Umgebung bemerkt.«

»Glauben Sie, er ist jemand, der beruflich reist oder ein Fernfahrer?«

»Das ist das Erste, worauf man kommt, aber ich bin ziemlich sicher, dass dies nicht der Fall ist. Er ist sesshaft. Er hat jedenfalls eine feste Ausgangsbasis. Er sucht seine Opfer zunächst auf einer Frankreichkarte aus, nicht erst unterwegs. Bis auf eine Ausnahme sind die Orte so weit voneinander entfernt, dass es sich um Zufall handeln könnte. Bordeaux, Nizza, Straßburg, Lyon, Poitiers, Paris. Er weiß, dass es schwieriger ist, eine Verbindung zwischen den Entführungen herzustellen, wenn er in verschiedenen Regionen und in zeitlichem Abstand handelt. Dies bedeutet zweierlei. Er weiß, dass das ähnliche Aussehen der Frauen einem klugen Ermittler auffallen muss. Das ist auch geschehen. Sein Projekt erstreckt sich über einen großen Zeitraum, er ist ein Planungsmensch. Er hat es nicht eilig und ist ein Perfektionist. Es ist ihm so wichtig, dass seine Beute immer der gleiche Typ Frau ist, dass er dem alles unterordnet und sogar Gefahren auf sich nimmt. Aber er hat die Gefahr im Griff. Von Anfang an weiß er trotz aller Vorsichtsmaßnahmen, dass er eines Tages erwischt werden kann. Bei fünf Morden geht alles glatt. Er ist so geschickt, dass er weder geschnappt wird, noch dass man überhaupt nach im sucht. Niemand ahnt, dass ein einziger Täter hinter dem Verschwinden all dieser Frauen steckt. Für ihn ist das beruhigend, denn es beweist ihm, dass er unbesiegbar ist. Auf Dauer aber wird es frustrierend für ihn, dass es niemand bemerkt. Seine Geschicklichkeit und Überlegenheit sind so groß, dass niemand davon Notiz nimmt. Dies erklärt vielleicht, warum er sein letztes Opfer nicht getötet hat, auch wenn er sich dieser inneren Motivation vielleicht gar nicht bewusst ist.

»Wollte er uns einen Weg weisen?«, fragte Jeannette. »Das widerspricht ja völlig seinem sonstigen übervorsichtigen Verhalten.«

»Ich weiß. Genau da aber liegt der Hase im Pfeffer. Er hat alles getan, damit man nicht mal auf die Idee kommt, dass es ihn geben könnte. Und das ist ihm gelungen. Und doch hat er sein sechstes Opfer verschont, scheinbar ohne Grund, und genau das bringt Sie auf die Spur und versetzt Sie in die Lage, herauszufinden, dass es ihn gibt. Dann tötet er sie. Durch ihre Freilassung und Ermordung übermittelt er drei Botschaften. Die erste lautet: es gibt mich, die zweite: ich bin Herr über Leben und Tod, die dritte: ich bin stärker als ihr. Man kann sie in drei Worten zusammenfassen: Ich bin Gott. Trotz seiner Intelligenz und Geschicklichkeit ist er nicht anders als viele Serientäter. Er glaubt, er sei anders als die anderen, für die er nur Verachtung übrig hat. Aber da täuscht er sich. Er ist ihnen viel ähnlicher, als er glaubt, und kann durchaus dieselben Fehler machen. Er unterschätzt seine Gegner, er ist durch Routine bequem geworden und er hat einen Hang zur Selbstvernichtung.

»Wie stellen Sie sich ihn vor?«, fragte Martin.

»Ich hab's ja schon gesagt. Er ist ein Einzelgänger, nicht nur beim Töten, sondern auch im Privatleben. Er hat keine echten Bindungen.«

»Lebt er allein?«

»Nicht unbedingt, aber er verbringt wahrscheinlich die größte Zeit seines Lebens allein. Selbst wenn er sehr stark und praktisch veranlagt ist, technische Tricks und Waffen kennt, ich glaube, er ist auch ein Intellektueller.«

»Weil er klassische Musik hört, bevor er seine Opfer tötet?«, fragte Martin.

»Nicht nur. Viele Serienmörder inszenieren ihre Taten aber

selten in so reiner Form. Nach dem Bericht des letzten Opfers hat man den Eindruck, dass es sich fast um ein religiöses Ritual handelt. Er hat sie hingelegt wie das Opfer einer Kulthandlung. Alles scheint sich nach irgendwelchen Codes zu richten. Er hat Véronique Legat ausgezogen, aber so wenig berührt wie möglich, bevor er sie freiließ. Seine anderen Opfer sind verschwunden, als hätten sie nie existiert. Es scheint alles sehr abstrakt zu sein. Fast asketisch. Er ist ein Kopfmensch, und er nimmt es nicht nur mit hübschen Blonden, sondern mit zugleich intelligenten Frauen auf, die qualifizierte Abschlüsse und eigene Berufe haben.«

»Ja«, sagte Jeannette, das ist uns auch schon aufgefallen. Ich habe mir gedacht, dass er nicht nur ein Mörder, sondern auch ein Frauenfeind ist.«

»Da bin ich mir nicht so sicher«, entgegnete Laurette. »Vielleicht ist sogar das Gegenteil der Fall. Er glaubt, dass allein Frauen, die nicht nur schön und auch intelligent und selbständig sind, es verdient haben, seine Opfer zu werden. Er bewundert sie – bevor er sie tötet.«

»Glauben Sie, er bewundert sie so sehr, dass er nicht in der Lage ist, mit ihnen zu schlafen?«

»Ich halte ihn nicht für impotent. Der Fall Véronique Legat ist eine Ausnahme. Er ist vielleicht ein guter Liebhaber, wenn er seine Frauen nicht tötet. Und auch wenn er sie tötet, kann er zuvor sexuell aktiv sein. Dieser Mann hat die Kontrolle seiner selbst und anderer zum absoluten Prinzip erhoben. Das ist sein größter Stolz. Wie Sie schon gesagt haben, ist er nur einmal aus der Bahn geraten, bei seinem dritten Mord, aus Hochmut, und er hat den Schuss sogleich korrigiert. Ich glaube, Trophäen hat er nicht aufgehoben, denn ein Fetischist ist er nicht, aber irgendwo hat er eine Spur seiner Morde aufbewahrt, in Form von Aufnahmen.«

»Wie können Sie da so sicher sein?«

»Ich bin mir nicht sicher, aber es kommt mir sehr wahrscheinlich vor. Er zieht die Opfer ganz nackt aus, legt sie hin und das dauert sehr lange. Er berührt sie kaum, redet mit ihnen. Ich glaube, dass er sie filmt.«

Martin sagte sich, dass sie sicher recht hatte. Dieses Element fehlte im Bericht von Véronique Legat. Ein Kameraauge, das sie anstarrte, während sie auf ihrer Plastikplane lag.

»Er ist ein visueller Typ. Ich glaube, er mag weite Räume. Er lebt vielleicht in den Bergen. Beinahe sicher auf dem Land. Er mag Menschen und ihre Nähe nicht. Er meidet Kontakte, kann sich aber sehr leutselig geben. Er sieht sich als Adler, der auf einer Bergspitze sitzt und sein nächstes Opfer im Tal ausspäht.«

»Sie sprechen von ihm wie von einem Mann, der Erfahrung und Reife besitzt«, sagte Jeannette. »Sind Serienmörder nicht meistens jung, so um die dreißig?«

»Nicht unbedingt. Es gibt Raubtiere, die über sechzig sind oder noch mehr. Nach der Statistik sind sie allerdings oft zwischen fünfundzwanzig und dreißig. Ihr Mann ist meiner Ansicht gut vierzig. Wenn er 2002 angefangen hat, war er schon über fünfunddreißig, für eine solche Karriere ist das spät. Irgendetwas muss sie ausgelöst haben. Ein wichtiges Ereignis, das mit seinem Gefühlsleben zu tun hat.«

»Wie der Tod eines Verwandten oder eine Scheidung?«

»Etwas in der Art. Ein Auslöser, der die Wahnvorstellungen, die er bis dahin hatte, in Taten verwandelt hat. Ein Mann, der so viel Selbstkontrolle besitzt, ist jemand, der soziale, berufliche, moralische und emotionale Verpflichtungen hat.

Dieses Ereignis hat ihn in die Lage versetzt, sich von diesen Verpflichtungen frei zu fühlen. Er hat sich Erfahrungen gestattet, an die er lange, vielleicht seit jeher gedacht hatte. Wäre er nicht zur Tat geschritten, hätte er es vielleicht einem Psychotherapeuten gebeichtet oder Romane geschrieben, in denen eine ihm ähnliche Figur vorkommt.

Sie machte eine Pause und trank aus einer kleinen Flasche Wasser.

»Kommt Ihnen das an den Haaren herbeigezogen vor?«, fragte sie, weil sie ihren Gesichtsausdruck falsch deutete. »Egal, ich fahre fort: Am meisten haben mir die Ereignisse um Véronique Legat verraten. Kennen Sie die Geschichte des Würgers von Boston? Er wurde Jahre nach Verüben seines letzten Mordes gefasst, nachdem er schon lange aufgehört hatte zu töten und ein normales Leben führte. Eines Tages hatte er nicht mehr das Bedürfnis zu töten, er fing neu an, obwohl er gar nicht bedroht gewesen war.«

»Weiß man warum?«

»Er hatte sich verändert. Er hatte das Problem, das er mit Frauen hatte, gelöst. Vielleicht hat er die Lust zu töten bei seinem letzten Opfer verloren.«

»Ist das kein Widerspruch zu den anderen Motiven, die Sie genannt haben? Mit seiner Arroganz und seinem Wunsch, bekannt zu werden?«

»Das ist widersprüchlich. Aber beides kann nebeneinander existieren.«

»Später hat er dann doch versucht, sie zu töten«, wandte Jeannette ein.

»Es war eine Tat, mit der er sich bekannt machen und zugleich das Risiko verringern wollte. Wenn er sich in Gefahr glaubt, tötet er, ohne zu zögern. Das hat er mindestens schon einmal mit dem Polizisten in Straßburg gemacht. Bei Véronique

Legat aber würde ich eher sagen, dass er damit seiner Karriere als Mörder ein Ende setzen wollte.«

Sie schwieg und sah die beiden nacheinander an.

»Und jetzt sagt ihr beiden mir mal, was ihr vor mir verbergt.«

»Wir haben einen Verdächtigen«, gestand Martin, »und bis auf ein paar Details wie das Alter, Erfahrung mit Waffen, dem Wohnen in verschiedenen Gegenden Frankreichs entspricht er Ihrem Täterprofil überhaupt nicht.«

»Ihr habt mich reingelegt«, sagte Laurette Weizmann lächelnd.

Martin entdeckte in ihrem Blick Spuren ihres früheren Humors.

»Nein, Laurette, wir haben uns selbst reingelegt.«

»Beschreibt mir euren Verdächtigen.«

Martin sah Jeannette an. Sie räusperte sich und strich sich mit den Handflächen über die Schenkel, bevor sie sprach. Laurette schüchterte sie ein.

»Er heißt Philippe Verrier. Er ist achtunddreißig, groß, kahlköpfig, mager. Er lebt mit einer Frau zusammen, und sie sind nicht verheiratet. Sie hat braunes Haar und ist ziemlich dick. Sie ist Kosmetikerin. Unser Verdächtiger ist Schütze, vorbestraft und hat fast überall in Frankreich gearbeitet. Er war in Bordeaux und Straßburg, als Émilie Liéport und Sandrine Wieslowski verschwanden. Er kannte Sandrine Wieslowski und hasste sie, weil sie nicht mit ihm schlafen wollte.

»Ich kann mir denken, dass Sie ihn nicht grundlos verhaftet haben. Vergessen Sie die Umstände, erzählen Sie mir von seiner Persönlichkeit.«

»Er scheint nicht besonders intelligent zu sein. Ein Intellektueller ist er auch nicht. Er ist für Partnertausch. Und neigt spontan zu Gewalt. Er ist arrogant und hasst es, wenn man seine Pläne durchkreuzt. Ich will keine Billigpsychologie entwerfen, aber ich glaube, zwischen ihm und seinem Freund Wieslowski – dem Mann von einer der verschwundenen Frauen – besteht eine uneingestandene homosexuelle Neigung. Verrier interessiert sich für alle Frauen von Wieslowski und eine der Exfreundinnen meint, ihr Freund sei von ihm stark beeinflusst worden. Deshalb hat sie ihn auch verlassen.«

»Meinen Sie, es sei ein wenig so, als ob sie miteinander schlafen, indem sie die Frauen tauschen?«, fragte Laurette. »Das ist ein klassischer Fall. Aber deshalb muss Verrier kein Serienmörder sein.«

»Der erste Eindruck von ihm sind Dummheit und Vulgarität«, sagte Jeannette, »der zweite auch. Ich weiß nicht, wieso, aber ich glaube, der Mann, den wir suchen, ist viel diskreter und schlauer, selbst wenn er Psychopath ist!«

»Ist das alles, was Sie gegen ihn haben?«

»Ja.«

»Sie sollten sich dem Urteil Ihrer Mitarbeiterin anschließen«, sagte die Psychologin zu Martin. »Nach dem, was Sie erzählen, hat Verrier nichts von einem Einzelgänger. Er ist ein Herdenmensch. Er muss sich an andere ranhängen, am liebsten Männer, die seinem Privat- und Berufsleben eine neue Richtung geben. Und abgesehen von ein paar zufälligen Gegebenheiten haben Sie nichts gegen ihn und können ihn nicht in weiter festhalten.«

»So ist es«, sagte Martin, »wir lassen ihn frei.«

23

13. Juni

Martin las die Akte ganz durch und hörte sich zweimal Verriers Verhör und Laurettes Bericht an, den er auch aufgenommen hatte. Verrier war inzwischen wieder freigelassen worden.

Martin nahm einen Stift und begann, wichtige Begriffe aufzuschreiben.

- ein Täter, der alle sechs überfallen hat
- Freizeit
- Geld
- mehrere Jagdgebiete
- sesshaft
- Organisator
- Streben nach Perfektion
- bestimmter Typ von Opfern
- Unbesiegbarkeit, die ihn frustriert
- Geschicklichkeit
- intelligent, aber im Grunde nicht anders als andere
- Wunsch, aus der Anonymität herauszukommen
- Unterschätzung, Bequemlichkeit, Wunsch nach Selbstzerstörung
- Einzelgänger, ohne Bindungen
- kräftig, praktisch, aber auch intellektuell
- religiöse Rituale

- Abstraktion, asketisch, kopfbestimmt
- bewundert Frauen
- guter Liebhaber?
- Kontrolle seiner selbst und anderer
- Filme
- Einkaufszentren
- hasst die Nähe anderer Menschen
- gibt sich nach außen freundlich
- ein Ereignis im Gefühlsleben, das etwas auslöst
- private und berufliche Verpflichtungen
- Reife

Er legte die Liste vor sich hin, versuchte, nicht durch Nachdenken, sondern durch Assoziieren von Ideen weiterzukommen, wie Laurette es ihm einmal nahegelegt hatte.

Er passte selbst gut zu dieser Liste, wie andere Männer seiner Bekanntschaft. Und doch gab es vielleicht ein verborgenes Geheimnis, einen roten Faden, der zur Verhaftung des Mörders führen würde.

Jeannette war nach Hause zu ihrer Tochter gefahren.

Martin konnte hierbleiben oder nach Hause fahren oder spazieren gehen.

Er brauchte niemanden zu treffen. Er konnte in seinem Adressbuch nachschauen und versuchen, den Abend mit jemandem zu verbringen. Er hatte sich persönlichen und familiären Verpflichtungen entzogen und das Geschenk und die Bürde der Vaterschaft abgelehnt. Er war frei. Er fragte sich, ob Marion ein Kind mit ihm gewollt hätte, wenn sie vorausgesehen hätte, dass er unfähig wäre, seinen Sohn anzunehmen. Oder aber sie hatte von Anfang an diese Unfähigkeit geahnt und war froh, ihn los zu sein. Diese Hypothese hatte den Vorteil, seine Verantwortlichkeit zu schmälern. Deswegen hielt er sie für wenig glaubhaft.

Seine Überlegungen brachten ihn zu ihrem Fall und den neuesten Entwicklungen zurück.

Immer wenn er an Véronique Legat dachte, kam es ihm vor, als blicke er in zu grelles Licht. Ihn überkamen Wut und Scham. Wenn er wieder einen klaren Kopf haben wollte, musste er diese Hürde überwinden. Sonst müsste er den Fall aus der Hand geben.

Wieder las er die Berichte. Irgendwo war ein Widerspruch. Etwas, was Verrier oder Laurette gesagt hatten, oder es war ein neues Element in der Sache.

Er hatte sich davor gefürchtet, Laurette Weizmann wiederzusehen und sich Rat bei ihr zu holen, und er war erleichtert gewesen, als sie begonnen hatte, ihre Sicht der Dinge darzustellen. Laurettes Verstand hatte nichts an Schärfe verloren. Die Verletzungen hatten sie doch weniger verändert, als gefürchtet. Sieg des Geistes über die Materie.

14. Juni, Mittwoch

Um acht Uhr klingelte das Telefon, als Martin gerade nach einer schlaflosen Nacht die Wohnung verlassen wollte. Er wurde zu Richter Lioret beordert, den die Staatsanwaltschaft zum Untersuchungsrichter bestellt hatte. Bisher ging es nur um versuchten Mord, die Ermittlungen um die verschwundenen Frauen wurden noch inoffiziell weitergeführt.

Der Richter wartete in der Cafeteria des Justizpalastes auf ihn. Sie tranken einen Kaffee, während Martin den Fall in groben Zügen darstellte.

Im Gegensatz zu vielen anderen Richtern begann Lioret früh mit der Arbeit. Vielleicht weil er einmal Polizist gewesen war und erst später Jura studiert hatte. Es ist nicht so selten, dass Polizisten Richter werden und umgekehrt. Und es gibt zwei Sorten von ehemaligen Polizisten. Die, welche sich von ihrem früheren Beruf abgrenzen wollen und sich in der neuen Umgebung unbedingt beweisen wollen. Sie geben sich gegenüber den früheren Kollegen distanziert und steif. Richter zu werden hat für sie sozialen Aufstieg bedeutet. Und dann gibt es die, die nichts vergessen haben und ihr berufliches Wissen von früher nutzen, um harmonisch mit den Ermittlern zusammenzuarbeiten. Sie waren selten. Doch Lioret gehörte zu dieser zweiten Kategorie und Martin, der schon früher mit ihm gearbeitet hatte, war recht zufrieden, dass er zuständig war und nicht ein junger Richter ohne Erfahrung oder ein alter Routinier.

Lioret spürte, dass dies ein interessanter Fall war. Er vertraute Martin und seinen Leuten. Solche Ermittlungen machten sich gut in der Laufbahn eines Richters, und Martin spürte seine Aufregung.

»Ihre Jeannette, das ist eine«, sagte er mehrmals. »Wer wäre auf ihre Schlussfolgerungen gekommen? Es gibt nicht mehr viele Flics von diesem Format, aber das wissen Sie sicher.«

»Das weiß ich allerdings«, antwortete Martin. »Ich muss Sie aber auch warnen. Ich habe die Presse belogen und erzählt, dass das Opfer umgekommen ist.«

Martins Telefon läutete, aber er ging nicht dran.

»Es ist nicht sehr schlau, die Presse zu belügen«, erklärte der Richter.

»Ich hielt es für notwendig. Bitte dementieren Sie es nicht. Jedenfalls noch nicht sofort.«

»Glauben Sie, dass sie immer noch in Gefahr ist?«

Das Telefon klingelte erneut, Martin entschuldigte sich und hörte die Nachricht ab.

Olivier teilte ihm mit, dass im III. Arrondissement eine Frau überfallen worden sei, wahrscheinlich von dem Mann mit dem Siegelring.

»Glauben Sie, wir können die Sache unter Verschluss halten? Wenn etwas nach außen dringt, sehen wir alt aus.«

»Ich glaube, wir können es noch«, antwortete Martin, »weil die Morde lange her sind und es bisher noch keine richtigen Ermittlungen gibt. Aber lange wird es nicht halten.«

»Irgendwann muss man es publik machen.«

»Ja.«

Wenn wir damit rauskommen, bevor es in den Medien ist, halten uns alle für superschlau. Im anderen Fall stehen wir wie Idioten da.«

»Das sind wir gewöhnt«, meinte Martin.

14. Juni

Olivier war immer noch krankgeschrieben, kam aber trotzdem zu Martin ins Krankenhaus, in das sie die auf der Straße überfallene Frau gebracht hatten.

»Ich hätte nicht gedacht, dass ich so schnell entlassen werde«, sagte er.

Martin fand, dass er sich verändert hatte. Er hatte abgenommen und war innerlich verhärtet. Er sah schlecht aus und war in keiner guten Stimmung. Seit seinem Unfall war er voller Wut.

Es war das erste Mal, dass er im Dienst verletzt worden war, und Martin hatte Bullen gekannt, die sich nach einem solchen Erlebnis grundlegend verändert hatten. Manche erholten sich nie davon. Auch ihm selbst wäre es beinahe so gegangen. Zweimal war er kurz hintereinander verletzt worden und war beide Male knapp dem Tod entgangen. Er hatte sich dadurch verändert und wahrscheinlich nicht zum Besseren.

Der Arzt in der Notaufnahme erlaubte ihnen, die Frau zu besuchen, nachdem er einen misstrauischen Blick auf den dicken Kopfverband von Olivier geworfen hatte.

Die Frau war jung und kräftig gebaut.

»Er hat mich völlig überrascht«, sagte sie, »sonst wäre er nicht so davongekommen.«

Sie lächelte trotz der genähten Wunden. Auch bei ihr hatte sich der Ring abgedrückt.

»Können Sie ihn beschreiben?«

»Ich kann es versuchen, auch wenn ich ihn kaum gesehen habe. Ich würde sagen, er fiel auf, kurze Haare, kleiner als ich. Ein knorriger Typ. Vielleicht ein früherer Boxer«, fügte sie nach einigem Überlegen hinzu.

»Wie kommen Sie darauf?«

»Mein Bruder hat geboxt, ich mache lieber Leichtathletik. Ich weiß nicht, seine Art, sich zu bewegen, er machte so einen Ausfallschritt und er hat so schnell zugeschlagen. Aber ich kann mich täuschen.«

Ein Boxer, das war ein interessanter Hinweis.

»Es tut mir leid, dass ich Ihnen nicht mehr sagen kann.«

Sie entschuldigte sich, ihre großen Hände lagen zu beiden Seiten ihres athletischen Körpers auf dem Bett.

»Wenn Sie ihn finden, das Geld ist mir noch egal, aber er hat mir ein Schmuckstück gestohlen, an dem mir viel liegt. Einen Anhänger von meiner Mutter, ein kleines Kreuz aus Granaten.«

»Haben Sie ein Foto von diesem Schmuckstück?«, fragte Olivier.

»Nein. Aber natürlich, was bin ich blöd! Es ist ja auf allen Fotos von mir drauf oder fast. Ich bitte meinen Verlobten, eins für Sie rauszusuchen, auf dem man es gut sehen kann.«

»Diesen Kerl kriege ich«, sagte Olivier zwischen zusammengebissenen Zähnen.

Er richtete seinen Zorn ganz auf den Mann, der die Frauen überfiel, und vergaß beinahe, dass nicht dieser Unbekannte ihn fast getötet hatte, sondern ein Junge aus den Vororten, der mit dieser Sache gar nichts zu tun hatte.

»Einen Boxer muss man doch finden können. Die kennen sich untereinander, und selbst wenn sie nicht mehr trainieren, halten sie sich immer in der Nähe der Sporthallen auf. Ein Opfer, das am Leben geblieben und so aussagefähig ist, hat man nicht alle Tage.«

Martin dachte an Véronique Legat, sie war ein Opfer, das zwei Überfälle überlebt hatte, doch ihre Aussage, so wichtig sie auch war, hatte nicht zur Verhaftung des Täters geführt.

Olivier ging, um ein Foto von dem Anhänger bei der Familie des letzten Opfers zu holen, Martin kehrte ins Büro zurück. Jeannette sagte ihm, sie fahre nach Bordeaux. Sie habe einen Tag frei, eine private Reise. Martin äußerte sich nicht dazu.

14. Juni

Jeannette saß im Cockpit des Segelboots. Die Ufer auf beiden Seiten waren in dem warmen Nebel kaum zu sehen.

Sie fühlte sich schuldig, dass sie nicht bei ihrer Tochter war und nicht aktiv an den Ermittlungen arbeitete, trotz des Vorwands, den ihr ihr Reisegefährte lieferte, der Ehemann des ersten Opfers.

Sie wusste, dass später aus zeitlichem Abstand die Erinnerung an die Spazierfahrt in der Flussmündung wichtig sein würde, selbst wenn zwischen ihr und Roland Liéport nichts passieren würde. Wenn ihre Schuldgefühle und die Traurigkeit darüber, dass dieser Augenblick nicht andauerte, verschwunden wären, würde in ihrer Erinnerung ein Gefühl von Frieden und Erfüllung für ein paar Stunden übrig bleiben, weit weg von den Problemen und Zwängen, in einer so schönen Landschaft, dass sie unwirklich schien.

Jeannette schloss die Augen, ließ sich von den Wellen wiegen, die gegen den Schiffsrumpf rauschten, hörte das Klicken der metallenen Falls, das Knattern des Segels über ihrem Kopf und die Schreie der Möwen in der Ferne.

Sie spürte den Atem ihres Begleiters auf ihrem Gesicht, zwei trockene Lippen drückten sich auf die ihren. Sie gab sich hin, ohne die Augen zu öffnen. Es kam gerade im richtigen Moment, es tat ihr gut.

Während Jeannette sich auf der Gironde in den Armen ihres künftigen Liebhabers entspannte, ging Martin wieder die Liste mit den Begriffen durch und sagte sie leise auf wie ein Mantra. Der Widerspruch sprang ihm ins Auge, aber er wusste nicht, was er damit anfangen sollte.

Er hatte notiert, dass der Mörder *keine Bindungen* hatte (wie Laurette meinte), zugleich aber *private und berufliche Verpflichtungen* hatte. Was sollte er von diesen nicht zueinander passenden Aussagen halten? Hatte Laurette das einfach so dahergesagt? So etwas war ihr bisher nicht passiert. Er hätte sie anrufen und nach Erklärungen fragen können, doch das widerstrebte ihm. Er fürchtete, ihre Erklärungen würden alles noch schwieriger machen. So wie sie formuliert waren, hatten die einander widersprechenden Äußerungen von Laurette eine fast magische Dimension, und Martin hatte den Eindruck, wenn es ihm gelänge, den Widerspruch zwischen den beiden Begriffen aufzuheben, käme vielleicht mehr Klarheit in die Sache.

Auch mich könnte man im Grunde so beschreiben, dachte er: keine Bindungen, aber berufliche Verpflichtungen, wenn auch keine privaten. Keine Familie, aber einen anspruchsvollen Beruf. Auch das Gegenteil könnte passieren: eine Familie (Mutter, Frau, Kinder) und keine Arbeit.

Die erste Vermutung hielt einer kritischen Überprüfung nicht stand. Die Arbeit des Mörders konnte nicht allzu anspruchsvoll sein, wenn sie ihm gestattete, ziemlich lange zu verreisen. Oder die Arbeit beschäftigte ihn jeweils nur kurz.

Wer genießt schon solche Vorteile? Ein Seemann, der zwischen zwei Fahrten an Land war und hingehen konnte, wo er wollte? Ein Pilot? Ein Schriftsteller? Ein Zeitarbeiter?

Martin machte sich Notizen und dachte dabei, dass er auf Irrwege geriet.

Wenn er aber auf dem richtigen Weg war?

Einzelgänger, mag nicht die Nähe anderer Menschen. Ein Seemann, ein Saison- oder Zeitarbeiter könnte sich das nicht leisten. Sie wären bald wieder arbeitslos. Bei einem Piloten war es noch anders, die vielen regelmäßig durchgeführten psychologischen Tests würden irgendwann seine Instabilität zutage fördern. Ein Schriftsteller? Martin glaubte kaum daran. Schriftsteller waren selten Tatmenschen, und sie hatten geeignete Mittel, um mit ihren Wahnvorstellungen fertigzuwerden.

Ein emotionales Ereignis, das etwas auslöst. Bei Martin

waren der Tod der Mutter und seiner ersten Frau solche Ereignisse gewesen. In dem Sinn, dass sich sein Leben nicht nur verändert, sondern eine Wendung genommen hatte, die sonst nicht erfolgt wäre. Von da an hatte er das Leben in anderem Licht gesehen. Die Geburt seiner Tochter, seine Liebe zu Myriam hatten auch eine große Rolle gespielt, vielleicht mehr als alles andere, aber sie hatten seine Auffassung vom Leben nicht grundlegend verändert und auch nicht sein Selbstverständnis. Der Mann musste durch einen tiefen Schock wie den plötzlichen Tod eines ihm nahestehenden Menschen oder ein Trauma durch einen schweren Verrat dazu gebracht worden sein, seine Mordgedanken in die Tat umzusetzen.

Nach so einem Auslöser zu suchen, hatte natürlich nur Sinn, wenn man einen Verdächtigen hatte.

Das Telefon klingelte. Es war Marion. An ihrer Stimme erkannte Martin, dass etwas Schlimmes passiert war, und sein Herz schlug schneller.

24

14. Juni

Olivier und die Praktikantin, die wegen der Form ihrer Wangen und der Stellung ihrer Zähne Hamster genannt wurde, hatten eine Liste aller Pariser Boxhallen erstellt. Die junge Frau hieß Alice, aber das hatten die Kollegen gleich wieder vergessen. Über sie wurden anzügliche Witze gemacht, die jeder Grundlage entbehrten. Olivier und die anderen Jungen waren ihr gegenüber eher zurückhaltend, damit man ihnen nicht den Vorwurf machte, sie baggerten sie an.

Die dicken Backen und die Zähne taten der Intelligenz und dem Organisationstalent des Hamsters keinen Abbruch.

Sie hatte den Stadtplan von Paris auf einem Farbkopierer vergrößert, an den schwer heranzukommen war, mit roten Stecknadeln kennzeichnete sie die Orte der Überfälle, mit blauen die Boxhallen, deren Adresse Olivier ihr nannte.

Je weiter die Arbeit fortschritt, desto aufregender wurde es, und die beiden jungen Flics spürten, dass sich etwas abzeichnete. Olivier überraschte sich sogar bei einem einvernehmlichen Blick, den er mit dem Hamster tauschte. Wenn man ihre Wangen und Zähne vergaß, hatte sie schöne Augen, war gut gebaut, hatte lange Beine und einen festen Hintern. Olivier wurde beinahe rot beim Gedanken an die groben und verächtlichen Witze, die er mit den Kollegen über das Mädchen gemacht hatte.

»Man müsste herausfinden, ob die Metrostationen und Bushaltestellen an den Orten der Überfälle an Linien liegen, die auch bei den Boxhallen vorbeiführen«, sagte der Hamster.

Sie hatte eine klare Aussprache und eine helle, sanfte Stimme. Sie bildete sich auf ihre Ideen nichts ein, arbeitete gut mit anderen zusammen und war nicht kleinlich. Olivier beschloss, den Hamster künftig zu verteidigen, wenn jemand sie in seiner Gegenwart angriff.

»Du hast recht«, sagte er.

Sie lächelte ihn an und er dachte, dass sie ohne ihre Zahnklammer gar nicht so schlecht aussah, und wenn er sie anbaggern wollte, müsste er es jetzt machen, bevor die Konkurrenz zu groß würde. Er war nicht mehr in das Mädchen, mit dem er seit einem Jahr zusammenlebte, verliebt und überlegte seit einiger Zeit, wie er es ihr sagen sollte. Wenn er eine andere in Aussicht hätte, würde es einfacher sein.

»Ich weiß nicht, ob ich recht habe«, meinte der Hamster. »Dieser Typ geht vielleicht lieber zu Fuß, um weniger aufzufallen. Die Wege sind nicht so weit.«

»Ja«, sagte Olivier und suchte verzweifelt nach einem Gegenargument, um auch etwas zu sagen, »es sei denn, er ist alt und müde.«

»Für einen müden Alten schlägt er aber ganz schön zu. Der Kerl muss doch kräftig sein, oder?«

»Nicht unbedingt«, sagte Olivier, der festen Grund unter den Füßen spürte. »Wenn er ein alter Boxer ist, dann kann er im Ring nichts mehr zeigen, aber fest zuschlagen kann er noch. Ein ehemaliger Boxprofi kann gefährlich sein. Ich weiß, dass die Fäuste von Boxern oder früheren Boxern in den USA als Waffen gelten, genau wie Messer oder Knüppel.«

Er hielt sich gar nicht so schlecht.

Martin und Marion trafen sich gegen Abend.

Das Baby hatte sich verändert. Sie hatte es Rodolphe genannt, mit einem altmodischen Namen, der wieder in Mode war. Martin war nicht überzeugt, dass er ihm gefiel, aber er hatte Marions Wahl nicht in Frage gestellt, zumal sie als zweiten Namen Jean ausgesucht hatte, in Erinnerung an ihren Vater. Im schlimmsten Fall konnte der Kleine Rodolphe gegen den immer passenden Namen Jean austauschen, wenn er auch etwas mitzureden hätte.

Das Baby lächelte ihn an, als er es auf den Arm nahm, und griff nach seiner Nase. Es sah Isabelle im selben Alter ähnlich, soweit er sich erinnern konnte. Ihre Augen hatten dasselbe tiefe Blau. Es hatte feine Züge und einen schlauen Gesichtsausdruck und schien froh, auf dem Arm des Vaters zu sein, den er fast nie sah. Martin war gerührt.

Nach einiger Zeit legte er es in die Wiege zurück, und das Baby protestierte mit Schreien. Martin wollte es wieder aufnehmen, aber Marion meinte, es sei Zeit, dass der Kleine schliefe, und brachte ihn ins Schlafzimmer.

Sie blieb gut zehn Minuten fort, die Martin nutzte, um festzustellen, was sich in der Wohnung verändert hatte. Hinter einem Stapel Bücher sah er viele Fotos in Passbildgröße, offenbar neu, von einem eher gut aussehenden Jungen, der strahlend lächelte und dessen Gesicht ihn an jemanden erinnerte. Das Baby beruhigte sich. Nicht das Baby, mein Sohn, sagte er sich. Mein Sohn. Rodolphe. Nein, wirklich, dieser Name war das Letzte.

Marion kam zurück und schloss die Tür hinter sich. Martin bemerkte, dass es in der Wohnung nach Tabak roch, dabei rauchte Marion fast nie. Ist ja gut, sagte er sich, ich kann doch Marion nicht vorwerfen, dass jemand in der Wohnung raucht, in der unser Kind lebt, das wäre ja die Höhe.

»Ich ziehe weg.«

»Wohin?«

»In den Süden. Nach Marseille. Ich habe ein gutes Angebot und habe jemand kennengelernt.«

Martin nickte und sah zum Fenster. Er hätte ihr gern gesagt, das alles sei sicher nicht neu und sie solle ihn bloß nicht verarschen und so tun, als sei das alles ganz plötzlich gekommen. Doch er sagte nichts.

»Wenn du deinen Sohn sehen willst, werde ich dich nie daran hindern«, sagte sie weiter. »Du kannst kommen und ihn sehen, wann du möchtest. Ich komme oft nach Paris, dann bringe ich ihn mit, wann immer es möglich ist.«

»Wann fährst du?«

»Wahrscheinlich in einem Monat. Ich habe eine Flasche Wein geöffnet, möchtest du welchen?«

Martin hatte keine Lust, etwas zu trinken, aber er sagte ja, um nicht feindselig zu wirken. Das war die Grundlage seiner Beziehung zu Marion, dachte er blitzartig. Keinerlei Spontaneität. Außer im Bett.

Marion kam mit einer Flasche Côte-du-Rhône und zwei Gläsern aus der Küche. Sie holte noch ein Schälchen mit Pistazien.

»Willst du mit deinem ... Freund zusammenwohnen?«

»Ja«, antwortete sie nach kurzem Zögern.

Sie goss den Wein ein und hob ihr Glas. Martin nahm seines und sie stießen an und sahen einander in die Augen. Martin dachte an das, was hätte sein können, aber nie sein würde. Das Gefühl der Leere breitete sich von der Brust her im ganzen Körper aus.

Sie sagte etwas, was er nicht hörte.

Er zwang sich, ihr zu folgen.

»Hast du gerade einen schwierigen Fall?«, wiederholte sie und schälte eine Pistazie.

Einen schwierigen Fall? Wovon redete sie? Wahrscheinlich

wegen seines abwesenden Gesichtsausdrucks. Sie aß eine Pistazie nach der anderen und legte die Schalen vor sich auf den Tisch und sah ihn dabei unentwegt an.

»Ja, eher schwierig.«

»Geht's dir gut, Martin?«

»Ja, ich bin nur etwas müde. Es ist schwierig, Frauen die verschwunden sind, über Jahre ...«

Er hielt inne, denn ihm fiel ein, dass er ihr früher oft seine Fälle detailliert geschildert hatte. Da war sie sein geistiger Sparringspartner gewesen, er hatte in ihrem Gesicht Anzeichen von Bestätigung seiner Gedanken gesucht.

Sie hakte nicht weiter nach.

»Ist dein neuer Freund ein Flic?«, fragte er.

»Nein.«

Mehr sagte sie nicht.

Er nahm einen winzigen Schluck und stand auf.

»Ich gehe nach Hause«, sagte er, denn er fühlte, dass die Leere inzwischen voll von ihm Besitz ergriff und er keine Sekunde länger bleiben konnte.

»Geht es dir wirklich gut?«

»Ja, ich muss zur Arbeit.«

»Bist du sauer, dass ich weggehe?«

»Nein«, antwortete Martin, »ich habe dir nichts vorzuschreiben.«

»Warte, Martin, hast du mir sonst nichts zu sagen?«

Er ging zur Tür. Mit großer Mühe wandte er sich beim Öffnen zu Marion um.

Sie saß am Tisch, beide Hände lagen flach darauf. Ihr Gesichtsausdruck war nicht zu entziffern.

Martin sagte sich, dieser Anblick von ihr sei vielleicht der letzte, den er je erhalten würde. Er würde nicht nach Marseille fahren. Das wusste er und sie wusste es auch.

»Viel Glück, Marion.«

Sie antwortete nicht. Vielleicht hatte sie es nicht gehört.

Auf der Treppe wurde ihm schwindelig und er wäre beinahe gestürzt. Er hielt sich am Geländer fest und schloss die Augen, zwang sich, langsam zu atmen, und ging dann vorsichtig die Stufen hinunter, als sei er hundert Jahre alt.

14. Juni

Täglich las er die Presse auf der Suche nach einem Artikel über seine Großtaten. Ein Mord mit unbekanntem Motiv an einer Frau am Fenster, hatten die Zeitungen geschrieben, aber es war nicht der Bruchteil einer Erklärung geäußert worden, die der Wahrheit einigermaßen nahekam. Entweder hatte man keinen Zusammenhang mit den Entführungen entdeckt oder die Polizei hielt die Informationen zurück. Sie war tot, bald würde sie beerdigt und dann wäre alles vorbei. Seine Mordtaten, die Erinnerung an die Frauen, die er sich genommen hatte und dann hatte verschwinden lassen, würden für immer Kostbarkeiten bleiben, nur für seinen Gebrauch. Als Kind hatte ihm ein Onkel zum elften Geburtstag einen Hund geschenkt.

Er hatte diesen Hund geliebt, doch ein Jahr später war er an einem Herzfehler gestorben. Hätte dieser Hund überlebt, wäre die Erinnerung an ihn nicht so rein, so unversehrt geblieben. Mit diesen Frauen war es genauso. Sie hatten ihm einzigartige Momente beschert, ihre kurze Beziehung war so intim gewesen, dass niemand je davon erfahren würde, und dann waren sie fort, auch sie, und hinterließen eine vollkommene Erinnerung an das, was er mit ihnen erlebt hatte. Heute war diese Phase seines Lebens abgeschlossen. Er hatte immer gewusst, dass es eines Tages vorbei sein würde.

Er hatte Véronique Legat auch aus Altruismus getötet, zum Schutz. Er war ein großes Risiko eingegangen und bedauerte es nicht. Das Schlimmste war, dass derjenige, der am meisten Nutzen aus seiner Tat zog, es nie erfuhr und nicht wusste, was er ihm verdankte.

Er musste darüber lächeln. Wenn man eine Operation hingekriegt hatte, war sie selbst Belohnung genug und das Gefühl der Überlegenheit wurde so groß, dass man großzügig sein konnte und nicht mehr an Rache zu denken brauchte. Er würde seine Vergangenheit hinter sich lassen und die Last, die er seit langem mit sich herumschleppte, ebenso. Er konnte seinen Geist befreien und etwas Neues beginnen. Er hatte Zeit genug, die besten Erinnerungen an seine geheimen Taten zu genießen und in aller Ruhe seine Zukunft aufzubauen.

Schon seit einiger Zeit wollte er sich zu neuen Horizonten aufmachen und Gutes für andere tun. Vielleicht würde er sich im humanitären Bereich engagieren. Zugleich war er ehrlich genug mit sich selbst, um sich nichts vorzumachen. Als er Véronique Legat freiließ, hatte er ernsthaft geglaubt, damit unter all diese Taten einen Schlussstrich zu ziehen, aber so richtig befreit gefühlt hatte er sich doch erst, als er sie umbrachte.

Der Zauber war immer noch da. Er fürchtete, zu sein wie die Alkoholiker oder Raucher, die sicher sind, ihre Sucht zu beherrschen, solange sie nicht aufhören. Die Zeit würde entscheiden, ob er wirklich frei war oder sich in dieser Art Betätigung noch weiter erproben musste. Wenn er in ein oder zwei Wochen immer noch keine Lust hatte, wieder anzufangen, hätte er sich wirklich verändert.

25

14. Juni

Abends traf Jeannette eine wichtige Entscheidung. Sie verlängerte ihre Ferien um einen Tag. Vernünftig war das nicht, auch widersprach es all ihren Grundsätzen. Aber sie war dabei, sich zu verlieben, und wollte diese Chance nicht vorübergehen lassen.

Roland hatte sie auf dem Boot mitgenommen, in die Mitte des Flusses, und sie hielten sich im Cockpit auf. Vom sexuellen Standpunkt her war es kein voller Erfolg gewesen.

Zuerst war sie schockiert von der Idee, man könnte sie vom Land oder einem anderen Schiff aus sehen, aber er hatte sie beruhigt.

Er band das Steuer fest, holte das große Segel ein und auch den größten Teil der Fock. Jetzt wurden sie nur von der Strömung und dem Wind vorwärtsgetrieben. Es herrschte eine leichte Brise.

Die Ufer waren weit weg und der nächste Segler war einen Kilometer entfernt. Um sie auszuspionieren, würde er ein Superfernrohr brauchen, aber was würde er schon sehen? Ein bisschen Haut, mehr nicht. Sie widersprach nicht mehr, sie zogen ihre Kleider aus und küssten sich. Sie hatte herausgefunden, dass es an Bord zahlreiche Möglichkeiten gibt, sich an harten oder spitzen Gegenständen zu stoßen, und trotz der beiden kleinen Matratzen, die ihr Liebhaber im Cockpit ausgelegt hatte, bekam sie mehrere blaue Flecken und stieß sich den Kopf. In der Frage, ob sie ein Präservativ verwenden sollten oder nicht, hatte sie ihre Prinzipien, aber als er ihr sagte, seit über einem halben Jahr habe er mit niemandem mehr geschlafen und vor drei Monaten sein Blut kontrollieren lassen, vertraute sie ihm. Im Cockpit war es zu eng, um viele Positionen auszuprobieren. Er saß auf der Matratze, mit ausgestreckten Beinen und dem Rücken an der Kabinentür und sie hockte auf ihm. Beengt, wie er dasaß, konnte er nicht viel machen, aber die Alternative wäre gewesen, dass sie sich auf alle viere stützte und er sie von hinten nahm, wozu beide unausgesprochen beim ersten Mal keine Lust hatten. Ihr Gefährte hatte die Kraft seiner Arme benutzt, um die mangelnde Bewegungsfreiheit auszugleichen. Er hielt sie mit seinen großen Händen an den Schenkeln und hob sie auf und nieder.

Sie hörte sich schreien, was sie sich jahrelang nicht erlaubt hatte, weil ihre Tochter im Zimmer nebenan schlief. Es war ein bisschen kompliziert, aber amüsant, zart und wohltuend, auch wenn sie keinen Orgasmus gehabt hatte. Mit etwas Glück würde sie heute Nacht einen bekommen.

14. Juni, Abend und Nacht

Jeannette aß mit Roland Liéport zu Abend. Er hatte seine Tochter abgeholt, ihr zu essen gegeben und sie um acht ins Bett gelegt, ihr die Geschichte von einem Bären erzählt, ihr einen Gutenachtkuss gegeben und dann das Licht gelöscht. Jeannette hatte zunehmend den Eindruck, eine schlechte Mutter zu sein, die zu oft weg war und unfähig, sich liebevoll um ihre Tochter zu kümmern.

Zu dieser Zeit aß Martin zu Hause ein paniertes Kabeljaufilet, das er in der Mikrowelle aufgewärmt hatte, und einen Fertigsalat mit selbst gemachter Vinaigrette aus Knoblauchstückchen, Olivenöl, Senf, Apfelessig und Balsamico. Er hatte immer gern Vinaigrette gemacht, und jetzt, wo er allein lebte, gab es ihm das Gefühl, selbst zu kochen und sich nicht gehen zu lassen.

Nachdem ihn die große Leere überkommen hatte, erholte er sich wieder. Mal sehen, was noch kommen würde. Er glaubte nicht mehr, dass Marion wirklich für immer fortging. Allerdings hatte sie sehr ernst gewirkt und hinter ihrer kalten Fassade hatte er etwas gespürt, was sie nicht gewagt hatte auszusprechen.

Er gab sich einen Ruck. Es war doch das Beste, wenn sie jemanden gefunden hatte. Einen neuen, guten Vater für den Sohn, den er nicht hatte erziehen wollen.

Bevor er nach Hause gegangen war, hatte er sich nach Véronique Legat erkundigt.

Er durfte das Zimmer betreten, solange er am Fußende des Bettes stehen blieb. Er sah sie lange an und sagte ihr laut, es tue ihm sehr leid, er würde den Mann finden, der das getan habe. Noch nie hatten Worte in seinen Ohren so falsch geklungen. Sie lag ausgestreckt in ihrem Bett, die Form ihres Körpers zeichnete sich unter der Decke ab, ihr Kopf war bandagiert, und sie sah aus wie eine Mumie. Martin sah das Weiß ihrer Augen unter den nicht ganz geschlossenen Lidern. Die elektronischen Geräte zeigten an, dass ihr Zustand stabil war. Obwohl sie teilweise erwacht war, oder gerade deshalb, hatten die Ärzte sie in ein künstliches Koma versetzt.

Wovon träumte die junge Frau? Von den letzten Augenblicken am Fernster? Von ihrer Tochter? Von ihrer Entführung? Konnte ihr Gehirn überhaupt noch träumen? Und ihr

Gedächtnis? War es mit den Hirnpartikeln verschwunden, die durch das Projektil auf der Rückseite ihres Kopfes ausgetreten waren?

Martin fühlte ein Kribbeln in den Fingern, Ausdruck seiner Wut und Enttäuschung.

Anstatt zur Bushaltestelle zu gehen, um nach Hause zu fahren, ging er unbewusst Richtung Büro und schob die Eingangstür unter den Augen des Schutzmanns auf, der ihn vor einer knappen Stunde hatte hinausgehen sehen.

Es war die Zeit, zu der die eiligen Passanten den Spaziergängern Platz machten. Jeder, der konnte, war auf den Beinen und genoss den frühen Abend und die sanfte Brise, die dem Lauf der Seine folgte. In den Nachrichten hatte er gehört, dass die Luftverschmutzung über das erlaubte Maß hinausging, trotz des Hochdruckwetters.

Martin ging ins Büro und blieb unterwegs vor dem Plan stehen, den Alice und Oliver erstellt hatten. Eine so systematische Arbeit konnte kaum von Olivier stammen. Wahrscheinlich war es die junge Kollegin gewesen. Die Herrschaft der Frauen ist im Vormarsch, dachte Martin. Sie haben mehr Kraft, sind genauer, engagieren sich mehr als die Männer. Wenn sie dann noch wie Jeannette einen unstillbaren Durst nach Gerechtigkeit hatten, wurden sie zu bedeutenden Polizisten. Waren die Flics von morgen Frauen?

Er hatte auf der ganzen Linie versagt, war unfähig gewesen, das letzte Opfer zu schützen, unfähig, sich die Gefahr vorzustellen, die Véronique Legat drohte, bis es zu spät war.

Und inzwischen dachte der Mörder vermutlich schon an sein achtes Opfer.

Roland und Jeannette lagen auf einer Decke und küssten sich unter dem Sternenhimmel. Sie waren fast nackt, ihre beiden Körper lagen dicht nebeneinander. Jeannette hatte ihre Zehen zwischen die Fußgelenke ihres Liebhabers geschoben, massierte ihm sanft den unteren Rücken und spielte mit den Nägeln auf seiner Haut. Ihr war kühl um die Hüften, aber es war eine angenehme Kühle, von der sie eine Gänsehaut bekam. Ihr Liebhaber streichelte sie auf phantasievolle Art und sie spürte an ihrem Bauch, wie sich sein steifes Glied bewegte.

Wann würde er in sie eindringen?

Der Körper des Mannes erstarrte und er erhob sich mit einem erstickten Fluch.

»Entschuldigung, ich muss drangehen, bevor die Kleine aufwacht«, sagte er.

Da hörte sie das Telefon klingeln.

Jeannette wickelte sich in die Decke, so gut sie konnte, allein in der Kühle der Nacht. Sie spürte einen kalten Luftzug, die Blätter der Hecke raschelten, und plötzlich hatte sie das Gefühl, dass sie jemand hinter der dunklen Linie der Mauer aus Pflanzen beobachtete. Ihr Herz schlug schneller, dann beruhigte sie sich wieder. Das war die Angst einer Frau aus der Stadt. Sie schloss die Augen, dann öffnete sie sie nach zehn Sekunden, um ihre Nachtsicht zu verbessern. Bei ihrem ersten Nachteinsatz hatte ihr der Ausbilder diesen Trick beigebracht. Der Wind hatte sich gelegt, nichts regte sich.

Roland kam schnell wieder, auch nackt, aber mit einer weiteren Decke. Er deckte sie beide zu und drängte sich wieder dicht an sie.

Seine Erektion hatte kaum an Kraft verloren. Er legte sich über sie, stützte die Ellbogen auf, um sie nicht zu erdrücken, schob seine Beine zwischen ihre, drängte sie, die Schenkel zu öffnen, drang in sie ein und küsste sie dabei auf den Mund.

Ein paar Minuten später lag sie auf der Seite, dicht an ihm, den Kopf in seiner Schulterbeuge. Das ihr zugewandte Gesicht konnte sie kaum erkennen, aber sie spürte, dass er sie ansah.

»Du hast bestimmt das ganze Dorf aufgeweckt«, sagte er.

»Habe ich geschrien?«

Er lachte.

»Das kann man wohl sagen.«

»Wirklich? Sehr laut?«

»Mir ist fast das Trommelfell geplatzt.«

Sie gab ihm einen Klaps auf die Brust.

»Das war sehr schmeichelhaft«, sagte er und fing sich einen neuen Klaps ein.

»Lass uns reingehen. Ich muss dich allein lassen, ich habe einen Notfall. Ich glaube, es ist nicht schlimm, aber ich muss da hin, weil ich Nachtdienst habe.«

»Kann dein Nachbar das nicht machen?«

»Hautärzte sind bei Bauchweh nicht die Richtigen«, antwortete er lachend.

Sie folgte ihm, in die Decken gehüllt, und drinnen zogen sie sich etwas umständlich an. Sie hätte sich gewünscht, dass er bei ihr blieb, aber er würde sie allein lassen. Sie hätte gern gefragt, ob sie nicht mitkommen könne, aber dann fiel ihr ein, dass das Mädchen in seinem Zimmer schlief.

»Was hättest du mit deiner Tochter gemacht, wenn ich nicht da wäre?«, fragte sie.

»Die Nachbarn hätten aufgepasst. Das ist wie ein Ritual. Paul oder Marine kommen rüber oder ich bringe sie zu ihnen, wenn sie noch nicht im Bett ist. Sie wohnen gleich am Dorfeingang.«

Während er redete, überprüfte er seine Arzttasche und zog eine Samtjacke mit Flicken an den Ellbogen an. Sie stieg auf die Zehenspitzen und küsste ihn auf den Mund.

»Komm nicht zu spät.«

Er fasste mit einer Hand nach ihrem Hintern und küsste sie lange. Dann ließ er sie los.

»Weißt, du, ich habe mit Frauen kein Glück gehabt. Mit deiner Hilfe ändert sich das vielleicht.«

Was sollte diese Geschichte? Sie wohnten über sechshundert Kilometer voneinander entfernt. Sie würde nie so weit von ihrem Exmann wegziehen können, das wäre ungerecht gegenüber ihrer Tochter und ihm. Von ihrer Arbeit gar nicht zu reden.

Dieses Abenteuer hatte keine Zukunft.

Sie sah sich die Bücher im Bücherschrank an, seltener Krimskrams, das Foto der verschwundenen Frau, der ersten der Mordserie.

Sie hatte nicht nur ihren Mörder nicht gefunden, sondern auch noch mit ihrem Mann geschlafen.

Sie legte die Finger auf das Foto und murmelte. »Entschuldigung.«

Sie fand sich lächerlich. Was war nur mit ihr los? Die entschlossene Polizistin, die die schlimmsten Verbrechen und Seziersäle kennengelernt hatte, verwandelte sich in ein naives Mädchen.

15. Juni, Donnerstag

Martin konnte nicht schlafen. Es war halb zwei Uhr morgens und die Nacht war noch lang. Wenn das Sportstudio nachts offen wäre, dann wäre er gleich hingerannt. Er dachte an

Marion, seinen Sohn, an Véronique Legat, die verschwundenen Frauen. Eine Flut von Bildern. Er dachte auch an Isabel mit e-l, die Frau von Wieslowski, mit ihrer gebräunten Haut und den zu kurzen Schenkeln.

Jeannette hatte wieder den Eindruck, dass sie jemand hinter den dunklen Scheiben beobachtete. Dies war ein Männerhaus, es gab keine Gardinen. Es war absurd, sich vorzustellen, dass der Mörder nach so vielen Jahren wiederkommen würde. Aber eine Zeit lang hatte er die verschwundene Frau ausführlich beobachtet, zu jeder Stunde des Tages und vielleicht auch nachts, bevor er sie an einem Samstagmorgen entführte.

War er durch die Eingangstür gekommen, oder hatte er sie von hinten überrascht wie Véronique Legat bei ihrer Hausarbeit oder beim Waschen? Er hatte das Mädchen nicht angerührt, ebenso wenig wie Véronique Legat. Über diesen Punkt hatten sie noch gar nicht gesprochen. Der Mann hatte es geschafft, der Tochter von Véronique nicht zu begegnen. Er hatte die Mutter außerhalb der Wohnung entführt, was für ihn ein höheres Risiko bedeutet hatte.

Da war nichts zu machen, Einbildung oder nicht, Jeannette fühlte sich beobachtet.

Sie ging auf die Toilette, nahm dann im Vorübergehen ihre Waffe, steckte sie in ihren Gürtel gegen die Lendenwirbel und zog ihre Bluse darüber. Sie ging in den Garten und atmete die frische Luft ein. Wenn sie angegriffen würde, dann in diesem Moment.

Sie sah sich in der Lage, auf einen solchen Überfall zu reagieren. Wenn der Angreifer allerdings von weitem auf sie schoss, hatte sie keine Chance.

Ein paar Minuten stand sie reglos da, als bewundere sie den Sternenhimmel.

Sie hörte das Geräusch des Wassers, weiter weg, Fahrzeuge auf der Straße, die am Fluss entlangführte. Sonst nichts.

Der Mörder war nicht allmächtig und auch nicht allwissend, er konnte nicht ahnen, dass sie ihn suchte, und selbst wenn er es wüsste?

Warum sollte er sie angreifen?

Und warum nicht? Sie hörte hinten im Garten einen Zweig knacken und erstarrte. Man konnte nichts sehen, die Nacht wurde immer dunkler, dicke Wolken, die vom Atlantik herzogen, verbargen Mond und Sterne, und die nächste Laterne war hundert Meter vom Haus entfernt.

Sie wartete weiter, fröstelte. Da war niemand. Sie ging ins Haus. Roland war seit über einer Stunde weg. Was hatte er gesagt? Eine Dreiviertelstunde. Sie ging und sah nach dem Mädchen. Es lag ohne Decke da. Jeannette deckte sie mit dem Betttuch zu und schlug die Decke zurück.

Dann sah sie sich die obere Etage an. Da waren noch zwei Schlafzimmer und ein großes Bad. Das eine Zimmer diente als Abstellkammer und Garderobe, das andere war größer, ohne Zweifel das von Roland. Darin stand ein Bett, einen Meter sechzig breit, ein Ehebett, sicher dasselbe wie vor sechs Jahren, darauf ein zerknautschtes Betttuch. Gegenüber dem Bett sah sie ein Bücherregal, einen kleinen Schreibtisch und zwei Sessel, auf denen Kleider lagen.

Im Bücherregal sah sie ein dickes Fotoalbum. Sie zögerte erst, dann öffnete sie es. Es waren vor allem Ferienbilder aus der Zeit, in der die Liéports noch kein Kind gehabt hatten. Roland war jünger, jungenhaft und sah nicht so gut aus wie heute. Jeannette war ein bisschen eifersüchtig, als sie seine Frau Émilie sah. Sie war sehr schön, hatte einen langen, schlanken Körper. Sie fühlte sich dagegen klein, pummelig und hässlich.

Dann kamen Fotos aus der Entbindungsstation. Die junge Frau lag auf einem Klinikbett, hatte ihr Baby im Arm und lächelte den Fotografen an.

Dann folgten weitere Ferienbilder im Ausland und wieder andere, diesmal mit dem Baby, dann seine ersten Schritte und danach nichts mehr.

Jeannette schloss seufzend das Album.

Sie hatte den Eindruck, etwas übersehen zu haben. Da war doch ein Foto gewesen …

Sie nahm wieder das Album zur Hand und blätterte es schnell durch, da hörte sie Schritte draußen auf dem Kies. Ihre Hände zitterten. Wovor hatte sie Angst? Ihre Neugier war fast legitim, sie tat ja nichts Verbotenes.

Dann sah sie es. Ein Bild mit drei Leuten. Émilie Liéport stand neben einem Paar, das sich um die Taille hielt. Roland war nicht dabei. Vielleicht hatte er das Foto aufgenommen. Sie hatte die andere Frau schon gesehen, da war sie sich sicher. Sie nahm das Foto, das nur an zwei Stellen festgeklebt war, heraus, steckte es in ihre Revolvertasche, stellte das Album zurück und verließ den Raum in dem Moment, in dem sie Schritte auf der Treppe hörte.

Sie wartete auf dem Treppenabsatz.

»Ich habe nach der Kleinen gesehen«, sagte sie ruhig. »Ihr war zu warm, ich habe die Wolldecke etwas zurückgezogen.«

»Hast du gut gemacht, sie will unbedingt in ihrem dicken Pyjama schlafen, ganz egal, zu welcher Jahreszeit.«

Er umarmte sie und erstarrte, als er die Waffe unter ihrem Hemd spürte.

Er trat erschrocken einen Schritt zurück.

»Entschuldigung, ich hatte den Eindruck, jemand beobachte

mich von draußen, da habe ich sie genommen und bin rausgegangen ... Aber natürlich war da keiner.«

»Weißt du, wir sind hier nicht in Paris, und Überfälle gibt es so gut wie nie.«

»Ich weiß, das ist wirklich idiotisch, ich lege sie weg.«

Sie ging nach unten und schob die Waffe in ihre Jacke.

Er war ihr gefolgt und fasste sie am Arm.

»Ich bin der Idiot«, sagte er. »Schließlich ist es Émilie auch passiert, hier in dem kleinen, friedlichen Dorf.«

Sie schwiegen eine Weile, er küsste sie auf den Nacken, mit kleinen, sanften Küssen, schob die Hände über ihren Hintern und begann ihn zu kneten.

»Was möchtest du lieber, zuerst essen oder später?«

Mitten in der Nacht wurde sie wach und hob die Augen an die unbekannte Zimmerdecke. Das einzige Geräusch war das Atmen ihres Gefährten. Sie fragte sich, warum sie in solcher Alarmstimmung war. Sie stützte sich seitlich auf und sah auf die Leuchtziffern des Weckers neben dem Bett. Zwanzig nach drei.

Anna Roland-Massard, dreiunddreißig, geschieden ohne Kinder, wohnhaft in der Vorstadt von Nizza. Absolventin der Kunsthochschule, Innenarchitektin. Am 9. Dezember 2008 verschwunden.

Sie war die Frau auf dem Foto.

26

Es gab keinen Zweifel, die Gesichter der sechs verschwundenen Frauen hatten sich Jeannette eingeprägt, selbst wenn erst der Schlaf ihr geholfen hatte, sie zusammenzubringen. Émilie und Anna kannten sich.

Niemand hatte diese Möglichkeit bisher in Betracht gezogen. Roland Liéport kannte sie also beide. Sie waren gleich alt. Freundinnen aus der Kindheit, dem Gymnasium? Anna war neun Monate nach Émilie verschwunden. Und sie war die zweite der verschwundenen Frauen.

Jeannette überkam ein Schauer von den Füßen bis zum Scheitel und ihr Herz klopfte wie wild. Sie hatte den Tag und die Nacht mit diesem Mann verbracht, sie hatten sich viermal geliebt.

Sie richtete sich auf und ließ die Beine über den Bettrand hängen. Keine Sekunde konnte sie länger in diesem Bett bleiben.

Er brummte und sie spürte seine große Hand auf ihrem Rücken und dem nackten Hintern.

»Ich gehe Pipi machen«, sagte sie.

Er brummte wieder, wandte den Kopf um und schlief wieder ein.

Sie nahm ihre Sachen, stieg auf Zehenspitzen die Treppe herunter und dankte Gott, dass die Stufen nicht knarrten.

Im Erdgeschoss zog sie sich an, nahm ihre Jacke, die Handtasche und öffnete die Tür so leise wie möglich. Das Schlafzimmer lag genau darüber. Sie ging dicht an der Hauswand entlang bis zum Rasen, um nicht über den Kies zu laufen, und ging bis zu einer kleinen Holztür, die auf einen Weg führte. Die Tür schloss mit einer einfachen Klinke. Sie ging nach rechts zur Straße hin und verfluchte sich selbst, dass sie sich keinen Wagen geliehen und ein Taxi genommen hatte. Ihr war schwindelig. Sie überlegte, sie plante und zugleich kam ihr alles irreal vor, wie ein Albtraum.

Plötzlich blieb sie stehen und holte tief Luft. Sie musste diese Panik zurückdrängen.

Sie konnte doch nicht einfach so abhauen. Sie konnte nicht sicher sein, dass er schuldig war. Er wusste, welche Ermittlungen sie führte. Wenn er der Mörder wäre, hätte er nicht ein so verräterisches Foto im Album gelassen. Es wäre längst verschwunden, bevor sie kam. Aber war das sicher? Der Geist kann einem immer Streiche spielen, und vielleicht dachte er gar nicht mehr an das Foto. Wann hatte er das Album überhaupt zum letzten Mal geöffnet? Sie zumindest hatte seit ihrer Trennung ihr Familienalbum nie mehr angesehen. Aber sie hatte auch nicht ihren Mann verschwinden lassen.

Sie holte ihr Handy heraus und rief Martin an.

Schnell erklärte sie ihm die Situation.

»Was soll ich machen?«, fragte sie.

»Du darfst kein Risiko eingehen. Komm sofort her.«

»Nein, das wäre doch dumm. Selbst wenn er es ist, wird er mir nichts tun. Ich könnte noch mehr erfahren.«

»Komm her, das ist ein Befehl.«

»Ich rufe wieder an.«

Sie legte auf und ging zurück.

Als sie das Haus betrat, saß Liéport auf dem Sofa im großen Wohnzimmer. Er hatte eine Lampe angemacht und schien zu warten. Er trug eine Jeans und ein T-Shirt und war barfuß. Er sah sie wortlos an. Sie kannte ihn nicht genug, um seinen Gesichtsausdruck zu verstehen, aber er wirkte eher traurig als böse.

»Ich habe Angst bekommen und bin spazieren gegangen«, sagte sie in bemüht leichtem Ton.

»Mit deiner Reisetasche?«

Sie antwortete nicht.

»Ich hatte das Gefühl, in die Zeit vor sechs Jahren zurückversetzt zu sein«, sagte er, »als ich sah, dass du nicht unten warst ...«

Er fuhr sich mit der Hand durchs Haar, eine Geste, die sie liebte. Sie stellte ihre Tasche ab und setze sich neben ihn, ohne ihn zu berühren.

Sie spürte, wie ihr Telefon vibrierte. Sie ging hinaus und nahm ab.

»Martin? Was ist los? Sollen wir nicht morgen früh reden? Nein, ich bin nicht in Paris, ich bin in der Nähe von Bordeaux, ich bin müde. Salut.«

Sie legte auf.

»Das war mein Chef, er hat die schlimme Angewohnheit, mich anzurufen, wann er will, Tag und Nacht, Wochenende oder nicht.«

Martin sah auf sein Telefon. Er war eher wütend als beunruhigt. Jeannette hatte bewiesen, dass sie sich aus fast jeder Situation befreien konnte. Dieses Foto bewies nicht, dass Liéport der Mörder war, aber es war sehr wichtig. Es brachte sie in den Ermittlungen weiter. Es bewies, dass sich die beiden verschwundenen Frauen gekannt hatten. Darauf war bisher noch keiner gekommen.

Liéport konnte durchaus der Mörder sein. Er besaß die entsprechende Körperkraft und die Intelligenz. *Keine Bindungen, aber private und berufliche Verpflichtungen.* Auch das passte. Er war nicht gern unter Menschen. Er war Seemann, lebte auf dem Dorf, weit weg von der Stadt. Seine Frau war als Erste verschwunden. Was für eine Beziehung hatte er zu ihr gehabt, bevor sie verschwand? Wenn sie das Grundmodell seiner Wahnvorstellungen war und er sich von ihr verraten gefühlt oder ihre Gegenwart nicht mehr ertragen hatte, dann war sie sein erstes Opfer gewesen, bevor er andere umbrachte, die ihr ähnlich waren.

Zunächst Anna Roland-Massard, die sie kannte und die auch er kennen musste.

Alles fügte sich ineinander, alles war logisch. Und Jeannette war in der Hand dieses Psychopathen. Wenn er ihr etwas antat, würde Martin ihn eigenhändig töten. Aber was immer geschah, Jeannettes Benehmen konnte alles verderben. Wenn sie Beweisstücke fand, konnten sie der Justiz nicht dienen. Und zugleich ... Beim jetzigen Ermittlungsstand war dies vielleicht der einzige Weg, etwas zu entdecken, wenn Liéport tatsächlich mit der Sache zu tun hatte.

All seine Instinkte sagten ihm, sofort hinzufahren, sein Verstand sagte ihm, erst mal Leute von dort hinzuschicken. Er beschloss, es nicht zu tun. Wenn Jeannette zu ihrem Liebhaber zurückgekehrt war, dann musste sie ihre Gründe haben und fühlte sich nicht bedroht. Sie war bewaffnet, sie konnte sich wehren. Gegen einen Mann, der mindestens sechsmal getötet hatte? Von Véronique Legat nicht zu reden.

Er blickte auf die Uhr. Halb vier. Wenn er von Paris nach Bordeaux fuhr, mit durchschnittlich 160 Kilometern pro Stunde und einer Entfernung von sechshundert Kilometern, dann könnte er es in vier Stunden schaffen. Vielleicht sogar etwas darunter.

Dann wäre er um halb acht da. Aber was sollte er dort tun? Er konnte sie nicht allein lassen, er konnte nicht inaktiv bleiben. Er musste dahin.

Er zog sich an, nahm seine Waffe, die Autoschlüssel und die Teile der Akten, die er zu Hause hatte.

Er brauchte zehn Minuten, um das Auto aus der Garage zu holen, in dem es seit Wochen herumstand. Er hoffte, dass die Batterie gehalten hatte. Er war den Wagen mindestens einen Monat lang nicht gefahren.

Nur sein Glaube an Jeannettes Fähigkeiten hielt ihn davon ab, die Kollegen in Bordeaux zu alarmieren. Wenn sie sich in Gefahr gefühlt hätte, dann hätte sie es ihm zu verstehen gegeben. Sie war eine Frau und hatte keine Profilneurose. Es musste einen bestimmten Grund geben, weshalb sie zu dem Mann zurückgekehrt war. Er musste ihr vertrauen.

Das Auto fuhr gleich an. Da Paris leer war, erreichte er mit Blaulicht den Périphérique Ost in weniger als vier Minuten, dann fuhr er in den Tunnel an der Porte d'Italie Richtung Nantes-Bordeaux.

Er ließ das Blaulicht an, damit ihn die Straßenpolizei nicht anhielt, und gab Gas. Bei diesem Tempo verbrauchte der Motor zwanzig Liter auf hundert Kilometern. Auf der Mitte der Strecke müsste er volltanken. Er stellte das Radio an und gleich wieder aus, weil er das Geschwätz nicht ertrug, und legte sein Handy auf die Ablage zwischen den beiden Sitzen, falls Jeannette ihn wieder anrief.

Autos und Lastwagen verschwanden wie Schatten hinter ihm, er tauchte in die Nacht ein und überlegte immer wieder, warum er lieber selbst zu ihr fuhr, als an Ort und Stelle Verstärkung zu holen.

Jeannette verhielt sich äußerst vorsichtig.

»Ich habe geträumt, meine Tochter riefe mich an«, sagte sie, »und dass sie mich brauchte. Wahrscheinlich, weil ich gesehen habe, wie liebevoll du dich gestern um deine gekümmert hast. Ich habe mich schuldig gefühlt.«

»Und dann bist du einfach so abgehauen, mitten in der Nacht, zu Fuß! Du hättest mehr als zwei Stunden bis zum Bahnhof gebraucht.«

»Daran habe ich gar nicht gedacht. Ich glaube, ich war in einer Art Trance. Und als ich dann richtig wach war, bin ich zurückgekommen.«

Er ging zu ihr und nahm sie in den Arm. Sie wehrte sich nicht.

Sie konnte nicht glauben, dass er irgendetwas mit dem Verschwinden der Frauen zu tun haben könnte. Sie wollte etwas finden, was seine Unschuld bewies, alles erklärte und zugleich half, den Schuldigen zu finden. Ich bin verrückt, sagte sie sich. Ich benehme mich alles andere als professionell. Martin muss mich von dem Fall entbinden.

»Was ist los?«, fragte er sie, nahm ihr Kinn in seine Hand und sah ihr ins Gesicht, so wie man es mit Kindern macht. »Bedauerst du, dass du gekommen bist?«

»Nein, ich bedaure nichts.«

»Sollen wir wieder schlafen gehen?«

Er wartete nicht auf ihre Antwort, nahm sie bei der Taille und führte sie nach oben.

Sie ließ sich von ihm ausziehen. Ihr konnte nichts passieren. Er wusste, dass Martin wusste, dass sie hier war. Er würde sie wieder umarmen, ihren Körper streicheln, in sie eindringen, wie sollte sie ihn daran hindern, ohne dass er begann, sich Fragen zu stellen?

Der Schauer, den sie nun verspürte, war kein Schauer der Lust, sondern der Abscheu. Er war kein Liebhaber mehr, vielleicht kein Schuldiger, aber ein Verdächtiger. Sie würde mit dem Mann schlafen, der im Mittelpunkt ihrer Ermittlungen stand und den sie sogar verdächtigte. Nie hätte sie sich vorstellen können, in so eine Situation zu geraten. Martin hatte ja versucht, sie zu warnen, aber auf sehr diskrete Art. Keine intimen Beziehungen zu Leuten, die mit laufenden Ermittlungen zu tun haben. Der Preis dafür ist zu hoch.

Er küsste ihren Hals, seine Hände glitten über ihren Körper, auf ihre Brüste, den Rücken, zwischen ihre Schenkel, und das Schlimmste war, dass sie darauf reagierte. Sie legte den Kopf in seine Schulterbeuge, um ihn nicht auch küssen zu müssen. Er drang mühelos in sie ein. Ich bin nicht besser als eine Hure, dachte sie. Galle stieg ihr in die Kehle. Plötzlich stieß sie ihn so heftig von sich, dass er nicht reagieren konnte, rollte aus dem Bett, stürzte ins Badezimmer und schlug die Tür zu. Sie hatte heftige Bauchkrämpfe.

Sie spülte sich den Mund und kam zurück, in ein großes Badetuch gehüllt. Sie wollte nicht mehr, dass er sie nackt sah.

»Es tut mir leid«, sagte sie, »ich glaube, ich habe Fieber.«

Er stand auf, ohne sich an seiner Nacktheit zu stören, und legte ihr die Hand an die Stirn.

»Ich habe nicht den Eindruck.«

Er sagte, sie solle sich setzen, und fühlte ihr den Puls.

»Ein bisschen schnell, aber nichts Außergewöhnliches. Ist dir noch übel?«

»Nein, es geht besser. Es tut mir wirklich furchtbar leid«, sagte sie wieder. »Ich fahre besser nach Hause.«

»Habe ich etwas getan, das ...«

»Nein«, sagte sie, »es hat nichts mir dir zu tun. Mein Leben ist im Moment schwierig. Vielleicht kommt es daher. Ich würde gern meinen Beruf wechseln, ich mag meine Arbeit nicht mehr. Mein Chef geht mir auf den Geist und die Kollegen auch. Ich weiß nicht mehr, woran ich bin.«

»Komm doch mit deiner Tochter nach Bordeaux«, schlug er vor. »Da kannst du schnell Arbeit finden, und das Leben hier ist leichter als in Paris. Und wir könnten … Ich bin in der Nähe …«

»Meinst du das ernst?«

»Ja, als ich dich zum ersten Mal sah, wusste ich, dass ich dich gern wiedersehen würde. Und seitdem habe ich immer an dich gedacht.« Sie hätte, ohne zu lügen, dasselbe sagen können, tat es aber nicht. Sie hatte begonnen zu lügen, um den Verdächtigen zu manipulieren. Wenn sie jetzt mit der Wahrheit herauskam, wäre sie verloren. Er strich ihr sanft über die Schenkel.

»Zuerst habe ich geglaubt, es käme daher, dass du dich wirklich dafür interessiertest, was mit Émilie passiert ist. Dass du nicht noch so eine abgestumpfte Polizistin warst wie die anderen. Aber ich habe bald begriffen, dass es etwas anderes war. Dass ich mich in dich verliebt hatte. Und ich wusste nicht, wie ich es dir sagen sollte. Als du mich vor sechs Tagen angerufen hast, sagte ich mir, das sei jetzt endlich die Gelegenheit und eine andere würde sich nicht mehr bieten.«

Seine Worte klangen so ehrlich. Und richtig. Eine Weile herrschte Schweigen.

»Ich habe dich mit deinem Chef gesehen. Es wirkt so, als verstündet ihr euch bestens. Es würde mich wundern, wenn du genug von deiner Arbeit hättest. Du glaubst an das, was du tust, und du machst es zu gut, um davon angewidert zu sein. Ich glaube, du lügst.«

Er beugte sich zu ihr und sah sie einen Moment lang mit kaltem Blick an.

»Da ist noch etwas anderes.«

27

Er wartete auf eine Antwort, doch er erhielt keine.

»Sag mir, was los ist.«

Sie schüttelte den Kopf und stand auf.

»Ich muss jetzt gehen. Du hast mir nichts getan. Ich war es.«

Er stand auch auf und versperrte ihr den Weg.

»Es ist vorbei, das ist alles. Es war falsch von mir, herzukommen. Es tut mir sehr leid.«

Sie spürte, dass ihre Worte Wirkung zeigten. Sie ging an ihm vorbei, aber im letzten Moment packte er sie am Arm und zwang sie zurückzukommen.

»Nein, du lügst immer noch. Da ist etwas. Es hat mit mir und den Ermittlungen zu tun. Du hast etwas erfahren, was du mir nicht sagen willst.«

Sie versuchte, sich loszumachen.

»Jeannette, bitte. Du kannst doch nicht einfach so weggehen. Warum vertraust du mir nicht?«

»Lass mich los!!«

Er tat es nicht.

Da riss sie die Pistole aus dem Halfter und hielt sie ihm gegen die Brust.

»Lass mich los«, wiederholte sie.

Er nickte und ließ seinen Arm fallen.

»Du bedrohst mich mit einer Waffe? Hier in dem Haus, in dem meine kleine Tochter schläft!«

Er sah sie mit tiefer Verachtung an.

»Also gut. Ich weiß nicht, was in deinem Kopf vorgeht, aber ich glaube, ich will es gar nicht mehr wissen.«

Sie entfernte sich von ihm und sammelte ihre Kleider auf.

»Ich wollte nicht, dass es so endet. Ich habe einen Fehler gemacht. Ich bin an allem schuld.«

»Das ist unwichtig. Geh jetzt. Bevor Lola aufwacht.«

Sie lief die Treppe herunter, zog sich an, nahm ihre Tasche und ging.

Als sie das Haus verlassen hatte, rief sie Martin an.

Es war schon lange hell, als er sie am Straßenrand sah, vier Kilometer von Bordeaux entfernt, eine kleine Gestalt, die wacker vorwärtsging. Er blinkte mit den Scheinwerfern und hielt an, damit sie einsteigen konnte. Dann fuhr er wieder los und blieb vor dem ersten Fernfahrerbistro stehen, das schon geöffnet hatte.

Während der kurzen Fahrt hatten sie kein Wort gesprochen.

Martin brach als Erster das Schweigen.

»Ich möchte das Foto sehen.«

Jeannette zog es aus ihrer Brieftasche und legte es auf den Tisch vor Martin hin.

Er legte das Bild der verschwundenen Frau daneben.

»Ich glaube, du hast recht«, sagte er. »Aber hundertprozentig sicher bin ich nicht.«

»Ich bin sicher.«

»Man muss den richtigen Blick haben, um sie wiederzuerkennen. Ich glaube, das hätte außer dir keiner geschafft. Allerdings hast du eine Riesendummheit gemacht. Vielleicht können wir diese beschissene Situation aber nutzen.«

»Ich wüsste nicht wie. Ich habe Scheiße gebaut und ziehe mich aus den Ermittlungen zurück.«

»Du hältst den Mund und hörst mir zu«, sagte er leise und eindringlich. »Hältst du ihn nun für schuldig oder nicht?«

»Ich habe keine Ahnung.«

»Denk nach.«

»Ich weiß es nicht«, wiederholte sie. »Ich denke an nichts anderes und jede Sekunde ändere ich meine Meinung.«

»Dieses Foto beweist nichts, außer dass sich die beiden Opfer kannten. Das bedeutet nicht, dass Liéport Anna Roland-Massard auch kannte. Man weiß weder, wer das Foto aufgenommen hat, noch wann oder wo. Soweit wir wissen, lebte Anna von ihrem Mann getrennt und vor fünf Jahren ist sie verschwunden. Nehmen wir einen Moment an, Liéport wäre der Mörder, der jede Spur seiner Opfer getilgt hat. Ich kann mir nicht vorstellen, dass er das Foto eines Opfers zu Hause im Album behält.«

»Mörder machen Fehler«, sagte Jeannette. »Deswegen schnappt man sie ja auch.«

»Nicht solche Fehler. Uns gibt das Foto wichtige Informationen. Er konnte nicht wissen, wer die anderen Opfer waren. Wir haben es ihm nicht gesagt.«

»Ich weiß. Immer wenn ich glaubte, er sei unschuldig, wollte ich umkehren und ihm alles sagen.«

»Und das tun wir jetzt«, sagte Martin. »Wir haben sowieso keine Wahl. Auf diese Weise erfahren wir zehnmal mehr und zehnmal schneller, ob er unschuldig oder schuldig ist.

Roland Liéport öffnete ihnen die Tür und blieb mitten im Eingang stehen.

»Ich habe nicht gedacht, dass Sie bei der Polizei solche Methoden anwenden. Seit wann verdächtigen Sie mich?«

»Wir haben ein paar Fragen an Sie.«

»Ich frage Sie, ob man glaubt, ich sei schuld am Verschwinden meiner Frau.«

»Wir möchten Sie gern von der Liste der Verdächtigen streichen«, sagte Martin. »Sind Sie bereit, auf ein paar Fragen zu antworten?«

»Warum nicht? Selbst wenn ich weiß, dass es Sie nicht weiterbringt. Leider.«

Er trat zur Seite und forderte sie mit einem Kopfnicken auf, hereinzukommen.

»Ich bin kein Dummkopf«, sagte er, »und ich weiß, dass Sie mich am Anfang nicht mehr verdächtigt haben als andere auch. Sie haben Ihre Meinung offenbar geändert, und dafür muss es einen Grund geben. Ich will wissen, welchen. Sonst können Sie gleich wieder abhauen und ich sage nichts.«

Jeannette konnte nicht umhin, ihn zu bewundern. Er hatte sie nicht beschimpft und nicht einmal ignoriert. Er sah sie an wie eine Fremde und nicht einmal feindselig. Wenn er der Schuldige wäre, würde er es nicht anders machen. Ein kalter und analytischer Verstand, geduldig, der sich darauf konzentrierte, zu kämpfen, ohne Täuschung, ohne sinnlosen Groll.

»Gut«, sagte Martin. »Aber vorher möchte ich wissen, wo Sie am 9. Juni waren, Monsieur Liéport.«

Liéport stand auf und ging mit schnellen Schritten durchs Zimmer. Er nahm seinen Kalender und gab ihn Martin, bevor er sich den Flics gegenübersetzte. Martin öffnete den Kalender am Datum 9. Juni.

Die Zahl 09 war mit rotem Filzstift umrundet, quer über der Seite stand das Wort BEREITSCHAFTSDIENST mit demselben roten Filzstift.

»Sie hatten also Bereitschaftsdienst.«

»Ja, das habe ich alle drei Wochen. Ich hatte aber diesmal eine sehr ruhige Nacht. In dieser Nacht wurde auf Ihr letztes Opfer geschossen«, fügte er nach einer Weile hinzu. »Ich hätte nach Paris zurückfahren und sie töten können. Das wäre riskant gewesen, aber möglich, da ich in dieser Nacht nicht gestört worden bin.«

»Nicht mal durch einen Anruf?«

»Nicht einmal das.«

»Und Ihre Tochter?«

»Sie war bei meinen Nachbarn wie immer. Bei Paul und Marine Vigan. Wenn ich geschossen habe, dann setzt das voraus, dass ich allwissend bin und wusste, wo ich sie um welche Zeit finden konnte. Genau wie die anderen. Aber ich nehme an, diese Fragen haben Sie sich alle selbst schon gestellt und auch eine Antwort gefunden«, fügte er in ironischem Ton hinzu, bevor er die Hand hob. »Entschuldigen Sie, ich sollte darüber keine Witze machen, ich bin nur vor Wut völlig ausgerastet.«

Jeannette warf Martin einen Blick zu. Er begriff, worauf sie hinauswollte, und stimmte ihr zu.

»Ich habe dies hier gefunden«, sagte Jeannette und zog das Foto heraus.

Liéport griff danach, aber Jeannette zog ihre Hand zurück.

»Wo haben Sie dieses Foto gefunden? Natürlich, oben in dem Album«, rief er aus, und zum ersten Mal war sein Gesicht wutverzerrt. »Verflucht noch mal, Sie haben hier rumgeschnüffelt, während ich den Krankenbesuch machte. Darauf ist meine Frau mit einer Freundin zu sehen. Na und?«

»Diese Frau ist das zweite Opfer«, sagte Martin.

Liéports Gesichtsausdruck änderte sich schlagartig. Er wurde kreidebleich.

Martin zog ein anderes Foto von Anna Roland-Massard heraus und zeigte es ihm. Liéport nahm es und betrachtete es eingehend.

»Das ist Anna«, sagte er. »Eine Freundin aus der Kindheit meiner Frau. Sie waren zusammen in der Grundschule. Ich habe sie nie kennengelernt. Émilie war auf ihrer Hochzeit, ich nicht: Und sie hat uns hier auch nie besucht.«

»Wer hat die Aufnahme gemacht?«

»Ich weiß es nicht.«

»Sind Sie denn nicht zusammen verreist?«

»Diesmal nicht.«

»Von wann stammt das Foto?«

»Ende August 2001.«

»Und der Mann darauf, kennen Sie ihn?«

»Émilie sagte, es sei ein Freund, ein Bekannter von Anna. Ein Barmann aus dem Ort, wesentlich jünger als sie. Anna war geschieden und hatte verschiedene Abenteuer, jedenfalls behauptete Émilie das.«

»Wie kommt es, dass Sie eine so gute Erinnerung an die Ferien im September 2001 haben?«, fragte Martin.

»Das ist sehr einfach. Wir hatten einen schrecklichen Sommer hinter uns, es war unser letzter. Dauernd haben wir uns gestritten und sogar an Trennung gedacht. Ende des Sommers bekam Émilie ganz unerwartet einen Anruf von ihrer Freundin Anna.«

Er hielt plötzlich inne.

»Ich habe Émilie immer geglaubt, als sie mir erzählte, der Anruf ihrer Jugendfreundin sei ganz unerwartet gekommen. Bis dahin schickte Anna seit unserer Hochzeit höchstens zwei Postkarten im Jahr, zu Neujahr und zum Geburtstag.«

»Und warum ist sie nicht zu Ihrer Hochzeit gekommen?«

»Sie war eingeladen, musste aber wegen einer plötzlichen Blinddarmoperation absagen.«

Er bedeckte sein Gesicht mit den Händen.

»Es ist seltsam, wieder an all das zu denken. Natürlich hat Anna damals nicht zufällig angerufen. Émilie brauchte etwas Abstand. Vermutlich hat sie Anna angerufen und nicht umgekehrt. Anna hatte sich getrennt, war aber noch nicht geschieden – erst ein paar Monate später ließ sie sich scheiden, und sie hat meine Frau zu einer Woche Griechenland eingeladen. Sie verdiente sehr gut. Émilie hat die Gelegenheit beim Schopf ergriffen, und ich muss sagen, dass auch ich etwas Luft zum Atmen brauchte. Ich war erleichtert, dass sie wegfuhr. Als sie zurückkam, ging es zwischen uns wesentlich besser.«

»Wissen Sie, wer das Foto gemacht hat?«, fragte Martin.

»Nein. Ich erinnere mich aber daran, dass ich danach gefragt habe. Sie sagte, jemand, der gerade vorbeikam. Ich weiß nicht, ob es ein Mann oder eine Frau war, und habe auch nicht weiter nachgehakt. Warum sollte ich mich quälen, selbst wenn sie ein Abenteuer hatte. Sie war wieder da und zwischen uns lief alles wieder gut. Sogar sehr gut.«

»Und während sie fort war, sind Sie hiergeblieben?«, fragte Martin.

»Nein, ich bin segeln gegangen, Marine, die Frau von Paul, hat mir vorgeschlagen, auf die Kleine aufzupassen. Ich bin nach Südspanien gefahren.«

»Allein?«

»Ja. Und als Émilie zurückkam, ging es so gut zwischen uns, dass wir sogar an ein zweites Kind gedacht haben.«

»Woher kamen Ihre Streitigkeiten?«

Er wartete eine Weile, bevor er antwortete. Jeannette hatte den Eindruck, er wolle die Zeit damals noch einmal genau nachvollziehen, um wahrheitsgemäß darüber zu berichten.

»Um das zu verstehen, muss man Arztfrau sein. Die Praxis lief noch nicht so gut, sie machte das Sekretariat, den Telefondienst und dann hatten wir noch das Kind. Sie war am Ende ihrer Kräfte, ich auch. Meine Eltern waren gerade bei einem Autounfall ums Leben gekommen. Sie hatte es schwer mit mir, ich aber auch mit ihr. Zeigen Sie mir das Foto.«

Diesmal gab Jeannette es ihm. Er sah es sich eine Minute lang an, und die beiden Polizisten respektierten sein Schweigen. Er schien etwas zu suchen, ohne es zu finden. Schließlich gab er es Jeannette zurück, scheinbar entmutigt.

»Ist Ihnen klar, dass Sie kein Alibi haben?«, fragte Martin. »Wir können annehmen, dass Sie Ihrer Frau und deren Freundin gefolgt sind und das Foto aufgenommen haben.«

»Wollen Sie mich verhaften?«, fragte Liéport.

»Nein, wir haben nicht genügend Gründe für einen Haftbefehl.«

»Aber Sie glauben, ich bin ... derjenige, den Sie suchen. Nur wegen dieses blöden Fotos. Verflucht! Ich bin doch kein Idiot. Wenn ich es gemacht hätte, dann wäre es längst im Papierkorb gelandet.«

»Wenn wir einen Beweis dafür hätten, dass Sie während der Reise Ihrer Frau auf Ihrem Boot in Spanien waren, sähe die Sache einfacher aus.«

»Tut mir leid, das konnte ich ja nicht vorhersehen, sonst hätte auch ich Fotos gemacht ... Warten Sie. Da haben doch in einem kleinen Hafen in Andalusien Zollbeamte mein Boot durchsucht. Ich weiß nicht mehr, wie der Hafen hieß, aber ich könnte es herausfinden. In irgendeinem Register muss mein Name stehen.«

»Nach sechs Jahren ist das wohl kaum noch der Fall«, sagte Martin. »Aber finden Sie den Namen des Hafens heraus, dann erkundigen wir uns.«

28

15. Juni

Martin rief den Richter Lioret vom Auto aus an. Er bat ihn um Erlaubnis, die Ermittlungen auszuweiten, bevor er nach Nizza fuhr.

Währenddessen blieb Jeannette bei Roland. Sie wollte nicht wegfahren, ohne die Dinge mit ihm geklärt zu haben, selbst wenn sie sich nur noch als Polizistin und Zeuge begegnen würden.

Sie wartete, dass er anfing zu sprechen, ihr Vorwürfe machte, aber er dachte weiter an das Foto.

»Es hat bei mir klick gemacht.«

Jeannette begriff nicht sofort.

»Ich meine das Foto. Was mir daran aufgefallen war, was ich mir aber nicht erklären konnte. Die beiden Frauen sehen sich an und lächeln sich zu. Ich kenne dieses Lächeln von Émilie. Es bedeutet Einvernehmen. Ein Lächeln, das heißt, sie teilten ein Geheimnis, von dem die anderen nichts wussten. Genau das ist auf dem Bild zu sehen. Sie teilen ein Geheimnis, das nur sie kennen. Ein kleiner Scherz, den nur sie verstehen. Ich glaube, Sie haben recht. Beide hatten einen Liebhaber. Émilie wollte ein Souvenir, ein Foto ihres Liebhabers. Im Familienalbum ging das nicht, und so hat sie sich diese Lösung ausgedacht, um sich zu erinnern. Ihr Liebhaber hat das Foto gemacht. Das ist klar. Sie hat mich angelogen.«

»Tat sie das oft?«

»Nein, das brauchte sie nicht. Ich war nicht einer von diesen eifersüchtigen Kerlen. Ich glaube, manchmal hat sie zwar nicht gelogen, aber mir nicht alles erzählt.«

»Wissen Sie von irgendwelchen früheren Abenteuern?«

»Ich bin mir nicht sicher. Ich habe nur so ein Gefühl.«

»Und wie war das bei Ihnen selbst?«

»Einmal. Ich meine, in der Zeit, in der ich verheiratet war. Aber es dauerte nur kurze Zeit.«

»Wenn ihr Liebhaber das Foto aufgenommen hat, wissen Sie, was das bedeutet?«

»Wenn der Liebhaber meiner Frau dieses Foto gemacht hat, kannte er beide Frauen. Vielleicht ist er also der Mann, den Sie suchen. Oder es ist der, der mit ihnen auf dem Bild ist.«

Er sah sich den jungen Barmann mit dem Goldkettchen um den Hals und sein strahlendes Lächeln an und verzog das Gesicht.

»Ich glaube nicht so richtig daran.«

»Wieso?«

»Der Kleine ist ein Strandgigolo, kein Serienmörder. Und wenn er Grieche ist, warum sollte er dann nach Frankreich kommen, um Frauen zu töten? Wenn er der Mörder wäre, hätte er sich das Foto beschafft.«

»Wir schicken trotzdem eine Kopie an Interpol und die griechische Polizei. Wenn sie etwas finden, können wir nur hoffen, dass sie es uns sagen.«

Sie schwiegen und ihre Blicke kreuzten sich. Gleichzeitig wandten sie den Kopf zur Seite. Es konnte keine Aussprache zwischen ihnen geben, dachte Jeannette. Nur eine Feststellung.

»Wir belassen es am besten dabei«, sagte sie.

»Ich glaube auch.«

Sie spürte einen seelischen Schmerz. Sie hatte nichts Besseres verdient, aber sie hatte doch gehofft, dass er sie verstehen und ihr den Vertrauensbruch verzeihen könnte.

Doch das war unmöglich. So ging es im Leben nicht zu. Wenn er wirklich unschuldig war, was sie im tiefsten Innern glaubte, dann hatte sie ihn so verletzt, dass es nicht wiedergutzumachen war, und sie konnte ihm schon dankbar sein, dass er so kooperativ gewesen war und ihr keine Vorwürfe gemacht hatte.

»Wir brauchen ein Foto von dir«, sagte sie.

»Um es den Angehörigen der Opfer zu zeigen?«

»Ja.«

»Ich verstehe.«

Er ging und holte das Album.

»Mir wäre ein Passfoto lieber«, sagte Jeannette.

Er legte das Album hin und suchte in einer Schublade. Er kam mit zwei Passfotos zurück und schnitt eins ab.

»Passt Ihnen das?«

Jeannette nahm es hin, dass er sie siezte, und nickte.

15. Juni

Sie fuhren eilig Richtung Nizza.

»Ich glaube, er ist unschuldig«, sagte Jeannette nach einer guten Stunde Schweigen.

»Ich weiß nicht«, entgegnete Martin, »er ist kalt, intelligent und clever. Er hat kein Alibi, er hat nur ein paar gute und stimmige Erklärungen, die nicht zu beweisen sind. Er kann seine Tochter immer bei seinen Freunden unterbringen. Er ist ein Einzelgänger, sieht gut aus, er mag die Nähe anderer nicht, aber er hat Verpflichtungen. Er ist im richtigen Alter. Alles passt zu dem Psychogramm von Laurette. Wir haben erfahren, dass es mit seiner Frau alles andere als rosig war, was er vorher nie gesagt hatte.«

»Ich habe auch schon daran gedacht, aber so ist er doch nicht. Und alle Paare können mal in eine Krise geraten, oder?«

»Du bist in ihn verliebt.«

»Ja, und ich würde mich niemals in einen Frauenmörder verlieben.«

»Die beste Freundin von Ted Bundy war eine Polizistin. Er hat Dutzende junger Frauen getötet, aber ihr hat er nie wehgetan und sie hat nichts geahnt.« Sie schwiegen wieder.

»Das Meer«, sagte Martin eine Weile später.

»Wie, das Meer?«

»Normalerweise bist du schneller von Begriff.«

»Um die Leichen verschwinden zu lassen, meinst du das?«

Er hatte recht. Die einzige Überlebende hatte ausgesagt, dass er sie im Kofferraum eines Autos transportiert hatte. Und dass er sie nackt auf eine Plastikplane gelegt hatte. Nichts war einfacher für einen umsichtigen und kräftigen Mörder, als eine Leiche in einer Plane in sein Auto zu tragen, sie aufs Schiff zu bringen, gut zu beschweren und ins Meer zu werfen. Er brauchte nur ein paar Kilometer von der Küste entfernt über die Kontinentalplatte hinaus zu fahren und dann würde die Leiche für immer in der Tiefe des Meeres versinken. Man kann eine beschwerte Leiche in einem Teich oder einem Bach wiederfinden. Nicht auf dem Meeresgrund.

»Das wäre schon riskant«, sagte sie. »Von Straßburg oder Nizza bis zu seinem Boot – ein Unfall, eine Zollkontrolle, und schon ...«

»Er liebt das Risiko, das weißt du doch. Und er hat keine Angst und ist damit immer gut klargekommen.«

»Dann hätte er das Foto nicht in dem Album gelassen.«

»Ich weiß, wir kommen immer auf diesen Punkt zurück. Es

heißt ja immer, dass auch die umsichtigsten Mörder Fehler machen. Auch ich kann es nur schwer glauben. Das ist zu simpel. Zugleich aber ... Du weißt ja, was man über solche Leute sagt. Vielleicht möchte er gefasst werden.«

»Hätte er mich dann nur angemacht, damit ich zu ihm komme und das Bild finde? Außerdem hat er nicht mich angemacht, sondern ich habe ihn wieder angerufen. Ich bin zu ihm gefahren.«

Martin nickte, sagte aber nichts. Ihm missfiel die Wendung, die ihr Gespräch nahm. Jeannette ärgerte sich über sich selbst und war böse auf ihn.

»Vielleicht erfahren wir da, wo wir hinfahren, mehr«, sagte er.

15. Juni

Er gab sich bei Véroniques Exmann als Journalist aus. Er hatte sich eine ganz einfache Frage überlegt: Die Zeitung wollte ein paar Leute schicken, die über die Beerdigung von Véronique Legat, das Opfer des unbekannten Mörders in der Rue de la Fontaine-aux-Rois, berichten sollten. Aber auf welchem Friedhof fand sie statt?

Die verlegene Antwort des früheren Mannes alarmierte ihn.

Sie hat also überlebt, sagte er sich, als er aufgelegt hatte. Ein kalter Schauer überlief ihn vom Scheitel bis zur Sohle.

Das war ja schrecklich, doch zugleich erregte es ihn. Das Spiel ging also weiter.

Martins Telefon klingelte, als sie die Vororte von Nizza erreichten.

Olivier war am Apparat, und Martin stellte den Lautsprecher an.

Sie hatten den Siegelringschläger festgenommen. Es war der Hausmeister eines Boxclubs aus dem X. Arrondissement.

»Er ist sechzig Jahre alt und ein Frauenhasser.«

Er hatte versucht, Alice niederzuschlagen, aber sie hatte sich gut verteidigt und der frühere Profiboxer landete mit der Nase auf dem Asphalt und Handschellen im Rücken. Olivier war stolz auf seine Kollegin.

»Oliver entwickelt sich langsam zum Macho«, bemerkte Jeannette.

»Das glaube ich nicht«, antwortete Martin. »Er will sie sich nur reinziehen.«

»Keiner ist so romantisch wie du.«

Er hätte beinahe etwas ganz Gemeines gesagt, hielt sich aber im letzten Moment zurück. Warum sollte er seine schlechte Laune an ihr auslassen? Wenn sie sich nicht in Liéport verliebt und auch nicht mit ihm geschlafen hätte, dann hätten sie nie das Indiz gefunden, das wichtigste Element ihrer Ermittlungen seit der Zeugenaussage des letzten Opfers.

Er hatte das Foto schlicht und einfach vergessen. Dass sie es gefunden hatte, war natürlich dumm, aber nicht dramatisch. Hätte er daran gedacht, er hätte es ohne weiteres an Ort und Stelle lassen können.

Viel beunruhigender war der Gedanke, dass er überhaupt etwas hatte vergessen können. Denn dies bedeutete ja, dass er vielleicht andere Dinge vergessen hatte, die für ihn viel gefährlicher waren. Doch er konnte es sich nicht vorstellen.

Er entspannte sich und versuchte, den Kopf frei zu bekommen. Das war nicht schwer. Er lag auf seinem Bett vor dem weit geöffneten Fenster. Um diese Tageszeit war es noch ein wenig kühl draußen, aber nicht mehr lange. Von seinem Platz aus sah er ein großes Stück blauen Himmel mit kleinen rosa Schäfchenwolken, die von links nach rechts zogen. Ein schöner Tag, um aufs Meer hinauszufahren, um zu Hause spazieren zu gehen oder an die Zukunft zu denken, so ungewiss und doch so vielversprechend.

Die Kleine plapperte unten. Sie war sehr selbständig. Manchmal sah sie ihn ganz seltsam an. Als schätze sie ihn ab, als sehe sie in ihm Dinge, die sonst niemand sehen konnte. Das war interessant. Sie sah ihrer Mutter sehr ähnlich, und diese Ähnlichkeit würde in Zukunft noch größer werden.

29

15. Juni

Anna Roland-Massard, dreiunddreißig Jahre, geschieden, ohne Kinder. Sie hatte in einem Vorort von Nizza gewohnt und war diplomierte Innenarchitektin. Am 9. Dezember 2002 war sie ums Leben gekommen.

Inzwischen konnte man hinzufügen: Freundin des ersten Opfers. Ferien in Griechenland im Sommer, bevor sie beide verschwanden. Sie kannte mindestens zwei Leute, die auch das erste Opfer kannten.

Das Archiv des Jahres 2002 war noch nicht im Rechner des Hauptkommissariats.

Jeannette und Martin stellten fest, dass sich noch kein Beamter mit dem Verschwinden von Anna Roland-Massard beschäftigt hatte.

Es hatte nur kurze Ermittlungen gegeben, die gleich wieder eingestellt und von zwei Praktikanten durchgeführt worden waren, von denen einer inzwischen in Lyon, der andere in Marseille arbeitete. Ihr Ausbilder war gerade bei einem Verkehrsunfall umgekommen.

Der Exmann war nicht einmal verhört worden. Er lebte im Ausland. Alles musste nachgeholt werden.

Zuerst beschäftigten sie sich mit Annas Mutter. Sie war drei Monate nach dem Tod ihrer einzigen Tochter zu Hause an einer Überdosis Schlafmittel gestorben.

Dem Polizeibericht nach zu urteilen, handelte es sich um Selbstmord. Eine Autopsie hatte man nicht vorgenommen.

Sie war auf dem Schlossfriedhof oberhalb der Promenade des Anglais bestattet worden, einem barocken Friedhof mit mehreren Terrassen voller Engelsstatuen mit ausgebreiteten Flügeln. Um hier bestattet zu werden, musste man einer alten Nizzaer Familie angehören.

Sie aßen in einem Bistro in der Altstadt zu Mittag und hofften, dass es keine Touristenfalle war.

Jeannette hatte keinen Hunger. Sie hatte Lust, zu Liéport zu rennen und ihm zu sagen, sie würde alles tun, damit er ihren Verrat vergaß. Ein Teil von ihr hinderte sie daran, und ihr innerer Kampf machte sie fast taub und blind für alles um sie herum, Martin eingeschlossen.

Erst als er mit der Hand auf den Tisch haute, blickte sie auf.

»Affektiver Auslöser«, sagte er schneidend.

»Wie bitte?«

»Erinnerst du dich daran, was Laurette gesagt hat? Damit der Mörder von seiner Wunschvorstellung zur Tat übergeht, ist wahrscheinlich ein seelischer Schock als affektiver Auslöser notwendig.«

»Ja. Ich erinnere mich«, antwortete Jeannette.

»Etwas, das alles in Gang gebracht hat, ein einschneidendes Ereignis wie der Tod eines nahen Verwandten. Weißt du, wann Liéports Eltern bei dem Autounfall umgekommen sind?«

Jeannette schüttelte betroffen den Kopf. Sie wusste es nicht. Sie starb fast vor Verlangen, ihm zu sagen, dass es sich nur um Zufall handeln konnte, aber sie wusste, dass sie den mitleidigen Blick, mit dem Martin sie dann ansehen würde, nicht ertragen könnte. In diesem Augenblick hasste sie ihn, hasste ihn mehr als den Serienmörder, den sie jagten.

»Wir brauchen uns nur zu erkundigen«, antwortete sie. »Allzu schwierig dürfte das nicht sein.«

Martin nahm sein Telefon und rief Olivier an.

Sie aßen schweigend zu Ende und waren erleichtert, als das Telefon klingelte. Martin hörte zu, bedankte sich und legte auf.

»Es war 1999, im November 1999. Etwas mehr als ein Jahr, bevor seine Frau verschwand.«

»Und was für Schlüsse ziehst du daraus?«

»Gar keine. Außer dass die Psychologin gesagt hat, ein seelischer Schock könne alles ausgelöst haben, und gerade ein Jahr bevor die erste Frau verschwand, erlitt er einen solchen Schock.«

»Ich ziehe mich aus den Ermittlungen zurück«, sagte Jeannette.

Martin sah sie wortlos an. Dann streckte er die Hand aus und legte sie auf die von Jeannette.

Sie erstarrte, entspannte sich dann aber wieder.

»Ich verstehe, dass das hart für dich ist«, sagte er. »Zumal es gut sein kann, dass er unschuldig ist. Aber du musst zugeben, dass wir ihn nicht außer Acht lassen dürfen.«

Sie spürte, wie ihr die Tränen kamen.

Sie stand auf und ging hinaus.

Sie hatte das Gefühl zu ersticken. Sie wollte sich nicht nur aus den Ermittlungen zurückziehen, sondern überhaupt kündigen. Sie war für diese Arbeit nicht gemacht, oder jedenfalls jetzt nicht mehr. Da spürte sie, dass Martin neben ihr stand.

»Triff keine voreiligen Entscheidungen«, sagte er. »Wenn du wirklich glaubst, dass er unschuldig ist, dann hast du dafür gute Gründe, auch wenn du sie nicht aussprechen kannst. Solange wir keine absoluten Beweise haben, verlasse ich mich auf deine innere Überzeugung.«

Jeannette standen die Tränen in den Augen. Konnte er nicht einfach den Mund halten?

»Wenn wir versuchten, herauszufinden, ob diese Anna noch andere Verwandte hier hatte?«, schlug er vor, als hätte er nichts bemerkt.

Anna hatte eine Tante, die noch lebte und im Gemeinderat für Kultur zuständig war. Weder Jeannette noch Martin wussten genau, was ihre eigentliche Aufgabe war.

Laetitia Roland empfing sie in ihrem Büro. Sie stand auf und kam ihnen mit ausgestreckter Hand entgegen. Sie hatte einen wuchtigen Oberkörper und dünne Beine, war blass und sprach mit einer rauen Raucherstimme. Jeannette erkannte gleich die frühere Alkoholikerin. Eine Parfumwolke drang in die Nase der beiden Polizisten und Martin sagte sich, er würde sicher eine Migräne bekommen.

Ihr Lächeln schien aufrichtig. Sie war froh, dass man sich fünf Jahre nach dem Tod ihrer Nichte noch für sie interessierte. Auf dem Tisch sah Jeannette ein Foto der Verstorbenen am Arm eines gut aussehenden Mannes mit dunklem Haar. Jeannette und Martin hatten schon eine Kopie dieses Bildes in den Akten der Toten gesehen, oder besser gesagt eine Kopie der Hälfte des Fotos. Eine hübsche blonde Frau mit strahlendem Lächeln, nicht sonderlich apart, aber nett anzusehen.

»Haben Sie etwas Neues?«, fragte sie, genau wie die Verwandten der anderen toten Frauen.

»Wir haben vor allem ein paar Fragen an Sie, Madame«, erklärte Martin.

»Können Sie mir sagen, wer dieser Mann ist?«, fragte Jeannette sofort und zeigte auf den dunkelhaarigen Mann.

»Das ist Annas Ehemann. Als sie ... starb, waren sie schon geschieden. Er lebt im Ausland, aber ab und zu schreiben wir uns noch. Er hat wieder geheiratet und ist inzwischen Vater von drei Kindern.«

Jeannette nahm das Foto, das sie bei Liéport beschlagnahmt hatten, in die Hand und hielt es der Frau hin.

»Kennen Sie sie?«, fragte sie und zeigte auf Émilie.

»Natürlich, das ist doch Émilie, ihre Jugendfreundin. Als ich ihr schrieb, dass Anna verschwunden ist, hat sie mir nicht geantwortet. Sie hat mich sehr enttäuscht.«

»Auch sie ist verschwunden, ein paar Monate vor Ihrer Nichte«, sagte Martin.

Annas Tante wurde blass.

»Das wusste ich nicht. Ich hatte keine Ahnung. Deshalb sind Sie also hier. Aber warum erst jetzt?«

Bei den letzten Worten versagte ihr die Stimme. Sie sprang auf, legte die Hand auf ihren Mund und eilte zur Tür.

»Scheiße«, sagte Martin, »ich bin ein Idiot.«

Jeannette antwortete nicht.

Fünf Minuten später kam die Frau zurück, immer noch bleich, aber mit fester Stimme. Sie hatte sich wieder mit Parfum eingesprüht und Martin wurde übel.

»Entschuldigen Sie bitte«, sagte er. »Ich hätte es Ihnen schonender beibringen sollen.«

Sie nickte.

»Ich verstehe das schon. Es gibt keinen richtigen Weg, jemandem so etwas beizubringen. Émilie war genauso blond, genauso schön wie Anna.«

Eine Weile starrte sie ins Leere.

»Das heißt, dass Anna getötet worden ist; es kann ja nicht anders sein. Ich habe schon seit Jahren daran gedacht. Manchmal sagte ich mir, dass es vielleicht noch Hoffnung gäbe, und manchmal … Aber jetzt ist es vorbei. Émilie ist also auch umgebracht worden. Habe ich recht?«

»Sie wurde nie gefunden.«

»Gibt es noch mehr?«

»Ja.«

Die Frau sah sich intensiv das Foto der beiden Freundinnen an.

»Dieses Foto muss in Griechenland gemacht worden sein, als sie zusammen dorthin gefahren sind. Das war ein paar Monate, bevor …«

Die beiden Polizisten nickten.

»Hat Anna Ihnen von der Reise erzählt?«, fragte Jeannette.

»In groben Zügen, ja. Wir standen uns sehr nahe. Sie hatte ein engeres Verhältnis zu mir als zu ihrer Mutter, allerdings sprachen wir nie darüber.«

»Hat sie Ihnen erzählt, dass Émilie jemanden in Griechenland getroffen hatte?«

»Ja. Sie hatte einen Mann getroffen, einen Franzosen.«

Die Antwort kam spontan. Jeannette spürte ihr Herz schneller schlagen.

»Hat sie Ihnen seinen Namen gesagt?«

Diesmal musste ihre Zeugin länger nachdenken.

»Ja, seinen Vornamen. Einen sehr gängigen Namen, es war ein Doppelname, so viel weiß ich noch, etwas wie Jean-Pierre oder Jean-Claude …«

»Hat sie Ihnen gesagt, wie er aussah?«

Wieder überlegte sie.

»Ja, sie fand ihn ziemlich gut aussehend. Ein kräftiger Mann. Sie hatte allerdings lieber jüngere Männer wie den Griechen auf dem Bild.«

»Wie alt war Émilies Freund?«

»Er war so alt wie sie. Sie hat irgendetwas davon gesagt, dass sie dasselbe Sternzeichen hätten, Jungfrau, nur dass er fünf Jahre älter war. Sie waren beinahe am selben Tag geboren worden.

Das haben sie festgestellt, als sie dort Geburtstag feierten. Anna ist am 13. September geboren. Sie fand ihn charmant. Das hat sie mehrmals gesagt. Ein fast beunruhigender Charme. Etwas von einem geheimnisvollen Abenteurer … Entschuldigen Sie.«

Sie bedeckte ihr Gesicht mit den Händen.

Sie warteten schweigend. Dreiunddreißig plus fünf ergab achtunddreißig. Ein kräftiger Mann von achtunddreißig, gut aussehend, sympathisch, charmant. Es passte, aber sie hatten nichts Wesentliches erfahren.

Die Frau hatte sich wieder gefasst.

»Ich weiß, dass Sie nur Ihre Arbeit machen, aber es ist hart. Wenn es wenigstens helfen würde, den Täter zu finden. Glauben Sie wirklich, dass es dieser Mann ist?«

»Ganz sicher sein können wir nicht«, antwortete Martin. »Wir sind noch auf der Suche. Das ist eine neue Spur, die wir nicht außer Acht lassen dürfen.«

Sie schnäuzte sich und wandte sich ab.

»Seit ihrer Scheidung machte Anna alle möglichen Dummheiten. Ich habe es ihr immer wieder gesagt. Wahrscheinlich nicht oft genug.«

»Sie haben sich nichts vorzuwerfen, Madame. Der Mann, den wir suchen, hat sich an verheiratete, geschiedene Frauen herangemacht, mit oder ohne Kinder.«

»Ist das alles, woran Sie sich erinnern?«, fragte Martin. »Ist da nicht noch etwas, irgendein Detail?«

Die Frau konzentrierte sich.

»Im Grunde erzählte mir Anna nicht sehr viel. Sie wusste, dass ich nichts von ihren leichtfertigen Abenteuern hielt.«

»Hat sie Ihnen nicht erzählt, wie sie sich kennengelernt haben? War er ein Tourist? War er allein oder mit einer Gruppe unterwegs?«

»Nein, nein, Émilie kannte ihn bereits.«

30

»Sind Sie sich sicher? Sie sagten vorher, sie habe ihn dort getroffen.«

»Ich meinte, wiedergetroffen. Sie hat ihn dort wiedergesehen.«

»Geschah dies zufällig oder war es geplant?«

»Es war geplant. Das fällt mir jetzt ein. Anna war Émilie sogar ein bisschen böse. Zuerst nämlich wollten nur die beiden Frauen verreisen, und wenn sie Freunde finden würden, dann wäre das in Ordnung, wenn nicht, war es auch egal. Anna hatte das Gefühl, dass sie sie ausgenutzt hatte, Émilie war mit ihrem – sie hustete verlegen –, ihrem Spielgefährten gekommen, so nannte Anna das. Sie war nicht sehr froh darüber, aber schließlich änderte sie ihre Meinung, weil er ihnen nicht auf die Nerven ging und sie oft allein ließ.«

»Wenn sie bereits eine Affäre hatte, muss Émilie das Ihrer Nichte doch bestimmt erzählt haben. Émilie war verheiratet, hatte ein kleines Kind. Diese Beziehung war doch sicher schwierig für sie.

»Ja, Sie haben recht, aber Anna hat mir nicht mehr darüber gesagt.«

»Führte sie Tagebuch? Hat sie Ihnen geschrieben?«

»Nein, nicht Anna. Schreiben war nicht gerade ihre Stärke.«

Roland Liéport hatte ihnen erzählt, dass Anna ihrer Jugendfreundin nicht mehr als zwei Karten pro Jahr schrieb.

»Hätte dieser Mann ihr Ehemann sein können?«, fragte

Martin, auf die Gefahr hin, für einen Idioten gehalten zu werden.

Sie sah ihn erstaunt an.

»Der Mann von Émilie, meinen Sie? Sollte sie ihren Ehemann in Griechenland getroffen haben?«

»Erscheint Ihnen das unmöglich?«

»Warum hätte sie das vor Anna verbergen sollen? Heißt der Mann von Émilie Jean-Pierre oder Jean-Claude?«

»Nein, Roland.«

»Na, sehen Sie.«

»Kannte Ihre Nichte Émilies Ehemann schon?«

»Nein, aber das konnte er nicht sein. Außerdem hatte Émilie ihr ein Foto von ihrer Hochzeit geschickt.«

»Haben Sie dieses Bild?«, fragte Jeannette.

»Ja. Ich habe Annas Sachen bei mir zu Hause und alles aufgehoben, was ich konnte. Möchten Sie sie jetzt sehen?«

Sie wohnte im Hinterland von Nizza in einem kleinen, auf einem steilen Hügel gelegenen Dorf mit einem prachtvollen Blick auf die Küste.

Es war ein altes Gebäude mit engen Fenstern und einem Brunnen rechts vom Eingangsportal. Alte verschnörkelte Gitter schützten die unteren Fenster.

Sie bat sie in einen kleinen Hof, der ganz dunkel war von den üppigen Pflanzen, und führte sie in ein kleines Wohnzimmer.

Die Räume wirkten winzig, so viel Krimskrams und alte Möbel standen darin, alles war glänzend poliert. Zwei Katzen, die eine schwarz, die andere weiß, schmiegten sich an Jeannettes und Martins Beine. Der Parfumgeruch in den Wänden war unerträglich.

Sobald sie sich an das Halbdunkel gewöhnt hatten, entdeckten sie die Fotos von Anna. Sie waren alle gerahmt und überall verteilt.

»Wie ist Ihre Schwester, Annas Mutter, gestorben?«, fragte Jeannette.

»Sie hatte einen Unfall. Im Grunde ... sie hat sich das Leben genommen. Warum diese Frage?«, hakte sie nach einigem Zögern nach. »Sie glauben doch wohl nicht, dass der Mann, der Anna und Émilie umgebracht hat, auch meine Schwester getötet hat?«

»Im Moment glauben wir gar nichts«, sagte Martin bestimmt, »wir begnügen uns damit, Fragen zu stellen, um uns ein Gesamtbild von den Ereignissen zu machen.«

»Hatte sie vor dem Tod ihrer Tochter Selbstmordneigungen?«, fragte Jeannette.

»Nein. Meine Schwester, ich will nichts Böses über sie sagen, aber sie interessierte sich kaum für Anna. Sie liebte sie natürlich, aber ihr Mutterinstinkt war ziemlich unterentwickelt. Das soll keine Kritik sein, es ist nur eine Feststellung. Alle, die sie kannten, hat ihre Tat überrascht. Wenn ich denke, dass ... Aber warum sollte sie ...?«

»Wussten alle, dass Sie eine besondere Beziehung zu Ihrer Nichte hatten?«

»Nein, natürlich nicht.«

Danach schwiegen alle. Martin atmete schwer in dieser parfumgeschwängerten, stickigen Luft.

»Ich hätte eigentlich sterben müssen. Er hatte Angst, dass Anna meiner Schwester irgendetwas Vertrauliches erzählt hatte. Das ist es doch oder?«

»Vielleicht«, sagte Jeannette. Aber vielleicht hat sich Ihre Schwester ja tatsächlich umgebracht.«

»Annas Zimmer« war ein Jungmädchenzimmer, in dem sich nichts verändert hatte. Sie untersuchten alle Schubladen, den Schrank aus Zitronenholz, das kleine Regal voller Schulbücher, den kleinen Schreibtisch. Es war das Zimmer einer Schülerin, nicht das einer Frau. An der Wand hing ein Poster von Freddy Mercury mit ausgebreiteten Armen, als wolle er wegfliegen, und ein anderes von dem Konzert einer dänischen Rockgruppe, von der Martin noch nie gehört hatte. Sie fanden auch Tennisschläger und Sportsachen, vor allem in Rosa und Weiß.

Ein paar Fotos von der zwanzigjährigen Anna in geübter Pose. Ein eher eitles junges Mädchen ohne Probleme. Nicht der Schatten eines Geheimnisses.

»Bevor sie Arbeit fand und sich selbständig machte, war sie oft hier«, erklärte ihnen die Tante von der Türschwelle her. »Mit einundzwanzig fand sie ein Appartement, aber sie schlief oft bei mir. Das war ihr Refugium. Auch nach ihrer Hochzeit, als sie sich mit ihrem Mann nicht mehr vertrug. Ich konnte mich nicht dazu überwinden, etwas wegzuwerfen.«

Außer den Schulbüchern gab es nur wenige andere, also offenbar las Anna wenig, meistens Romanbiographien, jedenfalls mit zwanzig. In einer Schublade fanden sie ein halbes Dutzend Postkarten aus den späten neunziger Jahren mit Sommermotiven, die mit Émilie oder anderen Namen unterschrieben waren. Ein Tagebuch gab es nicht.

»Er hat die Mutter umgebracht«, sagte Martin, als sie wieder allein waren. »Das entspricht seiner Methode. Er geht Risiken ein und hinterher räumt er auf. Wie bei deinem Flic in Molsheim oder Véronique Legat.«

»Wir haben nicht viel von der Tante erfahren, das wir noch nicht wussten.«

»Nach dem, was sie sagt, ist Liéport unschuldig.«

»Nein«, sagte Jeannettc, »leider nicht. Émilie hat ihre Freundin vielleicht angelogen. Er kann durchaus der Mann gewesen sein, der ihr nachgereist ist.«

»Warum hätte er sich dann als ihr Liebhaber ausgegeben?«

»Liebesspiele.«

»Nein, das kann nicht sein. Sie waren damals nicht mehr ineinander verliebt. Sie wollten ein bisschen Abstand gewinnen.«

»Das behauptet er. Wenn Émilie einen Liebhaber in Griechenland hatte, dann hatte Liéport ein Motiv, und zwar ein gutes. Er kann beschlossen haben, seine Frau zu töten, um sich für ihre Untreue zu rächen, bevor er Anna tötete, weil die sie ermutigte hatte, ihn zu betrügen. Danach kam er auf den Geschmack und beschloss, mit Unbekannten weiterzumachen. Laurette würde sagen: Als die Eltern von Liéport starben, lief das Fass über. Er verlor den schönen Anstrich der Sozialisation. Er entdeckt, dass seine Frau ihn betrügt. Er tötet sie aus Hass, aus Abscheu, aus Eifersucht, bevor er sich über Frauen hermacht, die ihr ähnlich sehen.«

Martin sah sie nachdenklich an.

»Glaubst du, dass er zur Eifersucht neigt?«

»Nein, er behauptet sogar das Gegenteil. Aber ich gehe davon aus, dass er in allem gelogen hat.«

»Jedenfalls haben wir nicht den geringsten Beweis gegen ihn, und wenn er es ist, so kriegen wir ihn nicht.«

Wieder schwiegen sie. Jeannette wirkte immer düsterer.

»Man kann die Dinge auch anders sehen«, begann Martin wieder. »Ich könnte das niemandem sagen außer dir. Du darfst dich nicht aus den Ermittlungen zurückziehen. Ich verbiete es dir. Und zwar aus gutem Grund. Wenn du immer noch verliebt bist, dann deshalb, weil du immer noch an seine Unschuld glaubst. Und so musst du dich anstrengen, um einen besseren Schuldigen zu finden.«

16. Juni, Freitag

Paris

Man konnte Liéport von dem Verdacht befreien, wenn man sein Leben mikroskopisch durchforstete, seine Kontobewegungen und Kreditkartenzahlungen kontrollierte, seine Telefonate und E-Mails überwachte und so weit wie möglich seinen Lebensweg zurückverfolgte.

Jeannette erbat Rechtshilfe von Richter Lioret für die Daten der Provider Orange und SFR, bei denen Liéport abonniert war.

Sie hatten verabredet, Lioret nur wenig zu erzählen, solange sie keine aufschlussreichen Hinweise hatten.

Am Wochenende machte sich Jeannette an die Arbeit, sobald ihre Tochter bei ihrem Vater war und sie eingekauft und die Wohnung aufgeräumt hatte. Sie hörte die Anrufe von Liéports Festnetz und Mobiltelefon ab, las die E-Mails und Kontaktadressen.

Sie überprüfte Namen, Adressen und Bekanntschaften ihres Exlovers, suchte nach auffälligen Details oder einer Verbindung zu den anderen Fällen.

Sie wusste am Ende über seinen Kontostand mehr als über ihren eigenen, den sie so gut wie nie nachprüfte.

Zweimal im Monat machte er Großeinkauf bei Carrefour,

kaufte seiner Tochter Kleidung in einer Kinderboutique in Bordeaux, kaufte für sich selbst in Läden wie Levis, Carrhart oder H&M ein oder im Coop am Hafen. Er aß etwas zu oft mit der Kleinen in der Pizzeria, schenkte den Freunden, bei denen er zum Abendessen eingeladen war, Champagner von Nicolas, zwei- bis dreimal im Monat. Am meisten gab er für Reparatur und Unterhaltung seines Segelboots aus. Sein Wagen verbrauchte im Monat etwa 65 Liter Benzin, was einem durchschnittlichen Verbrauch im Fern- und Stadtverkehr von sieben Litern entsprach (sie hatte sich bei einem Hersteller erkundigt). Bei dem mittelgroßen Peugeot, den er fuhr, einem 307 HDI, bedeutete das etwa eine Strecke von 930 Kilometern.

Seine Praxis lag 23 Kilometer von seiner Wohnung entfernt, er fuhr fünfmal in der Woche hin, drei Wochen im Monat, also 690 Kilometer beruflicher Fahrten.

Die etwa 240 weiteren Kilometer verfuhr er beim Einkaufen, Hausbesuchen, Abendessen, Fahrten ans Meer.

Mit einem kleineren Auto und einem kürzen Weg zur Arbeit – allerdings im Pariser Stau – verbrauchte Jeannette mehr Benzin als er.

Der Gebrauch seines Wagens hatte nichts Verdächtiges, und er reiste weder mit dem Zug noch mit dem Flugzeug.

Mehrmals klopfte ihr Herz wie wild, als sie glaubte, eine Telefonnummer oder Adresse zu erkennen, die sie schon in einer anderen Akte gesehen hatte. Als sie dann merkte, dass sie sich getäuscht hatte, war sie zwischen Erleichterung und Enttäuschung hin- und hergerissen.

Als sie sämtliche Zahlenreihen durchgesehen hatte, war ihr keine Spur eines verdächtigen Hinweises begegnet.

Der einzige Schluss, den man ziehen konnte, war, dass Liéport, falls er der Mörder war, schlau genug war, Konten unter einem anderen Namen oder im Ausland in Steuerparadiesen zu besitzen, mit denen er seine Reisen und Aufenthalte in der Nähe seiner künftigen Opfer bezahlte.

Bislang hatten sie noch nicht genug über diese Frage nachgedacht. Der Mörder brauchte Geld, um so viel Zeit mit der Suche nach Opfern zu verbringen.

Was für geheime Finanzquellen konnte ein Arzt haben, der in seiner Freizeit segelte? Er konnte Geld mit Schmuggel verdienen, konnte sich von fragwürdigen Kunden bar bezahlen lassen, Terroristen behandeln und nach Frankreich schleusen. Sie seufzte. All dies war unwahrscheinlich, und nichts in Lieports Vergangenheit ließ solche Vermutungen zu.

Andererseits hatte er Zeit, viel mehr als die meisten Leute im Berufsleben. Eine Woche pro Monat und zwei Tage pro Woche (die Ferien nicht mitgezählt), und er konnte seine Tochter so lange er wollte bei seinen Nachbarn Paul und Marine Vigan abliefern.

Immer wieder kam sie darauf zurück. Jemand, der in der Lage war, die Frauen verschwinden zu lassen, ohne dass die geringste Spur übrig blieb, musste auch in der Lage sein, sich Geld zu beschaffen.

Nach einer Nacht, in der sie schlecht geschlafen hatte, kam sie auf eine Idee.

Am Montag früh suchte sie im STIC, dem System zur Verarbeitung aufgezeichneter Vergehen, nach Gelddiebstählen im Raum Bordeaux in den letzten fünf Jahren. Sie wusste schon, wenn sie nichts finden würde, dann würde sie weitersuchen, immer über einen Zeitraum von fünf Jahren.

Zwei Stunden später ging sie zu Martin.

»Ich glaube, ich habe was«, sagte sie.

31

16. Juni, Freitag

Sobald er wieder in Paris war, besuchte Martin Véronique Legat.

Er musste zuerst den Psychiater des Krankenhauses um Erlaubnis bitten und wurde in dessen Büro zwischen zwei Patienten empfangen.

»Madame Legat reagiert recht gut. Ihre Prognose sieht nicht schlecht aus. Bis auf ein Detail. An manches erinnert sie sich nicht.«

»Können Sie das genauer sagen?«, fragte Martin. »Weiß sie, wie sie heißt?«

»Ja. Sie weiß aber nicht mehr, was ihr seit einem guten Monat passiert ist. Und wenn Sie mit ihr darüber sprechen, müssen Sie vorsichtig sein. Sie könnte einen Schock bekommen. Davon abgesehen ist ihre Hirntätigkeit zufriedenstellend, das haben alle Tests bewiesen.«

»Weiß sie, was ihr passiert ist?«

»Ja. Jedenfalls hat sie es geschafft, es aus ihrer Familie und den Krankenschwestern herauszubekommen. Ich konnte nichts dagegen tun.«

»Kann ich mit ihr sprechen?«

»Ja, aber bedrängen Sie sie nicht.«

»Ich werde es versuchen«, erwiderte Martin trocken.

Die junge Frau saß in ihrem Bett und blätterte in Modemagazinen. Sie trug einen Verband um den Kopf wie einen Turban, ihre Augen waren blutunterlaufen, ringsherum und an der Nase dunkle Hämatome, Folgen der Hirnblutungen.

Sie empfing Martin ohne größere Begeisterung und zog eine recht komische Grimasse.

»Ich hatte darum gebeten, niemanden zu sehen, vor allem keine Unbekannten. Ich sehe zu furchtbar aus.«

»Darf ich einen Moment mit Ihnen sprechen?«

»Sind Sie Polizist?«

Er zog seine Dienstmarke hervor und zeigte sie ihr.

»Gut, wenn Sie wollen. Ich nehme an, Sie haben schon Schlimmeres gesehen.«

Es war merkwürdig, irgendwie hatte er das Gefühl, dass sie ihn erkannt hatte und nur ein Spiel mit ihm trieb.

»Ich heiße Martin«, sagte er, »und ich ermittle von Anfang an in Ihrem Fall.«

»Wollen Sie damit sagen, dass wir uns schon einmal unterhalten haben?«

»Ja.«

»Es tut mir sehr leid, Ihr Gesicht sagt mir gar nichts, aber sie haben mir schon gesagt, dass das passieren könnte. Aber es hätte noch schlimmer ausgehen können. Wollen Sie mir erzählen, was mit mir geschehen ist? Ich habe genug von diesen Anspielungen und Halbwahrheiten.«

»Ich habe noch etwas Besseres. Ich habe eine Kopie Ihres ersten Verhörs mitgebracht. Wir lesen es zusammen.«

Minutenlang saß Véronique nachdenklich da, nachdem Martin ihr vorgelesen hatte, was mit ihr geschehen war. Er respektierte ihr Schweigen.

»Das ist ja erstaunlich«, sagte sie. »Ich müsste sterben vor Angst, aber ich habe das Gefühl, dass das alles jemand anderem zugestoßen ist. Es ist, als ginge das alles mich nichts an.«

»Was ist das Letzte, woran Sie sich erinnern?«

Sie zog ein Heft unter den Modezeitschriften hervor und öffnete es.

»Ende Mai war der Geburtstag meiner Tochter, am 29. habe ich eine dringende Arbeit abgegeben, ich glaube, ich habe mich mit meinem Ex wegen eines verpassten Treffens gestritten, danach habe ich einen Auftrag bekommen, ich glaube, das war am 2. Mai, aber das muss ich in meinem Terminkalender nachsehen, und danach herrscht große Leere.«

»Und in den Monaten davor?«

»Da habe ich ein paar Lücken, ich weiß es nicht so genau. Ich habe mir die Namen aller Verwandten und Freunde aufgesagt, dann die Feste, auf denen ich letzten Winter und im Frühjahr war, dann meine Arbeit. Natürlich erinnere mich nicht an alles, ich verwechsele Tage und Daten, aber nicht mehr als die meisten Leute, glaube ich. Ich hatte noch nie ein fotografisches Gedächtnis.«

»Meinen sie eine perfekte Erinnerung?«

»Mehr als perfekt. Leute mit fotografischem Gedächtnis können Ihnen sämtliche Tage ihres Lebens erzählen. Aber sie brauchen einen Tag dafür. Sie vergessen nie irgendetwas. Sie sollten die Novelle von Jorge Luís Borges zu diesem Thema lesen.«

»Werde ich tun.«

Beim Sprechen wurde sie immer lebhafter und er erkannte allmählich die junge Frau wieder, die so voller Energie gewesen war, als er sie kennengelernt hatte.

»Er wird sicher wieder anfangen, wenn er weiß, dass ich noch lebe«, sagte sie.

»Wir haben der Presse erzählt, dass Sie tot sind, und Sie erhalten Schutz.«

»Wenn er wüsste, dass ich Erinnerungslücken habe, würde er mich in Ruhe lassen. Es wäre doch idiotisch, wegen eines Geheimnisses zu sterben, das ich gar nicht kenne.«

»Sie werden nicht sterben«, sagte Martin.

Sie lächelte ihn an und nahm seine Hand.

»Können Sie mir das wirklich garantieren? Werden Sie immer zu meinem Schutz da sein?«

Martin nickte. Er hatte eine Entscheidung getroffen.

»Ja, bis er verhaftet ist, lasse ich Sie nicht mehr aus den Augen.«

»Meinen Sie das ernst?«

»Sie werden bei mir wohnen.«

»Ich trenne mich aber nicht von meiner Tochter.«

»Sie kommt auch mit, ich habe Platz genug.«

»Darüber muss ich erst mal nachdenken.«

Er hatte eine Kopie des Passfotos von Liéport bei sich, zögerte aber, es ihr zu zeigen. Sie hatte eine Amnesie und hatte außerdem ihren Entführer gar nicht gesehen. Wenn Martin herausfand, dass sie ihn schon vorher getroffen hatte, ihn also erkennen konnte, war es unmöglich, dass sie später an einer Tätergegenüberstellung teilnahm.

Er behielt das Foto in seiner Tasche, zog aber die Liste mit den sechs anderen Opfern hervor und zeigte sie ihr.

»Sagen Ihnen diese Namen etwas?«

Während sie schnell las, hielt er vor Spannung den Atem an.

»Absolut nichts«, sagte sie schließlich. »Manche Vornamen passen, ich kenne ein paar Sandrines, eine Viviane, die Nachnamen aber nicht. Auch nicht die Orte. Ich bewege mich kaum aus Paris weg.«

»Gut. Ich möchte Ihnen eine sehr persönliche Frage stellen.

Haben Sie in den Monaten vor den beiden Überfällen ein oder mehrere Abenteuer gehabt?«

»Ja.«

Können Sie mir die Männer beschreiben oder genauer sagen, wer sie waren?«

»Ich möchte nicht, dass jemand belästigt wird, nur weil ich mit ihm geschlafen habe.«

»Wir überprüfen die Personen nur, gehen dabei aber sehr diskret vor.«

Sie schien nicht sonderlich überzeugt.

»Es kann wirklich wichtig sein«, sagte Martin.

»Ein komisches Gefühl, einem Unbekannten so private Dinge zu erzählen.«

»Sie brauchen ja nicht ins Detail zu gehen.«

Sie lachte leise. Das Verhör veränderte sich. Es war schon fast ein Flirt. Auch wenn sie sich an ihn nicht erinnerte, wusste sie, dass er in ihrem früheren Leben eine wichtige Rolle gespielt hatte, und zwar in einer entscheidenden Phase. Persönliche Dinge ließen die Beziehung zwischen Opfer und Polizisten in den Hintergrund treten, dachte Martin.

»Seit mein Mann und ich uns getrennt haben, hatte ich ... bin ich mit zwei Männern ausgegangen. Außerdem hatte ich im Juni eine Affäre, an die ich mich nicht erinnern kann. Dann wären es drei. Das ist wenig, aber ich habe schließlich ein Kind und bin berufstätig. Ich habe schon den Juni in meinem Kalender durchsucht, aber nichts gefunden. Mir liegt auch nichts an kurzen Abenteuern. Mein erster Liebhaber ist ein Arbeitskollege, mit dem ich mich immer noch treffe, obwohl wir bald aufgehört haben, miteinander zu schlafen. Er lebte zudem in Trennung und hatte damit große Probleme. Das war der Hintergrund unserer Geschichte, und das konnte nicht gut gehen. Wir sind Freunde, mehr nicht.«

»Und der zweite?«

»Den habe ich auf einer Party im April kennengelernt. Es dauerte nur eine Woche.«

»Warum?«

»Es lief nicht gut zwischen uns.«

»Warum?«

»Jetzt nerven Sie aber wirklich.«

»War er gewalttätig? Hatte er sadistische oder masochistische Neigungen?«

»Nein.«

»Ich sage es noch mal: Details will ich im Moment gar nicht wissen, aber Sie müssen mir von ihm erzählen. Wenn Sie das nicht wollen, muss da etwas sein, was Sie wirklich schockiert hat, und das interessiert mich umso mehr.«

»Alles an ihm war falsch.«

»Ein bisschen wenig für ein Phantombild. Also. Roch er nicht gut? Hatte er Pickel? War er Rassist?«

»Nein, er gab sich sehr freundlich. Aber das war nur gespielt, auch wenn es ein bisschen gedauert hat, bis es mir aufgefallen ist.«

»Bei welcher Gelegenheit?«

Sie schwieg.

»Wenn es sich nicht um etwas Sexuelles handelt, gibt es keinen Grund, es mir zu verschweigen.«

Sie zögerte wieder.

Er war erneut versucht, ihr das Foto von Liéport zu zeigen, aber jetzt war nicht der richtige Moment. Einerseits würde sie das irritieren, und sie sollte sich konzentrieren können. Außerdem würde es eine tatsächliche und vorschriftsmäßige Gegenüberstellung verfälschen.

»Es fällt mir schwer, darüber zu sprechen, weil ich es hasse, mich täuschen zu lassen. Wir waren für ein Wochenende weggefahren. Am Ortseingang von Vézelay lief ein kleiner Hund vor dem Auto über die Straße. Er hat ihn überfahren.«

Sie schwieg und Martin wartete.

»Ich musste ihn zwingen, umzukehren«, fuhr sie fort. »Ihm bedeutete das nichts. Mir lief ein kalter Schauer über den Rücken. Ich stieg aus dem Auto und er folgte mir. Da lief ein kleiner Junge schreiend aus einem Haus. Er war zehn, elf Jahre alt. Er stürzte sich auf den Hund, weinte und streichelte ihn. Ich ging zu ihm und versuchte, ihn zu trösten. Sagte ihm, wir würden den Hund ins nächste Krankenhaus bringen. Ich ahnte, dass es zu spät war, aber ich wollte ihn ablenken, ihm helfen. Ich spürte, dass Bruno – so heißt er – sich über mein Verhalten aufregte. Aber das war mir ganz egal. Der Kleine weinte immer mehr. Da hörte der Hund plötzlich auf zu hecheln. Was hätten Sie an meiner Stelle getan?«

»Ich weiß nicht«, sagte Martin. »Waren die Eltern des Kleinen denn nicht da?«

»Nein, sie hatten ihn allein zu Hause gelassen. Ich habe ihn beruhigt und nach Hause begleitet, habe die Telefonnummer der Eltern herausgefunden und sie angerufen. Im Augenwinkel sah ich, dass Bruno auf die Uhr sah. Er beherrschte sich nur mühsam. Nach einer halben Stunde kamen die Eltern, ich musste ihnen genau erzählen, was passiert war. Natürlich waren sie verärgert, aber sie konnten uns auch keine Vorwürfe machen. Der kleine Hund war aus dem Garten gelaufen, er war noch jung und ungehorsam. Der Vater sagte immer wieder, wie teuer er gewesen sei. Es waren eher einfache Leute. Er wollte die Polizei rufen. Die Mutter war außer sich. Es war schrecklich. Bruno sagte nichts, er hielt sich im Hintergrund. Offenbar hatte er sich mit der Sache abgefunden. Er beobachtete die Szene wie ein Schauspiel. Schließlich zog er seine Brieftasche heraus, legte vier Hunderteuroscheine auf den Tisch und sagte: ›Ich nehme an, damit können Sie einen neuen Hund kaufen.‹ Da sagte der Vater nichts mehr. Man hörte nur noch den Jungen weinen. Bruno kniete sich hin und sagte dem Jungen etwas ins Ohr, was ich nicht verstand. Dann nahm er mich am Arm und zog mich fort. Als wir wieder ins Auto stiegen, habe ich ihn gefragt, was er denn dem Kleinen gesagt hätte. ›Eines Tages, wenn du wieder an ihn denkst, bist du froh, dass er nicht alt gestorben ist. Jetzt gehört er für immer dir.‹ Ich fand es seltsam, so etwas zu einem Kind zu sagen, dessen Tier gerade gestorben war, und das ärgerte ihn. Er sagte, ich hätte ja keine Ahnung, er hätte dem Jungen genau das Richtige gesagt. Dann lachte er und fügte hinzu: »Ich frage mich, wie viel es mich gekostet hätte, wenn ich das Gör überfahren hätte.«

Da hielt ich es nicht mehr aus ihn bat ihn, mich am nächsten Bahnhof abzusetzen. Drei Stunden habe ich gewartet, bis endlich ein Zug nach Paris fuhr. Danach habe ich nie wieder von ihm gehört. Nie mehr.«

»Hat er Sie einfach so weggehen lassen, ohne etwas zu sagen?«

»Ja. Es war, als sei ihm das völlig egal. Er hat mich am Bahnhof abgesetzt, ist aus dem Auto gestiegen, hat den Kofferraum geöffnet und meine Reisetasche auf den Boden gestellt. Dann ist er eingestiegen und losgefahren, ohne mich noch einmal anzusehen. Er war völlig emotionslos, tat immer nur so, als empfinde er was. Er gab sich freundlich, wenn es ihm gerade passte, aber es war nur gespielt. Er war ein totaler Blender. Ich habe keine Ahnung, was er von mir wollte. Können Sie sich vorstellen, dass er mich überfallen hat?«

»Man muss nicht gleich ein Serienmörder sein, wenn man seltsame Dinge macht. Hat er Ihnen von sich erzählt?«

»Er sagte, er arbeite für eine NGO. Es sei schrecklich,

wenn man wegen zu geringer Mittel und Medikamente nichts tun könnte.«

»Glauben Sie, auch da hat er Ihnen etwas vorgemacht?«

»Ja.«

»Kannte er sich in medizinischen Dingen aus?«

»Er schien die Welt der Medizin gut zu kennen. Aber ich bin sicher, dass er gelogen hat. Ein Mann, der für eine NGO arbeitet, muss doch ein wenig Mitleid haben. Das passte nicht zu ihm. Außerdem verdienen die Leute, die für solche Organisationen arbeiten, nicht viel. Für ihn schien Geld kein Problem zu sein. Er hatte die Taschen voller Scheine.«

»Haben Sie gesehen, wie er etwas anderes bezahlt hat?«

»Das Restaurant am ersten Abend. Sonst nichts.«

»Zahlte er bar?«

»Das weiß ich nicht mehr.«

»Irgendwelche teuren Geschenke?«

»Nein!«

»Erinnern Sie sich an die Automarke?«

»Nein. Es war ein großer, ganz neuer Wagen. Er roch noch neu.«

»Ein Mietwagen?«

»Vielleicht, ich weiß es nicht.«

»Am Steuer kann man oft die Automarke erkennen. Überlegen Sie, was Sie vom Nebensitz aus gesehen haben.«

Sie schloss folgsam brav die Augen.

»Ein Mercedes«, sagte sie nach ein paar Sekunden.

»Sehr gut. Versuchen Sie, sich an alles zu erinnern, was mit diesem Mann zu tun hat. Ich meine wirklich alles, denn das kleinste Detail kann wichtig sein.«

»Glauben Sie wirklich, er könnte es sein?«

»Es ist eine Möglichkeit, die man in Betracht ziehen muss.«

»Als ich von dem Mann erzählt habe, der mich entführt

hat ... Bevor ich die Erinnerung verloren habe, in meiner Aussage, da habe ich nichts gesagt, das darauf schließen lässt, dass mein Entführer mich an jemanden erinnert.«

»Das stimmt zwar, bedeutet aber nicht viel. Sie waren gefesselt, konnten nichts sehen, und nach dem, was Sie berichtet haben, hat er sich gehütet, mehr als drei Worte auszusprechen, und dann auch noch im Flüsterton, sodass seine Stimme nicht erkannt werden konnte.«

»Wissen Sie, ob der Kidnapper mit seinen Opfern Affären hatte, bevor er sie entführte?«

Martin bemerkte, dass sie sich nicht zu den Opfern rechnete, vielleicht wegen ihrer Amnesie.

»Wir nehmen es an. Jedenfalls bei der ersten Frau.«

»Da wird einem ja ganz schwindelig«, sagte sie. »Wie soll ich je noch jemandem trauen? Wie konnte ich mich bei dem Kerl nur so irren?«

»Sie haben sich ja nicht lange geirrt.«

»Wir sind uns sehr nahegekommen. Allein der Gedanke daran – das ist ja fast Vergewaltigung. Ich bin ja wirklich völlig bescheuert.«

»Es ist normal, so zu reagieren, aber Sie haben unrecht. Solche Leute üben sich schon in ihrer Kindheit darin, ihre wahre Natur vor andern zu verbergen, doch Sie haben es schon nach zwei oder drei Begegnungen gemerkt. Sie sind alles andere als bescheuert und neigen eben dazu, anderen nicht gleich das Schlimmste zuzutrauen.«

Sie schien nicht sehr überzeugt. Sie sah angestrengt aus. Martin sah, dass sie am Ende ihrer Kräfte war und sich das übel nahm.

»Ruhen Sie sich jetzt erst mal aus«, sagte er. »Kann ich Sie morgen früh wieder besuchen?«

Sie nickte und gähnte dabei.

»Haben Sie wirklich gemeint, was Sie vorhin gesagt haben? Wollen Sie wirklich, dass ich bei Ihnen wohne?«

»Ja, ich bereite alles vor. Es ist dort leider lange nicht so schön wie in Ihrem Loft, aber die Wohnung ist groß und liegt nah an der Schule Ihrer Tochter. Sie lässt sich auch besser bewachen als Ihre.«

»Leben Sie allein?«

»Ja. Aber ich habe schon mit einer Frau zusammengewohnt und kann diskret sein.«

»Ich weiß nicht«, sagte sie.

»Sie haben die Wahl zwischen dem und einem Einsternehotel in einem Vorort. Ich rate Ihnen, mein Angebot anzunehmen.«

»Darf ich denn das Haus verlassen?«

»Ja, in einem Polizeiwagen mit Chauffeur und einem Leibwächter.«

»Sind Sie das?«

»Ich oder ein anderer.«

»Und meine Tochter?«

»Bisher hat der Kidnapper die Kinder seiner Opfer verschont, aber außerhalb der Schule wird Ihre Tochter nicht allein gelassen.«

»Ich bleibe sicher noch eine Woche hier und habe Zeit, darüber nachzudenken.«

19. Juni, Montag

Als Martin Jeannette nach dem Wochenende wieder sah, war er erstaunt, wie sehr sie sich verändert hatte. Sie hatte abgenommen, tiefe Ringe unter den Augen, wirkte müde und gereizt. Dieser Fall macht sie fertig, dachte Martin. Er verspürte Zuneigung, doch vermischt mit anderen, weniger freundlichen Gefühlen, denen er nicht weiter nachgeben wollte.

»Was ich entdeckt habe, wird dir nicht einleuchten«, sagte sie, »aber ich erkläre dir, wie ich so weit gekommen bin. Unser Mann braucht Geld. Wenn er keine Erbschaft gemacht hat – und selbst wenn das so ist –, muss er mit Bargeld bezahlen, um keine Spuren zu hinterlassen. Um Benzin, Hotels, Mietwagen, Flugtickets, Zugfahrkarten etc. zu bezahlen.«

»Er kann sich eine falsche Identität zugelegt haben.«

»Wenn er ein Konto unter falschem Namen hat, muss er es dennoch füllen.«

»Aber du hast auf Liéports Konten nichts gefunden.«

»Ich habe nichts gefunden, das heißt aber nicht, dass da nichts ist. Das eigentliche Problem ist nicht ein Konto auf einen anderen Namen, sondern das Geld. Ich habe alle Ereignisse in der Gegend von Bordeaux seit 2000 geprüft, bei denen es um Geld ging: Diebstähle, Überfälle. Im Januar 2002 passierte etwas, das schon fast vergessen wurde.

»Der Euro wurde eingeführt.«

»Genau. Und ich habe Folgendes gefunden.«

Sie zeigte ihm einen Ordner mit Kopien von Verhören und Zeitungsausschnitten. Martin nahm einen mit dem Foto eines verunglückten und verbrannten Lieferwagens und einer großen Überschrift. Am Mittwoch dem 2. Januar 2002 war ein Wagen von Brinks im Departement Entre-deux-Mers zwischen Libourne und Pomerol überfallen worden. Es befand sich eine Million Euro in Form von Zweihundert-, Hundert-, Fünfzig-, Zwanzig-, Zehn- und Fünfeuroscheinen darin, die an Banken im Bordelais verteilt werden sollten. Gleich nach den Feiertagen sollten dort nach Einführung des Euro die Geldautomaten neu gefüllt werden.

Die Fahrer und Begleiter waren schwer verletzt, auch waren sie nicht an der Sache beteiligt, die Beute hatte man ebenso wenig gefunden wie die Geldräuber.

Martin blätterte weiter in der Akte. Darin waren Polizeiberichte, eine Kopie vom geplanten Weg des Geldtransporters, Zeugenaussagen von Anwohnern und Autofahrern.

»Es muss noch etwas anderes geben, sonst wärst du dir nicht so sicher«, sagte er. »Diese Aussagen sind ja ganz nett ...«

»Ich habe bei den Banken recherchiert, die von dem Transport beliefert werden sollten«, erklärte Jeannette.

Sie reichte Martin einen Zeitungsausschnitt. Es war eine Todesanzeige. Er sah sie sich an und seine Überraschung wuchs.

Magalie, Renée, Jacques, Julien, Marianne
geben in stiller Trauer
den Tod ihres Sohnes, Ehemanns, Bruders und Vaters
Gérard Liéport
bekannt, der am 3. März 2002 durch einen Unfall verstarb.
Von Blumen und Kränzen bitten wir abzusehen.

»Gérard Liéport ist mit fünfundfünfzig Jahren gestorben. Seit zehn Jahren war er Chef des Crédit de l'Ouest in Libourne. Er ertrank, als er allein auf der Gironde segelte. Zwei Monate nach dem Überfall.«

»Ist er mit unserem Roland Liéport verwandt?«

»Er ist ein entfernter Cousin. Aber sie kannten sich gut. Sie waren zusammen auf dem Gymnasium.«

»Glaubst du, dass die beiden Liéports, der Arzt und der

Banker einen Lastwagen von Brinks überfallen und eine Million Euro erbeutet haben?«

»Nein, aber auf die eine oder andere Weise hatten sie mit dem Raub zu tun. Und ich glaube zu wissen, warum. Der Liéport von der Bank hat den Räubern einen Tipp gegeben. Die Feuerwaffen der Begleiter sind verwendet worden und man hat Spuren von Blut gefunden, das nicht von ihnen stammte. Ich glaube, dass mindestens einer der Räuber verletzt worden ist und ihren Informanten Gérard Liéport nach einem Arzt gefragt hat, der sie nicht anzeigen würde. Da dachte Liéport an seinen Cousin und alten Freund, der Arzt geworden war. Vielleicht werden wir nie erfahren, was danach geschah, außer dass sich unser Liéport, wie du ihn nennst, vielleicht die Beute oder zumindest einen Teil angeeignet hat.«

»Nachdem er die Räuber und seinen Cousin beseitig hatte?«

»Wenn er unser Täter ist, dürfte ihm das keine weiteren Gewissensbisse bereitet haben. Vielleicht brauchte er sie ja auch gar nicht umzubringen. Vielleicht ist Liéport wirklich durch einen Unfall umgekommen. Sie haben die Beute geteilt und die anderen haben ihm jede Menge falscher Papiere beschafft.«

»Und unser Freund bedient sich der Beute, um seine kleinen Touren durch Frankreich zu finanzieren?«

»Kommt dir das nicht logisch vor?«

»Von der Logik her betrachtet, ist das zwingend, aber wir sind keine Logiker, sondern Polizisten. Hast du den Bericht über den Tod des Bankers gelesen?«

»Seine Witwe sagt, dass er gut schwimmen konnte. Sie versteht nicht, wie das passiert sein kann.«

»Ich glaube nicht, dass wir Liéport damit festnageln können.«

»Wir müssen ihn überwachen. Es wird nicht lange dauern, und er geht wieder auf Jagd und braucht Geld.«

»Du versuchst ja gar nicht mehr, seine Unschuld zu beweisen. Bist du sicher, dass er es ist?«

»Ich bin mir bei gar nichts sicher. Aber nach dem, was ich entdeckt habe …«

»Man kann ihn nicht rund um die Uhr überwachen. Wir haben nicht die Mittel und auch nicht genug Gründe, das weißt du so gut wie ich.«

»Dann muss ich einen anderen Weg finden. Man muss ihm eine Falle stellen. Oder definitiv seine Unschuld beweisen. Hast du Véronique Legat besucht?«

»Nein«, sagte Martin, »die benutzen wir nicht, um dem Mörder eine Falle zu stellen. Was ich dir noch sagen wollte. Sobald sie aus dem Krankenhaus kommt, wohnt sie bei mir.«

»Du machst es richtig. Wenn man sich schon persönlich engagiert, dann besser für eins der Opfer als für den Verdächtigen Nummer eins.«

32

20. Juni, Mittwoch

Véronique empfing sie mit einem Lächeln. Sie hatte immer noch die Blutergüsse, aber nicht mehr so viele geplatzte Äderchen in den Augen. Martin sah Jeannettes überraschten Blick. Es war eigentlich unvorstellbar, dass eine Kugel durch den Kopf der jungen Frau gedrungen war und sie wenig später so lebhaft war.

Martin zog die Fotos hervor, die er vorher mit Jeannette zusammengestellt hatte. Das von Roland Liéport steckte zwischen zwanzig anderen derselben Größe, auf denen Männer des gleichen Typs zu sehen waren: blond oder kastanienbraune Haare, mit auffälligen Gesichtszügen, aber dennoch gut aussehend.

Er legte sie vor Véronique hin.

Sie überflog sie, sah sich dann jedes einzelne genauer an, ohne etwas dazu zu sagen.

»Er hatte einen kurzen Bart, voll, aber sorgfältig geschnitten«, sagte sie. »Ich hätte misstrauisch werden müssen. Männer, die ihren Bart so gründlich schneiden, sind narzisstische Egoisten. Das habe ich letzte Woche in der Elle gelesen.«

Sie lachte.

»Sehen Sie mich nicht so an. Nein, ich erkenne keinen dieser Männer. Er sah diesem hier ein bisschen ähnlich.«

Sie tippte mit dem Finger auf ein Bild. Das von Liéport.

»Da ist etwas ...«

Jeannette wurde speiübel. Sie hatte von ganzem Herzen

gehofft, dass dieser Moment nie Wirklichkeit würde. Doch jetzt war es passiert.

Sie spürte, dass Martin sie ansah. Sie wollte kein Mitleid von ihm. Am liebsten hätte sie ihn geschlagen. Sie musste sich jetzt wirklich zusammennehmen.

»Aber zugleich sieht er ihm nicht ähnlich. Er hatte fülligere Wangen«, sagte Véronique. »Er könnte ein entfernter Verwandter sein. Verstehen Sie, was ich meine?«

»Die Wangen kann man am ehesten verändern, wenn man anders aussehen will, zum Beispiel mit Gummieinlagen«, sagte Martin. »Versuchen Sie, ihn sich ohne füllige Wangen vorzustellen.«

»Ich weiß nicht. Er hatte auch volleres Haar, länger und dunkler.«

»Vielleicht eine Perücke?«

»Wenn, dann muss es eine sehr gute Perücke gewesen sein.«

»Und seine Augen?«, fragte Martin.

»Hell, ich glaube blau ... Nein, ich bin sicher. Die auf den Fotos haben ja alle blaue Augen. Jetzt können Sie mir aber auch sagen, welcher dieser Männer ihr Verdächtiger ist.«

»Nein, das können wir nicht«, sagte Martin.

»Warum nicht«, unterbrach ihn Jeannette. »Wenn er sich ihr nähert, ist sie vorgewarnt.«

»Nach dem, was wir bisher wissen, ist es der«, sagte Martin und zeigte auf das Foto von Liéport.

»Haben Sie gute Gründe, ihn zu verdächtigen? Ich bin mir nämlich gar nicht sicher.«

»Wir haben Vermutungen, aber keine Beweise. Erinnern Sie sich an besondere Kennzeichen?«

»Nein. Er sieht weder böse noch zynisch aus. Nicht wie Bruno. Ist das Ihr Frauenmörder? Der Typ, der auf mich geschossen hat? Ist er im Gefängnis?«

»Nein, und wir haben auch keinerlei Beweise gegen ihn«, entgegnete Martin.

»Überwachen Sie ihn?«

»Im Moment nicht. Er kann sich frei bewegen«, sagte Jeannette.

»Er wird nicht fliehen«, sagte Martin. »Und im Moment hält er sich zurück. Wenn er es überhaupt ist. Wir müssen wissen, wann genau Sie Bruno getroffen haben.«

»In der ersten Woche der Osterferien. Ich war allein, weil Violette bei ihrem Vater war.«

Jeannette dachte einen Augenblick nach. Ihre Tochter war in derselben Schule. Und die Osterferien hatten in der Woche des 9. April angefangen.

»Haben Sie ihn in dieser Woche jeden Tag gesehen?«, fragte sie.

»Nein, zwei- oder dreimal. Dreimal. Es war an dem Samstag zu Ende, an dem ich mit dem Zug nach Paris zurückgefahren bin.«

Sie mussten herausfinden, was Roland Liéport in dieser Zeit gemacht hatte, und das würde schwierig sein, solange sie ihn nicht offiziell ins Spiel brachten. Sie mussten eine Entscheidung treffen. Hatten sie genug Indizien, um mit dem Richter Lioret über ihn zu sprechen und ein Verfahren gegen ihn einzuleiten? Das musste Martin entscheiden.

Was er erfahren hatte, durchdrang ihn wellenartig. Er kam nicht mehr an Véronique Legat heran. Wenn er einen Weg fand, sich ihr zu nähern, bedeutete das, dass die Bullen ihm eine Falle stellten. Und sie auf ihrem eigenen Terrain zu schlagen, überstieg seine Kräfte.

Sie waren ganz dicht hinter ihm, folgten seinen Spuren, aber in Panik geriet er deshalb noch lange nicht. Seit langem wusste er, dass dies passieren könnte, und für diesen Fall hatte er einen Plan B vorgesehen, den er jetzt ebenso sorgfältig und ausdauernd und mit ebenso viel Freude umsetzte wie alles andere.

20. Juni

Der Richter hörte ihnen zu, ohne sie zu unterbrechen.

Jeannette hatte nicht verschwiegen, dass sie eine Beziehung mit Liéport gehabt hatte und dass sie deshalb das Foto von Émilie und Anna in Griechenland entdeckt hatte. Sie war versucht gewesen, es nicht zu sagen, aber wenn Liéport verhaftet würde, käme das als Erstes heraus.

»Also gut«, sagte der Richter, nachdem sie fertig waren. »Das ist ein plausibler Verdächtiger. Aber wir haben nichts, um ihn zu beschuldigen, nicht den Schatten eines Beweises oder eines Indizes, das sagen Sie ja selbst. Ihre Erklärungen scheinen mir völlig einleuchtend. Die Aussage des letzten Opfers aber hat keine Beweiskraft. Sie hat mit jemandem geschlafen, der dem Mann etwas ähnlich sieht. Na gut, und selbst wenn er es war, was beweist das denn? Einfach gar nichts. Die junge Frau sagt ja selbst, dass er ihr nichts getan hat. Der Unfalltod des Bankers und der Tod von Anna Roland-Massards Mutter sind normale Todesfälle, bis zum Beweis des Gegenteils. Ihre Vermutungen stützen sich einerseits auf eine Reihe von Zufällen, wie die Übereinstimmung der Namen und die Verwandtschaft mit dem Chef der Bankfiliale, andererseits darauf, dass sich die beiden ersten Opfer kannten und manche ebenso fragwürdige Annäherungen. Das Psychogramm des Mörders von Doktor Weizmann, ein Alleinstehender, kultivierter Mann mit viel

Freizeit, aber beruflichen Verpflichtungen etc., also ich schätze Doktor Weizmann sehr, aber das reicht mir nicht. Solche Typen gibt es zu Hunderten. Verstehen Sie mich gut. Ich sage nicht, dass Sie unrecht haben. Ich meine nur, dass ich auf einer solchen Grundlage keinen Haftbefehl gegen Liéport erlassen kann. Finden Sie etwas anderes, wenn Sie ihn festnageln wollen. Etwas Solides.«

Martin und Jeannette standen auf.

»Eine letzte Frage«, sagte der Richter. »Wenn Sie Liéport verhaften, glauben Sie, dass Sie ihn knacken?«

»Wenn er der Mörder ist, haben wir keinerlei Chance«, antwortete Jeannette.

Martin nickte zustimmend.

20. Juni

»Roland Liéport hat versucht, dich zu erreichen«, sagte Olivier zu Martin. »Er bittet um Rückruf.«

Martin spürte, wie Jeannette neben ihm erstarrte.

Er setzte sich hinter seinen Schreibtisch, Jeannette nahm ihm gegenüber Platz. Er stellte den Lautsprecher an, während sie ein Aufnahmegerät auf den Tisch zwischen sie stellte und auf den roten Startknopf drückte.

Sie mussten ein paar Minuten warten und sich Vivaldimusik anhören, da Liéport noch ein Patientengespräch führte.

»Guten Tag«, sagte Liéport endlich. »Entschuldigen Sie, dass ich Sie habe warten lassen. Ich würde Sie gern treffen. Ich habe nachgedacht und mir gesagt, wenn Sie glauben, dass ich etwas mit Ihrer Sache zu tun habe, dann verlieren Sie viel Zeit. Ich bin nicht der Mann, den Sie suchen, und inzwischen läuft der Mörder immer noch frei herum und macht vielleicht weiter. Deshalb muss ich versuchen, Sie zu überzeugen, dass ich unschuldig bin. Ich stelle Ihnen alles zur Verfügung, was dazu beitragen kann. Ich habe die Hafenverwaltung in dem spanischen Hafen angerufen, an dem ich 2001 angelegt habe, während meine Frau in Griechenland war. Sie haben mir versprochen, weiter in den Archiven zu suchen.«

»Das haben wir auch getan«, sagte Martin, »aber ohne Ergebnis.«

»Wenn Sie wissen wollen, wo ich zu anderen Zeitpunkten gewesen bin, brauchen Sie mich nur zu fragen. Ich antworte Ihnen so gut ich kann.«

»Wir müssen mir Ihren Mitarbeitern sprechen.«

»Ich weiß. Stört es Sie, wenn ich ihnen sage, dass Sie vom Finanzamt kommen?«

»Dem Finanzamt erzählen die Leute gern Lügen, aber bei der Polizei sind sie vorsichtiger.«

Sie spürten, wie Liéport zögerte.

»Ist Ihnen klar, dass Sie mein Berufsleben aufs Spiel setzen? Ich sage meiner Sekretärin, dass Sie Polizisten sind und sie auf alle Ihre Fragen antworten muss. Sie ist sehr diskret. Sie wird nicht fragen warum und Sie auch nicht belügen.«

»Eine Frage könnten Sie schon jetzt beantworten«, sagte Martin. »Wo waren Sie in der Woche vom 9. bis 14. April und was haben Sie da gemacht?«

»Vom 9. bis 14. April ...«

Er schwieg eine Weile.

»Das war die erste Woche der Osterferien. Jedenfalls in der Zone C.«

»Ja.«

»Ich habe mir ein paar Tage freigenommen, um mich um mein Boot zu kümmern. Ich habe es aufs Trockendock gelegt, um den Rumpf zu reinigen.«

»Und wo war das?«

»Ein paar Kilometer von mir entfernt, an der Dordogne. Da ist ein Trockendock und alles Werkzeug, das man dafür braucht.«

»Was haben Sie in der Zeit mir Ihrer Tochter gemacht?«

»Entweder sie ist mitgekommen oder bei den Nachbarn oder einer Klassenkameradin geblieben.«

»Die ganze Wochc über?«

»So ungefähr, ja. Ich habe sie Samstagabend abgeholt. Am Sonntag sind wir ins Kino gegangen.«

»Das können Ihre Nachbarn und die Eltern der Freundin doch sicher bestätigen, oder?«

»Natürlich.«

Selbst durch das Telefon spürten sie beide sein leichtes Zögern.

Sie schrieben die Adressen und Telefonnummern auf, die er ihnen nannte.

»Er hat uns nicht alles gesagt«, erklärte Jeannette. »Das habe ich an seiner Stimme gemerkt.«

»Er kann doch nicht bei so leicht nachprüfbaren Tatsachen lügen.«

»Dann hat er etwas verschwiegen.«

»Nicht unbedingt. Er hat Angst bei dem Gedanken, dass wir mit den Nachbarn und den Eltern der Schuldfreundin sprechen. Aber das ist ja auch verständlich.«

Martin merkte, wie sie innerlich kämpfte. Sie wollte möglichst hartnäckig sein, doch zugleich sah er, wie erleichtert sie war, dass er einen Grund fand, ihr zu widersprechen.

»Das ist kein Alibi«, sagte sie, »wenn er da allein an seinem Boot rumkratzt. Er konnte in dieser Woche wegfahren, wann er wollte, vor allem abends und nachts, und musste niemandem Rechenschaft ablegen.«

»Um sich mit Véronique Legat zu treffen?«

»Wenn wir nur verstehen würden, wie er seine Opfer ausfindig macht.«

»Olivier und Alice sollen alle Leute anrufen, die in der Gegend von Bordeaux Autos geliehen haben, und feststellen, wie viel Mercedes' von wem in der Woche nach Ostern gemietet wurden. Dann fährst du mit Olivier nach Bordeaux und befragst alle Leute, die direkt oder indirekt mit Liéport zu tun haben. Ich bleibe hier, um Véronique Legat aufzunehmen. Ich lasse sie nicht mehr aus den Augen.«

20. Juni

Martin räumte das Zimmer seiner Tochter auf und bezog das Bett mit Laken, die seit undenklichen Zeiten niemand mehr benutzt hatte. Da rief Marion an. Er sah auf die Uhr, es war bereits Mitternacht.

»Ich habe dich nie um etwas gebeten, aber jetzt musst du etwas für mich tun. Du musst ein paar Tage auf das Baby aufpassen. Da ist keiner, der sich um den Kleinen kümmern kann, und ich fahre ein paar Tage weg, wegen einer Reportage.«

»Hat Isabelle denn keine Zeit?«

»Nein, sie ist schwer erkältet und ihr Baby auch.«

Martin fühlte sich schuldig, dass er nicht Bescheid wusste.

»Ich muss diese Reportage machen«, sagte sie, »sonst kann ich meinen Beruf gleich an den Nagel hängen. Ich habe schon drei abgelehnt. Sie gucken mich schon alle komisch an. Es ist schlimm für mich, um Hilfe bitten zu müssen.«

»Also gut, ich komm schon klar. Wann bringst du ihn?«

»Morgen früh um acht, ist das okay?«

Das war sehr kurzfristig, aber er willigte ein.

»Willst du immer noch nach Südfrankreich ziehen?«, fragte er.

»Ich weiß nicht. Warum?«

»Nur so eine Frage.«

Sie sagten einander gute Nacht und legten auf. Er fragte sich, ob sie den Umzug in den Süden nicht einfach erfunden hatte. Und die Reportage vielleicht auch. Wollte Marion ihm wieder näherkommen? Sie hatte doch gesehen, dass er weder als Lebensgefährte noch als Vater geeignet war. Sie war ja nicht dumm. Es war nur verlorene Zeit.

Er würde also dastehen mit einem Säugling auf dem Arm, von Véronique und ihrer Tochter ganz zu schweigen. Aber im Grunde war das gar nicht so schlecht. Véronique, die sich erholen musste, konnte ihm helfen, sich um das Baby zu kümmern, oder zumindest verhindern, dass er das Fläschchen falsch zubereitete und solche Dinge.

21. Juni, Mittwoch

Als Marion genau um acht Uhr eintraf, war Martin schon seit zwei Stunden wach.

Als er die Riesenausstattung sah, die sie mitgebracht hatte, lief ihm ein Schauer über den Rücken. Ein Kinderwagen, der aussah wie eine Raumsonde, zwei riesige Taschen, vollgestopft mit Spielsachen und Nahrungsmitteln, außerdem noch ein Koffer. Wie sie das alles nach oben vor die Tür gebracht hatte, ohne vorher zu klingeln, war ihm ein Rätsel. Sie legte ihm das Baby in den Arm und ging sofort in die Küche, um das Fläschchen zu wärmen. Die Flasche hatte fast die Form einer Brust. Martin erinnerte sich da eher an die länglichen Fläschchen. Da waren noch andere Geräte, zum Beispiel ein Dosierglas mit

Schraubdeckel. Er fragte sich, welche Entdeckungen man noch gemacht hatte, um Säuglinge zu füttern und zu waschen, und ob er es schaffen würde, mit ihm richtig umzugehen.

Er war mit dem Baby allein. Es sah ihn mit kaltem Blick kritisch an. Dann schrie es los. Das fängt ja gut an, dachte Martin. Er nahm es auf den Arm, und das Baby brüllte noch lauter.

Er ging durchs Zimmer, und da beruhigte es sich. Er blieb stehen, und es brüllte wieder los.

Ich bin ein Idiot, dachte Martin, ich hätte nicht ja sagen sollen.

Marion kam zurück, schüttelte die Flasche und probierte die Temperatur an ihrer Wange aus. Das Schreien schien sie nicht zu hören.

»Los«, sagte sie, »aber pass auf, es trinkt sehr schnell und verschluckt sich manchmal.«

Martin fütterte also seinen Nachkommen, unter dem wachsamen Auge der Mutter.

»Ich komme schon klar«, sagte Martin.

Das Baby verschluckte sich.

»Vorsicht!«, rief Marion, »ich hatte es dir doch gesagt.«

Sie nahm ihm das Kind aus dem Arm, klopfte ihm auf den Rücken, bis es sich beruhigt hatte, und gab es Martin zurück.

»Los, es muss austrinken. Ich muss jetzt gehen. Um elf geht mein Flugzeug. Und bei all den Formalitäten ...«

»Wann kommst du wieder?«

»Sobald ich kann. Ich ruf dich an. Im Koffer ist ein Heft, da stehen die meisten Antworten auf die Probleme drin, die vorkommen könnten, auch die Adresse vom Kinderarzt. Also dann, tschüss!«

Sie beugte sich herunter, wobei ihre Haare über Martins Gesicht fegten, und küsste das Baby auf die Stirn.

»Bis bald, mein lieber Schatz.«

Dann lächelte sie Martin an, zum ersten Mal seit Monaten.

»Danke, du tust mir einen großen Gefallen. Aber es ist ja schließlich dein Sohn.«

Dann ging sie.

Das war mal wieder typisch, dachte er. Sie konnte ihm nichts zugutehalten, ohne gleich wieder etwas davon zurückzunehmen.

Er stand mit Baby und Fläschchen auf und trat ans Fenster.

Er sah sie in einen großen Peugeot 607 auf der Beifahrerseite einsteigen und begriff jetzt auch, wie sie ihre ganze Ausstattung nach oben geschafft hatte, ohne ihn um Hilfe zu bitten. Er hätte gern das Gesicht des Mannes gesehen, der ihn ersetzte, sagte er sich, bevor er sich eingestand, dass ihm das egal war.

Der große Wagen fädelte sich in den Verkehr ein und verschwand.

Sein Sohn begann zu weinen.

33

20. Juni, Dienstag

Liéport fragte sich, ob es klug gewesen war, den ersten Schritt zu tun. Ob es richtig gewesen war, eher mit Martin als mit Jeannette zu sprechen. Er hatte Für und Wider gegeneinander abgewogen. Vielleicht nicht ausreichend genug. Er hatte den Mechanismus ausgelöst und konnte nicht vorhersagen, was daraus würde.

21. Juni, Mittwoch

Olivier befragte das Personal der Arztpraxis, in der Liéport arbeitete.

Jeannette saß im Wohnzimmer der Nachbarn, Paul und Marine, und hörte, wie Marine erzählte, was für ein wunderbarer Mensch Roland Liéport sei. Solche Frauen erregten bei Jeannette den Eindruck, sie selbst sei unzulänglich, hässlich und mittelmäßig.

Marine Vigan war gut zehn Zentimeter größer als sie und hatte, obwohl sie fünf, sechs Jahre älter war, keine einzige Falte. Sie hatte einen strahlenden Teint, trug flache Sandalen und hatte Fuß- und Fingernägel tiefrot lackiert, was bestens zu ihrem kastanienbraunen Haar und dem kleinen Rubin an ihrem rechten Ringfinger passte. Ihr Kleid – so eines hätte sich Jeannette nie leisten können – stand ihr mit ihrer perfekten Figur ausgezeichnet. Dabei war sie Mutter von zwei Kindern!

Jeannette konnte sich nicht erinnern, wann sie sich zuletzt die Fingernägel lackiert hatte und noch weniger die Fußnägel.

Sie konnte an dieser Frau nichts Negatives entdecken. Die Nachbarin und Freundin von Liéport war weder furchtsam noch feindselig, noch arrogant.

Sie war vielmehr sehr betroffen und Jeannette merkte, dass sie Angst hatte, etwas zu sagen, was Roland Liéport schaden könnte, ohne eine Vorstellung davon zu haben, was das sein könnte.

Sie hatte alle Aussagen von Liéport bestätigt und Jeannette wusste nicht mehr, was sie sie noch fragen konnte.

»Ich weiß nicht, was Sie suchen. Aber ich kann Ihnen sagen, das Verschwinden seiner Frau war für Roland die Tragödie seines Lebens.«

»Haben Sie Madame Liéport gut gekannt?«, fragte Jeannette.

»Ja, eine Zeit lang standen wir uns sogar sehr nahe.«

Das hieß offenbar, dass dies später nicht mehr der Fall gewesen war.

»Haben Sie sich Ende 2001 oft gesehen?«

»Nein, weniger als vorher. Das war auch ein wenig meine Schuld. Ich habe damals viel zu viel gearbeitet, ich bin Zahnärztin. Ihr Verschwinden hat mich tief erschüttert. Ich sagte mir, das Leben sei zu kurz, um von acht Uhr morgens bis acht Uhr abends zu arbeiten, wo doch jederzeit alles Mögliche passieren kann. Ich habe Bilanz gezogen. Jetzt arbeite ich nur noch ein Drittel der Zeit. Ich habe beschlossen, mehr vom Leben zu haben und meine Kinder zu genießen.«

Sie wirkte aufrichtig, und Jeannette sagte sich, dass es besser sei, mehr von ihrer Tochter zu haben, bevor es zu spät sei und Zoé eine schwierige Jugendliche würde, für die ihre Mutter fast eine Unbekannte war. Im Gegensatz zu ihrem ersten Eindruck überkam sie eine Welle der Sympathie für diese schöne Frau, die beschlossen hatte, mehr Zeit zum Leben zu haben.

»Entschuldigen Sie bitte, ich rede zu viel«, sagte Marine. »Sie haben sicher anderes zu tun.«

»Hatten Sie eine Beziehung mit Roland Liéport?«

Die Frau errötete überraschend heftig.

»Stellen Sie diese Frage als Frau oder als Polizistin?«, fragte sie, und diesmal errötete Jeannette.

»Ich möchte nur wissen, wie groß Ihr Beschützerinstinkt für Liéport ist«, sagte Jeannette, wütend über ihre Bestürzung.

»Wenn ich Ihnen sagen würde, dass meine Beziehung zu Roland Sie nichts angeht, könnten Sie falsche Schlüsse daraus ziehen. Ich schlafe nicht mit ihm und habe das auch nie getan.«

Ein Wagen fuhr in den Hof ein. Der Motor verstummte, man hörte eine Tür schlagen. Danach noch einige Geräusche, Kindergeplapper und Paul Vigan erschien, zwei große Einkaufskisten im Arm, gefolgt von zwei Kindern, die Taschen trugen.

Er ging in die Küche und kam mit leeren Händen zurück, die Kinder liefen zum Spielen nach draußen.

Er küsste seine Frau flüchtig auf den Mund und reichte Jeannette die Hand. Irgendetwas in seiner Haltung, in der Art, sie anzusehen, verriet Jeannette, dass er genau wusste, was zwischen Liéport und ihr vorgefallen war.

Er schien nicht feindselig, aber vorsichtig.

Er war etwas kleiner als Liéport, aber kräftiger und hatte ein schlaues, fast kindliches Lächeln.

»Ich sterbe vor Durst, Sie nicht?«, sagte er. »Ein kleines Glas Rosé? Oder einen biologischen Bergerac, davon bekommt man keine Kopfschmerzen. Wollen Sie ein Glas?«

»Danke«, sagte Jeannette, »ich muss jetzt gehen.«

»Sie wissen nicht, was Ihnen entgeht. Aber bevor Sie sich auf den Weg machen, muss ich Ihnen noch etwas erklären.«

Dann ging er zur Tür und schloss sie. Sein Lächeln war verschwunden.

»Die Kinder brauchen nicht zu hören, was ich Ihnen zu sagen habe. Ich habe Ihren Kollegen in der Praxis gesehen und seine Fragen beantwortet. Er hat sich geweigert, auf meine Fragen zu antworten, aber ich bin ja nicht blöd. Wenn Sie glauben, dass Roland irgendetwas mit dem Verschwinden von Émilie zu tun hat, dann täuschen Sie sich. Roland ist einer der tollsten Kerle, die ich je kennengelernt habe. Er reißt sich für die Leute in Stücke, selbst für Unbekannte. Er liebte seine Frau. Sie hätten ihn in den beiden Jahren nach ihrem Verschwinden sehen sollen. Er hatte zehn Kilo abgenommen, man erkannte ihn nicht wieder. Ich weiß, dass Sie nur Ihre Arbeit machen, aber setzen Sie ihm nicht so zu. Wenn Émilie etwas zugestoßen ist, müssen Sie anderswo suchen.«

»Und wo zum Beispiel?«, fragte Jeannette.

Er breitete unwissend die Arme aus.

»Ein Jahr lang haben wir kaum über etwas anderes gesprochen. Lange haben wir geglaubt – und vielleicht sogar gehofft –, dass sie aus freien Stücken gegangen ist. Aber sie hätte ihr Kind nicht einfach im Stich gelassen.«

Wenig später verabschiedete Jeannette sich. Als Paul Vigan gekommen war, hatte seine Frau ihm das Feld überlassen. Sie hatte so gut wie nichts mehr gesagt. Als hätte ihr Mann das Steuer übernommen. Ob sie ein Paar waren, das sich so gut ergänzte?

Jeannette hatte das Gefühl, auf der Stelle zu treten. Sie hatte nichts erfahren – außer der Bestätigung der verschiedenen Alibis von Liéport. Als Paul gesagt hatte: »Roland ist einer der tollsten Kerle, die ich je kennengelernt habe«, hatte seine Stimme ganz merkwürdig geklungen.

Sie fragte sich, ob Roland ihnen zu verstehen gegeben hatte, dass zwischen ihr und ihm etwas gewesen war. Sie war sich nicht sicher. Warum sollte das von Bedeutung sein? Doch es war wichtig. Das kleinste Element konnte ihr helfen, sich ein Bild darüber zu machen, wer Liéport wirklich war.

Sie traf sich mit Olivier im Bistro gegenüber dem Bahnhof. Auch er hatte Liéports Behauptungen nicht widerlegen können, auch wenn die Sekretärin der Praxis wenig kooperativ gewesen war. Er sagte sich, dass sie wohl in ihren Chef verliebt war.

Jeannette seufzte. So war es sicher auch bei der Hälfte der Patienten. Und sie selbst, war sie noch verliebt? Die Antwort war von verzweifelnder Klarheit, aber zum Glück merkte das nur Martin.

Olivier und Jeannette erkundeten den Ort, an dem Liéport sein Boot auf dem Trockendock reparierte. Es lag am Ende eines Wegs, der zum Fluss führte. Längs des Flusses sah man Spuren eines früheren Treidelpfads, aber hier ging wohl kaum noch jemand spazieren.

Die Bewegungsfreiheit ihres Verdächtigen war immens, und niemand hatte sich die Mühe gemacht, alles, was er tat, nachzuvollziehen. Er konnte ganze Tage auf seinem Boot verbracht haben, aber auch Dutzende Kilometer von dort entfernt gewesen sein.

Gejagt. Es gab kein anderes Wort dafür. Er wurde gejagt. Sie ermittelten nicht im Geheimen, so sicher waren sie sich ihrer Sache, und was sie damit anrichteten, war ihnen egal. Sie glaubten, sie würden ihn kriegen. Aber da täuschten sie sich. Alles war geplant. Selbst wenn sie die Tests finden würden. Das würde viele Leben kosten, aber es gab keinen anderen Weg.

Er hatte das nicht gewollt. Es wäre ihm lieber gewesen, dass es aufhörte, dass alle die Verschwundenen vergaßen, nur er nicht.

Aber sie waren wiedergekommen, und dafür konnte er nur sich selbst verantwortlich machen.

34

22. Juni, Donnerstag

Martin hatte eine höllische Nacht verbracht. Das Baby hatte nie länger als zwanzig Minuten am Stück geschlafen. Martin war am Ende. Und wütend auf die Mutter. Es war doch völlig verrückt, einen Säugling jemandem anzuvertrauen, den er kaum kannte. Dass er sein Vater war, änderte nichts daran. Arme Babys von heute, von einem Unbekannten zum nächsten geschleppt.

Ab Viertel nach acht konnte er das Kind in die Krippe bringen und musste es vor sechs Uhr abholen.

Er hatte mit der Concierge, die zwei Kinder hatte und Erzieherin war, ausgemacht, dass sie den Kleinen abholte, wenn er nicht rechtzeitig von der Arbeit kam.

Was konnte man tun, um ein aufgeregtes Baby zu beruhigen? Wie machten die Frauen in der Krippe das? Wahrscheinlich taten sie nichts. Sie ließen sie brüllen und in ihrer Kacke liegen, bis ihnen die Kraft ausging.

Martin hatte alles versucht. Er war durch die Wohnung spaziert, hatte ihm Fläschchen mit Wasser oder Milch und Brei gegeben, es lauwarm gebadet. Dadurch war nichts besser geworden, im Gegenteil, alle diese Versuche hatten seine Verdauung durcheinandergebracht.

Der Essensplan, den Marion hinterlassen hatte, war damit hinfällig. Also würde er bald zum Kinderarzt gehen müssen. Einmal oder mehrmals.

Er hatte beschlossen, Marion nicht anzurufen. Er hätte sie

nur angeschrien, und dadurch wäre es auch nicht besser geworden.

Um Viertel vor acht war er am Ende und rief Jeannette an.

Sie kümmerte sich gerade um ihre Tochter und sagte, sie riefe in einer halben Stunde an.

Nach zwanzig Minuten aufgeregten Wartens rief er wieder bei ihr an. Sie brachte die Kleine gerade zur Schule und ließ ihn weiter warten.

Dann konnte er ihr endlich erzählen, was los war, und spürte, dass sie sich beherrschen musste, um sich nicht über ihn lustig zu machen.

»Vielleicht kriegt er Zähne. Hast du ihm etwas aufs Zahnfleisch getan?«

Martin verfluchte sich selbst. Er hatte an alles gedacht, nur nicht an Zähne. Er hatte völlig vergessen, dass Kinder Zähne bekommen, ein paar Monate nach der Geburt, zwischen null und neun Monaten.

Er suchte in der Menge der mitgebrachten Medikamente und fand nichts gegen Zahnschmerzen. Auch Marion hatte nicht daran gedacht.

Vor neun machte die nächste Apotheke nicht auf, und die, welche Nachtdienst hatte, lag am anderen Ende des Viertels. In diesem Zustand konnte Martin den Kleinen nicht in die Krippe bringen. Er wollte ihm erst ein Mittel geben und den Erzieherinnen das Gel für das Zahnfleisch mitbringen. Schließlich hielt er bei einer offenen Apotheke, die auf dem Weg lag, an und gab seinen Sohn um Viertel vor neun ab. Die Leiterin der Krippe erklärte ihm, dass er zu spät gekommen sei, um halb neun sei Limit. Und sie mahnte ihn, dass die Krippe genau um sechs schlösse.

»Und wenn ich zu spät komme, was machen Sie dann? Stellen Sie es auf die Straße?«

Sogleich bedauerte er seine Äußerung. Dafür würde jetzt das Baby bezahlen. Nein. Er musste diesen Frauen einfach vertrauen. Sie kannten sich besser aus als er.

Er kam eine Viertelstunde zu spät zu dem Treffen.

Jeannette war schon im Büro der Psychologin, und Laurette hatte sich bereits Notizen gemacht.

»Das Trauma, das ihm alle Hemmungen genommen hat, kann mit dem Tod seiner Eltern zusammenhängen. Wenn man allerdings nicht gerade eine besondere Bindung an einen Elternteil hat, ist der Tod von Eltern im Erwachsenenalter nicht das Schlimmste, was einem passieren kann.«

»Und sonst?«, fragte Martin.

»Wenn Sie die Übereinstimmungen zwischen meiner Beurteilung und Ihrem Verdächtigen meinen, so scheinen viele Dinge zusammenzupassen. Er ist jedenfalls überzeugender als der vorherige. Ich fasse zusammen: Er hat mit dem Mord an seiner Frau angefangen, dann ihre Freundin getötet und danach andere Frauen, die ihnen ähnlich sahen? Und vielleicht die Mütter von zweien von ihnen? So hätte er die beiden ersten Morde in der nächsten Umgebung verübt. Die anderen hätte er umgebracht, weil er Gefallen daran fand oder weil es ein gutes Mittel war, jeden Verdacht von sich zu lenken, indem er ähnliche Morde am anderen Ende des Landes verübte.«

»Mit dem Unterschied«, ergänzte Jeannette, »dass die beiden ersten so perfekt verübt wurden, dass niemand auf die Idee kam, es könne sich um denselben Entführer handeln, und dass die folgenden Vermissten erst Jahre später mit den anderen in Verbindung gebracht worden sind.«

»Trotzdem stimmt da etwas nicht«, entgegnete Laurette, »das sehen Sie sicher auch so. Ihr Verdächtiger ist kein Herumtreiber oder Vertreter, sondern ein Arzt, der in einer Praxis arbeitet. Ein Mann, der in der Nähe von Bordeaux lebt, fährt durch ganz

Frankreich, Hunderte von Kilometern und sucht einen bestimmten Frauentyp: blond, hübsch, mit höherer Bildung, dabei könnte er Dutzende in der näheren Umgebung finden. Sie meinen, dass er mit mehreren von ihnen intime Beziehungen hatte, bevor er sie entführte. Aber warum gerade diese Frauen?«

Jeannette und Martin sahen einander an.

»Sind Sie sicher, dass mit Ausnahme der beiden ersten alle diese Frauen nichts miteinander zu tun haben, dass sie vielleicht einem Briefmarkenverein oder einer Liga für blonde Frauen angehört haben? In Krimis entdeckt man am Ende, dass alle ein Geheimnis teilen, mit dem auch der Mörder zu tun hat: zum Beispiel, dass sie seine kleine Schwester bei einem Picknick haben sterben lassen oder irgend so etwas. Im Leben geht es recht simpel zu. Ich weiß, dass ich Sie nerve«, schloss sie, »aber ich glaube, wenn Sie eine Antwort auf diese eine Frage finden: Warum gerade diese Frauen und keine anderen?, dann haben Sie Ihren Mann.«

»Einverstanden. Nicht die Beziehungen zwischen den Frauen müssen wir durchleuchten, sondern die zwischen ihm und jeder einzelnen. Wir werden weitersuchen.«

»Danke für den Hinweis«, sagte Martin, als er Jeannette wiedertraf.

»Du hattest recht. Es waren die Zähne. Ich wusste doch, dass ich zu alt bin, um mich um Babys zu kümmern.«

»Wann kommt Marion wieder?«

»Ich habe keine Ahnung.«

»Hattest du mir nicht erzählt, dass sie in den Süden ziehen wollte? Ist das noch aktuell?«

»Ich weiß es nicht. Wenn es dich interessiert, frag sie doch, wenn sie wiederkommt.«

Jeannette schwieg.

Martin setzte das Gespräch fort.

»Glaubst du, dass sie nicht wegzieht? Dass sie erreichen will, dass ich zurückkomme, und mir deshalb das Baby aufgedrängt hat? Glaubst du, sie stellt sich vor, dass ich so sehr an dem Kleinen hängen werde, dass ich wieder mit ihr zusammenziehe?«

»Ich glaube gar nichts. Das war nur so eine Frage. Du brauchst dich nicht gleich so aufzuregen.«

»Deine Fragen sind nur selten unschuldig. Sie ist weggegangen, nicht ich, wenn ich dich erinnern darf.«

»Du hast aber nicht viel getan, um sie zurückzuhalten.«

»Was weißt du schon davon?«

Nein, so unehrlich konnte er nicht sein.

»Du hast recht, ich habe kein bisschen gekämpft. Aber es ist vorbei, Jeannette. Wir haben einen Strich unter unsere Geschichte gezogen.«

»Wenn du es sagst. Glaubst du, Laurette hat mit den Blonden von Liéport recht?«

»Das ist ein neuer Anhaltspunkt. Wir hätten selbst darauf kommen müssen.«

»Wie gehen wir jetzt weiter vor, was meinst du?«

»Haben wir eine Wahl? Wir sehen uns in der Vergangenheit der sieben Frauen um. Wenn es einen Zusammenhang gibt, dann finden wir ihn auch.«

»Wir sollten uns auf Véronique Legat konzentrieren«, sagte Jeannette. »Wenn es eine frühere Verbindung zwischen den Frauen und ihm gibt, dann hat nur sie den Schlüssel dazu.«

Beide kamen im selben Moment auf den Gedanken.

»Deshalb hat er versucht, sie zu töten«, rief Martin aus. »Nicht weil sie ihn hätte identifizieren können, sondern weil sie etwas weiß, das ihr nicht bewusst ist, einen Hinweis, über den wir ihn ausfindig machen können.«

35

22. Juni

Véronique Legat sah sie an.

»Sie wollen behaupten, ich wüsste etwas, womit man ihn verhaften kann?«, fragte sie ungläubig.

»Das würde eine Menge erklären«, entgegnete Martin. »Auch den Grund, weshalb er versucht hat, Sie umzubringen. Wir haben zuerst gedacht, er hätte es aus Angst getan, dass Sie ihn identifizieren können. Wir hätten etwas hellsichtiger sein müssen.«

»Ein schrecklicher Gedanke, dass ich eine Information habe, sie aber nicht finde und eine Frau durch meine Schuld überfallen wird.«

»Aber nein«, sagte Martin. »Wir alle haben Milliarden Informationen, ohne es zu wissen. Wir helfen Ihnen, sie zu finden.«

Jeannette löste ihn ab.

»Führen Sie Tagebuch?«

»Seit ich achtzehn bin nicht mehr. Und ich habe auch keine Ahnung, wo es liegen könnte.«

»Haben Sie ein persönliches Archiv? Souvenirs von Ferien, kleinen Jobs, von der Uni ...«

»So wie alle anderen.«

»Dürfen wir sie uns mal ansehen?«

»Ich glaube, das führt zu nichts, aber wenn's sein muss, tun Sie es. Ich gewöhne mich eh langsam daran, kein Privatleben mehr zu haben. Wollen Sie auch eine Liste meiner Exfreunde seit ich dreizehn bin?«

»Das wäre super«, erwiderte Jeannette.

Véronique seufzte.

»Das war nur Spaß. Glauben Sie wirklich, daran könnte ich mich noch erinnern?«

»Ich erinnere mich daran«, antwortete Jeannette und wurde rot bis an die Haarwurzeln. »Es waren aber auch nicht viele«, fügte sie schnell hinzu.

»Wenn es noch etwas warten kann. Sie haben gesagt, ich könnte Anfang der Woche entlassen werden, wenn es keine Komplikationen gibt ...«

»Es kann nicht warten«, unterbrach Martin sie. »Sie müssen gleich anfangen.«

»Also gut. Ich erkläre Ihnen, wie ich meine Sachen geordnet habe, dann brauchen Sie nicht alles durcheinanderzubringen. Ich nehme an, Sie haben meine Schlüssel noch.«

22. Juni

Jeannette und Alice leiteten die Operation. Martin und Olivier folgten ihren Anweisungen.

Sie fanden ein Dutzend Kartons mit Fotos und persönlichen Erinnerungen. Viel Post und vier alte Minicomputer mit voller Festplatte und entsprechend viele Disketten.

Es waren auch einige sorgfältig beschriftete Samsung SV Minikassetten da. Die ältesten stammten von 1998. Sie mussten sich das alles ansehen.

Martin nahm sich den ersten Karton mit persönlichen Erinnerungen. Er hatte es lieber mit Papier als mit Computerdateien zu tun. Olivier und Alice teilten sich die Computer auf und widmeten sich der schwierigen Aufgabe, sie in Gang zu setzen.

Jeannette kümmerte sich um die Minikassetten und schloss ihre Digitalkamera am Fernseher mit dem großen Bildschirm in dem Loft an.

Olivier hatte Coca-Cola, Jeannette Mineralwasser und Alice Kekse mitgebracht. Martin hatte nichts zu essen oder trinken mitgebracht, aber Fotos der verschwundenen Frauen.

Sie wussten nicht, wonach sie suchten, aber sie wussten, dass sie auf alles achten mussten, das mit Roland Liéport, Medizin, Bordeaux, Segeln (die Liste war alles andere als vollständig) zu tun hatte.

Jeannette machte die erste Entdeckung.

Ein Strand in der Nähe von Arcachon, leicht zu erkennen an den hohen Pinien und der berghohen Düne im Hintergrund. Sie waren in der Nähe von Bordeaux.

Als Datum war August 1998 verzeichnet. Véronique war dort mit verschiedenen Freunden, vier Männer und zwei Frauen. Die Kamera ging von Hand zu Hand, viel Lachen und Gerede. Véroniques Exmann war nirgendwo zu sehen. Vielleicht drehte er den Film.

Die Szene dauerte zwei Minuten und fünfzehn Sekunden. Keiner der Männer sah Liéport auch nur im Entferntesten ähnlich. Keine der Frauen erinnerte an die Opfer.

Marion rief in der Mittagspause an. Martin ging in Véroniques Zimmer, um mit ihr zu sprechen.

Sie wollte wissen, wie es dem Baby ging. Martin sagte, alles sei in Ordnung, aber er nähme an, dass es Zähne bekäme. Von der katastrophalen Nacht erzählte er lieber nichts. Eine Weile herrschte Schwiegen, dann kündigte sie an, in drei Tagen wiederzukommen, am Sonntag den 25., falls sie länger bleiben müsste, würde ihre Mutter ihn ablösen. Martin brauche den

Kleinen nur hinzubringen. Martin sagte ihr, dass er sich darauf einstellte, im Moment aber klarkäme. Wieder schwiegen sie, diesmal etwas kürzer, dann verabschiedeten sie sich.

Martin saß auf dem Bettrand und hatte die Aussicht von Véronique, wenn sie aufstand. Ihm gefiel ihre Einrichtung. Weiß war die vorherrschende Farbe. Auch das Parkett war weiß lackiert. Eine kleine weiße Kommode gegenüber dem Bett, ein niedriges Regal, so gut wie kein Krimskrams. Fotos ihrer Tochter mit Véronique und ihrem Exmann waren an die Wand geheftet und von dem Regal umgeben. Auf der Kommode standen die Reproduktionen einer Landschaft von Munch und die einer Eva von Hans Baldung Grien. Ihr maliziöses Lächeln erinnerte ihn seltsam an das von Véronique Legat. Auch das volle, lockige blonde Haar. Was ihre Kurven betraf, konnte Martin nur raten. Mit dem Unterschied, dass, wie die meisten Akte aus der Renaissance, auch diese Eva schwanger war.

Als er ins Wohnzimmer kam, ließ Jeannette gerade Filme durchlaufen, während Olivier und Alice Ordner und E-Mails durchsahen, die mehrere Jahre alt waren. Zeichnungen, Briefe, Rechnungen, private Bilder, technische Fotos, Dokumente von italienischem und schwedischem Design. Dazu eine Unmenge Zeichnungen jeder Art.

Wie viele Chancen hatten sie, so auf eine Spur zu stoßen? Und sie auch zu erkennen, wenn es geschah? Sie hätten in der Lage sein müssen, den Geist von Véronique zu erkunden.

Martin nahm wieder seinen Karton mit Akten, Stück für Stück, und hob sich die Lektüre des Tagebuchs für später auf.

Sie hatte ein recht gutes Abitur in den geisteswissenschaftlichen Fächern abgelegt, ihre Schulzeit war unproblematisch verlaufen und sie hatte ein Stipendium bekommen. Er fand Lohnabrechnungen für jede Menge kleiner Jobs, von der Mitwirkung in Filmen bis zu Nachtwachen auf Parkplätzen, außerdem Kassiererin im Supermarkt, Austeilen von Werbeprospekten etc. Véronique hatte viel aus ihrer Vergangenheit aufgehoben, was ein Vorteil, aber auch störend war. Zu viele Informationen stehen anderen im Weg.

Martin fand zwischen zwei Blättern einen vergilbten Zeitungsausschnitt. Es war der Bericht über die Rettung zweier Kinder, die auf einer Luftmatratze vor der bretonischen Küste aufs Meer getrieben worden waren. Ein Foto der Retter war zu sehen, in der Mitte Véronique mit zwanzig, umgeben von jungen Leuten ihres Alters und Jugendlichen.

Dieses Ereignis schien mit ihrer Sache nichts zu tun zu haben. Die Gesichter und Namen der anderen Personen konnten sie mit nichts in Verbindung bringen.

Da waren auch viele Postkarten aus den USA, Moskau, sogar aus Hongkong, Singapur und Südafrika. Die meisten aber aus französischen Ferienorten, auch aus Aquitanien und dem Südwesten. Er legte sie beiseite, um mit Véronique darüber zu sprechen.

Vier Stunden später hatten sie noch immer nichts gefunden.

Gegen Abend besuchte er Véronique Legat.

Sie schien weder erstaunt noch enttäuscht über ihr Scheitern.

Er sprach von dem Zeitungsausschnitt und der Rettung.

»Das ist eine meiner schlimmsten Jugenderinnerungen«, sagte sie.

»Warum? Sie müssten doch eher stolz auf sich sein, oder?«

»Sie irren sich gewaltig. Wenn Sie das Foto mitgebracht hätten, dann hätte ich Ihnen einen der Jugendleiter gezeigt. Er hieß Richard. Ich weiß seinen Nachnamen nicht mehr. Ich war in ihn verliebt und er betrog mich mit meiner besten Schulfreundin, Céline, der kleinen Brünetten neben mir. Seltsam, Jahre habe ich nicht mehr an ihn gedacht ... Er hat mich ein Dutzend Mal angerufen und ich habe mich immer geweigert, mit ihm zu sprechen. Er wartete sogar vor der Wohnung meiner Eltern mit Blumen auf mich.«

»War er nie gewalttätig?«

»Nein, niemals.«

»Ich werde trotzdem nach ihm suchen.«

»Sie verlieren Ihre Zeit, das wird zu nichts führen.«

Martin merkte, dass er sich beeilen musste, um seinen Sohn rechtzeitig abzuholen, und verabschiedete sich. Als er das Krankenhaus verließ, fiel ihm ein, dass er vergessen hatte, Véronique etwas zu fragen. Warum hatte sie diesen Zeitungsausschnitt aufgehoben, wenn er sie an eine schlimme Zeit ihrer Jugend erinnerte? Er hatte auch nicht über die Ferien bei Arcachon 1998 gesprochen.

Als er inmitten der anderen Eltern seinen Sohn abholte, sagte ihm die Erzieherin, er sei die ganze Zeit nörgelig gewesen und habe außerdem Durchfall.

»Es sind die Zähne«, erklärte Martin. »Deshalb hatte ich ja extra Gel für das Zahnfleisch dagelassen.«

»Tatsächlich? Das hätte uns einer sagen müssen.«

»Ich habe es Ihnen gesagt. Aber vielleicht hätte ich es in roter Leuchtschrift auf eine große Tafel schreiben müssen.«

»Jetzt regen Sie sich doch nicht so auf, es war heute schon schwierig genug. Wir haben einen Magen-Darm-Infekt, da können Sie sich vorstellen, was hier los ist.«

»Und die Eltern bringen ihre Kinder mit einem solchen Infekt her?«

»Das ist nicht das Schlimmste. Sie bringen sie mit vierzig Grad Fieber, roten Punkten am ganzen Körper, Läusen. Egal, ob es ansteckend ist oder nicht. Sie stopfen sie mit Paracetamol voll, damit man es nicht merkt. Die Kinder der anderen sind ihnen egal. Hauptsache, sie können zur Arbeit gehen.«

Plötzlich wurde sie rot, weil ihr klar wurde, was sie da redete.

»Aber sie sind nicht alle so.«

23. Juni, Freitag

Die zweite Nacht hatte gut angefangen. Rodolphe war nach dem letzten Fläschchen eingeschlafen und nicht wieder aufgewacht, doch um drei Uhr morgens klingelte das Telefon.

Marion war dran. Sie hatte einen Albtraum über den Kleinen gehabt und wollte wissen, ob alles gut ging.

Martin sagte ja, es gehe alles gut. Bis jetzt. Er sei von dem Klingeln wach geworden.

»Schläft er bei dir im Zimmer?«

»Nein, aber es schien mir logisch, dass er im Zimmer nebenan schläft und nicht am anderen Ende der Wohnung.«

Sie ging auf seine sarkastische Bemerkung ein.

»Entschuldigung, aber du musst mich verstehen. Mein Traum war wirklich furchtbar.«

Sie redete, als sei sie in ihrem Hotelzimmer allein.

»Ich muss ihn jetzt wieder in den Schlaf wiegen.«

»Kannst du noch mal hingehen und mir sagen, dass alles in Ordnung ist, bevor du auflegst?«

Martin stand auf und ging zu dem Baby. Es weinte, aber

ganz normal. Er konnte jetzt den Unterschied wieder erkennen.

»Martin? Was ist los? Warum sagst du nichts?«

»Mach dir keine Sorgen. Es geht ihm bestens. Das Klingeln des Telefons hat ihn geweckt. Weiter nichts.«

»Danke und entschuldige noch mal. Geht in der Krippe alles gut?«

»Ja, bis auf einen Magen-Darm-Infekt, außerdem haben ihm die dummen Weiber in der Krippe kein Gel auf sein Zahnfleisch getan, sondern haben es auch noch verloren, und als ich es gemerkt habe, waren die Apotheken geschlossen.«

»Das sind keine dummen Weiber, die meisten sind sehr nette Mädchen.«

»Marion.«

»Ja, ja, geh hin, wieg ihn in den Schlaf und Entschuldigung. Ich bin zum ersten Mal von ihm getrennt, also, nicht dass du denkst, ich hätte kein Vertrauen in dich.«

»Ja«, sagte Martin. »Gute Nacht«, und legte auf.

Zuerst warf er sich vor, zu brüsk gewesen zu sein, aber nach einer Stunde und fünf Kilometern Weg durch die Wohnung warf er sich gar nichts mehr vor. Schließlich ging er auf Zehenspitzen zu seinem Bett und verfluchte das knarrende Parkett.

Eine Stunde später wurde er durch sein Handy geweckt.

»Verflucht«, sagte er, als er abnahm. Gerade, bevor das Baby wieder aufwachte.

»Haben Sie immer solche Mühe aufzuwachen?«, fragte Véronique Legat.

»Ach, Sie sind es. Entschuldigung«, sagte Martin. »Aber vorhin hat mich schon meine Ex geweckt.«

»Haben Sie sie verflucht? Ich verstehe, dass sie abgehauen ist.«

»Das war nichts als Geschimpfe. Es war niemand damit gemeint. Was ist los?«

»Nichts. Gar nichts. Hier ist alles okay. Ich habe noch mal an diese Rettungsgeschichte gedacht. Ich habe mich gefragt, warum ich diesen Artikel aufgehoben habe, der in mir so schlimme Erinnerungen weckt.«

»Das habe ich mich auch schon gefragt.«

»Ich würde gern den Zeitungsausschnitt sehen und den Artikel über die Rettungsaktion noch mal lesen.«

»Ich hole ihn in Ihrer Wohnung, aber zuerst muss ich meinen Sohn in die Krippe bringen.«

Um Viertel vor neun war er in ihrer Wohnung und fand den Ausschnitt in wenigen Augenblicken. Er rief Véronique an, aber alle Leitungen im Krankenhaus waren belegt, und sie ging nicht an ihr Handy.

Eine halbe Stunde später klopfte er an ihre Zimmertür, eine Tüte Croissants in der Hand.

Sie hatte sich ein wenig geschminkt und lächelte.

»Habe ich Sie nicht zu sehr gestört? Sie schienen heute Nacht nicht in bester Stimmung zu sein. Haben Sie den Artikel gefunden?«

Er reichte ihn ihr. Sie streifte das Foto mit einem kurzen Blick und drehte das Blatt um.

»Genau, das ist es. Ich hatte Angst, dass ich mich getäuscht hatte. Es ist vielleicht ohne Bedeutung, aber Sie haben ja gesagt, selbst wenn es mir nicht wichtig erscheint.«

»Ein Detail ohne Bedeutung, das Sie um fünf Uhr morgens weckt, interessiert mich«, sagte Martin.

»Es war eine Zeitungsannonce, die mir damals aufgefallen ist. Sehen Sie mal.«

Martin nahm den Zeitungsausschnitt. Die Anzeige war mit der Schere entzwei geschnitten worden, man sah nur noch den Teil eines lächelnden Gesichts und fünf Worte in großen weißen Kursivbuchstaben, schwarz umkreist:

Sind Sie eine echte Blondine?

36

23. Juni, Freitag

Das Schlüsselwort war »Blond«.

Wie hatte er diesen Satz nur überlesen können?

Genau nach solchen Indizien suchten sie doch. Natürlich hatte er es nicht gelesen, weil es Werbung war und kein Mensch mehr Werbetexte las, schon gar nicht in einer Zeitung, die älter als fünfzehn Jahre war. Ein echter Sherlock Holmes. Der hätte sich dafür am liebsten verprügelt.

»Ich weiß noch, dass mir die Annonce aufgefallen war und ich da angerufen habe. Ich bekam eine gut bezahlte und leichte Arbeit zugewiesen.«

»Was für eine Arbeit?«

»Es ging um Tests für ein Kosmetiklabor. Körpercreme.«

»Wissen Sie noch, wie das Labor hieß?«

»Darling. Der Name war mir aufgefallen.«

»Das Labor Darling?«

»Ja, so hieß es. Wir bekamen die Fragebögen und Tests von Laborangestellten, nachdem wir dort, in der Avenue de la Grande Armée, ein Gespräch geführt hatten.«

»Mit wem haben Sie gesprochen?«

»Mit Männern und Frauen in weißen Kitteln, das sollte uns wohl beeindrucken.«

»Waren es Biologen, Mediziner?«

»Als solche haben sie sich bezeichnet. Sie machten es auch wegen des Geldes. Und sie nutzten die Gelegenheit, Studentinnen anzubaggern, Biologen, Mediziner …«

Martin spürte seine innere Erregung. Das konnte kein Zufall sein. Frauen, die wegen ihrer blonden Haare ausgewählt wurden. Medizinstudenten. Der Zusammenhang war unverkennbar.

»Finden Sie das interessant?«, fragte Véronique.

»Mit ein bisschen Glück kommen unsere Ermittlungen durch Ihre Hilfe jetzt wieder in Gang. Ich rufe Sie im Lauf des Vormittags an.«

Er wollte Jeannette informieren, aber nicht sofort.

Er rief eine der unzähligen sechsstelligen Nummern konkurrierender Auskunftsfirmen an, die die Nummer 12 von früher ersetzten, und fragte sich, ob nicht seine Phantasie mit ihm durchgegangen war, doch er traf ins Schwarze.

Er gab Namen und Adresse an und war überrascht, dass es sich nicht um eine Geheimnummer handelte.

Die Tante von Anna Roland-Massard antwortete nach dem ersten Klingeln.

Martin stellte sich vor.

»Was haben Sie herausgefunden, Kommissar?«, fragte sie gleich.

»Können Sie sich erinnern, ob Ihre Nichte im September 1988 auf eine Zeitungsannonce reagiert hat, die nach echten Blondinen suchte?«

Langes Schweigen am Telefon.

»Das kann ich Ihnen nicht sagen, tut mir leid«, sagte die Frau schließlich.

»Ich habe mich sicher unverständlich ausgedrückt. Vielleicht wissen Sie noch, ob sie Tests für ein Kosmetiklabor gemacht hat.«

»Nein, davon weiß ich nichts. Ich habe ihr immer Geld

gegeben, damit sie nicht zu arbeiten brauchte. Ist das wichtig?«

»Das wissen wir noch nicht. Ich halte Sie auf dem Laufenden.«

Dann rief er Wieslowski an.

Es dauerte länger, bis jemand dranging, und es meldete sich Isabel.

»Ich brauche eine Auskunft von Ihrem Mann«, sagte Martin. »Ist er zu Hause?«

»Er schläft noch«, antwortete Isabel, und jetzt hörte sich ihre Stimme schon viel wacher an. »Wir haben getrennte Schlafzimmer. Ich habe mich bei Ihnen noch gar nicht bedankt.«

»Das macht nichts. Können Sie ihn wecken und ans Telefon rufen?«

»In Ordnung«, sagte die Frau wenig begeistert. »Könnte ich Sie treffen?«

»Haben Sie wieder Probleme mit Ihrem Nachbarn?«

»Eigentlich nicht, aber ich habe Angst.«

»Vor ihm?«

»Kann ich Sie treffen?«, wiederholte sie.

»Gern, kommen Sie auf der Dienststelle vorbei.«

»Es wäre mir lieber hier zu Hause. Ginge es heute Morgen?«

»Mal sehen«, sagte Martin. »Ich habe viel zu tun. Ich rufe zurück. Geben Sie mir jetzt bitte Ihren Mann, wenn es Ihnen nichts ausmacht.«

Er wartete gut fünf Minuten, bis er die raue Stimme von Wieslowski hörte.

»Was ist los? Ist Ihnen klar, dass wir getrennte Schlafzimmer haben und dass meine Frau mich Ihretwegen verlassen will?«

»Meinetwegen?«, sagte Martin, »machen Sie Witze?«

»Na ja, nicht nur Ihretwegen. Was wollen Sie?«

»Ich möchte wissen, ob Sie Ihre erste Frau Sandrine schon kannten, als Sie zwanzig waren.«

»Ja. Sogar vorher. Mit siebzehn.«

»Wissen Sie, ob Ihre Frau 1988 Tests für eine Kosmetikfirma gemacht hat?«

»Wie soll ich mich an solchen Unsinn erinnern?«, fragte Wieslowski.

»Es hat mit unseren Ermittlungen zu tun und kann sehr wichtig sein.«

»Na gut, ich überlege mal. Aber eine Hand wäscht die andere. Ich habe auch eine Bitte an Sie. Sie müssen mit Isabel reden. Wir dürfen uns nicht trennen.«

»Daran hätten Sie eher denken müssen. Ich bin kein Eheberater. Aber ich sage ihr gern, dass es Ihnen leidtut.«

Eine Viertelstunde später rief Wieslowski wieder an.

»Ja, ich glaube, sie hat solche Tests gemacht«, sagte er. »›Sind Sie eine echte Blondine?‹ Ich habe mich über sie lustig gemacht, aber wir brauchten damals die Kohle.«

Aha, es stimmte also.

Jetzt konnte er Jeannette anrufen.

»Hättest du mir nicht eher Bescheid sagen können?«

Martin versuchte sich zu verteidigen.

»Was hätte das gebracht? Ich musste es erst nachprüfen.«

»Wir hätten uns die Arbeit teilen können. Ich rufe Liévin an, den Mann von der sechsten. Wir müssen auch diese Kosmetikfirma Darling finden, wenn es sie noch gibt, und hoffen, dass sie zwanzig Jahre alte Archive aufbewahrt haben.«

Sie nahm es ihm übel. Dies war ihr Fall. Sie, sie ganz allein hatte herausgefunden, dass ein und dieselbe Person in sechs Jahren sechs blonde Frauen hatte verschwinden lassen. Der neue Hinweis konnte von entscheidender Bedeutung sein, und er hatte sie nicht mal sofort informiert. Martin hatte wohl keinen Sinn mehr für Solidarität im Team. Oder lag es an ihr? An ihrer Beziehung zu Roland Liéport? Wenn der Verdächtige jemand anderes gewesen wäre, hätte sie sich dann auch so verletzt gefühlt?

Jeannette rief Liévin auf dem Handy an. Er war im Büro.

»Tests für eine Kosmetikfirma? 1988? Davon habe ich noch nie gehört. Und wo sollen die Tests stattgefunden haben? In Paris, sagen Sie?«

»In Paris und Umgebung und anderswo, glaube ich. Wir wissen es nicht genau.«

»Georgina war 1987 und 1988 in Paris, sie studierte Jura an der Fakultät Assas. Ich weiß es noch, weil ich damals meinen Militärdienst ableistete. Wir waren schon zusammen, aber zwei Jahre haben wir uns kaum gesehen. Sie brauchte nicht zu arbeiten, um Geld zu verdienen, ihre Familie besaß genug.«

»Vielleicht hat sie es aus Spaß gemacht.«

»Nein, sie machte Sport. Spielte Tennis, ging segeln. Und sie nahm ihr Studium ernst und vergeudete ungern Zeit.«

Jeannette legte auf und hatte das Gefühl, dass er ihr etwas verschwiegen hatte. Vielleicht aber sprach er nur nicht gern über diese Jahre. Was war geschehen? Offenbar waren sie sich in den beiden Jahren fremd geworden. Hatte dieses scheinbar so ernsthafte Mädchen vielleicht eine Affäre gehabt, bevor sie wieder zu ihrem Verlobten zurückgekehrt war?

Als Martin ins Büro kam, dachte er an das Baby, das er trotz der Magen-Darm-Epidemie in die Krippe hatte bringen müssen. Er war böse auf sich und Marion. Er ärgerte sich auch, dass er wieder in einen Teufelskreis von Sorgen und Verantwortung geraten war. Er hatte versucht, dem zu entkommen, und hatte es nicht geschafft.

Jeannette berichtete ihm von dem Gespräch mit Liévin, das sie wenig befriedigend fand.

»Ruf ihn noch mal an«, sagte Martin, »dies ist dein Fall. Von Anfang an hast du Dinge erkannt, die andere nicht gesehen haben. Wenn sich jemand auf seinen Instinkt verlassen kann, dann du.«

Sie nahm ihr Telefon.

»Monsieur Liévin, ich habe das Gefühl, dass Sie ungern über diese Zeit sprechen. Wir müssen aber wissen, ob Georgina 1988 nicht vielleicht doch Fragebögen ausgefüllt und Tests für eine Kosmetikfirma gemacht hat.«

»Ich weiß darüber tatsächlich nichts. Ich wollte in den langen Monaten, in denen wir getrennt waren, nichts über sie wissen.«

»Warum? Hatten Sie den Verdacht, dass sie eine Affäre mit einem anderen hatte?«

»Ja, das hatte ich.«

»War es nur eine Vermutung, oder hatten Sie Grund, eifersüchtig zu sein?«

»Ich schäme mich noch heute für das, was ich getan habe. Eines Tages hatte ich Urlaub und habe sie besucht. Und da habe ich in ihren Kalender geschaut und gesehen, dass Sie sich immer wieder mit jemandem traf, immer zu bestimmten Terminen. Der Mistkerl muss wenig Freizeit gehabt haben.«

»Sie kannten aber nicht den Namen ihres Liebhabers. Woher konnten Sie wissen, dass es sich um Rendez-vous handelte?«

»Ganz einfach, Georgina war Engländerin und benutzte gern englische Wörter, besonders bei intimen Dingen.«

»Und?«

Schon als sie die Frage stellte, wusste Jeannette die Antwort.

»In ihrem Kalender stand Darling, habe ich recht?«

Eine ganze Weile hörte sie nichts am anderen Ende der Leitung.

»Woher wissen Sie das?«, fragte er schließlich.

»Es waren Verabredungen zu bestimmten Zeiten, etwa einen Monat lang, oder?«

»Ja, das ist doch mehr als deutlich.«

Jeannette seufzte.

»Was wissen Sie, wovon ich nichts weiß?«, fragte er.

»Sie haben sich geirrt, Monsieur Liévin. Die Kosmetikfirma, von der ich sprach, hieß Darling. Ich hoffe, dass Sie Ihrer Frau nicht allzu lange böse gewesen sind.«

37

23. Juni, Freitag

Olivier und Alice hatten keine Zeit vergeudet. Die Kosmetikfirma Darling war 1992 von einem großen amerikanischen Unternehmen namens Vincent aufgekauft worden, und das Gebäude in der Rue du Colonel Aimé Charles im XVII. Arrondissement war 1996 an eine Bank veräußert worden, die es 1998 an eine Immobilienfirma, die Cirymo, weiterverkauft hatte. Alles, was sich in dem Gebäude befunden hatte, auch die Archive, waren an einen anderen Ort gebracht worden. Aber wohin? Hier hörte die Spur auf. Vincent hatte die Filiale 2000 geschlossen und ihren Sitz nach Asien verlegt. Waren die Archive mitgenommen worden? Das war unwahrscheinlich. Aber in Bangkok nach irgendwelchen Akten zu suchen, die es vielleicht gar nicht mehr gab, war ausgeschlossen.

Alice und Olivier steckten in einer Sackgasse und fragten Jeannette und Martin, was sie jetzt tun sollten.

»Ich glaube, wir müssen vorne anfangen«, sagte Martin.

»Vorne? Wo ist denn vorne?«, fragte Olivier. »Der Immobilienmensch sagt, er weiß von nichts, außerdem gehört ihm das Gebäude nicht mehr.«

»Vorne befindet sich in dem Gebäude in der Rue du Colonel Sowieso. Das Internet ist zwar gut, aber ein bisschen Zufußgehen und Metrofahren kann nichts schaden. Polizeiarbeit erledigt man zu Fuß.«

Olivier verdrehte die Augen und Alice senkte den Kopf, damit man ihr Grinsen nicht sah.

Die Geschichte zwischen Liévin und seiner Frau hatte Jeannette erschüttert. Weil er sich nicht getraut hatte, über die Sache zu reden, hatte das Missverständnis zwischen ihm und seiner Frau, die er liebte, über ihren Tod hinaus bestanden. Selbst wenn er es vergessen und ihr verziehen hatte, hatte es zwischen ihnen gestanden, ein Geheimnis, das etwas Belastendes hatte und sicher Anlass für manchen Groll gewesen war.

Sie konnte nicht anders, als es mit dem zu vergleichen, was zwischen ihr und Liéport stattgefunden hatte. Er wurde verdächtigt, ein Serienmörder zu sein, was wesentlich schlimmer war als eine Bettgeschichte. Aber wenn er unschuldig war, dann hieß das, dass er ihr gegenüber absolut ehrlich gewesen war. Sie hatte ihn, weil sie ihn für schuldig hielt, belogen und versucht, in die Falle zu locken.

Sie musste ihn weiter verdächtigen und gegen ihn ermitteln, und wenn sie am Ende einen anderen Schuldigen fanden, hätte sie für immer die Chance verwirkt, es wiedergutzumachen. Niemals würde er vergessen können, dass sie ihn gejagt und auf den kleinsten Fehler geachtet hatte, um ihn zu Fall zu bringen. Selbst wenn er ihr eines Tages verzeihen würde, wie könnte sie sich jemals selbst verzeihen?

23. Juni

Der frühere Sitz der Kosmetikfirma Darling, ein Gebäude aus den dreißiger Jahren, war in mehrere Etagen aufgeteilt worden, in denen sich Anwaltsbüros, ein Notariat und eine Augenarztpraxis befanden. Der Concierge war gerade im Hof und harkte die kleinen Wege zwischen den Blumenrabatten.

Als er von der Firma Darling hörte, schien er überrascht.

Er nahm sie widerwillig in seine Loge mit, um ihnen die Adresse des Gebäudeverwalters zu geben.

Oliviers Telefonkarte war fast leer, deshalb wollte er von der Loge aus anrufen, aber der Concierge, der sich von der Polizeimarke nicht beeindrucken ließ, weigerte sich.

»Sie haben doch ein Handy, oder?«, fragte er mit portugiesischem Akzent.

Olivier erreichte eine Sekretärin, die nach einer kurzen Debatte bereit war, ihn mit der Assistentin eines der Teilhaber der Agentur zu verbinden.

Archive? Kartons mit Papieren? Sie wusste nichts darüber.

Beim Verkauf des Gebäudes 1998, als es aufgeteilt und an Firmen vermietet wurde, hatte sie dort noch nicht gearbeitet. Nur Madame Destrée. Aber Madame Destrée war in den Ferien. Sie nahm immer im Juni Urlaub. Und die Chefs der Agentur? Sie waren heute nicht zu erreichen, weil sie ein Seminar hatten.

Schließlich bekamen sie die Festnetz- und Mobilnummer von Madame Destrée. Sie sei mit ihrem Mann in der Türkei und erst abends im Hotel zu erreichen, sagte ihm ihre Schwester, die in dem Häuschen in Soisy-sous-Montmorency auf die beiden Hunde aufpasste.

Olivier und Alice gingen wieder zum Concierge, fest entschlossen, ihn unter Druck zu setzen.

Er war am Ende der Kette und musste für alle zahlen. Er harkte inzwischen wieder die Wege.

»Ich will den Keller sehen«, sagte Olivier.

»Das geht ohne Einwilligung der Eigentümer nicht.«

»Verflucht, der Kerl versaut uns noch den ganzen Tag«, sagte Olivier zwischen den Zähnen.

»Was?«, fragte der Concierge und richtete sich auf.

»Wir haben eine Durchsuchungsbefehl, der uns gestattet, das ganze Haus zu durchforsten«, sagte Alice.

Der Concierge schüttelte den Kopf.

»Wir werden nicht unser Leben hier verbringen«, sagte Olivier. »Entweder Sie bringen uns gleich in Ihren Keller oder ich verhafte Sie wegen Behinderung der Verbrechensaufklärung.«

Er nahm die Handschellen von seinem Gürtel und hielt sie ihm unter die Nase. Der Concierge trat erschrocken zurück und hob automatisch seine Harke.

»Sie bedrohen mich«, sagte Olivier und legte die Hand an sein Pistolenhalfter.

»Nein, nein!«, rief der Concierge und warf seine Harke ins Gebüsch.

»Warte«, sagte nun Alice. »Ich bin sicher, dass Monsieur begreift, dass er uns helfen muss.«

»Drehen Sie sich um und legen Sie die Hände auf den Rücken. Ich verhafte Sie«, sagte Olivier.

»Bitte«, sagte der Mann, »kommen Sie.«

Er nahm sie mit in die Loge und zeigte ihnen ein Schlüsselbrett.

»Hier, bitte, nehmen Sie den, das ist der Schlüssel vom Untergeschoss.«

»Du kommst mit«, befahl Olivier. »Und du zeigst uns alles. Los, los.«

»Brauchen wir keinen zweiten Zeugen?«, fragte Alice.

»Wenn wir etwas finden, ist dazu noch Zeit genug.«

Die Sicherheitstüren in den unteren Fluren waren verschlossen und mit Schildern der Firmen versehen, die in den oberen Stockwerken saßen. Die Belüftung brummte und dicke Rohrleitungen liefen unter der Decke entlang. Die Eigentümer nahmen den Inhalt ihrer Keller offenbar ernst.

Auf keiner der Türen stand »Vincent« oder »Darling«.

»Ich glaube, mehr können wir im Moment nicht tun«, sagte Olivier entmutigt.

»Welche Praxis ist schon am längsten hier drin?«, fragte Alice. »Vielleicht wissen sie etwas oder haben ihren Keller untervermietet.«

»Ja ... Wie lange arbeitest du schon hier?«, fragte Olivier den Concierge.

»Zehn Jahre«, sagte der Mann.

»Verdammt, diese Frage hätten wir schon am Anfang stellen sollen«, sagte Olivier.

»Gibt es einen Keller hier im Haus, der keinem gehört?«

»Keinen Keller, aber einen Raum für Fahrräder und Kinderwagen. Im Hof.

»Wem gehört der?«

»Weiß ich nicht. Der Verwalter weiß das.«

»Was ist da drin?«

»Kartons, viele Kartons.«

»Na, dann sehen wir uns das mal an.«

»Da müssen wir die Verwaltung anrufen.«

»Das haben wir ja schon«, sagte Olivier. »Also jetzt los, und zwar schnell. Und wenn du keinen Schlüssel hast, tritt die Tür ein.«

Mit diesen Worten wagte er sich weit vor. Sie sahen, dass die Tür des früheren Fahrradkellers ebenso gepanzert war wie die anderen.

»So ein beschissener Ort!«, sagte Olivier.

Der Concierge erlaubte sich ein feines Grinsen und öffnete in aller Ruhe.

Der Raum war bis zur Decke mit Kartons zugestellt.

Durch einen schmalen Gang zwischen den Stapeln konnte man sich ins Dunkel vorwagen.

Olivier nahm seine Lasertaschenlampe zur Hand, betrat den Gang und leuchtete mit dem Licht von unten nach oben und links nach rechts.

Ein paar Sekunden später kam er wieder heraus.

»Auf den ersten Blick sind es zwei- bis dreihundert Kartons. Auf dreien von ihnen habe ich ›Vincent‹ gelesen, aber nicht ›Darling‹.«

»Das müssen wir alles aufs Revier schleppen. Martin wird sich freuen.«

»Es muss auch anders gehen«, sagte Martin.

»Wir durchsuchen die Kartons dort im Hof«, schlug Jeannette vor. »Sie sind sicher nach Jahreszahlen oder Abteilungen gekennzeichnet. Wir nehmen nur die, die uns interessieren.«

»Haben Sie die Türen des Raums versiegelt?«, fragte Martin.

Olivier und Alice sahen sich verlegen an.

»Was habt ihr bloß in der Birne?«, fragte Martin.

»Alice Box hat den Concierge angewiesen, den Eintritt in den Raum zu verbieten«, erklärte Olivier.

»Alice Box?, Das ist ja neu«, erwiderte Alice. »Jetzt heiße ich nicht mehr Hamster, sondern Alice Box? Was soll denn das? Sehe ich aus wie ein Internetprovider? Du kannst mich mal.«

Sie ging hinaus.

»Das war nicht böse gemeint«, sagte Olivier und sah Martin an. »Das Mädchen, das für Alice wirbt, ist hübsch in ihrem Kleidchen. Es sollte ein Kompliment sein.«

Martin antwortete erst gar nicht.

»An deiner Stelle würde ich mich entschuldigen«, sagte Jeannette.

»Und nutze die Gelegenheit, um die Türen in der Rue du Colonel Dingsbums zu versiegeln«, fügte Martin hinzu. »Wir brauchen Zeit, um die Durchsuchung vorzubereiten. Vor Montag kriegen wir das nicht hin.«

24. Juni, Samstag

Martin besuchte Véronique Legat in Begleitung seines Sohnes. Er hatte nicht den Kinderwagen nehmen wollen und im Gepäck hatte er ein Gestell gefunden, mit dem er das Baby an seiner Brust tragen konnte.

Die Leute auf der Straße und im Bus sahen ihn komisch an, vor allem die Frauen, jedenfalls glaubte er das.

Er hatte eine Tasche dabei, eine Windel, zwei Fläschchen, Mineralwasser in kleinen Flaschen, Milchpulver und Gel für die Zähne. Damit konnte er gut zwei Stunden außer Haus bleiben.

Nach den Geräuschen des Babys zu urteilen, schien es froh, nach draußen zu kommen, vor allem, als es merkte, dass Martin es nicht in die Krippe brachte.

Eine Schwester wollte ihm verbieten, mit dem Baby auf die Station zu gehen, aber Martin redete mit ihr und sie ließ sich überzeugen.

Mit einem Baby auf dem Arm kann man bei einer Frau viel erreichen, sagte sich Martin. Daran muss ich immer denken.

Véronique Legat war nicht allein. Ihre Mutter war mit ihrer Tochter da. Das reinste Familientreffen. Die drei Frauen waren begeistert, als sie das Baby sahen.

»Ich verstehe, das ist eine neue Verhörmethode«, sagte Véronique Legat. »Um Zeugen und Verdächtige zu verunsichern, bringen Sie ein Baby mit. Wo mieten Sie sie?«

»Es kostet nichts. Es gibt Hunderte im Keller des Quai des Orfèvres«, entgegnete Martin. »Die DDASS* verleiht sie.«

»Du lieber Schreck!«, rief die Großmutter.

Es war Zeit für das Fläschchen und Violette bat, es ihm geben zu dürfen. Mutter und Großmutter begannen, ihr Ratschläge zu geben.

Die Großmutter wollte wissen, wo die Mutter sei.

»Das geht dich doch nichts an«, sagte Véronique.

»Sie ist irgendwo auf Dienstreise. Wir leben getrennt«, sagte Martin, und damit erübrigte sich jeder weitere Kommentar.

»Der Kommissar hat ein paar Fragen an mich. Wollt ihr nicht mit seinem Sohn spazieren gehen, du und Violette?«

»Sie hätten mit einem Kinderwagen kommen sollen«, sagte die Großmutter. »Es gibt heute ganz tolle Dinger, außer Reichweite von Autoabgasen.«

»Maman«, unterbrach Véronique sie, »ich glaube, der Kommissar hat nicht ewig Zeit.«

»Haben Sie das mitgekriegt?«, sagte Véronique, »Sie kennt Sie nicht einmal, und schon erklärt sie Ihnen, welchen Kinderwagen Sie hätten kaufen müssen. Es fehlte noch, dass sie sie fragte, seit wann Sie von Ihrer Frau getrennt sind. Ich finde das peinlich. Seit wann sind Sie eigentlich von Ihrer Frau getrennt?«

Sie lachten beide.

»Seit ein paar Monaten.«

»Heißt dass, Sie haben Sie kurz vor der Geburt verlassen?«

»Sie hat mich verlassen. Und ich glaube, es war die richtige Entscheidung.«

---

* Direction départementale des Affaires sanitaires et sociales, vgl.: Gesundheits- und Sozialamt bzw. Jugendamt

»Aha.«

Véronique schien nicht überzeugt. Sie hätte gern noch mehr gefragt, das war deutlich zu spüren, aber sie verzichtete darauf.

»Was ich gern wissen möchte«, sagte Martin, »ist, was für Tests man mit Ihnen gemacht hat.«

»Das ist lange her, wissen Sie. Ich hab es nur gemacht, um etwas Geld zu verdienen. Ich habe von Chemie keine Ahnung, aber ich versuche, es Ihnen zu erklären. In der Kosmetik gibt es etwas, was die Hersteller chemische Puffersubstanzen nennen, das ist der Fachausdruck, die den PH-Wert korrigieren oder stabilisieren. Diese Substanzen sind für die meisten Frauen harmlos, können aber bei Blondinen allergische Reaktionen auslösen, jedenfalls bei manchen, die eine empfindlichere Haut haben. Es ging darum, den PH-Wert unserer Haut zu messen und an verschiedenen Stellen Gel aufzutragen, das ein paar Stunden draufbleiben musste und nicht abgewaschen werden durfte.«

»War das alles? Wer kümmerte sich um die Tests?«

»Laborantinnen. Meistens Mädchen in unserem Alter, Biologiestudentinnen.«

»Frauen? Keine Männer?«

»Nein. Wegen der Körperstellen, auf die das Gel aufgetragen wurde.«

Diese Spur führte eigentlich in eine Sackgasse, doch am Ende war es besser als gar nichts. Mit der Kosmetikfirma hatten sie den gemeinsamen Nenner der sieben Opfer gefunden, so klein er auch war, es hatte mit ihrer Blondheit, dem ersten Merkmal zu tun, das Jeannette zu ihrer Entdeckung geführt hatte.

Jeannette überlegte, wie man am besten Liéport auf die Kosmetikfirma Darling ansprechen konnte. Hatte er für sie gearbeitet? Und hatte seine Frau Émilie auch zu den Blonden gehört, die am Test teilgenommen hatte?

Wenn er schuldig war, würde er sofort begreifen, dass die Polizei die Verbindung zwischen ihm und den Opfern entdeckt hatte. Am besten war es wohl, ihn direkt zu fragen. Dann würde Jeannette seine Augen sehen und Bescheid wissen. Ganz gleich, wie seine Antwort aussah, sie würde es wissen. Davon war sie überzeugt.

Sie hörte, wie ihre Tochter sich von ihren Spielsachen verabschiedete und ihnen vom bevorstehenden Wochenende erzählte. Sie sagte ihrer Puppe, wie nett ihr Vater sei, dass er bald ein anderes Kind haben und sie mit ans Meer nehmen würde. Die Ereignisse im Leben ihres Vaters waren ihr Lieblingsthema, und Jeannette musste sich oft sehr beherrschen, um sich das anzuhören, ohne sich etwas anmerken zu lassen, während sie am liebsten geschrien hätte, dass dieser wunderbare Vater ein großes Arschloch sei – was allerdings auch übertrieben war.

Sie tat ihr Bestes, damit die Kleine ihren Vater so oft wie möglich sah, auch an den meisten Wochenenden, dabei war das die Zeit, zu der auch Jeannette etwas von ihr hätte haben können. Sie wollte aber nicht, dass ihr Zoé später den Vorwurf machte, sie habe ihr den Vater vorenthalten. Vielleicht würde Zoé aber auch ihrer Mutter böse sein, dass sie nicht genug von ihr hatte. Da ihr Exmann Lehrer an einer Mittelschule war und mehr Freizeit hatte als sie, wäre es logischer gewesen, dass die Tochter vier Tage in der Woche bei ihm blieb und am Wochenende bei Jeannette. Sie hatte ihm diese Regelung vorgeschlagen, doch er hatte abgelehnt. Jeannette vermutete, dass sich vor allem die Frau, mit der er jetzt zusammenlebte, geweigert hatte.

Dieses Wochenende, so hatte sie Martin gesagt, wolle sie versuchen, die Kleine bei sich zu behalten. Der Versuch schlug fehl. »Wenn du es mir rechtzeitig gesagt hättest, wäre ich einverstanden gewesen, aber ich kann nicht alles ändern, nur weil dir plötzlich der Kopf danach steht.«

Zoés Vater würde jeden Moment kommen und zweimal leise hupen, dann aussteigen und die hintere Tür seines Mégane Diesel öffnen. Seine neue Freundin würde nicht aussteigen, nur Jeannette zuwinken, während er das Mädchen auf dem Kindersitz anschnallte.

Danach wäre Jeannette allein, musste für die Woche einkaufen, die Wohnung putzen und die Wäsche machen, danach standen ihr viele Stunden erdrückender Leere bevor. Sie hatte auf France-Info gehört, dass aus China importierte Kleidung voll Formaldehyd und krebserregender Farben war. Sie wollte alle Kleider von Zoé made in China aus dem Schrank räumen und von ihrem Ex dasselbe verlangen. Das würde nicht mehr als eine Stunde dauern. Danach würde die große Leere einsetzten.

Vielleicht würde sie sich eine Serie auf DVD kaufen, aber schon in den letzten Wochen hatte sie sich Grey's Anatomy, zwei Desperate Housewives und eine Six Feet Under reingezogen und weigerte sich, Polizeiserien anzuschauen, selbst wenn ihre Kollegen nichts anderes konsumierten. Sie hasste Gewalt, auf dem Bildschirm wie im Leben. Sie war fünfunddreißig und hatte ein beschissenes Wochenende vor sich.

So konnte sie nicht weitermachen.

Im Grunde musste sie nicht einkaufen, das konnte bis zum nächsten Wochenende warten, dachte sie, während sie die T-

Shirts und Pyjamas made in China in Müllsäcke stopfte – so was konnte man nicht mal Hilfsorganisationen geben.

Um elf kam ihr Ex, um Zoé abzuholen.

Sie überlegte, ob sie im XVI. Arrondissement Kartons nach den Archiven von Darling durchsuchen sollte. Aber sie sagte sich, dass sie Besseres zu tun hätte. Die wahre Antwort auf all ihre Fragen wartete in einer Entfernung von 560 Kilometern auf sie.

38

24. Juni, Samstag

Das Baby mochte die Gesellschaft von Violette und der Großmutter.

Martin mochte die von Véronique Legat, und umgekehrt schien es genauso zu sein. Für Martin, der keine Amnesie hatte, war das nicht so neu wie für sie.

Alle Prognosen waren gut, die Wunde am Kopf heilte, die inneren Blutergüsse gingen zurück, die im Gesicht wurden gelb, um schließlich ganz zu verschwinden.

»Glauben Sie immer noch, es sei eine gute Idee, dass ich bei Ihnen wohne?«, fragte sie.

»Das scheint mir die einfachste Lösung zu sein. Sie können weiter arbeiten, Ihre Termine wahrnehmen, und der Angreifer sucht Sie dort nicht. Selbst wenn er erfährt, dass Sie noch am Leben sind.«

»Ich habe schon mit Violette darüber gesprochen, sie ist einverstanden, dass wir vorübergehend umziehen, wenn wir die meisten ihrer Spielsachen mitnehmen.«

»Kein Problem«, sagte Martin. »Geben Sie mir Ihren Schlüssel und ich trage die Sachen, die Sie brauchen, in mein Auto. Sie brauchen mir nur eine Liste zu geben.«

»Es eilt nicht, ihr Vater nimmt sie ab Montag. Wir holen die Sachen zusammen.«

»Nein. Ich will nicht, dass Sie im Moment nach Hause gehen.«

»Wenn Sie keine Vorahnung gehabt hätten, wenn Sie nicht bei mir gewesen wären, als auf mich geschossen wurde, wäre der Rettungswagen nie pünktlich gekommen. Ich verdanke Ihnen mein Leben.«

»Ich habe nicht zu Ende gedacht, und dadurch wären Sie beinahe ums Leben gekommen.«

»Wenn Sie mich gehindert hätten, ans Fenster zu gehen, wäre an diesem Abend nichts passiert, dann wären sie weggefahren und hätten sich gesagt, dass Sie sich geirrt hätten, und der Mörder hätte mich am nächsten oder übernächsten Tag erwischt. Mir ist schon klar, dass ich eine Last für Sie bin.«

»Sie sind keine Last. Ich tue nur, was ich tun muss«, antwortete Martin, »mehr nicht.«

»Also tun Sie es nur aus Pflicht.«

Martin wollte sich nicht auf diesen gefährlichen Pfad begeben.

»Es ist nur eine provisorische Lösung«, sagte er, »bis wir etwas Besseres für Sie finden.«

Véronique hatte nicht die Absicht, ihn so leicht davonkommen zu lassen.

»Was gefällt Ihnen an mir außer der Tatsache, dass ich Ihren Beschützerinstinkt herausfordere?«

»Dass Sie Mut haben.«

»Mir wäre lieber gewesen, wenn Sie meinen unvergleichlichen Humor, meinen lebhaften Geist oder sogar mein Aussehen erwähnt hätten. Na ja, mit diesem Turban auf meinem Kopf ... sehr inspirierend ist das natürlich nicht.«

»Ich mache Ihnen ein Geständnis«, sagte Martin. »Ich denke in diesen Tagen nur an Sie. Man könnte fast sagen, ich sei ganz besessen von Ihnen. Das kommt durch meine Schuldgefühle.«

Sie lachte.

»Sie sind wenigstens ehrlich. Hören Sie auf, sich schuldig zu fühlen. Schuld ist wie Dankbarkeit. Sie zerstört die Lust. Also sind Sie nicht in mich verliebt.«

»Nein.«

Lieben Sie immer noch die Mutter Ihres Babys?«

»Nein.«

»Wissen Sie, ohne den Turban auf meinem Kopf und ohne die schwarz umrandeten Augen sehe ich wirklich toll aus.«

»Auch mit den schwarz umrandeten Augen.«

Der Gedanke, dass irgendwo in diesen Kartons die Lösung ihres Problems zu finden sei, beschäftigte Martin noch mehr als seine Schuldgefühle gegenüber Véronique. Er hatte Wichtigeres zu tun, als mit ihr zu flirten.

»Sie wollen gehen. Lassen Sie sich nicht aufhalten. Aber bitte küssen Sie mich vorher. Das verpflichtet Sie zu nichts. Sie sagen, ich hätte Mut, aber das stimmt nicht. Ich muss ermutigt werden.«

Er beugte sich zu ihr hinüber und ihre Lippen trafen sich.

»Es war so, wie ich es mir vorgestellt hatte«, sagte sie danach und hielt ihn an den Schultern fest. »Und zugleich auch gar nicht. Haben Sie dabei an Ihre Exfrau gedacht?«

»Ich dachte, dass ich nicht hier bei Ihnen sein, sondern Ihren Mörder suchen sollte.«

»Noch eine Sekunde. Als ich Sie zum ersten Mal sah, da haben Sie so ernst gewirkt und sind meinem Blick ausgewichen, das hat mich amüsiert. Zuerst war Ihr Blick kalt und distanziert, und dann habe ich plötzlich gesehen, dass er sich veränderte. Sie sahen wütend aus und ich habe begriffen, dass sich diese Wut gegen den Mann richtete, der mich angegriffen hat. Ich hatte Lust, Sie wiederzusehen. Es ist ein wenig so wie mit der frühen Prägung, wissen Sie, man nimmt eine Beziehung zu dem ersten Gesicht auf, das man bei seiner Geburt sieht.«

»Wir sahen uns ja nicht zum ersten Mal.«

»Ich weiß, aber für mich war es so. Es sei denn, mein Unbewusstes erinnert sich an Sie, ohne dass es mir bewusst ist. Hatten Sie denn Lust, mich wiederzusehen?«

»Es gehört sich nicht, Zeugen oder Täter anzubaggern. Ich war wütend auf den Mann, der Sie angegriffen hat. Ich bin immer wütend auf Mörder. Dass ich Sie attraktiv finde, ändert daran nichts.«

»Also doch. Sie finden mich attraktiv. Ist es Ihnen so schwergefallen, mir das zu sagen? Und jetzt, wo ich aussehe, als hätte ich einen Verkehrsunfall gehabt, wirke ich nicht mehr so anziehend auf Sie. Das kann ich verstehen.«

Er legte den Rücken seiner Hand an ihre Wange, und sie schloss bei der Liebkosung die Augen.

»Ich habe zu große Angst, Ihnen wehzutun«, sagte er. »Damit wir uns richtig verstehen: Ich habe bei mir ein eigenes Schlafzimmer für Sie. Ich habe nicht vor, die Situation auszunutzen.«

»Und wenn ich versuche, sie auszunutzen?«

Dazu fiel ihm keine Antwort ein.

»In Ordnung. Gehen Sie schon. Und keine Angst, der Kuss wird meine Genesung nicht verhindern. Ich habe Lust, bei Ihnen zu sein und die Situation auszunutzen. Es ist sehr schön, sich lebendig zu fühlen.«

»Könnte Ihre Mutter mir heute Nachmittag einen Gefallen tun?«

»Was haben Sie vor?«

»Nichts Besonderes. Ich habe eine Verabredung und niemanden, der auf das Kind aufpassen kann.«

»Ich frage sie gern, wenn Sie mich noch einmal küssen.«

Während des Wochenendes war die Tür an der Rue du Colonel Aimé Charles mit einem Code gesichert, aber Martin kannte den Code nicht.

Er rief Alice an, die ihn notiert hatte.

Der Concierge sortierte in der Loge gerade seine Post. Es war ihm anzusehen, dass er von Martins Eindringen wenig hielt, sah aber, dass es keinen Zweck hatte, ihn daran zu hindern.

Es gibt ein Gesellschaftsspiel, bei dem man in einem Rahmen kleine Quadrate so lange verschieben muss, bis der Spieler die gewünschte Figur erhält. Martin stand, wenn auch in anderem Ausmaß, vor der gleichen Herausforderung, diesmal dreidimensional. Wie sollte er den richtigen Karton in einem mit Kartons vollgestellten Raum finden, wenn man sie nur einzeln bewegen konnte?

Um einen zu verschieben, musste er zuerst einen aus der obersten Reihe herausnehmen, auf den Flur stellen und den Freiraum nutzen, um einen weiteren zu verschieben, und so weiter.

Alice und Olivier hatte nicht erzählt, dass die Umzugsleute die Kartons so aufgestellt hatten, dass sie durch den Druck verformt und manchmal sogar geplatzt waren.

Auf den meisten klebten Etiketten, aber nicht auf allen.

Martin zog seine Jacke aus und machte sich an die Arbeit. Er stellte fest, dass auf manchen Kartons eine Jahreszahl stand und dass die älteren weiter hinten standen. Nach einiger Zeit trug er sie auf den Hof und auf den Weg, um mehr Bewegungsfreiheit zu haben. Einmal lud er sich zwei dicke Kartons auf den Kopf und hatte Lust aufzugeben.

Aber trotzdem machte er weiter, außer Atem und schwitzend.

Der Concierge lief in der Nähe herum, hielt sich aber mit Kommentaren zurück.

Es gab Kartons mit der Aufschrift »Cirymo«, andere mit »Vincent«, aber er erkannte an den Daten, dass er sich der Vergangenheit näherte.

Als er bei 1990 war, tauchte endlich das erste Etikett mit »Darling« auf.

Martins Kräfte kehrten zurück, er nahm den Karton heraus und stellte fest, dass er nur ein Vorposten gewesen war und sich dahinter noch einer, zwei, zehn weitere befanden. Der ganze hintere Teil war mit Darling-Kartons vollgestellt. Er schätzte, dass es über hundertfünfzig waren.

Martin hatte wenig Zeit. Er ging zum Concierge und legte ihm nahe, nichts anzurühren und niemandem Zutritt zu dem Raum zu gestatten.

Resigniert blickte der Concierge auf die im Hof aufgestapelten Kartons.

Martin gab ihm zwanzig Euro und bat ihn, sie mit einer Plane abzudecken.

Dann fuhr er ins Krankenhaus, um seinen Sohn abzuholen.

Violettes Großmutter gab ihm gerade die Flasche.

»Es tut mir leid«, sagte Martin, »die Zeit ist so schnell vergangen.«

»Das haben Sie gut hingekriegt«, sagte Véronique. »Darf man fragen, was Sie gemacht haben, oder ist das indiskret?«

»Ich habe endlich das Archiv der Kosmetikfirma Darling wiedergefunden, aber es ist unendlich groß, und ich bilde eine Arbeitsgruppe, um morgen weiterzumachen.«

24. Juni, Samstag

Um 18.30 Uhr verließ Jeannette die Autobahn.

Tausendmal hatte sie sich gesagt, dass sie die größte Dummheit ihres Lebens beging und wahrscheinlich kündigen müsste.

Und selbst wenn sie nicht kündigte, Martin würde ihr das nie verzeihen.

Aber schließlich war es ihr Leben und sie konnte damit machen, was sie wollte.

Und wenn Martin so schlau war, dann brauchte er nur vorherzusehen, was sie jetzt tat.

Sie parkte vor Liéports Haus. Die Zeit der Vorsichtsmaßnahmen war vorüber.

Dann klingelte sie und klopfte an der Eingangstür. Niemand öffnete.

Sie ging um das Haus herum. Im Garten war niemand.

Vielleicht war er noch nicht von der Arbeit zurück.

Sie beschloss, hier auf einer Gartenliege zu warten.

Sie war von der langen Fahrt und ihrer Nervosität erschöpft. Als sie aufwachte, wurde es dunkel. Sie sah auf ihre Uhr, es war 22.15 Uhr. Niemand hatte sie geweckt und die Fenster des Hauses, jedenfalls auf der Rückseite, waren dunkel.

Sie stand auf und versuchte, die Küchentür, die in den Garten führte, zu öffnen.

Ohne Erfolg.

Sie hatte gesehen, wie Liéport den Schlüssel unter einen Blumentopf vor der Hauswand gelegt hatte. Der Schlüssel war dort.

Sie ging hinein.

Das Erdgeschoss war verlassen und aufgeräumt, auch die erste Etage. Sie achtete darauf, keine Fingerabdrücke zu hinterlassen.

Was sie da tat, war illegal und gefährlich. Wenn herauskam, dass sie hier war, stand das Verfahren gegen Liéport auf dem Spiel.

Trotzdem setzte sie sich auf das Bett, in dem sie sich geliebt hatten, und sah sich das Schlafzimmer an.

Was wäre passiert, wenn sie das Foto nicht gefunden hätte. Wäre Sie dann heute mit ihm zusammen?«

Sie ging nach unten und trank in der Küche ein Glas Wasser.

Vielleicht war er auf seinem Boot oder suchte gerade nach dem achten Opfer. Ihr schauderte. Und zum ersten Mal verglich sie sich mit den sieben anderen. Warum hatte sie das nicht früher getan?, fragte sie sich. Was hatte sie davon abgehalten? Sie war doch auch blond. Kleiner als die anderen und etwas jünger, hatte aber auch ein Studium absolviert. Allerdings hatte sie nicht an kosmetischen Tests für Blondinen teilgenommen.

Sie ging durch den Garten nach draußen, schloss die Tür ab und legte den Schlüssel dahin, wo sie ihn gefunden hatte.

Dann stieg sie wieder ins Auto und fuhr zum Hafen.

Das Boot war nicht da. Entweder Liéport war auf dem Meer unterwegs oder sein Boot war im Dock.

Sie kannte den Weg noch, aber im Dunkeln war es schwieriger.

Dreimal fuhr sie den falschen Weg, bis sie das Becken fand. Das Boot war dort, seine schwarze Silhouette war deutlich zwischen den Bäumen zu sehen. Auf der Brücke reflektierte ein Licht. Die riesige Tür war geöffnet und das Boot schaukelte sanft. Sie hielt den Wagen an, stieg aus und schloss leise die Tür. Sie stellte fest, dass der Schein von einer Lampe kam. Das Telefon in ihrer Tasche läutete. Sie stellte es aus, ohne nachzusehen, wer der Anrufer war.

Ihr Herz klopfte zum Zerspringen. Sie hätte nicht herkommen dürfen.

39

24. Juni, Samstag

Es wäre falsch zu sagen, dass Martin nicht auf die Idee kam, Jeannette anzurufen, nachdem er in der Rue du Colonel Aimé Charles die Kartons von Darling gefunden hatte.

Es wäre ebenso falsch zu behaupten, er hätte nicht daran gedacht, dass sie wegen Roland Liéport etwas Verrücktes tun könnte, doch er rief nicht bei ihr an, denn er sagte sich, sie müsse sich bestimmt um ihre Tochter kümmern.

Um acht schlief das Baby endlich, erschöpft von dem Tag, den es im Krankenhaus verbracht hatte, um acht rief Marion an, um zu fragen, wie es ihm ging, aber er hatte vorsichtshalber alle Türen geschlossen und die Telefonklingel auf leise gestellt, sodass das Baby, das im ersten Tiefschlaf war, nicht aufwachte.

Sie erklärte ihm, die Reise könne länger dauern, sie hätte noch Gelegenheit, über Birma zu fahren und in einem abgelegenen Kloster Mönche zu interviewen. So erfuhr Martin zum ersten Mal, um was für eine Reportage es sich handelte.

Er sagte ihr, sie solle vorsichtig sein, er habe wenig Lust, Rodolphe später erklären zu müssen, dass seine Mutter sich in einem Gefängnis in Birma befände oder tot sei. Marion lachte und dankte ihm für seine Fürsorge. Bei ihr war es schon spätnachts, aber sie schien hellwach zu sein. Es war seit langem ihr erstes fast normales Gespräch.

Dass sie in ihren Ermittlungen nicht weiterkamen, weil Wochenende war und er nicht genügend Leute zusammentrommeln konnte, um die Darling-Archive zu durchforsten, kam Martin immer absurder vor.

Er rief Olivier und Alice an und hinterließ beiden eine Nachricht. Er forderte sie auf, sich für Sonntagmorgen bereitzuhalten, um die Kartons zu durchsuchen. Wenn sie die Nachricht abhörten, würden sie kommen.

Jeannette hätte er nach der Entdeckung der Darling-Kartons als Erste anrufen müssen. Auch wenn es für sie schwieriger war, konnte es ja sein, dass ihre Tochter an diesem Wochenende beim Vater war.

Dass er sie wegen ihrer Tochter in Ruhe lassen musste, war nur ein Vorwand. In Wirklichkeit gab es eine Missstimmung zwischen ihnen, seit sie sich in Liéport verliebt hatte. Sie redeten nicht mehr so unbefangen miteinander wie zuvor, sie waren zu höflich und Martin gab Informationen nicht an sie weiter. Dass er sie nicht angerufen hatte, kam ihm seltsam vor. Als ob er sie bestrafen wollte. Sie hatte keinen Fehler gemacht, aber er machte einen, indem er sie aus dem Spiel ließ.

Er nahm das Telefon ab, es klingelte kurz, doch die Verbindung wurde sofort wieder getrennt und die Mailbox sprang an. Warum hatte sie bloß ihr Handy ausgeschaltet?

Er rief wieder an und erreichte gleich die Mailbox. Es gab viele logische Erklärungen dafür, dass sie nicht antworten wollte: Streit mit ihrem Ex, sie brachte gerade ihre Tochter ins Bett, sie war im Kino und hatte vergessen, das Handy auszuschalten. Sicher würde sie Martins Nummer sehen und ihn zurückrufen.

Er wartete. Je mehr Minuten vergingen, desto fragwürdiger schien ihm seine Logik. Es war Samstagabend, das Mädchen schlief mit oder ohne sie, ihr Ex war bestimmt nicht da und sie wusste, dass Martin einen guten Grund haben musste, sie anzurufen. Selbst wenn sie hatte auflegen müssen, hätte sie ihn schnell zurückrufen müssen. Unter normalen Umständen …

Sie ist bei Liéport. Diese Idee, die keiner Logik entsprach, kam ihm plötzlich in den Sinn. Sie hat ihre Tochter untergebracht, das ist ja kein Problem, bei ihrer Mutter oder ihrem Ex, und dann ist sie nach Bordeaux gefahren, verflucht! Wenn sie das gemacht hat! Seine Wut hilft ihm, seine Besorgnis zu vertreiben. Martin stirbt fast vor Angst. Angst vor dem, was Jeannette zustoßen könnte, Angst vor den Folgen für sie und die Ermittlungen, auch wenn ihr nichts passiert. Wodurch er am meisten in Rage gerät, ist, dass es so überraschend kommt. Er weiß noch nicht, wie er vorgehen soll. Er versucht, seine Angst zu verdrängen. Er muss sich auf das Wichtigste konzentrieren.

Er rennt die Treppe herunter und klingelt bei der Concierge. Er sagt ihr, dass er sie um einen großen Gefallen bitten muss. Ob nicht ihre Tochter auf das Baby aufpassen kann. Für anderthalb Stunden höchstens.

Das Mädchen ist erstaunlicherweise sofort dazu bereit, und Martin zeigt ihr das Fläschchen mit Wasser, das es ihm geben soll, falls es aufwacht.

Der Verkehr ist normal. Nach knapp fünfundzwanzig Minuten Fahrt ist er bei Jeannette.

Der kleine blaue Peugeot steht nicht vor der Tür. Die vorderen Fenster sind dunkel. Ihre Garage ist so vollgestellt, dass kein Auto mehr reinpasst. Sie ist nicht da.

Martin ruft ihr Handy und das Festnetz an. Keine Antwort.

wendet sich an den diensthabenden Offizier beim Gene-
ab in Paris und bittet um die Nummer seines Kollegen in
rdeaux.

Er wählt die Nummer auf seinem Mobiltelefon und lässt es zehnmal klingeln, bis der diensthabende Offizier antwortet.

»Hier Kommissar Martin von der Kriminalpolizei Paris. Ich habe ein Problem und brauche Ihre Hilfe.«

»Capitaine Lantier, worum geht es?«

»Meine Mitarbeiterin ist in der Umgebung von Bordeaux. Sie ist unterwegs, um einen Zeugen zu befragen, in der Nähe von Fronsac, und ich habe den Kontakt zu ihr verloren. Es könnte sich herausstellen, dass dieser Zeuge für sieben Morde verantwortlich ist.«

»Und Sie haben sie allein hinfahren lassen?«

»Ja«, sagt Martin, »ich habe die Dinge falsch eingeschätzt, aber das ist nicht der Punkt. Könnten Sie jemanden hinschicken, um festzustellen, ob alles in Ordnung ist?«

»Selbstverständlich. Ich kläre mal, wer Dienst hat, und rufe Sie dann wegen der Einzelheiten an, Sie sind Kommissar ...?«

»Martin. Sie können mich per Handy erreichen. Um Gottes willen, machen Sie schnell.«

Knapp zwei Minuten später rief der diensthabende Beamte der Kriminalpolizei des Departements an.

»Ich habe zwei Leute. Sie sind nach Fronsac unterwegs. Ich brauche den Namen Ihres Zeugen, Kommissar, die genaue Adresse und alle Details, die Sie mir nennen können. Ist Ihre Mitarbeiterin motorisiert?«

Martin gab ihm Liéports Adresse und erzählte von dem Boot.

Er wüsste ihre Autonummer nicht, aber die Marke, de
und die Farbe, und wenn sie in Bordeaux Computer hä
wäre es ja nicht so schwer, die Nummer herauszufinden.

»Gut, ich habe es mir notiert. Der Chef wird wissen wolle
warum er nicht über den Besuch Ihrer Mitarbeiterin informiert worden ist«, sagte sein Gesprächspartner noch.

»Allerdings. Es war mein Fehler«, sagte Martin. »Sagen Sie ihm, er soll mich anrufen«, fügte er hinzu und dachte, dass er keine Ahnung hatte, wie er ihm das erklären sollte.

Er legte auf. Ihm war eine Idee gekommen. Etwas Verrücktes und eigentlich undurchführbar ohne Eilauftrag von höchster Stelle.

Er rief die Concierge an. Ob sie auch über Nacht auf das Baby aufpassen könnte? Es ginge um Leben und Tod.

Sein zweiter Anruf galt der Auskunft, um die Nummer von Vernet herauszufinden, dem Chef der technischen Abteilung der Police Nationale, ein Kollege, mit dem er seine Ausbildung gemacht hatte und den er seit zwanzig Jahren nur noch bei Ordensverleihungen traf.

Als er die Nummer wählte, betete er, dass sein Kollege nicht auf Dienstreise war.

Der Mann war wach und spielte mit Kollegen Poker.

Offenbar interessierte Martins Plan ihn mehr als das Spiel. Er kümmerte sich selbst um ein Flugzeug nach Bordeaux und einen Piloten.

Capitaine Lantier erreichte Martin bei Les Mureaux, als er gerade über die Autobahn Richtung Westen raste.

Sie hatten den blauen Peugeot von Jeannette ein paar Meter von der Dordogne entfernt gefunden, in der Gemeinde Fronsac. Das Auto war nicht abgeschlossen und es waren keine Spuren von Gewalt zu entdecken.

Alles im Arsch, dachte Martin. Sie ist tot.

40

25. Juni, Sonntag

Null Uhr.

Jeannette wachte auf und ihr war speiübel.

Sie lag nackt auf einer glatten, eiskalten Oberfläche, Hände und Füße gefesselt. Ihr Kopf schmerzte wie wild. Sie erinnerte sich, dass sie über eine Leiter zu der Lichtquelle auf der Brücke gestiegen war.

Danach an nichts mehr.

Eine Plane. Sie lag auf einer Plastikplane. Rechts oben eine kleine Lampe an der Wand aus rötlichem Holz über dem Zinkspülbecken und dem Spirituskocher. Sie wusste, wo sie war. In Liéports Boot. In der Kabine. Sie erkannte den Geruch und die Lage. Sie lag zwischen der Küche und der Sitzecke, ihre Füße reichten bis zur vierstufigen Treppe, die zum Cockpit führte. Sie konnte nicht nach draußen sehen, die Holztür war geschlossen.

Im selben Augenblick hatte sie das Gefühl von Ungleichgewicht. Das Boot war in Bewegung. Es hatte das Hafenbecken verlassen. Es fuhr auf dem Fluss oder dem Meer.

Wie viel Zeit war vergangen, seit sie hergekommen war? Sie hatte nicht die geringste Ahnung. Was war geschehen? Ihr Brechreiz nahm etwas ab, aber nicht die heftigen Kopfschmerzen.

Sie hörte das Knarren der Winschen. Dumpfe Schläge gegen den Rumpf. Wasser schlug dagegen. Das Boot fuhr unter Segel, schaukelte in der Strömung.

Der Schmerz reichte bis rechts hinten in den Nacken.

Sie spürte weder ihre Füße noch Hände, doch das konnte an den engen Fesseln liegen. Von dem kühlen Luftstrom und dem eiskalten Plastik der Plane bekam sie eine Gänsehaut. Sie zitterte.

Das Boot geriet ins Schlingern und sie spürte etwas Kaltes, Weiches an ihrer Wange. Sie unterdrückte einen Schrei.

Ein Fuß, ein nackter Fuß. Sie verdrehte den Hals, um auf Abstand zu gehen und zu sehen, von wem der Fuß stammte.

Es war eine Frau. Durch ihre Lage konnte Jeannette nicht gut sehen, aber es gab keinen Zweifel. Die Frau war nackt und tot. Sie lag zwischen zwei Kojen auf dem Rücken, vorne im Boot, die Arme lagen am Körper und der Kopf war so gedreht, dass Jeannette ihr Gesicht nicht sehen konnte. Die Blutlache unter ihr allerdings sah sie sehr wohl.

Als sie den Kopf neigte, sah sie Bleiklötze und eine großgliedrige Kette wie für einen Anker.

Die Plane, die Kette. Ihr Schicksal war besiegelt.

Er war da, nur ein paar Meter entfernt im Cockpit, eine Hand am Steuer.

Wie wollte er damit davonkommen? Wir würde er ihr Verschwinden erklären? Hatte er ihr Auto verschwinden lassen? Trotz ihrer Angst konnte sie nicht anders, als nachdenken wie eine Polizistin. Nachdenken war vielleicht das einzige Mittel, nicht in Angst unterzugehen. Wie viel Zeit hatte sie noch? Zehn Minuten? Eine Stunde? So waren also alle diese Frauen verschwunden.

Logischerweise musste ihr Angreifer warten, bis er auf dem offenen Meer war, weit entfernt vom Ufer, da, wo die Kontinentalplatte in die Tiefe geht, um sich der beiden Leichen zu entledigen. Wie weit von der Küste des Bordelais fällt die Kontinentalplatte ab?

Ihre Arme waren nicht nur zusammengebunden, sondern auch an etwas festgemacht. Sie konnte sie nicht zu ihrer Brust führen. Sie war ihrer Lage wehrlos ausgeliefert wie ein sakrales Opfer. Opfer einer barbarischen Religion, die nur einen einzigen Anhänger hatte. Er brauchte sie nur in die Plane zu wickeln, gemeinsam mit der anderen Frau mit der Kette einzurollen, das war alles. Sie war ganz allein dafür verantwortlich. Hoffentlich wäre sie schon tot oder bewusstlos, wenn er sie dicht neben die andere legte. Als sie zu Liéport fuhr, hatte sie gewusst oder zumindest vermutet, dass er der Frauenmörder sein konnte. Doch sie hatte bis zum letzten Augenblick nicht daran geglaubt. Im tiefsten Innern hatte sie es nie geglaubt. Ihr letzter Irrtum.

25. Juni

Les Mureaux. Martin fuhr bei Rot über die Ampel am Bahnhof, zwei Kilometer vom Flugplatz entfernt. Martin hatte kurz an den Polizeioffizier Rivière und an Soleiman gedacht. Es schien alles so weit weg. Richtung Verneuil.

Das Flugzeug hatte den Hangar schon verlassen und der Propeller drehte sich bereits.

Martin setzte sich auf den engen Sitz und drückte dem Piloten die Hand, einem Ausbilder mit weißem Haar und ziegelroter Gesichtsfarbe.

Wenige Augenblicke später hoben sie ab – ohne mit dem Tower Kontakt aufzunehmen, der um diese Zeit geschlossen war. Dann sah Martin unter sich den riesigen kubischen weißen Silo verschwinden, in dem sich die Ariane-Rakete befand, die hier hergestellt wurde, um nachher in Einzelteilen nach Guyana geschickt zu werden.

Der Pilot folgte der Spur der Autobahn A 10. Er hatte den Preis genannt und Martin hatte ihm gesagt, er solle ihm die Rechnung schicken.

Martin mochte keine Flugzeuge, am wenigsten die für Touristen, aber er hätte sich gewünscht, dass der Motor doppelt so schnell lief, auch wenn dabei fast die Flügel brechen würden. Bei dem Wind und dem Luftdruck schätzte der Pilot, dass sie zwei bis drei Stunden brauchen würden.

Auf der Liste der französischen Flugclubs war der Flugplatz von Bordeaux-Yvrac, zwischen Bordeaux und Fronsac gelegen, dem Haus von Liéport am nächsten, doch er war nicht für eine Nachtlandung ausgerüstet.

Die einzige Alternative war der Flughafen von Mérignac zwischen Bordeaux und dem Meer. Doch die Fahrt am Boden wurde dadurch erheblich verlängert.

Um ein Uhr früh sahen sie das schwarze Band der Gironde, vor allem durch die Lichterketten auf beiden Seiten gut zu erkennen, und Martin sah voller Verzweiflung, dass der Pilot Kurs auf die Mündung und Mérignac nahm und Fronsac den Rücken zukehrte.

Er ließ sich die Verbindung mit dem Kontrollturm von Mérignac geben und verlangte, dass der Kriminalpolizei folgende Dinge durchgegeben wurden:

1. Schiffsregister: Name und Typ des auf den Namen Roland Liéport, Einwohner von Fronsac, eingetragenen Bootes.
2. Suche nach dem Boot im Hafen von Fronsac oder auf der Gironde.

Capitaine Lantier rief fünf Minuten später zurück.

»Die Gironde ist groß«, sagte er. »Sollen wir uns bei der Suche eher Richtung Osten oder Richtung Mündung orientieren?«

Martin zögerte nur eine Sekunde.

»Erst mal Richtung Mündung. Wenn er will, dass die Leichen verschwinden, muss er sich so weit wie möglich von der Küste entfernen.«

Die Zweimotorige landete auf einer Nebenpiste gegenüber dem Kontrollzentrum des Flughafens und blieb fast sofort stehen.

Martins Kollegen hatten alles gut vorbereitet. Ein schwarzer Peugeot stand vor einem dienstlichen Gatter im Sicherheitszaun, der den Flughafen umgab.

Martin dankte dem Piloten und rannte zu dem Wagen.

Dann begrüßte er die Kollegen, den stellvertretenden Direktor der Kriminalpolizei des Departements und den Kommandanten der Mordkommission, der neben dem jungen Chauffeur saß.

»Was sind das denn für Morde?«, fragte der Vizedirektor mit einem südwestlichen Akzent. »Warum wissen wir nichts darüber?«

»Nur einer ist in der Gegend von Bordeaux passiert«, sagte Martin, »das war vor sechs Jahren, und er wurde auch nicht als Mord registriert, die Person wurde nur vermisst gemeldet. Die anderen fanden in Paris und anderswo statt. Ich gebe Ihnen eine genaue Übersicht, aber oberste Priorität hat jetzt, dass wir das Boot finden.«

»Es ist nicht in Fronsac, und auf der Gironde haben wir es noch nicht gefunden«, sagte der Chef der Mordkommission. »Die Gendarmen beteiligen sich an der Suche. Sie haben einen Hubschrauber losgeschickt und wir haben auch die Feuerwehr und die Seegendarmerie um Hilfe gebeten. Die Nacht ist hell und um diese Zeit drängen sich auch keine Freizeitboote auf dem Wasser. Wenn er da ist, finden wir ihn.«

Martin wäre sich gern auch so sicher gewesen. Ein acht Meter langes Boot auf Dutzenden Quadratkilometern. Möglich wäre außerdem, dass Liéport einen anderen Weg gewählt und beschlossen hätte, sich auf dem Land zu verstecken oder unter einer Brücke zu verbergen.

Jetzt galt es zu warten.

Wenige oder keine Worte während der Fahrt, die vier Polizisten richteten ihre ganze Aufmerksamkeit auf das Kommunikationssystem im Wagen.

25. Juni

Plötzlich ein heftiges Schleifgeräusch, die Schiebetür zum Cockpit öffnete sich um ein paar Zentimeter. Der Moment war gekommen. Unwillkürlich begann Jeannette zu zittern. Hauptsache, es geht schnell, sagte sie sich. Er hat nicht viel Zeit, und das weiß er genau. Dann tauchte sein Gesicht auf, teilweise erleuchtet von der kleinen Lampe der Sitzecke. Er war es. Ihr wurde klar, dass sie immer noch gehofft hatte, ein unbekanntes Gesicht zu sehen.

Er sah sie nicht an. Sein Gesichtsausdruck … Er hatte keinen. Er war es und zugleich ein anderer Mann, den sie nicht kannte. Wie hatte sie sich nur von dieser Kreatur berühren, ja küssen lassen können? Bittere Galle stieg ihr in die Kehle.

Er betrat nicht das Innere. Sondern neigte ihr den Kopf zu, als habe er sie gerade erst entdeckt. In seinem blonden lockigen Haar und seinen Augen reflektierte das Licht und sie glaubte einen Moment, er wolle ihr etwas sagen.

Dann ging die Schiebetür zu. Sie existierte für ihn nicht mehr, sie war nichts als eine Figur aus Fleisch und Blut wie die Frau, die er schon getötet hatte, wie die anderen vorher. Was hatte er im Sinn? Er trug einen glänzenden, eng anliegenden Anzug. Einen Taucheranzug. Er würde sie der Strömung überlassen. Oder vielleicht das Boot versenken und so tun, als käme er dabei um? Plötzlich begann das Schiff heftig zu rollen. Jeannette stieß mit dem Kopf gegen die Füße der Toten, sie wollte ausweichen, doch es gelang ihr nicht. Die Leiche der Frau rutschte auf sie zu und ein kaltes Bein stieß gegen ihre Hüfte und Brust. Offenbar hatten sie die Flussmündung passiert und waren auf See.

Da nahm sie den Geruch von Benzin wahr.

41

»Boot entdeckt, Mascaret Nummer fünf.«

»Banco«, sagte der Kommandant.

Der Chauffeur fuhr sofort los und raste durch die Nacht.

»Mascaret? Was bedeutet das?«, fragte Martin.

Er erinnerte sich vage an einen Begriff aus dem Geographieunterricht.

»Es handelt sich um Wellen, die bei Hochflut gegen die Strömung in die Flussmündung eindringen«, sagte der Chef der Kriminalpolizei des Departements. Ein einzigartiges Phänomen. Es bedeutet, dass sie ihn auf der Höhe von Sainte-Estèphe entdeckt haben. Gegenüber, am anderen Ufer liegt das Atomkraftwerk von Blayais.«

»Ist das weit?«

»Sechzig Kilometer. In einer halben Stunde sind wir da«, sagte der Chauffeur und beschleunigte das Tempo.

Der Chef nahm das Mikro zur Hand.

»Anweisung an Charlie, bringen Sie, wenn möglich, unseren Kunden zum linken Ufer. Wir kommen aus Mérignac.«

Der Benzingeruch wurde immer stärker, man konnte kaum noch atmen. Was hatte Liéport vor? Wollte er das Boot in die Luft jagen? Mit elektrischer Zündung? Nein, er würde nichts dem Zufall überlassen. Niemals. Alles war minutiös geplant und organisiert. Er hatte eine Vorrichtung, die den Funken auslösen würde, genau im richtigen Moment, wenn die Luft im Inneren voller Dämpfe wäre. So wurde das Boot zur Bombe. Und niemals würde irgendwer identifiziert werden.

Die Bewegung wurde ruhiger. Es kamen kaum noch Wellen. War er zurückgefahren? Warum? Das war nicht das Einzige, was ihr anormal erschien.

Zuerst glaubte sie zu träumen. Dann begriff sie, dass es Wirklichkeit war. Das Heulen der Sirenen, das immer stärker wurde.

Die Musik der Engel im Paradies.

25. Juni

2.30 Uhr.

Auf der anderen Seite der Gironde konnte man trotz der Dunkelheit die riesige Form des Atomkraftwerks erkennen.

Die vier Männer waren aus dem Wagen gestiegen, der am Flussufer am Fuß der Weinberge stand. Die kleine Straße hatte zu dieser Stunde wohl noch nie so viele Uniformen zu sehen bekommen.

Martin hatte nur Augen für das Segelboot mit dem gerafften Segel, das ein düsterer Zodiac der Seegendarmerie im Schlepptau hatte.

Im Polizeifunk waren die Worte kaum zu hören oder aber widersprüchlich.

Als das Segelboot nahe genug war, glaubte Martin im Cockpit Schatten zu erkennen, besonders eine in eine dicke Decke gewickelte Gestalt. Er wagte es nicht zu hoffen, aber das Licht der Scheinwerfer fiel auf blondes Haar, und da wusste er Bescheid.

Er rannte den Weg herunter und wäre beinahe ins Wasser gefallen.

Jeannette wurde auf einen anderen Zodiac gebracht, der dem ersten entgegengefahren war, und als sie an Bord genommen war, machte das Schlauchboot auf der Stelle kehrt und näherte sich mit der Kraft seines 125 PS Honda seitlich dem Ufer.

Martin nahm sie in die Arme. Sie schien nicht verletzt, nicht einmal unter Schock zu stehen.

»Ist schon gut«, sagte sie, »weder gefoltert noch verletzt. Du kannst mich loslassen.«

»Wo ist er?«

»Irgendwo in der Gironde oder schon an Land ... Er hatte einen Taucheranzug an. Im Boot ist noch ein anderes Opfer.«

Um sie herum machten sich Polizisten, Gendarmen und Feuerwehrleute zu schaffen.

Zwei Fahrzeuge hielten am Ufer. Die Techniker übernahmen den Ort des Verbrechens.

Der Direktor der Kriminalpolizei kam zu Martin und Jeannette. Seine Augen leuchteten. Er schnaufte, als sei er gerannt.

»Sie haben unglaubliches Schwein gehabt«, sagte er zu Jeannette. »Auf dem Benzintank war ein Zünder, aber er hat nicht funktioniert.«

27. Juni, Dienstag

Zwei Tage später wurde draußen im Meer in einem Netz die Leiche von Roland Liéport gefunden. Sein Taucheranzug war im Rücken weit aufgeschlitzt, von einem Schnitt, der mehrere Rippen und ein gutes Drittel seines Rückgrats freilegte. Vermutlich war er von einer Schiffsschraube oder einem spitzen Ast getroffen worden.

Der Gerichtsmediziner erklärte, dass durch den heftigen Schlag alle seine Lebensfunktionen sofort ausgesetzt hätten, auch die Atmung, was erklärte, weshalb sich in den Lungen kein Wasser befand.

Martin verfasste einen Bericht, in dem er Jeannettes Fehlverhalten herunterspielte. Nur durch ihr Eingreifen hätten sie den Mörder identifiziert und außer Gefecht gesetzt – auch wenn diesmal die Flics das Glück auf ihrer Seite gehabt hätten.

Jeannette würde sicher eine Rüge erhalten, aber das »Drehkreuz«, wie sie den Disziplinarausschuss nannten, würde ihr erspart bleiben.

Martin hatte mehrere Berichte vor sich liegen, darunter auch den des Gerichtsmediziners über Liéports letztes Opfer und seine letzten Missetaten.

Die Ermordete hatte in Libourne gelebt, ein paar Kilometer von Fronsac entfernt. Sie hieß Amandine Fulosa, war keine Patientin, doch es gab genug Anlässe, sich zu begegnen. Sie war 38, verheiratet, hatte ein Kind. Am 23. Juni war sie auf dem Weg von der Arbeit nach Hause verschwunden, ohne Spuren zu hinterlassen. Um halb vier hatte eine Kollegin sie zum letzten Mal gesehen und Amandine hatte ihr erzählt, sie habe eine »Verabredung außerhalb«. In ihrem Kalender stand kein beruflicher Termin für diese Zeit. Sie hatte auch keinen Arzttermin, weder beim Hausarzt noch beim Zahnarzt, Gynäkologen oder beim Friseur, sie hatte sich erst am Vortag frisieren lassen. Vielleicht für dieses Rendez-vous?

Sie führte ein ruhiges Leben und auf die von Jeannette vorgeschlagenen Fragen, die die Polizisten ihnen stellten, wussten weder der Ehemann noch ihre Familie etwas darüber, dass sie Verbindungen zur Firma Darling gehabt hatte. Offenbar hatte sie nicht an dem Programm teilgenommen.

Wenn Alice und Olivier erst mal die achtunddreißig Kartons von Darling 1988 durchgesehen hätten, die sie beiseitegestellt hatten, würde man mehr erfahren.

Die beiden jungen Ermittler hatten bis zum Überdruss Spezialausdrücke und Namen von chemischen Produkten gelesen, die der INCI, der ›International Nomenclature of Cosmetics Ingredients‹ entstammten.

Bei der Substanz, die 1988 an einem Panel blonder junger Frauen aus verschiedenen Gegenden Frankreichs getestet worden war, handelte es sich um Triethylamin, C6H15N, eine Puffersubstanz, auch als Allergen bekannt, die sich in einundzwanzig Kosmetika befand (Babypflegemilch, Rasierschaum, Make-up-Entferner, Maskara etc). Sie durften nicht mit nitrosylierenden Verbindungen in Berührung kommen, sonst entstanden Nitrosamine, stark krebserregende Substanzen. Zu den verbreitetsten nitrosylierenden Verbindungen gehörten Stickstoffverbindungen (und nicht nur das einfache Stickstoffmonoxyd), die sich oft in der Luft befinden, besonders in Großstädten. Dies bedeutete, dass Triethylamin, welches sich auf der Haut vieler Konsumenten befindet, darunter auch Kinder, sich jeden Augenblick in tödliche Nitrosamine verwandeln kann.

»Wir haben damit einen zweiten Serienmörder entdeckt«, sagte Alice. »Wahrscheinlich gefährlicher als Liéport.«

»Und im Gegensatz zu dem, was diese Schweine glauben, sind davon nicht nur Blondinen betroffen.«

»Aber diesen Mörder wird man wahrscheinlich nie verhaften.«

28. Juni. Mittwoch

Am nächsten Tag stießen sie auf die Liste der Versuchskaninchen, im vorletzten Karton. Sie enthielt die Namen von vierzehn Frauen. Weder Émilie noch ihre Freundin Anna, noch das Opfer vom Boot standen darauf. Dafür aber Sandrine Wieslowski, Viviane Thibaud, Georgina Liévin und Véronique Legat.

Sogleich wurde nach den zehn Unbekannten gesucht, von denen fünf schnell gefunden wurden. Sie waren am Leben und es ging ihnen gut. Jetzt blieben noch die letzten Fünf. Sie fanden das Protokoll mit den Testergebnissen. Es war ein »Doppelblindtest«. Das bedeutet, die Laborantinnen, die mit den Versuchspersonen zu tun hatten, wussten nicht, ob die Creme, die sie bei ihnen auftrugen, Triethylamin enthielten oder nur ein Placebo war. Ein Student im achten Semester Medizin kontrollierte die Tests. Sein Name stand schwarz auf weiß auf mindestens einem Dutzend der Formulare: Roland Liéport.

42

28. Juni

Martin war mit dem Baby zu Hause. Véronique Legat war aus dem Krankenhaus in ihre Wohnung entlassen worden. Es gab keinen Grund mehr, dass sie bei ihm wohnte.

Als er gerade das Baby fütterte, klingelte das Telefon.

Marion stand vor dem Haus und wollte ihren Sohn abholen.

Sie hätte mir Bescheid geben können, dachte Martin. Er schluckte seinen Ärger herunter und öffnete, das Baby im Arm.

»Oh, mein Schatz ...«

Sie küsste ihren Sohn auf die Stirn, und der zeigte sofort deutliche Erregung.

»Es tut mir leid«, sagte sie, »ich dachte nicht, dass du ihn schon fütterst. Ist das nicht ein bisschen früh?«

Martin verschwieg, was ihm eigentlich auf der Zunge lag, und antwortete diplomatisch:

»Er hatte Hunger. Ich dachte, das war richtig so.«

»Oh, ich will dir keine Vorwürfe machen, das wäre ja noch schöner. Ich schicke das Taxi weg und bestelle ein neues.«

»Ich kann dich nach Hause bringen, wenn er seinen Brei gegessen hat.«

»Nein, das ist wirklich zu viel verlangt.«

Sie verschwand und ließ die Tür offen stehen.

Drei Minuten später war sie wieder da.

»Kann ich etwas zu trinken haben?«

»Irgendwo steht eine Flasche Rotwein. Nimm dir«, sagte er. »Und bring mir bitte ein Bier mit.«

»Darf ich mir auch eins nehmen?«

»Wenn du nichts gegen ›Kirin‹ hast.«

»Magst du kein helles mehr?«

»Doch, aber ich habe eine Weile nicht mehr eingekauft. Und im japanischen Restaurant spendieren sie mir immer ein Bier, wenn ich Sushis kaufe.«

Sie kam mit zwei Bierflaschen auf einem Tablett und einer Tüte Chips zurück. Sie hatte abgenommen, starke Ringe unter den Augen und Insektenstiche auf den Armen.

»Siehst du das? Ich habe überall welche. Ich wurde auch von Riesenblutsaugern und anderen Viechern angefallen, deren Namen ich nicht kenne. Ich habe ungefähr sechsunddreißig Stunden nicht geschlafen. In meinem Alter fängt das an, Spuren zu hinterlassen.«

»Aber nein, du siehst reizend aus, nur ein bisschen müde«, sagte Martin.

Sie schien nicht überzeugt. Aber er hatte ihr vielleicht nicht deutlich genug widersprochen.

Das Baby hatte aufgegessen und er klopfte ihm auf den Rücken.

Sie setzte sich und goss das Bier in zwei Gläser. Von dem Schaum bekam sie einen kleinen weißen Schnurrbart und vom Alkohol begannen ihre Augen zu glänzen. Sie lächelte und Martin konnte nicht umhin, das Lächeln zu erwidern.

Sie schien es nicht eilig zu haben, ihr Baby auf den Arm zu nehmen.

Martin legte es in den Wagen und fuhr ihn sanft vor und zurück.

»Wiegst du ihn so in den Schlaf?«, fragte sie. »Ach du lieber Gott!«

»Ist das ein Problem?«

»Jetzt sei doch nicht gleich böse! Jetzt muss ich ihn jeden Abend so in den Schlaf wiegen, dabei war er gewöhnt, von selbst einzuschlafen.«

»Tut mir leid, beim nächsten Mal musst du mir eine Liste geben, auf der steht, was ich nicht tun darf. Das ist einfacher.«

Sie antwortete nicht, aber er sah, dass er sie beleidigt hatte. Scheiße, sagte er sich, eigentlich müsste doch ich beleidigt sein.

»Es hat eh keinen Zweck, ihn in den Schlaf zu wiegen, er wird doch wieder wach, wenn wir rausgehen, und danach ist es die Hölle.«

»Du hast recht, wir gehen besser«, erklärte Martin.

Er sammelte die Babysachen ein und verstaute sie in den Taschen.

Als er zurückkam, hatte Marion das Baby auf dem Arm und redete leise mit ihm.

Er holte das Auto, trug die Taschen und dann den Kinderwagen nach unten, ließ Mutter und Kind einsteigen und setzte sie im IV. Arrondissement ab. Sie bot ihm nicht an zu bleiben, fragte ihn aber, ob er bald zum Abendessen kommen wolle, wenn er »besserer Laune« sei. Er antwortete ausweichend, verabschiedete sich kurz und ging.

Zu Hause stellte er fest, dass er sein Bier nicht angerührt hatte. Es war lauwarm und hatte keine Kohlensäure mehr. Da kippte er es ins Spülbecken.

Er war nicht mehr wütend.

Auf seinem Mobiltelefon, das er auf dem Schreibtisch hatte liegen lassen, waren zwei Nachrichten.

Isabel Wieslowski warf ihm vor, nicht auf ihren Anruf geantwortet zu haben.

Véronique Legat schlug ihm vor, sie heute Abend zu besuchen, mit oder ohne Baby.

Seit ihrem Flirt hatten sie viel miteinander geredet, aber sich nicht mehr gesehen, und Martin wusste nicht so recht, was er davon halten sollte. Die Gespräche vor und nach dem Kuss kamen ihm unwirklich vor, und am Ende sagte er sich, dass sie einander nur unter dem Druck der Ereignisse in die Arme gefallen waren.

Er antwortete ihr, sie wiederholte ihre Einladung und er nahm sie an. Mal sehen, was daraus würde.

Er rief Isabel Wieslowski an und sagte ihr, wenn sie eine Anzeige erstatten wollte, sollte sie am nächsten Morgen aufs Revier kommen und er werde sie persönlich empfangen.

»Ich hoffe, dann ist es nicht zu spät«, sagte sie düster.

»Was meinen Sie damit?«

»Ich glaube, mein Mann und der Nachbar von oben haben sich verschworen, um mich loszuwerden.«

Das war wenig wahrscheinlich, aber Martin hatte schon seltsamere Dinge erlebt und zweifelte nicht daran, dass Wieslowski und Verrier mit ihrer geballten Energie unter bestimmten Umständen zum Schlimmsten in der Lage wären.

»Wie kommen Sie darauf?«, fragte er.

»Ich habe sie davon reden hören, und da ist etwas, was ich Ihnen gerne zeigen würde. Ich glaube, dass ich mich nicht täusche.«

»Sind Sie allein?«

»Wie jeden Abend. Sie hocken da oben zusammen mit Verriers Frau.«

»Gut«, sagte er, »ich komme vorbei.«

»Machen Sie bitte schnell, ich habe Angst.«

43

Er fragte sich, wie er das mit dem Baby hinkriegen sollte, doch dann fiel ihm ein, dass die Mutter es ja abgeholt hatte und er es lange nicht mehr sehen würde. Anders als er vorher gedacht hatte, hatte er ein Gefühl, als fehle ihm etwas.

Er rief Véronique an und sagte ihr, dass er etwas später käme.

Auf der Straße klingelte sein Telefon erneut. Diesmal rief Marion an. Sie wollte den Termin für das Abendessen vereinbaren.

Martin zeigte sich nicht erstaunt, dass sie es so eilig hatte, sagte ihr aber, dass er jetzt im Auto säße und nichts in seinem Kalender notieren könne.

»Hast du eine Affäre?«

»Ja.«

»Ich meine, gibt es derzeit in deinem Leben jemanden?«

»Ja.«

»Entschuldigung, es geht mich nichts an. Ich weiß nicht, warum ich dich das gefragt habe.«

Er antwortete nicht.

»Ich habe mich entschlossen, nicht in den Süden zu ziehen«, sagte sie.

Martin gab ein Brummen von sich, das klingen konnte, als interessiere es ihn.

Doch sie fiel nicht darauf herein.

»Es ist dir egal. Das verstehe ich. Ich wollte es dir nur sagen, weil du ein Recht dazu hast. Wegen des Babys.«

»Danke.«

»Ich darf mit ihm nicht so weit von dir wegziehen. Ein Kind braucht seinen Vater.«

»Ein Kind braucht einen Vater, aber ein Stiefvater wäre genauso gut.«

Sie schwieg.

»Du hast dich von deinem Typ getrennt, stimmt's? Du warst mit ihm in Birma.«

»Ja.«

»Ich dachte, das wäre eine Dienstreise.«

»War es auch.«

»Ist es dein Fotograf?«

»Genau, mach dich ruhig über mich lustig.«

»Warum, ist er kein guter Typ?«

»Dora ist mein Fotograf. Ich habe sie dir vorgestellt. Es war Frébault.«

»Dein Liebhaber ist dein Chef?«

»Der stellvertretende Chefredakteur.«

Martin sah seinen Exrivalen vor sich, an einem Abend im letzten Jahr. Er wirkte herablassend und trug einen Ehering an der linken Hand.

»Der große, magere Typ mit Bauch, der mir den ganzen Abend den Rücken zugedreht hat?«

»Er hat Sport gemacht und hat keinen Bauch mehr.«

»Schön zu wissen. War er damals schon dein Liebhaber?«

»Nein. Es ist nicht nett, das zu sagen.«

»Entschuldigung, es ist sowieso unwichtig. Ich komme gerade bei meinem Rendez-vous an. Wir können später telefonieren.«

»Okay. Ich schlafe nicht.«

»Ich wollte sagen morgen«, sagte er, »tschüss.«

28. Juni, Mittwoch

Zur selben Zeit verließ Jeannette gerade Laurette Weizmann. Am Ende ihres Gesprächs hatte Laurette ihr geraten, mit »jemandem« zu sprechen, ein Euphemismus für ›Psychotherapeut‹. Sie stehe Jeannette zur Verfügung, ansonsten könne sie ihr auch die Namen anderer Therapeuten nennen.

Es gelang Jeannette nicht, die Erinnerung an den verliebten Mann, dem sie begegnet war, mit dem des Folterers und dem gleichgültigen und eisigen Gesichtsausdruck in Einklang zu bringen, der sie angesehen hatte, bevor er verschwand. Sie hatte den Eindruck, wenn sie die Wahrheit nicht akzeptierte, würde sie verrückt werden.

Als sie die Präfektur verließ, stieß sie auf eine Gruppe der Antiterrorbrigade. Sie kannte zwei Kollegen gut, einen Mann und eine Frau.

»Wie geht's?«, fragte der Mann und gab ihr einen kleinen Puff in den Arm.

»Es geht so«, antwortete Jeannette trocken.

Eine Sekunde herrschte Schweigen, dann ging die Frau weiter und die Gruppe folgte ihr.

Jeannette spürte ihre Blicke auf sich. Ihre Geschichte hatte in der 36 schon die Runde gemacht, selbst wenn sie wusste, dass sie ihren Leuten vertrauen konnte. Sie verbreiteten keine Klatschgeschichten. Zum zweiten Mal in drei Jahren war sie nun Geisel eines Mörders geworden. Es wurde fast zur Gewohnheit. Vielleicht machte es ihr ja sogar Spaß. Vergewaltigt oder nicht?

Isabel Wieslowski sah schlecht aus, ihre Schminkbemühungen ließen sie noch blasser aussehen. Sie trug Jeans und ein weißes, eng anliegendes T-Shirt und eine Thermodecke über den Schultern.

Martin spürte wieder ihre körperliche Anziehungskraft.

Reiß dich zusammen, befahl er sich. Das führt zu nichts. Aber sicher, es führt dich in die schöne, feuchte Möse einer Frau, auf die du scharf bist, seit du sie zum ersten Mal gesehen hast. Das wäre doch gar nicht so schlecht.

Er setzte sich etwas entfernt von ihr hin.

»Kann ich Ihnen einen Kaffee anbieten?«

»Nein danke. Sagen Sie mir lieber, was Ihr Problem ist.«

»Ich glaube, mein Mann und Verrier wollen mich in den Selbstmord treiben. Ich habe ein Telefongespräch gehört, und das habe ich bei den Sachen meines Mannes gefunden.«

Sie holte ein Blister mit Tabletten, auf dem »Tetrazepam« stand.

»Was ist das?«

»Ein aus den USA importiertes Medikament, das zu den Benzodiazepinen gehört. Es ist ein Muskelrelaxans. Wir verwenden es bei unserer Arbeit oft, nach Absprache mit Rheumatologen, weil es bei Muskelverspannungen entspannend wirkt.«

»Eine Art Beruhigungsmittel?«, fragte Martin.

»Nicht ganz. Solche Medikamente haben auch hypnotische, angstlösende und das Gedächtnis beeinträchtigende Wirkung. Wenn ich genug von den kleinen Pillen schlucke, führt das zur Einschränkung der Atmung, zu Koma und Tod, wenn man nicht rechtzeitig etwas dagegen tut. Ich habe zehn Blister in einer Verpackung aus Belgien gefunden, die in einer Schublade in der Praxis mit Klebeband befestigt waren. Das beweist doch, dass er eindeutige Absichten hat, oder? Es gibt keinen Grund, eine solche Menge von dem Zeug aufzubewahren, zumal die Patienten es auf Rezept in der Apotheke kaufen. Ich habe in den E-Mails gesucht, er hat alle gelöscht, aber er kennt sich mit Computern nicht gut aus und hat den Löschdatenspeicher vergessen. Da habe ich seine Bestellung entdeckt. Hier, sehen Sie, ich habe sie ausgedruckt.«

Sie zog ein gefaltetes Blatt Papier aus ihrer Hosentasche und ein weiteres Blister mit Tabletten.

»Das ist Flumazenil, das Gegengift. Ich habe es bestellt. Wenn ich merke, dass er mir solchen Dreck verabreicht hat, nehme ich drei Flumazenil und renne in die Notaufnahme.«

»Warum wollen Sie sich nicht scheiden lassen?«

»Das hat damit nichts zu tun, Verrier will mir an den Kragen. Er will sich an mir rächen und Jean ist sein Sklave.«

»Hat Verrier Sie bedroht?«

»Ja, jedes Mal, wenn ich ihm begegne, fasst er mich an und sagt zu mir, dass er mich früher oder später erwischt.«

»Sie müssen ihn anzeigen.«

»Sein Wort steht gegen meins. Glauben Sie, dass ich das alles erfinde?«

»Ich muss Sie warnen. Ich habe festgestellt, dass es zwischen Ihnen und Ihrem Mann nicht gut läuft. Wenn Sie sich meiner bedienen wollen, um sich zu rächen, dann kann sich das am Ende gegen Sie richten. Verleumdungen muss man vor Gericht teuer bezahlen.«

»Ich lüge nicht. Ich erfinde nichts. Alles, was ich Ihnen gesagt habe, ist wahr.«

»Gut, dann zeigen Sie ihn an oder geben Sie mindestens ein Protokoll bei Ihrem Kommissariat auf. Ich spreche mit ihrem

Mann und Verrier und rate Ihnen, diese Wohnung so schnell wie möglich zu verlassen.«

»Wo soll ich denn hin? Ich kann mir kein Hotelzimmer leisten.«

»Haben Sie keine Verwandten?«

»Doch, meine Mutter, aber bei ihr wäre es die Hölle.«

»Dieses Muskelrelaxans, wenn Sie davon eine weniger starke Dosis bekommen, dienen doch nur dazu, die Muskeln zu entspannen, oder?«

»Ja, genau. Das ist sehr nützlich bei schmerzhaften Muskelverspannungen. Aber es gibt auch Nebenwirkungen, zum Beispiel Gedächtnisstörungen.«

»Eine genügend hohe Dosis kann Sie unfähig machen, Ihre Muskeln zu bewegen?«

»Genau. Das ist eine der Hauptwirkungen. Man kann kaum noch seinen Finger rühren.«

»Aber man stirbt nicht davon.«

»Nein.«

»Verrier will Sie nicht töten. Er will Ihnen nur jede Möglichkeit nehmen, sich zu wehren, um nach Belieben über Sie zu verfügen. Das wollen sie mit dem Tetrazepam erreichen.«

Sie dachte ein paar Augenblicke nach.

»Ja, Sie haben recht. Ich hätte selbst darauf kommen können. Mich zu vergewaltigen, ohne dass ich mich wehren kann, das genau ist ihre Art! Und es kann sogar sein, dass ich mich an nichts erinnere oder glaube, ich hätte nur geträumt. Diese Schweine!«

»Folgen Sie meinem Rat. Packen Sie einen Koffer und gehen Sie. Ich warte, bis Ihr Mann nach Hause kommt.«

Kaum war sie fort, da hörte Martin, wie der Schlüssel an der Eingangstür herumgedreht wurde, dann kam Wieslowski herein. Martin las Misstrauen, Wut und Angst in seinem Gesicht. Das machte Isabel nur glaubwürdiger.

»Was machen Sie hier?«, fragte Wieslowski. »Ich dachte, Bullen hätten kein Recht, nachts einfach bei Leuten einzufallen.«

»Außer, wenn man ihnen öffnet und wenn Verbrechen begangen werden.«

»Welches Verbrechen?«

»Zusammenrottung. Vergiftungsversuch, versuchter Mord.«

»Sind Sie wahnsinnig?«, brüllte Wieslowski mit schriller Stimme.

»Sie werden von der Brigade für Cyberkriminalität überwacht, Monsieur Wieslowski«, sagte Martin und stand auf. »Wir wissen, dass Sie vor vier Tagen per Internet chemische Substanzen in großer Menge bestellt haben. Wir vermuten, sie sind für Ihre Frau bestimmt.«

»Das stimmt nicht! Ich bin Physiotherapeut und brauche sie für meine Patienten.«

»Dann nennen Sie mir deren Namen.«

»Dazu bin ich nicht verpflichtet.«

»Aber natürlich. Gehen wir in Ihre Praxis und sehen wir uns ihre Akten an.«

In diesem Augenblick kam Isabel mit zwei Reisetaschen aus dem Schlafzimmer.

»Was machst du mit diesen Taschen?«, schrie Wieslowski.

»Ich gehe.«

»Wegen diesem Bullen? Vögelst du mit ihm? Philippe hat es mir gesagt!«

Er ging auf sie zu, aber Martin hielt ihn auf. Wieslowski wollte ihn schlagen, aber Martin packte seine Faust und schob ihn gewaltsam auf einen Sessel.

Dann beugte er sich über ihn.

»Hören Sie, Wieslowski, ich rate Ihnen, mir sofort zu sagen, was Sie mit diesem Muskelentspannungsmittel vorhatten. Wenn ich Sie mitnehme, riskieren Sie eine Gefängnisstrafe und Berufsverbot. Dann ist Ihr Leben im Arsch. Glauben Sie, dass Verrier das wert ist?«

»Ich hatte ihm mein Wort gegeben«, sagte Wieslowski.

»Sie haben ihm versprochen, dass er Ihre Frau bekommt?«

»Armer Idiot!«, schrie Isabel.

»Das kannst du nicht verstehen. Philippe war immer da, wenn ich ihn brauchte.«

»Sie erzählen mir jetzt, was Sie vorhatten, Sie und Verrier.«

»Tschüss, du Arschloch«, sagte Isabel und ging zur Haustür.

Sie stellte ihre Taschen ab, öffnete, schob die Taschen nach draußen und schloss die Tür hinter sich.

Martin wandte sich gerade Wieslowski zu, als er einen erstickten Schrei hörte.

Er stürzte zur Tür und öffnete sie weit.

Verrier hatte Isabel fest im Griff, drehte ihr den Arm auf den Rücken und packte sie mit der anderen an der Kehle. Als er Martin sah, verlor er die Fassung und ließ sie los.

Martin sah rot.

Er traf Verrier mit der Faust am Brustbein, worauf der zusammenklappte. Martin ließ noch einen Hieb mit dem Ellbogen zwischen die Schulterblätter folgen und stieß ihm sein Knie ins Gesicht.

Verrier fiel hin und blieb am Boden liegen.

Martin packte ihn am Kragen und zog ihn in die Wohnung. Dann rief er 112 an und wartete, dass der Polizeiruf antwortete.

Jeannette wurde mitten in der Nacht wach, durch einen Albtraum, den sie jetzt ständig träumte. Sie befand sich nicht in der Bootskabine, sondern im Schlafzimmer des Hauses in Fronsac, manchmal in ihrem Schlafzimmer und manchmal an einem unbestimmten Ort. Die eiskalte Plane unter ihrer nackten Haut war dieselbe und Liéports Blick war von derselben tödlichen Gleichgültigkeit. Im Unterschied zu dem, was wirklich geschehen war, näherte er sich ihr. Und im Moment, wo er sie berühren wollte, wachte sie auf.

Noch ein paar solcher Nächte und sie würde verrückt. Schon morgen wollte sie Laurettes Rat folgen und einen Termin machen.

Sie hatte sich mehr als hundertmal die Abfolge der Ereignisse vor Augen geführt, und zwar aus seiner Perspektive. Er hatte eine achte Frau entführt, sie auf sein Boot gebracht und war gerade mitten im Ritual, als er durch die Ankunft von Jeannette gestört wurde. Deshalb beschloss er, beide Frauen durch eine geplante Explosion seines Boots verschwinden zu lassen und selbst ebenfalls zu verschwinden.

Sie hatten noch nicht herausgefunden, hinter welchem Namen er seine geheimen Konten verbarg, aber es war klar, dass er die Absicht hatte, weit weg von Bordeaux unter anderem Namen neu anzufangen.

Dies erschien völlig logisch und überzeugend, und die Ermittlungen waren so gut wie abgeschlossen.

Im Übrigen bewies alles, dass Liéport, auch wenn er Risiken einging, seine Neigungen zu unterdrücken verstand. Wie hatte er nur so verrückt sein können, eine achte Frau zu entführen, obwohl die Ermittlungen gegen ihn auf Hochtouren liefen? Eine letzte Herausforderung?

»Weißt du, ich hatte kein Glück bei den Frauen. Bei dir ändert sich das vielleicht.« Dieser Satz, den er zu ihr gesagt hatte, kehrte immer wieder in ihre Erinnerung zurück. Damals hatte sie ihm nicht viel Bedeutung zugemessen und gedacht, er spräche von Émilie. Nein, er hatte nicht gesagt »meiner Frau«. Er hatte gesagt »den Frauen«. Da war sie sicher. Mit welcher anderen Frau als der seinen war er unglücklich gewesen? Mit allen, die er getötet hatte?

Es war drei Uhr morgens, und sie wusste, dass sie nicht mehr einschlafen würde. Nur Martin konnte ihr vielleicht helfen.

29. Juni, Donnerstag

Martin entdeckte Jeannettes Nachricht, als er mit Isabel Wieslowski aus dem Kommissariat kam.

Er rief sie sofort zurück.

»Was ist los?«, fragte sie, als sie zu so später Stunde den Straßenlärm durchs Telefon hörte.

»Verrier ist wieder durchgeknallt. Er ist in Haft wegen eines Übergriffs. Ich begleite das Opfer gerade in die Notaufnahme.«

»Isabel Wieslowski?«

»Ja.«

»Ist sie schwer verletzt?«

»Nein, es ist wegen der Anzeige.«

»Viel Glück.«

»Ich rufe dich in einer Viertelstunde an.«

»Ich kann ein Taxi nehmen«, sagte Isabel im Hôtel-Dieu.

»Sie gehen zuerst in die gerichtsmedizinische Notaufnahme. Sie müssen dort mindestens drei Stunden warten, aber wenn Sie nicht hingehen, fehlt eine Menge in Ihrer Klägerakte.«

»Okay, ich fahre danach nach Hause. Da ist es besser als bei meiner Mutter.«

»Sie kennen Ihren Mann besser als ich. Wenn Sie glauben, dass Sie kein Risiko eingehen ...«

»Er ist nicht böse«, sagte sie. »Der andere erdrückt ihn einfach. Mit ihm allein komme ich mühelos klar. Ich glaube, ich kann ihn sogar so weit bringen, gegen Verrier auszusagen.«

»Sind Sie sicher, dass Sie in Ihre Wohnung zurückwollen?«

Sie sah ihn an.

»Wieso? Wollen Sie mir etwas anderes vorschlagen?«

Martin rief Jeannette zwanzig Minuten später zurück, als er zum Auto ging. Er hatte es lange Zeit nicht mehr so viel benutzt. Er entdeckte wieder, dass es sehr schön sein konnte, nachts durch Paris zu fahren.

»Warum stammte die Letzte, über die er sich hergemacht hat, so aus seiner Nähe, während er sich bei den anderen so viel Mühe gegeben hat?«

»Erinnere dich, er hat mit seiner Frau angefangen.«

»Das passt auch nicht. Ich kann nicht glauben, dass er nach Griechenland gefahren ist und das Foto gemacht hat.«

»Ich gebe dir recht, das hat er nicht. Wahrscheinlich hat sie sich da einen Kerl angelacht, der aber mit den Entführungen nichts zu tun hat. Liéport ist nicht nach Griechenland gefahren, aber trotzdem hat er seine Frau umgebracht und ihre beste Freundin und die vier anderen, die er zwanzig Jahre früher kennengelernt hatte.«

»Sieben Jahre lang macht er keine Fehler und dann passt er plötzlich gar nicht mehr auf?«

»Er hat bei Sandrine Wieslowski Fehler gemacht. Er musste einen Polizisten töten. Diesmal kam er noch mit heiler Haut davon, aber deinetwegen hatte er weniger Glück. Du hast ihn gesehen, bevor er das Boot in die Luft jagte und in den Fluss sprang. Was willst du mehr?«

»Ich frage mich allmählich, ob ich das, was ich auf dem Boot sah, nicht geträumt habe. Ich sage dir, ich werde langsam verrückt.«

»Du bist nicht verrückter als ich. Seine Spuren waren auf dem Boot, an dir, an der Frau, er war da.«

»Ich habe den Eindruck, an irgendeiner Stelle einen riesigen Fehler gemacht zu haben. Hätte ich das nicht getan, wäre die achte Frau noch am Leben.«

»Du bist nicht schuld an dem Tod dieser Frau. Dich hätte es fast auch erwischt. Liéport ist das perverse Schwein, und dir ist es zu verdanken, dass er nie mehr jemandem etwas antut.«

Sie antwortete nicht. Ihr Schweigen dauerte so lange an, dass Martin sie fragte, ob sie noch da war.

»Ja«, sagte sie müde, »ich bin da. Du hast recht. Ich muss eine Therapie machen, weil es mir wirklich nicht gut geht.«

»Ich komme«, sagte Martin.

»Nein, bitte nicht, ich will niemanden sehen. Mach dir keine Sorgen, ich nehme eine Donormyl und morgen geht es besser.«

»Ich will dich nicht allein lassen.«

»Ich habe keine Lust, dich zu sehen.«

44

29. Juni

Martin zögerte, bevor er bei Véronique Legat klingelte. Sie hatte gesagt, sie warte auf ihn, aber vielleicht nicht bis drei Uhr morgens. Andererseits hatte er das Gefühl, dass er sein Versprechen halten musste.

Er gab den Code ein und klingelte am Gitter. Gleich darauf brummte das Schloss.

Die Eingangstür war offen und das große Zimmer war hell.

Véronique lag unter einem karierten Plaid auf einem der Sofas. Sie sah Martin an. Ihre nackten Arme und Beine schauten unter der Decke hervor.

Jeannette, Isabel, Véronique. Die dritte Frau, die ich mehr oder weniger nackt unter einer Decke liegen sehe, was ist das für ein Wahnsinn, sagte er sich.

Er trat zu ihr und setzte sich auf den Rand des Sofas.

»Ich dachte, sie würden nie mehr kommen«, sagte sie.

»Ich musste meinen Sohn nach Hause bringen.«

»Und etwas Zeit mit der Mutter verbringen?«

»Oh nein. Da fing meine Nacht erst an.«

»Mussten Sie einer anderen Frau in Not helfen?«

»Ja.«

»Und hat sie Sie zum Dank geküsst?«

»Nein.«

Sie hat mir nur vorgeschlagen, mit ihr zu schlafen, dachte er, und ich hätte beinahe ja gesagt.

»Ist sie hübsch?«

»Ja, das kann man sagen.«

»Was ist ihr passiert?«

»Sie hatte entdeckt, dass ihr Mann vorhatte, ihr ein Medikament zu verabreichen, das die Muskeln entspannt, damit sein Nachbar sie missbrauchen kann.«

»Und was haben Sie gemacht?«

»Dem Mann die Meinung gesagt, seinen Freund in Haft genommen, das Opfer wegen der Anzeige aufs Kommissariat gebracht und danach in die Notaufnahme der Gerichtsmedizin.«

»Und dann?«

»Sie wollte nach Hause zurück.«

»Zu ihrem Mann, der auf sie wartete?«

»Ja.«

»Haben Sie sie mit ihrem Mann allein gelassen? Warum haben Sie das getan?«

»Sie wollte es. Er kann ihr nichts tun. Sie will mit ihm reden, damit er gegen seinen Freund aussagt. Und ich glaube, das schafft sie.«

Sie setzte sich auf und schmiegte sich an ihn, die Decke ließ sie fallen. Martin sah, dass sie nichts anhatte. Ihr Körper war warm und zart. Sie half ihm, sich auszuziehen, und zog ihn wieder an sich. Dann deckte sie sie beide zu.

29. Juni

Martin wurde von der Sonne geweckt, die durch die großen Fenster schien. Véronique schlief noch, einen Arm auf seiner Brust. Er hatte gerade einen Albtraum gehabt, erinnerte sich aber nicht an Einzelheiten. Er war in Lieports Haus. Auch Jeannette war da. Sie schrie. Aber warum? Die Bilder kehrten zurück. Martin hieb mit einer Axt auf Liéport ein. Jeannette weinte und schrie ununterbrochen. Und Martin schlug weiter zu, ohne aufzuhören.

Vorsichtig legte er Véroniques Arm zur Seite. Dann stand er auf, bemüht, keinen Lärm zu machen.

Jeannette rief ihn an, als er gerade ins Büro gekommen war.

»Ich muss nach Bordeaux«, sagte sie. »In Liéports Haus.«

»Was willst du da?«

»Ich muss verstehen, wie ich mich nur in diesen Kerl verlieben konnte.«

»Du hast dich in das Bild verliebt, das er dir vorgespielt hat. Er ist ein großer Manipulationskünstler.«

»Bei mir hat er nicht gepfuscht. Er war weder böse noch pervers.«

»Ich habe gerade ein Fax bekommen. Die Untersuchungen dort gehen weiter. Der Chef eines Hotel-Restaurants in Saint-Émilion hat bezeugt, dass Liéport dort öfter ein Zimmer mit dem achten Opfer genommen hat.«

»Wann?«

»Im Februar und März.«

Nach kurzem Schweigen sagte Jeannette:

»Scheiße. Ich habe Restaurantzahlungen auf den Kontoauszügen gesehen und nicht darauf geachtet. Ich bin nicht darauf gekommen, dass es ein Hotel war.«

»Das hätte nichts geändert«, sagte Martin. »Du hast alles Notwendige getan.«

»Ich weiß nicht. Mir hätte er nie etwas angetan.«

»Vielleicht hätte er dir kein Haar gekrümmt, doch er war bereit, dich auf seinem Boot hochgehen zu lassen.«

»Ich weiß, alles spricht gegen ihn.«

Es hatte keinen Sinn zu diskutieren. Jeannette war ein Profi, eine hervorragende Kraft. Und das hatte nicht nur mit ihrer Härte und Intelligenz zu tun, da war noch etwas mehr. Sie konnte sich in andere hineinversetzen. Er konnte sich nicht erinnern, dass sie sich je in jemandem getäuscht hatte, ob unschuldig oder schuldig. Irgendwann musste es eben doch passieren. Oder? War da vielleicht etwas, was nur sie wahrgenommen hatte, dank ihrer intimen Beziehung zu Liéport?

»Ich fahre mit dir nach Bordeaux«, sagte er. »Wir müssen sowieso noch mal dahin. Lioret will den Fall in der Hand behalten.«

»Ich weiß nicht, was ich suche, aber allein schaffe ich es nicht. Gut, dass du mitkommst.«

29. Juni

Am frühen Nachmittag waren sie bei Liéports Haus.

Diesmal hatten sie den Zug genommen und am Bahnhof einen Leihwagen gemietet. Martin war müde von der letzten Nacht und Jeannette wirkte abwesend. Seit ihrer Befreiung aß sie nur wenig und hatte drei Kilo abgenommen. Ihre Wangen waren hohl und ihre Augen hatten einen fiebrigen Glanz, der Martin nicht gefiel.

Sie saß fast die ganze Fahrt über mit geschlossenen Augen und zusammengekauert auf ihrem Sitz. Nur einmal rief sie ihre Mutter wegen ihrer Tochter an. Martin vermutete, dass sie nur wenig geschlafen hatte, und vermied es, mit ihr zu reden.

Er konnte nicht viel für sie tun. Durch die Beweise von Liéports Schuld und je mehr Zeit verging, würde es vielleicht besser werden.

Sie erbrachen die Siegel an der Tür und durchsuchten das

Erdgeschoss. Die Ermittler der Kriminalpolizei des Departements hatten schon alles durchsucht und sicher würden einige Gegenstände fehlen, aber auf den ersten Blick sah es nicht sehr anders aus als zuvor.

Die Spielsachen der Kleinen lagen vor der Küche. Die Fenster waren geschlossen und in der stickigen, trockenen Luft roch es nach Staub.

Sie gingen nach oben und öffneten die Schlafzimmertüren. Im Zimmer von Liéport hatte die Polizei offensichtlich am meisten gesucht. Alben, Kleider und Bettwäsche waren verschwunden.

»Wo fangen wir an?«, sagte Martin.

»Irgendwo muss er ein persönliches Archiv haben. Ich weiß, dass er nach dem Tod seiner Eltern keine nahen Verwandten mehr hatte, aber er war ja mal Kind und Jugendlicher.«

»Vielleicht auf dem Dachboden.«

Eine kleine Treppe, eigentlich nur eine Leiter, führte zu der Klappe in der Decke.

Es war ein großer Dachboden, der über die ganze Fläche des Hauses ging, ziemlich niedrig unter dem Dach, außer in der Mitte.

Der Raum war vollgestellt mit Kartons, Kisten, Koffern und Plastikschränken für Kleider. Darin hingen vorwiegend Frauensachen. Liéport hatte die von Émilie nie weggeräumt. Die Kartons waren voll alter Bücher und Spielsachen. Manche erinnerten Martin an seine Kindheit.

Eine Zeit lang hatten sich Liéport oder seine Frau oder vielleicht auch ein anderer für Fotoentwicklung und Weberei interessiert. Außer solchen Hinweisen auf Handwerkliches fanden sie Golfschläger, alte Tennisschläger mit und ohne Bespannung, staubige gerahmte Familienfotos, Modelle von Schiffen und Flugzeugen, Behälter mit irgendwelchen Substanzen, Plakate, einen deutschen Stahlhelm, eine Klaviertastatur. Es war ein Friedhof von Freizeitaktivitäten und vergessenen Gewohnheiten mehrerer Generationen, die hier übereinanderlagen.

Jeannette begann in den Kartons zu suchen und fand Papiere über Schule und Militärdienst.

Gymnasium, Medizinische Fakultät, Zivildienst im Krankenhaus von Pointe-à-Pître. Klassenfotos, Ferienbilder. Postkarten. Fotos von Liéports Eltern, mit und ohne ihren Sohn in verschiedenen Altersstufen lagen in einem Extrakarton. Ein aufgeschlossen wirkendes Paar. Auf den Bildern sah Liéport eher seiner Mutter als seinem Vater ähnlich.

Er hatte nichts weggeworfen, aber alle diese Erinnerungen an seine Vergangenheit außer Sichtweite geräumt. Wie viele Leute es machten. Wie Martin, der ein Zimmer hatte, in dem alles war, was er nicht mehr brauchte; doch er hatte nicht den Mut, es wegzuwerfen.

Sie hielt sich bei den Fotos aus der Schulzeit auf, zögerte und beschloss, sie zu behalten.

»Und der Keller?«

Sie gingen nach unten.

Die Kellertür befand sich außen am Haus und war mit einem Yale-Schloss gesichert. In einer Küchenschublade fanden sie ein Schlüsselbund.

Unten war ein schöner Weinkeller, luftig und kühl, an den beiden großen Wänden standen Metallregale, aber für einen Bewohner dieser Gegend lagen nur wenig Weinflaschen darin. Papierkram fanden sie nicht.

»Man kann hier keine Papiere lagern«, sagte Martin. »Sieh dir die Etiketten der Flaschen an, sie fangen irgendwann an zu schimmeln.«

Jeannette suchte unzufrieden in jeder Ecke.

»Serienmörder heben sich doch Trophäen auf. Hat denn keiner bei Liéport so etwas gefunden?«, fragte sie.

Martin wusste die Antwort nicht.

Sein Telefon klingelte, als sie wieder nach oben gingen. Olivier war dran.

Sie hatten drei der fünf unauffindbaren Frauen entdeckt, die an dem Kosmetiktest teilgenommen hatten. Sie waren am Leben und es ging ihnen gut. Jetzt fehlten nur noch zwei. Sie waren fast sicher, dass sie ins Ausland gezogen waren. Sie warteten noch auf eine Bestätigung des Konsulats in Tanger. Von der zweiten, Claire Lisis, verheiratet, ein Kind, leitende Angestellte in einem Finanzunternehmen, gab es seit sieben Monaten kein Lebenszeichen, also seit Anfang November. Acht Monate, nachdem Jeannette das letzte Opfer Georgina Liévin Ende März 2006 entdeckt hatte.

Ihr Mann war von Anfang an überzeugt, dass sie ihn verlassen hatte. Aber sie hatte ein Kind zurückgelassen, hatte Kosmetiktests gemacht und acht Monate entsprachen dem durchschnittlichen Abstand zwischen zwei Entführungen.

Martin und Jeannette stiegen wieder ins Auto. Sie hatte noch immer die Klassenfotos in der Hand. Sie fingen bei der ersten Klasse an und endeten in der vorletzten.

Hatte er in der letzten Klasse die Schule gewechselt?

Auch auf den frühesten Fotos war er deutlich zu erkennen.

Man sah, wie der kleine blonde, lächelnde Junge mit dem offenen Gesicht größer wurde und sich veränderte.

In der vorletzten Klasse hatte er ein paar Aknepickel und sein Gesichtsausdruck war etwas weniger offen, aber meistens war die Pubertät nicht das reine Vergnügen.

Das Boot war immer noch von der Seegendarmerie versiegelt.

»Uns bleibt nichts mehr übrig, als uns das Trockendock anzusehen«, sagte Martin.

Jeannette pflichtete ihm bei, den Blick in die Ferne gerichtet.

Sie hielten am Ufer der Dordogne und stiegen aus.

Martin sah Jeannette an. Hier war sie ohnmächtig geworden und hatte sich dann nackt und in Fesseln an Bord des Bootes wiedergefunden.

»Ich erinnere mich wirklich an nichts, außer …«

Martin ließ ihr Zeit, an den fünf Tage zurückliegenden Moment zu denken.

Sie traten an das Becken heran. Es war zur Hälfte mit schwarzem Wasser gefüllt. Es war ein einfaches Dock, zwölf Meter lang und fünf Meter breit, und erinnerte nur von fern an die großen Docks der Werften von Saint-Nazaire oder Rochefort. Große Eisenringe waren ringsherum befestigt und auch Reifen, damit der Bootsrumpf nicht gegen den Zementrand stieß.

Die Schotten und das Tor, durch die die Boote herein- oder herausfuhren und das Wasser strömte, wurden manuell bedient. Der Motor, der die Pumpen antrieb, befand sich in einer mit Ziegeln abgedeckten Hütte aus Zement mit einer Stahltür, die mit einem Vorhängeschloss gesichert war.

Es war ein Dieselmotor. Der Abflussstopfen des Docks aus dickem Messing am Fuße der Wand aus Hohlblocksteinen war ebenfalls verriegelt. Diebe hatten hier keine Chance.

Auf der anderen Seite der Tür führte ein kurzer Kanal zum Fluss. Er war voll Stroh und Holzstücken, die die Strömung hereingetrieben hatte, und das Wasser schlug sanft gegen die beiden dicken Türflügel aus Edelstahl, es klang wie ein gedämpfter Gong. Sträucher und Bäume wuchsen fast bis zum Rand des Docks und der Zement hatte die Farbe verfaulender Blätter vom vergangenen Jahr. Neben der Hütte mit dem Motor standen große Mülleimer aus dunkelgrünem Plastik, voll mit Farb- und Lacktöpfen.

Jeannette hasste diesen Ort. Es fehlte nicht viel, dass ihr übel wurde.

Martin ging um die Grube herum, sah sich die Hütte und die Mülleimer an und kam zu ihr zurück.

»Eigentlich hätten sie dieses ganze Gebiet absichern müssen«, sagte er. »Die haben hier ja merkwürdige Methoden. Ich ruf wohl mal besser den Chef der Kriminalpolizei des Departements an.«

»Er wird sich sicher über deine Ratschläge freuen«, sagte Jeannette spöttisch und mit dem Anflug eines Lächelns.

»Das ist mir egal.«

»Die Sachen, die wir bei Liéport gefunden haben, meinst du, sie sind typisch für jemanden, der pro Jahr eine Frau umbringt?«

»Nein«, sagte er, »aber wir haben nicht unter der Oberfläche gesucht, irgendetwas sagt mir, dass wir hier näher an dem dran sind, was sein wahres Leben ausmachte.«

»Glaubst du, er hat sie alle hierher gebracht?«

»Ist auf jeden Fall diskreter als in seinem Haus, oder?«

»Liéport war am 23., dem Tag, an dem das letzte Opfer verschwand, in seiner Praxis. Um 16 Uhr ging er weg. Ich habe in der Nacht vom 24. auf den 25. ihre Leiche gesehen. Nach der Autopsie starb sie am Nachmittag des 24. zwischen

15 und 17 Uhr. Das heißt, dass er sie vierundzwanzig Stunden lang irgendwo lebend aufbewahrt hat, nicht zu Hause, er ist ja nicht verrückt. Und ich glaube, auch nicht auf seinem Boot.«

Sie hatte recht.

»Er hat einen geheimen Ort, an dem er sie eine bestimmte Zeit aufbewahrt. Sicher jedes Mal ein anderes Versteck. Véronique Legat ist nicht aus Paris herausgekommen und ich kann mir nicht vorstellen, dass er mit einer gefesselten oder toten Frau im Kofferraum durch ganz Frankreich fährt.«

»Aber das musste er irgendwann tun, um sie zu seinem Boot zu bringen und im Meer zu versenken.«

»Das stimmt. Also muss er ein geeignetes Fahrzeug haben mit einem Versteck, das groß genug für eine Leiche ist.«

»Einen Lieferwagen oder ein großes Fahrzeug mit Vierradantrieb. Das vielleicht auf seinen anderen Namen zugelassen ist. An dem Punkt kommen wir nie weiter«, sagte Martin.

»Es gibt noch ein anderes Problem. Du hast ja gesehen, welche Anrufe er am 23. Juni auf seinem Handy erhalten hat. Am Nachmittag nach 16 Uhr waren es mehrere, alle aus der näheren Umgebung seines Hauses.«

»Glaubst du, er hat sein letztes Opfer in die Nähe seines Domizils gebracht?«

»In derselben Zeit hat er einen Kollegen angerufen, der auch in seiner Praxis arbeitet, und zugleich soll er zu Hause sein Opfer gefangen gehalten haben? Findest du nicht, dass da etwas nicht passt? Du hast sein Haus gesehen. Da stimmt etwas nicht! Vielleicht sind wir in die Irre geführt worden. Liéport ist der Mann, den wir finden sollten. Alle Spuren weisen zu ihm. Der perfekte Unschuldige, der als Absicherung dienen sollte für den Fall, dass man dem wahren Schuldigen zu nahekäme. Aber wenn man sich sein Leben im Einzelnen anschaut, findet man nichts Anormales. Nicht der kleinste psychologische Hinweis, mit dessen Hilfe man etwas erklären könnte. Das Einzige, was ihm zugestoßen ist, ist der Verlust seiner Frau.«

Martin wusste, dass sie an diesen Punkt kommen würden.

»Kannst du mir erklären, wie es kommt, dass die einzige Verbindung zwischen den Opfern Liéport ist? Ist das für dich reiner Zufall?«

»Versteh doch endlich! Natürlich ist es kein Zufall. Roland saß von Anfang an in der Falle. Das hat sich das Genie des eigentlichen Mörders ausgedacht. Er wusste immer, dass er eines Tages erwischt werden könnte, und hat von Anfang an alles so angelegt, dass Liéport als schuldig gilt und nicht er. Das Einzige, was ihm nicht gelungen ist, war, Liéport zu verändern, ihm einen so zwielichtigen Charakter zu verpassen, dass es glaubwürdig war.«

»Aber sein Porträt passte gut zu Laurettes Profil.«

»Ja und? Ich habe es noch mal gelesen. Es trifft zu und zugleich passt es auf Hunderte von Leuten, die völlig unschuldig sind. Man hat doch wohl das Recht, ein Einzelgänger zu sein, fair, kräftig, die Frauen zu bewundern, ein recht guter Liebhaber zu sein. Das könnte auch dein Porträt sein, oder? Und trotzdem bist du kein Mörder.«

»Und als du ihn gesehen hast, dir gegenüber in seinem Scheißboot, hast du da geträumt?«

»Ja, ich werde so tun, als hätte ich das geträumt.«

Er ging ein paar Schritte. Jeannettes Heftigkeit hatte ihn aus der Ruhe gebracht, ihn aufgeregt, aber er war zu sehr Polizist, um nicht zu merken, dass ihre Überlegung Hand und Fuß hatte. Es konnte aber auch ganz unmöglich sein.

»Das könnte stimmen«, sagte er, »unter einer Bedingung: Jemand muss ihn so gut kennen, dass er seit der Kindheit seinen Lebenslauf verfolgt hat und ihn auf Jahre hinaus als Köder benutzt hat. Wer könnte so etwas tun?«

»Jemand, der ihn seit jeher kennt. Jemand, der mit ihm gearbeitet hat, in seiner Nähe lebte, alles über ihn wusste, der die Leute kannte, die er kannte, seine Hobbys und seinen Zeitplan.«

»Er vögelte heimlich seine Frau und besuchte sie in Griechenland, während Liéport in Spanien mit dem Boot herumfuhr«, fügte Martin hinzu.

»Ja. Jemand, der sein Leben nach seinem ausrichtete und seine Freizeit nutzte, um seinen Wahnvorstellungen nachzugehen, sein Double, sein Alter Ego.«

»Sein bester Freund.«

45

29. Juni

Sie waren bei dem pensionierten Gymnasialdirektor der Schule, die Liéport und sein Vetter Gérard, der Banker, besucht hatten. Er hatte darauf bestanden, dass sie auf der Terrasse, die auf die Dordogne hinausging, einen Aperitif tranken.

»Sie waren unzertrennlich, ich mochte sie gern«, sagte der alte Herr. Wir nannten sie Die Drei Musketiere.«

»Drei Musketiere?«, fragte Jeannette.

»Ja, da war noch ein Dritter. Er kam erst später, im vorletzten oder letzten Jahr. Ich habe seinen Namen vergessen. So hieß auch ein Schauspieler zwischen den Kriegen. Man müsste mal im Archiv nachsehen. Es war ein Schauspieler, der Jesus gespielt hat und auch in den Filmen von Duvivier mitwirkte. Wissen Sie, wen ich meine?«

»Gabin?«

»Nein, nicht der! Ein anderer Schauspieler, der sich während der deutschen Besatzung ziemlich mies benommen hat. Er wurde auch verurteilt und hatte danach Mühe, Arbeit zu finden. Das ist natürlich nicht Ihre Generation. Ich finde den Namen schon. Ja, es war Vigan!«

»Der dritte Unzertrennliche hieß Vigan?«, fragte Jeannette.

»Ja, Vigan. Paul Vigan. Seltsam, wie die Erinnerung plötzlich wiederkommt. Er wirkte ganz harmlos, aber ich habe mir immer gedacht, er sei der Schlaueste von den dreien.«

Paul Vigan, der Freund, Kollege und Nachbar von Liéport ... Der, der immer auf die Tochter aufpasste, wenn es notwendig war.

»Erinnerst du dich an die Bilder aus der Schule?«, sagte Jeannette, als sie zum Auto kamen.

»Die von der vorletzten und letzten Klasse haben gefehlt.«

»Vigan hat seine Spuren beseitigt, aber er hat es nicht bei allen geschafft.«

»Also, für dich gibt es keinen Zweifel mehr, dass er es ist.«

Vigan machte sich gut als Verdächtigter. Auch wenn Martin nicht dieselben Gründe wie Jeannette hatte, an Liéports Unschuld zu glauben, waren jetzt viele Fragen und Widersprüche geklärt. Er war ein Köder für die Ermittler. Die Tatsache, dass Liéport das Foto aus Griechenland in dem Album gelassen hatte, dass die Autopsie ergeben hatte, dass er kein Wasser in der Lunge hatte. Alles fand eine Erklärung. Er war schon tot, bevor er ins Wasser geriet.

Sie blieben stehen. Beide überlegten, rekonstruierten das Geschehen unter einem neuen Blickwinkel.

»Ein Hieb mit der Axt in den Rücken«, sagte Martin. »So hat Vigan ihn umgebracht. Wenn er es ist, wird es schwer sein, ihn dranzukriegen. Er hat sich in alle Richtungen abgesichert. Er hat ein letztes Opfer ermordet, um Liéports Schuld zu bestätigen. Und er hat es unter den Frauen ausgesucht, mit denen Liéport eine Beziehung hatte.«

»Hätte ich das bloß früher begriffen, dann hätte ich gewusst, dass der nächste Schritt ein letzter Mord an einer Frau und das Verschwinden von Roland sein würde.«

Sie schüttelte den Kopf.

»Also habe ich Roland wirklich gesehen und nicht geträumt. Er war es. Nur, dass er schon tot war. Deshalb fand ich ihn so seltsam. Ich war halb eingedöst, sonst hätte ich es gleich begriffen. Vigan brachte die Leiche zum Schott der Kajüte und hielt ihn von hinten fest wie eine Marionette. Auch er muss einen Taucheranzug angehabt haben. Schwarz auf schwarz, ich konnte nichts sehen. Er hat sich bis zum Schluss meiner bedient. Stell dir das vor! Ich dachte, Roland sieht mich an, dabei war er tot!«

»Dabei warst du im Programm gar nicht vorgesehen.«

»Er hat improvisiert. Er hatte nie die Absicht, das Boot explodieren zu lassen. Er wollte auch nicht, dass ich sterbe. Im Gegenteil, alle sollten überzeugt sein, dass ich in letzter Minute davongekommen war. Die ideale Zeugin. Liéport hatte mir anvertraut, dass er kein Glück bei den Frauen hatte, dass dies sich aber mit mir ändern könnte. Dabei habe ich seinem Mörder Glück gebracht.«

»Aber er konnte nicht erraten, dass ich Wasser auf seine Mühlen gießen würde, indem ich so schnell Alarm ausrief.«

»Wenn du niemanden alarmiert hättest, dann hätten sie mich irgendwann gefunden, mich und die Tote, da das Boot auf dem Wasser trieb. Im schlimmsten Fall hätte Vigan in einem anonymen Anruf mitgeteilt, dass ein Boot auf der Gironde trieb.«

»Am Ende hast du ihm doch nicht so viel Glück gebracht«, sagte Martin. »Apropos Glück, hat Liéport von mehreren Frauen gesprochen?«

»Von welchen Frauen sprichst du?«

»Von denen, bei denen er kein Glück hatte.«

»Ja, du hast recht. Das hieße, dass er noch ein anderes Drama erlebt hat. Wir müssen herausfinden, was es war. Vigan muss das wissen. Als Zeuge oder als Mitwirkender.«

»Du gehst vielleicht etwas zu schnell vor.«

»Ich will ihn nicht loslassen«, sagte Jeannette. »Es muss ein Mittel geben, ihn in die Enge zu treiben.«

»Wir müssen aufpassen. Wenn er spürt, dass wir ihn verdächtigen, entwischt er uns.«

»Wenn ich Roland vertraut hätte, wenn ich meiner Intuition gefolgt wäre, hätte ich begriffen, dass er unschuldig war, und hätte erraten, dass er in Gefahr war. Er würde noch leben, verstehst du? Es gibt nur noch einen einzigen Grund, weshalb ich im Moment noch bei der Polizei bin. Ich will diesen Typen kriegen, und dafür werde ich alles tun.«

Lange Zeit schwiegen sie. Später erinnerte sich Martin, dass sie gesagt hatte »und dafür werde ich alles tun«. Sie hatte nicht gelogen. Erst als sie Bordeaux erreichten, begann er wieder zu sprechen.

»Alles, was wir Liéport angehängt haben, passt perfekt auf Vigan. Auch er ist Arzt und ein enger Freund von Gérard Liéport, dem Banker, und zwar seit der Schule. Er ist der Komplize bei dem Überfall. Er hat ein Geheimkonto unter falschem Namen.«

»Und wenn wir ihn bitten würden, uns zu helfen, die anderen Morde aufzuklären?«, schlug Jeannette vor. »Es wäre normal, ihn um Hilfe zu bitten. Immerhin war er sein engster Freund.«

»Siehst du dich in der Lage, ihm etwas vorzumachen?«

»Um ihn fertigzumachen, wäre ich sogar fähig, zu … zu allem«, fuhr sie mit so leiser Stimme fort, dass es kaum zu hören war. »Erinnerst du dich? Laurette hat gesagt, der Mörder habe uns drei Nachrichten hinterlassen. 1. ›Es gibt mich‹, 2. ›Ich bin Herr über Leben und Tod‹, 3. ›Ich bin stärker als ihr‹. Sie hat es in drei Worten zusammengefasst: ›Ich bin Gott‹.«

»Willst du damit sagen, wir erwischen ihn, wenn wir seinem Größenwahn schmeicheln?«

»Der ist seine einzige Schwäche. Er ist so zufrieden, dass er uns verarscht hat, dass er nie genug bekommen kann.«

»Vielleicht ist er megaloman, aber er ist auch sehr schlau. Wenn wir zu weit gehen, durchschaut er uns und alles ist hin.«

Jeannette schien weit weg zu sein. Er hakte nach:
»Man kann ihn täuschen. Aber lustig wird das nicht. Vor allem nicht für dich.«

Nach dem Abendessen rief Véronique Legat an. An ihrer Stimme merkte er, dass er sie verletzt hatte, weil er gegangen war, ohne sie zu wecken, und sie im Lauf des Tages auch nicht angerufen hatte.

Er entschuldigte sich, erzählte ihr aber nicht von der neuen Richtung ihrer Ermittlungen. Er wollte sie nicht umsonst beunruhigen. Wenn Vigan der Mörder war, würde er sich nicht über sie hermachen, wo Liéport tot war. Sein Lügengebäude würde sofort zusammenbrechen.

Sie verabschiedeten sich kühl.

Jeannette nahm eine Donormyl und konnte doch nicht schlafen. Sie hatte erfahren, dass es Zoé gut ging, hatte sich eine Predigt von ihrer Mutter und bissige Bemerkungen ihres Exmannes anhören müssen, der angerufen und sich beschwert hatte, dass die Kleine so schlecht aß.

Sie wäre gern in den Armen ihres Liebhabers eingeschlafen, aber er war tot. Wenn die Erinnerung an das, was zwischen ihnen geschehen war, verblasst wäre, würde sie sich immer noch schuldig fühlen. Ohne es zu wollen, war sie zur Komplizin desjenigen geworden, der den Mann, den sie liebte, getötet hatte. Gab es einen schlimmeren Verrat?

30. Juni. Freitag

Paul Vigan und seine Frau hatten ebenfalls abgenommen und Ringe unter den Augen. So sehr, dass Jeannette Zweifel kamen. Wenn sie sich getäuscht hatte? Wenn Vigan unschuldig und Liéport schuldig war?

Marine Vigan führte sie ins Wohnzimmer und achtete darauf, dass kein Kind zuhörte. Jeannette fiel voller Schrecken ein, dass sie die Kleine ganz vergessen hatte. Dieses Vergessen fand sie beunruhigend. Hatte sie den Sinn für die Realität verloren?

Die Tochter von Roland Liéport war bei den Vigans. Das war logisch. Sie waren die nächsten Nachbarn und er der beste Freund ihres Vaters. Und sein Mörder.

»Wir sind an einem Punkt angelangt, an dem wir Ihre Hilfe brauchen«, sagte Martin. »Wir beschäftigen uns gerade mit Liéports Vergangenheit. Außer den Opfern, die uns bekannt sind, scheint es andere, frühere zu geben.«

Marine seufzte angstvoll. Paul sagte nichts, aber er ballte die Fäuste und schüttelte den Kopf. Er war perfekt in der Rolle des außer sich geratenen Freundes, der nicht mehr wusste, was er glauben sollte.

»Seit wann kennen Sie ihn?«, fragte Martin weiter.

»Seit dem Gymnasium«, erwiderte Vigan. »Meine Frau hat ihn erst nach unserer Hochzeit kennengelernt.«

»Dann sind Sie also der Fachmann. Haben Sie immer miteinander in Verbindung gestanden?«

»Eigentlich ja, außer als er seinen Facharzt in Pädiatrie in Paris gemacht hat. Zwei Jahre haben wir uns nicht gesehen, mit Ausnahme der Ferien, die er hier verbrachte.«

»Haben Sie ihn nicht in Paris besucht?«

»Doch, einmal. Aber das war teuer, ich hatte das Geld für weitere Besuche nicht, und für uns beide hatte die Arbeit Vorrang.

»Hatte er Freundinnen?«

»Natürlich. Er erzählte mir davon. Sie haben ihn ja gesehen. Roland war beliebt bei den Frauen, auch wenn er eher zurückhaltend war. Wenn er sich angestrengt hätte, dann hätte er jede haben können, die er wollte.«

»Können Sie sich an die Namen der Frauen erinnern, die Sie kannten? Wir wollen eine Suchanzeige nach Zeugen herausgeben, aber wir könnten so viel Zeit gewinnen.«

»Ich will es versuchen, aber es ist lange her ...«

»Ich danke Ihnen. Vielleicht könnte uns das helfen, Licht in ein paar ungelöste Fälle zu bringen.«

»Geben Sie sich ein bisschen Mühe«, sagte Martin. »Liéport war doch Ihr bester Freund, oder?«

Er sprach jetzt in leicht ironischem Ton und merkte, dass das Paar empfindlich reagierte.

»Das haben wir immer gedacht«, rief Marine aus, »wie hat er uns nur so täuschen können?«

»Sie sind nicht die Einzigen, denen es so geht. Auch meine Mitarbeiterin ist ganz schön reingelegt worden, nicht wahr, Jeannette?«

Jeannette blitzte ihn wütend an.

»Frauen neigen immer dazu, sich in Frauenmörder zu verlieben, so war das schon immer. Aber Sie haben mehr Glück als die anderen«, schloss er und gab den Vigans seine Karte, »Sie sind noch am Leben.«

»Ich war nie in ihn verliebt«, sagte Marine energisch.
»Ein Glück für Sie.«

»Unglaublich, wie leicht es dir fällt, dich scheußlich zu benehmen.«

»Der Vorteil ist, dass du ihnen sofort sympathischer erscheinst. Vor allem ihm. Er hat Roland Liéport nicht zufällig zu seinem Opfer gemacht, nicht nur, weil er der Mensch war, den er am besten kannte. Da muss noch etwas anderes im Spiel sein.«

»Rache?«

»Rache, Eifersucht, der Wunsch, ihn zu dominieren. Wir müssen herausfinden, was es ist. Vielleicht war auch eine Frauengeschichte zwischen ihnen. Wie bei Verrier und Wieslowski, außer dass es sich hier ohne Liéports Wissen abspielte.«

Später im Zug erläuterte er seinen Gedanken.

»Weißt du, ich glaube, ich habe den wunden Punkt erwischt. Vigan ist hinter Liéports Frauen her. Es hat schließlich damit angefangen, dass er eine Affäre mit Émilie hatte, wenn wir uns nicht irren.«

»Nicht nur Émilie.«

»Annas Tod war notwendig, weil sie ihn mit Émilie gesehen hatte. Aber die getesteten Blonden hat er verfolgt, weil er glaubte, Liéport hätte sich mehrere von ihnen reingezogen. Und auch du bist eine Frau von Liéport. Du bist ein Zielobjekt geworden und er wird dich nicht in Ruhe lassen.«

»Wenn das stimmt, müsste er versuchen, mich zu töten.«

»Jetzt noch nicht. Er würde sich verraten. Aber er interessiert sich für dich. Er ist größenwahnsinnig. Er wird es nicht aushalten. Er muss uns helfen. Und er wird sich an dich wenden.«

Jeannette setzte sich gerade auf, sie war von Martins Überzeugungskraft beeindruckt.

»Er wird sich an etwas sehr Wichtiges erinnern, wodurch Liéport noch tiefer in die Sache hineingezogen wird und wir in die Lage versetzt werden, die Akten zu schließen. Er wird es dir mitteilen. Und dann sind wir am Zug.«

46

Drei Tage lang wurden Jeannette, Martin und das ganze Team von Journalisten unter Druck gesetzt. Vor allem Jeannette, die durch eine gezielte Indiskretion von Martin in den Mittelpunkt des Geschehens gerückt war. In den Zeitungen waren ein Foto von ihr und ihr Name veröffentlicht worden, sogar in der Sensationspresse, die sich sonst nur für Stars, verblasste Stars und die Schmarotzer interessierte, die um sie kreisten. Die blitzgescheite Polizistin, die den »siebenfachen Frauenmörder« verhaftet hatte (sieben war eine magische Zahl, die die Phantasie mehr anregte als sechs oder acht). In einem Artikel wurde sogar angedeutet, dass Jeannette dabei Federn gelassen hatte.

Sie erstattete Anzeige, aber die Belästigungen hörten nicht auf. Ihre Mutter und ihr Ex erhielten Dutzende Telefonanrufe und beschwerten sich darüber.

Zu normalen Zeiten hätte das für Jeannette den Gipfel der Schande bedeutet, aber diese unvorhersehbaren Dinge hielten sie davon ab, ständig an ihre verlorene Liebe zu denken, an das furchtbare Unglück, für das sie sich verantwortlich fühlte. Außerdem war das Ganze ein Teil der Falle, die sie dem Mörder stellte. Allein diese Idee gab ihr ungeheure Energie.

Vigan rief Jeannette gegen Abend an, als sie schon an Martins Vorhersagen zu zweifeln begonnen hatte.

»Paul Vigan. Ich muss mit Ihnen sprechen. Es ist dringend.«

»Ich wollte gerade nach Hause fahren«, sagte Jeannette. »Kann das nicht bis morgen warten?«

Sie sagte das so gleichgültig, dass er reagieren musste.

»Ich bin gerade in Paris, aber morgen fahre ich wieder. Ich kann, wenn Sie wollen, in Ihrem Büro vorbeikommen.«

»Wenn es uns hilft, endlich die Akten zu schließen. Wo sind Sie gerade?«

»In einem Hotel im IV. Arrondissement, dem *Castex*. Meine Frau macht im Marais Einkäufe und ich bin frei wie ein Vogel.«

»Treffen wir uns, wenn Sie wollen, an der Place de la Bastille im *Café Français*.«

Während sie auflegte, holte sie tief Luft und stieß sie langsam wieder aus. Der Fisch war an der Angel. Aber war er das wirklich?

Sie griff nach dem Telefon, um Martin anzurufen. Nein. In diesem Stadium konnte ihr nichts passieren, und sie würde sich allein und ohne Bewacher wohler fühlen. Martin würde ihr das übel nehmen, aber das machte ihr nichts aus.

Ihr Telefon klingelte. Es war Martin, der wegen einer Konferenz mit dem Richter eher gegangen war.

»Irgendwelche Neuigkeiten?«, fragte er.

Ihm etwas nicht zu erzählen, ging noch an, aber Lügen kam nicht in Frage.

»Er hat gerade angerufen. Du hattest recht. Ich habe jetzt keine Zeit, mit dir zu sprechen, ich habe mich mit ihm im *Café Français* verabredet.«

»Vermeide jedes Risiko.«

»Natürlich. Du kennst ja den Ort, da sind viele Menschen. Außerdem bin ich der Garant für seine Unschuld. Er wohnt mit seiner Frau im *Castex*, einem Hotel im Marais. Die Garonne ist weit weg.«

»Ruf mich an, wenn du fertig bist.«

Er saß bereits auf der Terrasse, als sie kam. Sie hatte vergessen, wie ähnlich er Liéport sah. Weniger schön, untersetzter, kleiner, sein Polohemd ließ kräftige Arme und blondes Brusthaar erkennen. Diese Arme hatten ihr ihren toten Liebhaber vor Augen gehalten, damit sie ihn für schuldig hielt. Diese Hände hatten mindestens acht Menschen getötet.

Sie lächelte ihn an.

»Was möchten Sie trinken?«

»Ein stilles Wasser.«

Er gab die Bestellung auf und nahm ein zweites Bier.

»Meine Frau kann nicht mehr schlafen«, sagte er. »Sie ist in therapeutischer Behandlung und auch ich bin am Rand einer Depression.«

»Das kann ich verstehen«, sagte Jeannette. »Und Rolands Tochter?«

»Es geht einigermaßen. Wir versuchen sie zu schützen, aber das ist nicht leicht. Sie hat die Leute reden hören und will, dass wir es ihr erklären.«

Jeannette musste an Zoé denken. Wenn sie in der gleichen

Situation gewesen wäre, ein Waisenkind, das beim Mörder seines Vaters wohnte! Ihr wurde bei dem Gedanken fast schwindelig. Panik überkam sie, aber sie durfte ihr nicht nachgeben.

Wegen ihrer quälenden Gedanken hatte sie die ersten Worte von Vigan verpasst.

»... sich alle missbrauchen lassen. Und doch kann ich es immer noch nicht glauben. Der Geist arbeitet, fast wider Willen. Mir ist eingefallen, dass Roland, als er in Paris war, für ein pharmazeutisches Labor arbeitete. Das ist eigentlich verboten, aber verständlich angesichts der niedrigen Gehälter von Ärzten in öffentlichen Krankernhäusern. Er musste kosmetische Tests überwachen, die an jungen Frauen vorgenommen wurden. Ich weiß nicht mehr, wie das Labor hieß. Ich weiß nur noch, dass alle diese Frauen blond waren.«

Jeannette beugte sich zu ihm hinüber:

»Es ist noch vertraulich, aber bald wird es herauskommen. Wir haben eine Spur dieser Tests gefunden. Und mehrere dieser Frauen gehören zu den Opfern.«

Vigan schien sich über diesen Vertrauensbeweis zu freuen. Das war ein Punkt für Jeannette. Vigan erzählte ihr ohne Umschweife, dass er schon lange von der Verbindung zwischen Liéport und den Blondinen von dem Test wisse. Er glaubte offenbar fest, dass er nie würde büßen müssen und die Flics Dummköpfe waren!

»Also besteht da tatsächlich ein Zusammenhang«, sagte er, »ich verstehe das nicht ganz. Warum war er so böse auf sie? Was haben sie ihm angetan?«

»Das wissen wir nicht. Hat er Ihnen gegenüber jemals eine Andeutung gemacht?«

»Darüber nicht.«

»Aber über etwas anderes?«

»Bevor er nach Paris ging, hatte er eine unglückliche Liebesaffäre.«

»Liebte er sie sehr?«

»Ja.«

»Man wird doch nicht Serienmörder, weil man verlassen worden ist.«

»Es war schlimmer als das. Sie waren verlobt. Er hatte einen Verkehrsunfall – mit einem Mädchen, das nicht seine Verlobte war. Als sie von seiner Untreue erfuhr, hat seine Verlobte ihm den Laufpass gegeben.«

»Wo ist das geschehen? In Bordeaux?«

»Nein. In Andorra. Mitten im Winter, 1986.«

»Wissen Sie, wer das Mädchen von dem Unfall war?«

»Ich kann mich nicht an den Namen erinnern. Es war nur eine kurze Episode.«

»Und seine Verlobte?«

»Sie war ein recht sympathisches Mädchen, eine Studienkollegin, auch wenn wir nie richtig Freunde geworden sind. Sie hat ihn verlassen, als sie erfuhr, dass er sie betrogen hatte.«

»Wissen Sie, wie ich sie erreichen könnte?«

Er schüttelte den Kopf.

»Sie können sie nicht erreichen. Sie ist im Jahr darauf, 1987, in Hossegor ertrunken. Ein Surfunfall. Sie wurde auf dem offenen Meer gefunden, mit einem Fuß an ihr Surfbrett gebunden ... Man hat nie erfahren, was passiert war, aber es hat damals niemanden überrascht, sie war nämlich depressiv.«

»Glauben Sie, dass Liéport etwas mit ihrem Tod zu tun hat?«

Er betrachtete lange den Tisch. Als er den Kopf hob, waren seine Augen feucht.

»Das ist ja furchtbar«, sagte er. »Die ganze Vergangenheit

verändert sich vor meinen Augen. Alles, woran ich glaubte, wird ungewiss oder unrichtig. Es ist wie Treibsand. Ich erinnere mich an Rolands Gesicht, als wir erfuhren, dass Valentine ... dass seine Verlobte tot war. Er sagte mir, er sei daran schuld, es sei geschehen, weil er ihr untreu gewesen sei. Das würde er sich nie verzeihen. Selbst da soll er mich noch angelogen und sie getötet haben? Wieso?«

»Weil sie ihn verlassen hatte. Aus Eitelkeit. Gründe gibt es genug.«

»Mir kommt das alles idiotisch vor. Ich kann das nicht länger hinnehmen. Unsere Praxis wird von Journalisten belagert, ich musste meine Telefonnummer ändern. Sie gönnen uns keine ruhige Minute. Wann hört das alles endlich auf?«

»Ich weiß«, sagte Jeannette, »das ist hart. Auch ich bekomme ja einiges ab. Und leider hat das Folgen. Meine Karriere wird drunter leiden. Meine Kollegen sehen mich schon an, als hätte ich die Beulenpest. Ich kannte ihn viel kürzere Zeit als Sie, aber ...«

»So eine Schweinerei! Sie sind ein Opfer wie die anderen Frauen. Der einzige Unterschied ist, dass Sie es geschafft haben zu überleben. Das kann man Ihnen doch nicht zum Vorwurf machen!«

»Sie wissen doch, was die Leute über vergewaltigte Frauen sagen. ›Sie haben es so gewollt‹. Jetzt hat mich schon zum zweiten Mal ein Mörder als Geisel genommen, und das ist das gefundene Fressen für die Zeitung. Von den Kollegen gar nicht zu reden. Es fehlt noch, dass sie mir vorwerfen, ich hätte es genossen.«

»Das ist unglaublich!«, wiederholte Vigan. »Roland hat uns verraten und wir müssen für alles aufkommen.«

»Genau«, sagte Jeannette.

Jeannette war wie gerädert. Leer. Als hätte sie drei Nächte hintereinander nicht geschlafen. Ihr Auto nach Hause zu fahren war so anstrengend, das sie es kaum schaffte. Als sie ins Haus kam, hatte sie nicht einmal mehr die Kraft, sich eine Suppe aufzuwärmen. Aber ihr war sowieso übel. Stress, Hass, Traurigkeit und Müdigkeit, alles kam zusammen.

Vigan hatte sich perfekt verhalten. Kein falscher Ton. Der perfekte Freund. So perfekt, dass sie fast wieder Zweifel bekommen hatte. Aber einen Augenblick lang, als sie sich umgedreht hatte, um den Ober zu rufen, sah sie im Spiegel Vigans Blick auf sich ruhen, kalt und berechnend und ohne jede Spur von Menschlichkeit. Zwei Sekunden lang hatte sich ihr der echte Vigan offenbart, ganz das Gegenteil des freundlichen Mannes, des treuen Freundes, der er in aller Augen war, mal empört, mal voller Mitleid.

Jeannette hatte Zoé ihrer Mutter anvertraut. Heute Abend wäre sie nicht in der Lage gewesen, sich richtig um ihre Tochter zu kümmern. Sie fühlte sich beschmutzt von der Nähe Vigans und der Rolle, die sie hatte spielen müssen. Ob er etwas bemerkt hatte?

Sie zwang sich, Martin anzurufen, bevor er sich meldete, und sagte ihm, sie würde ihm alles später erzählen, sie könne jetzt einfach nicht reden. Sie bat ihn herauszufinden, ob eine junge Frau mit Vornamen Valentine, etwa zwanzig Jahre alt, Jurastudentin, im Sommer 1987 ertrunken war.

Martin hörte es sich an, sagte nichts weiter und wünschte ihr eine gute Nacht.

Sie nahm ein Schlafmittel, doch es hatte die gegenteilige

Wirkung. Um zwei Uhr morgens schlief sie immer noch nicht. Die Waffe unter ihrem Kopfkissen tat ihr im Nacken weh, sobald sie sich bewegte. Wenn bloß Vigan in einem Anfall mörderischen Wahns bei ihr auftauchte, dann wäre endlich alles klar.

47

4. Juli, Montag

Martin legte wieder auf.

Das Mädchen, das im Meer ertrunken war, konnte Vigans erstes Opfer sein. Aber wenn sie es schon nicht schafften, ihn wegen der heute begangenen Morde zu überführen, wie dann bei einem Mord, der zwanzig Jahre zurücklag?

Es gab ein Motiv für Vigans Taten, das absurd schien und vielleicht ihm selbst nicht bewusst war, dessen Aufdeckung ihnen jedoch eine Chance ließ, ihn zu verhaften.

Martin hatte Véronique Legat seit Bordeaux nicht mehr angerufen. Mehrmals war er versucht gewesen, es zu tun, und jedes Mal, wenn er die Nummer wählte, gab er auf.

5. Juli, Dienstag

Sie saßen zu viert in Martins Büro und besprachen die Lage.

1987 war tatsächlich eine Valentine Pradal in Hossegor ertrunken.

Valentine Pradal war in dasselbe Gymnasium gegangen wie Liéport und Vigan, bevor sie Jura studierte.

»Vigan will die Frauen von Liéport«, sagte Martin, »und Valentine war eine Frau von ihm. Sie ist wahrscheinlich eines von Vigans ersten Opfern.«

»Verdrängte Homosexualität wie bei Wieslowski und Verrier?«, fragte Olivier.

»War er auf alle diese Frauen eifersüchtig?«, fragte Alice.

»Vielleicht, aber da muss noch etwas anderes sein, weil Vigan auch Liéports Exfreundinnen aus früherer Zeit umgebracht hat.«

Jeannette gelang es, die Schwester von Valentine Pradal zu erreichen. Sie drückte auf den Lautsprecher am Telefon.

Valentine war mit Roland Liéport verlobt gewesen, aber die Verlobung hatte nicht gehalten. Sie hatte sich von Liéport getrennt. »Sie wäre besser bei dem anderen geblieben.«

»Der andere? Welcher andere?«, fragte Jeannette.

»Ich habe seinen Namen vergessen. Sein bester Freund.«

»Vigan? Paul Vigan?«

»Genau.«

Am Tisch tauschten sie Blicke aus.

»Meinen Sie damit, dass Ihre Schwester, bevor sie sich mit Roland Liéport verlobte, die Freundin von Paul Vigan gewesen ist?«

»Genau, das meine ich. Sie hat ihn wegen Liéport verlassen. Und dieses Schwein hat sie betrogen. Seinetwegen hat sie sich umgebracht. Ich habe nie an einen Unfall geglaubt. Val konnte gut schwimmen und war eine tolle Sportlerin.«

Zwanzig Jahre nach Valentines Tod konnte die Schwester noch nicht ohne Schluchzen darüber sprechen.

»Wir haben in der Familie immer gewusst, dass es kein Unfall war.«

»Hat sie nichts hinterlassen?«

»Nein, aber es war eindeutig. Sie war verzweifelt.«

Die Familie von Valentine hatte an einen Selbstmord geglaubt, aber dass es Mord gewesen sein könnte, darauf waren sie nicht gekommen.

»Wenn sie sich umgebracht hat, dann haben wir ein Motiv«, sagte Martin.

»Soweit man bei einem Serienmörder überhaupt von Motiv sprechen kann«, entgegnete Alice.

»Nennen wir es Auslöser. Liéport hat Vigan die Freundin ausgespannt, und sie hat sich umgebracht. Daraufhin beschließt Vigan, Liéport die Frauen auszuspannen und sie zu töten.«

»Warum hat er fünfzehn Jahre gewartet, biss er sich über Émilie hergemacht hat?«

»Es hat so lange gedauert, bis sein Hass und seine Rachegelüste gereift waren«, sagte Jeannette. »Es fehlte auch die Gelegenheit. Du erinnerst dich doch noch, was Roland uns gesagt hat. Nach einer Phase, in der sie sich beinahe getrennt hätten, kam Émilie zu ihm zurück. Das heißt wahrscheinlich, dass sie ihre Affäre mit Vigan beendete. Noch einmal sah es so aus, als würde Vigan eine Frau an seinen Freund verlieren.«

»Das hat er nicht ertragen. Was geschehen ist, werden wir nie wissen, vielleicht war Émilies Tod ja auch so etwas wie ein Unfall. Aber eins ist sicher: Er hat die Leiche verschwinden lassen. Dann hat er Anna umgebracht, die von seiner Beziehung zu Émilie hätte erzählen können, und so wäre er in Verdacht geraten. Danach kam er auf den Geschmack, wie viele Serienmörder, aber um die nötige Energie und den Willen aufzubringen, musste er Frauen überfallen, die mit Roland Liéport in Verbindung standen. Die Mädchen der Tests.«

»Aus Besessenheit oder Berechnung?«

»Es ist mehr als Berechnung, um die Polizei zu täuschen«, sagte Jeannette. »Warum hat er Véronique die Maske nicht vom Gesicht gezogen, obwohl er sie töten wollte? Das haben wir uns nie gefragt. Ich glaube, wenn er seinen Neigungen nachging, trat er an Liéports Stelle. Ich wette, dass er sich als Liéport ausgab, sogar bei den Frauen. Deshalb durften sie nichts sehen.«

»Laurette Weizmann bekommt Konkurrenz«, sagte Martin grinsend.

»Glaubst du mir nicht?«

Sie suchte in der Mitschrift des ersten Verhörs und zeigte auf einen Abschnitt.

»Lies das hier mal.«

Alice und Olivier kamen näher.

»›Er hat seine Hand auf meine Hüften gelegt und dann auf die Oberschenkel und mit der anderen ganz sanft meine Wange gestreichelt‹.«

»Na und?«

»Ich habe in den Protokollen von Darling nachgesehen. Auf den Wangen, oben an den Oberschenkeln, an den Hüften. An diesen Stellen wurde das Gel aufgetragen.«

»Ist das nicht ein bisschen an den Haaren herbeigezogen?«, fragte Olivier. »Oder die Frau schämte sich, uns zu erzählen, wie es weiterging.«

»Lies weiter, was er gesagt hat.«

»›Ich liebe dich schon so lange, denkst du noch an deine ersten Liebhaber? In welchem Alter hast du angefangen, mit Männern zu schlafen?‹«

»Sie hat geantwortet: ›Mit zweiundzwanzig.‹ Als sie die Tests machte, war sie erst einundzwanzig. Das wusste er und es bedeutete, dass sie keine Beziehung zu Liéport gehabt hatte.«

»Liéport hatte seinem Freund Vigan wahrscheinlich erzählt, dass er mit einem oder zwei der Mädchen ausgegangen war, aber Vigan wusste nicht, mit welchen. Véronique bewies ihm, dass sie nicht dazugehörte. Deshalb ließ sein Interesse an ihr nach und er hat sie am Leben gelassen. Sein Tötungsdrang hatte ihn verlassen.«

Dinge zu wissen und zu verstehen bedeutet noch nicht, dass man Beweise hat. Kein konkretes Indiz ließ es zu, Vigan zu beschuldigen. Das Verfahren wurde eingestellt.

48

5. Januar

Die Gestalt tauchte am Ende der Straße auf.

Seit fünf Monaten wartete sie auf diesen Moment.

Weihnachten und Neujahr waren vorüber. Die Leichen von Liéport und dem letzten Opfer verwesten auf dem Friedhof. Nach den letzten Medienberichten und Ermittlungen war Ruhe eingekehrt.

Seit zwei Monaten hatte Jeannette aus ›persönlichen Gründen‹ um Freistellung gebeten. Und keines von Martins Argumenten hatte sie umstimmen können.

Sie hatte 1500 Euro auf ihrem Konto, als sie die Behörde verließ und 8700 auf dem Sparkonto. Von ihrem Ex bekam sie 250 Euro im Monat, und Martin hatte erreicht, dass sie einen Teil der Überstunden bezahlt bekam. 400 Euro mehr auf ihrem bescheidenen Sparguthaben.

Sie hatte den kleinen blauen Peugeot, den sie so liebte, verkauft, und die 250 Euro Kosten weniger hatten ihr etwas Luft verschafft. Sie kaufte sich einen alten R 5, von dem ein Nachbar, der Vater einer Freundin von Zoé, gesagt hatte, er sei gut in Schuss.

Am 30. August, zwei Monate nach ihrer letzten Begegnung mit Vigan im *Café Français,* war Jeannette wieder nach Bordeaux gefahren und hatte begonnen, ihr Netz zu spinnen.

Sie fuhr gegen Abend zu Liéports Haus und durchsuchte noch einmal von Grund auf die Örtlichkeiten.

Als Vigan die offenen Läden und das Auto vor dem Haus sah, blieb er stehen.

Jeannette hatte den Zeitpunkt ihres Besuchs nicht zufällig ausgesucht. Es war die Zeit, zu der er die Praxis verließ und auf dem Heimweg an Liéports Haus vorbeikam.

In fünf Monaten waren ihre Ersparnisse geschrumpft. Sie konnte so keinen Monat mehr durchhalten, obwohl sie halbtags als Assistentin von Véronique Legat arbeitete.

Endlich sah sie ihr Ziel vor sich auftauchen. Rue de la Folie-Méricourt. Eine kräftige Gestalt stand da, nur hundert Meter entfernt, und sie wirkte besonders stark, weil der Mann eine Bomberjacke trug. Eine dunkle Mütze verbarg seine Haare und er trug einen Schnurrbart. Er hatte auch eine Brille mit Metallrand. Eine notdürftige, aber wirksame Verkleidung.

Die Erfüllung ihres Plans. Und es hat geklappt, sagte sie sich, dabei war sie nicht sicher, ob sie wirklich daran glaubte.

Seit fünf Monaten hatte sie oft Kontakt zu Vigan gehabt.

Sie hatten sich mehrmals getroffen und sie hatte ihm langsam ihr Gift verabreicht.

Im November hatte er von ihrer Zukunft gesprochen. Er sei die tägliche Routine leid, er wolle sein Leben ändern. Vielleicht umziehen, um in ihrer Nähe zu sein. Er sei sogar bereit, seine Frau und die Kinder zu verlassen. Sie hatte es ihm nicht ausgeredet.

Aber in dieser späten Januarnacht war er nicht ihretwegen gekommen, sondern wegen einer anderen.

Sie hatte sich lange gefragt, ob ihre Falle gut genug sei. Hatte er für immer das Blatt gewendet? Konnte er widerstehen? Nein, er konnte es nicht, es war stärker als er.

Seit Anfang des Sommers hatte Martin mehrfach versucht, ihr die Bitterkeit zu nehmen, aber sie hatte sich weiterhin geweigert, ihn und die anderen Mitglieder des Teams zu treffen.

Er hatte ihr versichert, selbst wenn Vigan stillhielt und es unmöglich war, Beweise gegen in zu finden, werde er, Martin, die Sache nicht auf sich beruhen lassen. Sie müsse ihm dabei helfen.

Sie weigerte sich. Man müsse das Ganze vergessen. Er sei schließlich nicht der erste Mörder, der ungestraft davonkomme, wenn er überhaupt der Mörder sei. Je mehr Wochen und Monate vergingen, desto weniger wisse sie, was sie glauben sollte, gestand sie Martin eines Tages im Oktober, an dem sie bereit gewesen war, sich zum Mittagessen einladen zu lassen. Ihre einzige Gewissheit sei, dass sie eine ordentliche Arbeit finden müsse. Vielleicht Lehrerin, wie ihre Mutter?

Martin sah schweren Herzens zu, als sie ging. Ihre Kündigung würde sie von innen zerstören, dachte er.

Aber er täuschte sich.

Am 31. August hatte sie den Schritt getan, in dem Wissen, dass sie danach bis zum Schluss durchhalten musste – egal, wie hoch der Preis war.

Sie hatte Vigan gesagt, schon beim ersten Mal, als sie ihn sah, habe sie ihn attraktiv gefunden und Liéport sei nur zweite Wahl. Er hatte ihr geglaubt. Sie hatte mit ihm im Haus ihres ermordeten Liebhabers geschlafen, auf dem Boden im Wohnzimmer.

Während er in sie eindrang, konnte sie sich nicht mal in

ihrem tiefsten Innern schützen. Sie musste glaubwürdig sein und mitmachen. Es war am Ende gar nicht so schwer gewesen. Sie war gepanzert, sie war ein Soldat. Der einzige Soldat in diesem Kampf, und Soldaten müssen ihr Leben einsetzen.

Im September hatte sie ihn wiedergesehen und ihm zu verstehen gegeben, Véronique Legat, für die sie halbtags arbeite, habe ihr anvertraut, sie hätte eine Affäre mit Liéport gehabt.

Zunächst hatte Vigan nicht auf Jeannettes Mitteilung reagiert.

Drei Wochen später erwähnte er das Thema beiläufig, als sei es nicht weiter von Bedeutung. Für ihn habe Liéport nie etwas mit Véronique gehabt, und er verwies auf ein Gespräch, das er wahrscheinlich erfunden hatte.

Doch, behauptete Jeannette. Véronique habe ihr versichert, ein paar Wochen nach den Tests eine Affäre mit Liéport gehabt zu haben. Zuerst habe sie es nicht zugeben wollen, weil sie sich schämte, mit einem Serienmörder zusammen gewesen zu sein, aber am Ende hatte sie es, nachdem Jeannette nicht lockerließ, zugegeben.

Da wechselte Vigan sogleich das Thema. Aber das Gift begann seine Wirkung zu tun.

Jeannette hatte Véronique ins Zentrum der Falle gestellt, in der Rolle der am Pflock festgemachten Ziege. Martin hatte sie nichts davon gesagt.

49

5. Januar

Es war eine Inspektionstour. Er wollte die Straße sehen, spüren, ob sich etwas verändert hatte. Das Raubtier griff die Ziege nicht sofort an. Vorsichtig zog er immer engere Kreise um sein Opfer, in Habachtstellung im Hinterhalt.

Jeannette lag auf dem Flachdach eines Gebäudes, zwei Hausnummern von Véroniques Wohnung entfernt. Sie trug eine schwarze Gesichtsmaske aus Seide, eine Skijacke und steckte zu drei Vierteln in einem Schlafsack. Trotzdem war ihr kalt. Hier wachte sie, wenn Véronique allein war. Sie wusste alles über ihre Lebensgewohnheiten.

Die beiden Frauen hatten sich angefreundet und ihre Töchter spielten manchmal am Wochenende miteinander. In der Zwischenzeit war Jeannette fast zu ihrem Schatten geworden.

Martin besuchte Véronique regelmäßig, aber ihre kurze Affäre hatte keine Zukunft. Véronique hatte Jeannette alles erzählt.

Die Justizverwaltung hatte Jeannette ihre Waffe weggenommen, aber neben ihr lag auf dem Dachblech außer der Thermosflasche mit Kaffee und Keksen eine Neun-Millimeter GLock mit Laser-Zielerfassung, die den Lauf vergrößerte und schwerer machte. Sie stammte von einem Drogenhändler und sie hatte sie, bevor sie ihren Posten verließ, in versiegelter Verpackung mitgenommen. Der Prozess des Waffenbesitzers sollte erst im Frühjahr stattfinden, und bis dahin hatte sie Zeit genug, sie wieder an Ort und Stelle zu legen.

Er geht um Véroniques Gebäude herum, ohne stehen zu bleiben und ohne hinzusehen, dann verschwindet er aus Jeannettes Gesichtskreis.

Besichtigt er nur den Ort oder …?

Er kann es sich nicht erlauben, die Dinge ewig schleifen zu lassen. Er kann sie nicht verschwinden lassen, das würde zu viele Fragen aufwerfen.

Er muss einen Unfall vortäuschen.

Sie hört, wie ein Motor anspringt. Ein schwerer schwarzer Wagen mit Vierradantrieb fährt im Schritttempo durch die Straße.

Jeannette weiß, dass er in dem Wagen sitzt.

Der Wagen hält am Ende der Straße auf einem Parkplatz zur Anlieferung von Waren, der Fahrer steigt aus. Er geht eiligen Schrittes zum Gebäude, bewegt dabei ständig den Kopf, gibt den Code ein und betritt das Haus.

Jeannette kriecht eilig aus dem Schlafsack, öffnet die Dachluke, reißt sich dabei einen Nagel ein und rennt die Dienstbotentreppe hinunter.

Sie rennt über die Straße, gibt den Code ein und rennt zum Gitter.

Sie öffnet es und nimmt drei Stufen gleichzeitig, die Glock im Anschlag.

Er ist nicht auf der Treppe.

Véroniques Tür ist geschlossen. Er hat sie nicht aufbekommen. Woher hätte er auch den Schlüssel haben sollen?

In der obersten Etage gibt es eine Tür, durch die man auf einen kleinen Flur und zu einer Leiter aus Stahl gelangt, die bis in den Hof reicht, an der Ecke des Gebäudes. Die Leiter führt in etwa einem Meter Entfernung am Badezimmer vorbei. Man braucht sich nur außen am Fenster festzuhalten, mit einem Diamant ein Stück aus der Scheibe herauszuschneiden, um den Griff zu betätigen, wenn das Fenster geschlossen ist.

Ihr wird klar, wie wahnsinnig ihr Vorgehen ist. Um sich und auch Liéport zu rächen, geht sie das Risiko ein, dass eine Frau ums Leben kommt. Sie muss vor ihm in der Wohnung sein.

Sie hat den Schlüssel, dafür hat sie gleich zu Anfang gesorgt.

Lautlos dreht sie ihn um, aber die Tür gibt nicht nach. Eine dicke Sicherheitskette hält die schwere Tür fünfzehn Zentimeter vom Türrahmen entfernt fest. Véronique hat sie neu einbauen lassen, gestern war sie noch nicht da.

Durch den Spalt sieht Jeannette einen Teil des großen Zimmers. Alles ist dunkel.

Hört sie jetzt nicht das Klirren einer Scheibe? Wenn sie jetzt schreit, wird er Véronique umbringen, ohne zu zögern.

Jeannette schließt leise die Tür und tritt ein paar Schritte zurück. Sie dreht den Schlüssel einmal um und lässt ihn im Schloss stecken. So ist Vigan der Fluchtweg abgeschnitten.

Als Véronique die Augen öffnete, war das Erste, was sie sah, ein Kopf mit Gesichtsmaske, der sich über sie beugte.

Sie wollte schreien, aber ein feuchter Handschuh legte sich auf ihr Gesicht und sie spürte einen Stich im Arm. Sie wehrte sich, doch die Kräfte verließen sie schnell und sie blieb reglos liegen, unfähig, auch nur mit der Wimper zu zucken oder einen Ton von sich zu geben.

Die Gestalt stand weiter über sie gebeugt.

Jeannette klettert über das Dach und rennt zu der Leiter aus Stahl.

Sie steigt schnell herunter und benutzt nur jede zweite Sprosse. Sie ist viel kleiner als Vigan und ihr Bein ist zu kurz, um den Fuß auf das Fensterbrett zu setzen.

Sie hat keine Wahl. Sie muss springen, in der Hoffnung, die Fensterbrüstung zu erreichen, damit sie nicht sechs Meter tief auf dem Boden aufschlägt und Véronique mit dem Mörder allein bleibt.

Sie nimmt Schwung, springt. Ihr Fuß rutscht ab, ihr Knie schlägt mit einem dumpfen Laut auf, aber es gelingt ihr, sich mit den Händen am Geländer festzuhalten.

Das Fenster steht offen. Ihr Knie schmerzt heftig, aber sie schafft es, sich aufzurichten. Vor ihr liegt das Badezimmer, ein schwarzes Loch, kein Laut ist zu vernehmen. Ob er sie gehört hat?

Sie klettert über das Fensterbrett, und als sie auf dem Fliesenboden landet, verschluckt ein Teppich das Geräusch.

Sie geht durch die Tür und schiebt sich leise vorwärts, die Glock im Anschlag.

Da hörte sie ihn.

Er murmelt, er redet mit seiner Gefangenen.

Jeannette bewegt sich in Richtung Schlafzimmer. Leise wie eine Katze.

Jetzt steht sie im Türrahmen.

Vor ihr das Bett, auf dem die nackte weiße Gestalt von Véronique liegt, die Arme überkreuzt.

Sie ist allein, sie ist nicht gefesselt. Wie …?

Instinktiv wirft sie sich zu Boden, entgeht um ein Haar dem Gewicht der riesigen Masse, sie dreht sich im Rollen um sich selbst, sie hat die Glock nicht verloren. Sie schießt instinktiv, ein- zweimal, ohne zu sehen wohin, aber die Richtung scheint zu stimmen. Die Schüsse krachen in die nächtliche Stille.

Sie hört ein ersticktes Stöhnen und spürt, wie der Boden durch einen Sturz erzittert. Sie presst die Füße gegen die Flurwand, um auf die andere Seite zu gelangen, stützt sich auf ein Knie. Es hat nicht nur Nachteile, klein und leicht zu sein. Die Luft riecht nach Cordit.

Sie drückt auf den Schalter neben der Tür, und im Flur wird es hell.

Zwei Füße in schwarzen Sportschuhen ragen aus dem Zimmer. Auf dem Boden breitet sich eine Lache roten Bluts aus.

Jeannette bewegt sich vorwärts, die Pistole auf die Füße gerichtet. Wenn es nur eine List wäre …

Er liegt da, atmet heftig, die Augen weit offen.

Véronique liegt immer noch in derselben Haltung. Etwas Speichel läuft seitwärts aus ihrem Mund. Ihre Augen aber sind offen, und sie versucht zu sprechen.

Jeannette geht um den Mann mit der Gesichtsmaske herum, dessen Augen an die Decke starren, ohne sie zu sehen,

Sie fühlt Véroniques Puls. Er schlägt langsam, aber sie scheint außer Gefahr.

Sie denkt an das Muskelrelaxans, das Verrier bei Isabel Wieslowski benutzen wollte. Offenbar ist das die neue Mode nach der Vergewaltigungsdroge GHB.

»Alles in Ordnung«, sagt sie zu Véronique, die immer noch versucht zu sprechen.

Sie deckt sie zu und geht zu dem Mann. Reißt ihm die

Maske herunter. Er ist am Oberschenkel und an der Leiste verletzt. Seine schwarze Hose glänzt von Blut.

»Guten Tag, Paul«, sagt sie.

Er sieht sie an und trotz der Schmerzen grinst er ein wenig.

»Also ist es vorbei, oder?«

»Wie wolltest du sie umbringen?«

Er antwortet nicht. Sein sonst so sanftes Gesicht ist schmerzverzerrt. Sie dreht sich suchend um und begreift.

»Mit Gas. Sie hat einen alten Ofen, es hätte funktionieren können.«

»Seit wann weißt du es?«, fragt er.

»Schon lange, sehr lange.«

»Ich halte es im Gefängnis nicht aus. Davor habe ich am meisten Angst. Eingesperrt zu werden. Bring die Arbeit zu Ende.«

Jeannette dreht ihn auf die Seite und legt ihm am Rücken Handschellen an, bevor sie ihn in die andere Richtung stößt. Er zittert vor Schmerzen, schreit aber nicht.

Sie sieht sich die Verletzungen an.

Das Loch im Schenkel blutet schon nicht mehr.

»Ich glaube, mein Schenkel ist gebrochen«, sagt er.

Die Verletzung an der Leiste scheint problematischer zu sein. Hellrotes Blut läuft heraus wie aus einem schlecht zugedrehten Hahn, macht die Kleidung nass und breitet sich dann am Boden aus.

»Was hast du ihr gespritzt?«, fragt sie.

»Nichts, was sie umbringt. Ich wollte nur, dass sie brav ist.«

»Wie kannst du dich jetzt noch für Liéport halten, wo er doch tot ist?«

Sein Gesicht erstarrt. Er antwortet nicht.

Sie ruft Martin an. Nach zweimaligem Klingeln nimmt er ab.

»Du solltest zu Véronique kommen«, sagte sie. »Vigan hat versucht, sie zu entführen, ich habe eingegriffen, aber er hatte noch Zeit, sie zu betäuben. Es geht ihr gut.«

Martin verliert keine Zeit mit leerem Gerede.

»Ruf schnell die Rettung an. Ich bin in Le Mans. In anderthalb Stunden bin ich da. Und Vigan?«

»Er hat es nicht geschafft«, sagt Jeannette.

Sie legt auf.

»Also, bist du einverstanden?«

»Um dir einen Gefallen zu tun. So kannst du jedenfalls keinem mehr was tun. Wo sind die Leichen deiner Opfer?«

»Im Meer.«

»Das glaube ich nicht.«

Sie hört Lärm in der Wohnung unterhalb. Die Nachbarn haben wohl schon die Polizei gerufen.

Sie holt ein Handtuch im Badezimmer, faltet es und legt es auf das Loch, durch das das Blut strömt.

»Nein!«, fleht Vigan. »Ich habe dir doch gesagt, dass ich nicht in den Knast will! Ich habe sie ins Meer geworfen.«

»Du lügst. Du kannst dich ja am Fensterkreuz deiner Zelle aufhängen«, sagt Jeannette und drückt heftig auf die Wunde.

Sie ruft mit dem Handy die Rettung an, nennt die Adresse und die Art der Verletzungen.

»Sie kommen gleich, du wirst durchkommen.«

»Wenn du mich gehen lässt, sage ich dir, was ich mit den Leichen und den Fotos gemacht habe. Sonst werdet ihr nie etwas finden.«

»Zuerst redest du.«

»Denk nach, Jeannette. Ihre Familien haben sie vergessen. Nur ich erinnere mich noch an sie. Du solltest sie da lassen, wo sie sind, und mich auch sterben lassen. Das wäre das Beste für alle.«

Sie drückt heftiger auf die Kompresse und er stöhnt.

»Du wirst im Knast verfaulen, Vigan.«

»Seit wann verdächtigst du mich?«

»Seit ich begriffen habe, dass du hinter seinen Frauen her warst.«

»Warum glaubst du das?«

»Weil sie Liéport liebten. Wie ich, wie Valentine. Sie hat dich seinetwegen verlassen. Hast du auch sie umgebracht, um dich zu rächen?«

»Nein, Roland hat sie getötet. Sie hat die Trennung nicht verkraftet und sich das Leben genommen.«

»Wo sind die Leichen deiner Opfer? Das ist deine letzte Chance.«

»Okay«, sagte er. »Ich vertraue dir. Ich habe vor langer Zeit ein Stück Land gekauft. Einen ehemaligen Weinberg. Dort ist ein alter Brunnen. Die Öffnung ist mit Erde zugestopft, aber man muss nur ein wenig graben. Da sind sie.«

»Und die Fotos?«

»Sie sind auch dort. Auf CD. In einer hermetisch abgeschlossenen Kassette. In der Nähe von … Du brauchst dir nur einen Metalldetektor zu leihen.«

Er schloss die Augen und ließ den Kopf nach hinten fallen.

»Nimmt die verdammte Kompresse weg!«

Jeannette hörte die Sirene.

»Scheiße, lass mich«, rief er und krümmte sich.

Aber dann wurde er schlaff. Er war am Ende seiner Kräfte, kreidebleich im Gesicht.

»Ich kann nicht in den Knast«, murmelte er. »Das ist die

Hölle. Ich halte es nicht aus, gefangen zu sein. Es ist besser für alle, dass ich abkratze.«

»Nicht für mich. Ich will, dass du in deinem Käfig, drei Meter lang, zweieinhalb Meter breit, im Kreis läufst und dich fragst, ob du den Mut hast, dich aufzuhängen.«

»Ich habe deinen Freund getötet. Ich habe gelogen. Du wirst meine lieben Mädchen nie finden. Ich habe dich verarscht.«

»Nein, ich habe dich verarscht.«

5. Januar

Martin und Jeannette saßen sich in einem Bistro der Rue Saint-Jacques gegenüber.

»Deswegen wolltest du also als Assistentin von Véronique arbeiten, damit du sie im Blick hast?«

»Ich weiß, dass du mir deshalb böse bist«, antwortete sie, »aber ich konnte nicht anders.«

»Sie wusste, was los war. Hattest du es ihr gesagt?«

»Ich habe ihr gesagt, ich sei da, um sie zu beschützen.«

»Ihr habt mich ganz schön auf den Arm genommen.«

»Zehnmal am Tag habe ich mich gefragt, ob ich dich einweihen sollte, und zehnmal bin ich zu demselben Schluss gekommen.«

»Du bist zu einer Rächerin geworden, Jeannette, du bist fanatisch. Für dich heiligt der Zweck alle Mittel. Dass Véronique einverstanden war, ändert nichts daran. Du hast ihr Leben für eine Wette aufs Spiel gesetzt. Eine Wette, die du fast verloren hättest.«

Martin wurde wütend, umso mehr, als seine Wut sinnlos war. Was passiert war, war passiert. Vigan war im Gefängnis, Véronique Legat war am Leben und es ging ihr gut.

»Kannst du mir sagen, was du gemacht hättest, wenn Vigan nicht gekommen wäre?«

»Ich hätte einen anderen Weg gefunden.«

»Und wenn er Véronique getötet hätte? Du bist zu weit gegangen, Jeannette.«

Was er gesagt hatte, stimmte nicht ganz. Jeannette war keine Kriminelle geworden. Sie hatte ihre Unparteilichkeit aufgegeben, um selbst Opfer zu werden, ein Opfer voller Leidenschaft mit allen Vorteilen einer kampfbereiten Professionellen.

Da Martin sie kannte, hätte er wissen müssen, wie sie reagieren würde. Von Anfang an, schon als er merkte, dass sie in Liéport verliebt war, hätte er sie aus dem Fall herausnehmen sollen. Wenn er die Klarsicht und den Mut gehabt hätte, so zu handeln, wäre Liéport noch am Leben. Und Vigan würde immer noch frei herumlaufen. Und Véronique Legat ... und Jeannette ... Er schüttelte den Kopf.

Sein Ärger verschwand und machte Traurigkeit Platz. Sie saß ihm gegenüber, klein und zerbrechlich. Nie würde er mehr eine Mitarbeiterin von solcher Kampfkraft finden.

Aber noch war nicht alles zu Ende. Es gab da noch etwas, das sie gemeinsam erledigen mussten.

50

4. Juni

Der Dieselmotor brummte in der Hütte über dem Dock, brachte die Ziegel zum Zittern und puffte grauen Rauch in den Himmel. Die Pumpen hatten fast das ganze Becken geleert. Nach einer halben Stunde war auf dem Grund nur noch eine schwarze Lache mit daraufliegenden Abfällen zu sehen.

Martin ließ eine schwere Brechstange an der Wand herunter, dann stieg er über die noch feuchte Eisenleiter in das Dock, gefolgt von Jeannette. Unten war es kühl wie in einem Grab.

Beide hatten Gummistiefel an.

Martin nahm die Stange und durchsuchte das Wasser, bis er auf Metall stieß.

»Da ist es«, sagte er.

Er klopfte mit der Stange auf den Boden, bestimmte die Größe der Gussstahlplatte und es gelang ihm, die Spitze zwischen den Rand der Klappe und den Sockel zu schieben.

Martin benutzte den so entstandenen Hebel, und die Klappe bewegte sich. Er drückte die Stange mit aller Kraft nach unten, und schließlich bewegte sich die schwere Klappe in den Angeln. Mit Jeannettes Hilfe gelang es ihm, sie anzuheben.

Die Grube unter dem Dock war fast ganz mit Wasser gefüllt, aber man sah im Wasser durchlöcherte, von Rost angefressene Eisenrohre. Das war das frühere Abflusssystem, nach und nach durch ein moderneres aus PVC-Rohren ersetzt, die innerhalb der Zementmauern steckten.

Martin beugte sich vor, um mit der Brechstange den Grund der Grube zu erkunden. Nach mehreren Versuchen stieß er mit der Stange auf ein Hindernis, das nachgab. Er probierte es noch ein paar Male und spürte ein neues Hindernis, das ebenfalls nachgab.

»Hast du was?«, fragte Jeannette.

»Ich weiß nicht. Um gründlich zu sein, müssten wir das Wasser ausleeren. Aber das geht vielleicht nicht.«

Er zog die Stange heraus und leuchtete mit einer Stablampe auf die Wasserfläche.

Weil das Licht reflektierte, konnte er den Grund nicht sehen.

»Ich glaube, ich sehe etwas«, sagte Jeannette, »etwas Dickes, Weißes.«

Sie nahm die Brechstange, aber sie war zu schwer und sie ließ sie fallen. Die Stange fiel in das Loch und verschwand.

»Scheiße«, sagte Martin.

Auf der Wasseroberfläche bildeten sich plötzlich Blasen, eine riesige Blase platzte und alles um sie herum roch wie in der Hölle.

Sie sprangen nach hinten, spuckten aus vor Ekel. Jeannette beugte sich vor und übergab sich. Martin erging es kaum besser.

»Die Stange hat eine Plane durchbohrt«, sagte er. »Das sind Fäulnisgase. Sie sind da unten.«

Sie gingen wieder zum Rand des Beckens, die Augen voller Tränen, und bedeckten Mund und Nase mit Taschentüchern.

Das Blubbern hatte beinahe aufgehört, nur noch kleine Blasen mit ekelerregendem Gas zerplatzten an der Oberfläche.

»Ja, da sind sie«, sagte Jeannette und wies mit dem Finger nach unten.

Eine weißliche Masse mit regenbogenfarbigen Schlieren von Dieselöl stieg hoch und drehte sich langsam um sich selbst.

Inmitten der von Gas aufgeblähten Blase erkannte man eine Leiche. Die Brust, Haare, die sich bewegten wie Algen, die Glieder waren deutlich zu erkennen. Einen Augenblick sahen sie ein Gesicht, bevor es wieder nach unten sank.

»Die anderen sind auch dort«, sagte Jeannette. »Es wird Zeit, sie nach Hause zu bringen.«

51

Am selben Tag fanden sie die Fotos im Tresor einer Bank in Arcachon, auf der Vigan unter falschem Namen ein Konto hatte.

5. Juni

Um drei Uhr morgens wurde Jeannette wach, ihr Herz klopfte wie wild, sie schwitzte am ganzen Körper, ihre Wangen waren triefend nass.

Sie trank eine halbe Flasche Wasser.

Sie hatte das Gewicht seiner Hände auf sich gespürt. Das Gewicht von Rolands Händen.

Sie legte sich wieder hin, starrte in die Dunkelheit.

Ihr Traum fing wieder an. Liéport war da, dicht bei ihr. Sie hörte nicht auf zu weinen und ihm zu sagen, wie leid, wie leid, wie leid es ihr tue. Er schien nicht zu verstehen, wovon sie redete, wollte sie in den Arm nehmen, doch anstatt dies zu genießen, weinte sie weiter.

Es war nicht der erste Traum dieser Art und es würde nicht der letzte sein.

Sie musste noch schlafen. Morgen war ein wichtiger Tag. Sie hatte ein Treffen mit einer Sozialarbeiterin, zum fünften Mal. Es ging um die Adoption von Liéports Tochter. Vor acht Monaten hatte sie diese Entscheidung getroffen, und Martin hatte ihr offen gesagt, dass er Bedenken habe. Aber das rührte sie nicht. Sie hatte ihre Versetzung nach Créteil beantragt, wodurch sie zwei Stunden weniger pro Tag fahren musste. Außerdem hatte sie beschlossen, Jura zu studieren, um Untersuchungsrichterin zu werden. Eine feste und solide Arbeit, in der sie eine sinnvolle Aufgabe hatte.

Martin war nicht der Einzige, der dagegen war. Ihre Mutter und ihr Exmann fanden, dass ihr Vorhaben Wahnsinn sei.

Aber Jeannette wusste, dass sie richtig handelte. Rolands Tochter hatte keine nahen Verwandten, die Gegend zu verlassen konnte ihr dabei helfen, schneller mit dem Tod ihres Vaters fertigzuwerden und sie vor neugierigen Blicken und unüberlegten Gedanken schützen.

Sie war genau so alt wie Zoé, und als Jeannette ihr die Tochter vorgestellt hatte, waren die beiden sehr gut miteinander ausgekommen.

Martin hatte ihr geraten, nachzudenken. Man lastete sich nicht so etwas auf und änderte nicht sein Leben, um einen eingebildeten Fehler wiedergutzumachen.

Er hatte unrecht. Für Jeannette war es keine Last.

Sie liebte Kinder, sie hätte gern mehrere gehabt, aber das würde wahrscheinlich nicht mehr geschehen.

Sie war jetzt an einem Punkt angekommen, wo es Entscheidungen zu treffen galt. Sie konnte sich nicht mehr damit zufriedengeben, von Tag zu Tag darum zu kämpfen, eine immer mehr fordernde Arbeit mit der Erziehung ihrer Tochter in Einklang zu bringen. Roland hatte ihr bewiesen, dass man es anders machen konnte. Es würde schwierige Momente geben und auch sehnsüchtige Erinnerungen, aber sie wusste, dass sie es nicht bereuen würde.

Viele Frauen rauben dem Kommissar den Schlaf. Eine führt ihn zum Mörder …

Alexis Lecaye
HERZ DAME
BLT
464 Seiten
ISBN 978-3-404-92218-5

Kommissar Martin von der Pariser Mordkommission ist in der Krise: Privat geht es mit Ex-Frau, neuer Freundin und unfreiwillig schwangerer Tochter drunter und drüber. Und dann macht auch noch ein irrer Serienmörder, der schöne brünette Frauen mit der Armbrust umbringt, Paris unsicher. Die Ermittlungen gehen schleppend voran. Erst als die selbstmordgefährdete Roselyn, eine Angestellte seiner Ex, nicht mehr zur Arbeit erscheint und die Kollegin des Kommissars spurlos verschwindet, schwant dem Kommissar, dass es einen tödlichen Zusammenhang gibt zwischen seinem ganz privaten Wahnsinn und seinem schwierigsten Fall …